León el Africano

León el Africano

Amin Maalouf

EL PAIS
NOVELA HISTÓRICA

Título original: *León l'Africain*

Miguel Yuste, 40
28037 Madrid

Traducción : María Teresa Gallego Urutia y María Isabel Reverte Cejudo
Diseño de la colección: Estudio Manuel Estrada

ISBN: 84-9815-206-2
Depósito legal: M-33080-2005
Impreso en España por Rodesa, Villatuerta (Navarra)

A Andrée

No dudes, empero, de que León el Africano,
León el viajero, también era yo.
W. B. YEATS

A mí, Hasan, hijo de Mohamed el alamín, a mí, Juan León de Médicis, circuncidado por la mano de un barbero y bautizado por la mano de un papa, me llaman hoy el Africano, pero ni de África, ni de Europa, ni de Arabia soy. Me llaman también el Granadino, el Fesí, el Zayyati, pero no procedo de ningún país, de ninguna ciudad, de ninguna tribu. Soy hijo del camino, caravana es mi patria y mi vida la más inesperada travesía.

Mis muñecas han sabido a veces de las caricias de la seda y a veces de las injurias de la lana, del oro de los príncipes y de las cadenas de los esclavos. Mis dedos han levantado mil velos, mis labios han sonrojado a mil vírgenes, mis ojos han visto agonizar ciudades y caer imperios.

Por boca mía oirás el árabe, el turco, el castellano, el beréber, el hebreo, el latín y el italiano vulgar, pues todas las lenguas, todas las plegarias me pertenecen. Mas yo no pertenezco a ninguna. No soy sino de Dios y de la tierra, y a ellos retornaré un día no lejano.

Y tú permanecerás después de mí, hijo mío. Y guardarás mi recuerdo. Y leerás mis libros. Y entonces volverás a ver esta escena: tu padre, ataviado a la napolitana, en esta galera que lo devuelve a la costa africana, garrapateando como mercader que hace balance al final de un largo periplo.

Pero ¿no es esto, en cierto modo, lo que estoy haciendo: qué he ganado, qué he perdido, qué he de decirle al supremo Acreedor? Me ha prestado cuarenta años que he ido dispersando a merced de los viajes: mi sabiduría ha vivido en Roma, mi pasión en El Cairo, mi angustia en Fez, y en Granada vive aún mi inocencia.

I

El libro de Granada

El año de Salma la Horra
894 de la hégira

(5 de diciembre de 1488-24 de noviembre de 1489)

Aquel año, el santo mes de *ramadán* caía en pleno verano y mi padre no solía salir de casa antes del atardecer, pues la gente de Granada estaba nerviosa por el día, tenía frecuentes altercados y su humor sombrío era signo de piedad, puesto que sólo un hombre que no observase el ayuno podía conservar la sonrisa bajo un sol de fuego y sólo un hombre indiferente a la suerte de los musulmanes podía seguir siendo jovial y afable en una ciudad minada por la guerra civil y amenazada por los infieles.

Yo acababa de nacer, por la ineludible gracia del Altísimo, en los últimos días de *shabán,* algo antes del comienzo del mes santo, y Salma, mi madre, estaba dispensada de ayunar hasta que se repusiera, y Mohamed, mi padre, estaba dispensado de refunfuñar, incluso en las horas de hambre y de calor, pues el nacimiento de un hijo que lleva su nombre y que llevará un día sus armas es para cualquier hombre motivo de legítimo regocijo. Para colmo, yo era el primer hijo y, al oírse llamar «Abul-Hasan», mi padre sacaba imperceptiblemente el pecho, se atusaba el bigote y dejaba que se le deslizaran lentamente ambos pulgares a lo largo de la barba mientras los ojos se le iban hacia la alcoba del piso superior donde me hallaba yo envuelto en pañales. Su alegría exuberante no poseía sin embargo ni la hondura ni la intensidad de la de Salma que, a pesar de sus dolores persistentes y su extrema debilidad, se sentía nacer por segunda vez con mi venida al mundo, pues mi nacimiento la convertía en la primera mujer de la casa y le aseguraba los favores de mi padre por muchos años.

Fue mucho después cuando me confió sus temores que yo había apaciguado, si no disipado, sin saberlo. Mi padre y ella, primos, prometidos desde la infancia, casados durante cuatro años sin que ella quedara encinta, habían oído alzarse, a partir del segundo año, el zumbido de un rumor infamante. Tanto que Mohamed había regresado un día con una hermosa cristiana de negras trenzas, comprada a un soldado que la había capturado durante una razzia en las cercanías de Murcia. Le había dado el nombre de Warda, la había instalado en un reducido aposento que daba al patio y llegó a hablar de mandarla a casa de Ismael el Egipcio para que le enseñara laúd, danza y escritura como a las favoritas de los sultanes.

«Yo era libre y ella era esclava —me dijo mi madre—, y el combate entre nosotras era desigual. Ella podía usar a su antojo todas las armas de la seducción, salir sin velo, cantar, bailar, escanciar vino, guiñar los ojos y andar ligera de ropa, mientras que yo estaba obligada, por mi posición, a no abandonar jamás mi reserva y aún menos a mostrar interés alguno por los placeres de tu padre. Éste me llamaba "prima". Cuando hablaba de mí, decía respetuosamente la "Horra", la libre, o la "Arabiya", la árabe, y la propia Warda me mostraba toda la deferencia que debe una sirvienta a su ama. Pero, por la noche, el ama era ella.

»Una mañana —proseguía mi madre con un nudo en la garganta a pesar de los años transcurridos— Sara la Vistosa vino a llamar a mi puerta. Los labios pintados con raíz de nogal, los ojos maquillados con kohol, las uñas esmaltadas con alheña, emperifollada de los escarpines a la cabeza, con sedas viejas y ajadas de todos los colores, impregnadas de polvos de olor. Solía pasar a verme —¡Dios tenga misericordia de ella, esté donde esté!— para vender amuletos, brazaletes, perfumes a base de limón, de ámbar gris, de jazmín o de nenúfar y para decir la buenaventura. Se dio cuenta enseguida de que tenía los ojos enrojecidos y, sin necesidad de contarle la causa de mi desdicha, empezó a leer en mi mano como en la arrugada página de un libro abierto.

»Sin levantar la vista, pronunció lentamente estas palabras, que aún recuerdo: "Para vosotras, las mujeres de Granada, la libertad es una solapada esclavitud, la esclavitud una sutil libertad". Luego, sin añadir nada, sacó de un capacho de mimbre un minúsculo frasco verdoso: "Esta noche, verterás tres gotas de este elixir en un vaso de horchata y se lo darás tú misma a tu primo. Acudirá a ti como una mariposa que se acerca a una lámpara. Repetirás el gesto dentro de tres noches y, después, dentro de siete".

»Cuando Sara volvió a pasar a verme unas semanas después, ya estaba yo con náuseas. Aquel día le di todo el dinero que llevaba encima, un buen puñado de dirhems cuadrados y de maravedís y, riendo, la vi bailar, contonearse y golpear con fuerza con el pie en el suelo de mi cuarto, haciendo saltar entre las manos las monedas cuyo tintineo se confundía con el del aljaraz, la campanilla impuesta a los judíos».

Era apremiante que Salma quedara encinta pues la Providencia había querido que Warda lo estuviera ya, aunque ésta lo hubiera ocultado cuidadosamente para evitarse engorros. Cuando, dos meses después, la cosa se supo, se entabló la rivalidad por saber quién tendría un varón y, si ambas estuvieran encintas de uno, cuál de las dos daría a luz primero. Sólo Salma estaba tan angustiada que había perdido el sueño, pues Warda se habría conformado con tener un segundón, o incluso una hija, ya que el solo hecho de parir equivalía para ella, según nuestra ley, a adquirir la condición de mujer libre, sin perder por ello la valiosa frivolidad autorizada por su origen de sierva.

En cuanto a mi padre, estaba tan satisfecho de haber dado esa doble prueba de virilidad que no sospechó ni por un instante la peculiar competencia que se estaba desarrollando bajo su techo. Cuando sus dos mujeres estuvieron bien abultadas, llegó a ordenarles una tarde que lo acompañaran, poco antes de la puesta de sol, hasta las inmediaciones de la cantina en la que solía reunirse con sus amigos cerca de la puerta de las Banderas. Cogidas de la mano, lo siguieron a unos pasos de distancia, avergonzadas, sobre todo mi madre, por la mirada escrutadora de los hombres y las risas socarronas de las viejas comadres de nuestro barrio, las más charlatanas y desocupadas de todo el arrabal del Albaicín, que las observaban desde los miradores de las casas ocultas tras los cortinajes que se apartaban a su paso. Tras haberlas exhibido, en el sentido propio de la palabra, y haber sentido él también, sin duda, el peso de las miradas, mi padre hizo como si hubiera olvidado algo y volvió a su casa por el mismo camino mientras la oscuridad empezaba a ocultar los innumerables peligros de las callejuelas del Albaicín, embarradas y resbaladizas unas en aquella primavera lluviosa, empedradas otras, pero tanto más peligrosas cuanto que cada piedra que faltaba podía representar una trampa fatal para las futuras madres.

Agotadas, confusas, con los nervios de punta, Salma y Warda, solidarias por una vez, se derrumbaron en la misma cama, la de la sirvienta, al ser incapaz la Horra de subir las escaleras hasta su alcoba, mientras que mi padre volvía a marcharse camino de la cantina, ignorando que había estado a punto de perder a sus dos futuros hijos a la vez, presuroso, sin duda, decía mi madre, por recibir los admirativos parabienes de sus amigos, con motivo del nacimiento de dos robustos y hermosos hijos, y por desafiar al ajedrez a nuestro vecino Hamza, el barbero.

En cuanto oyeron que la puerta se cerraba con llave, ambas mujeres prorrumpieron en una prolongada risa compartida que tardaron mucho en poder contener. Recordándola quince años después, mi madre aún se sonrojaba de aquellas chiquilladas, haciéndome notar, nada ufana, que si Warda apenas tenía entonces dieciséis años, ella iba ya camino de los veintiuno. Gracias a los acontecimientos, se había tejido entre ambas cierta complicidad que atenuaba su rivalidad y cuando, al día siguiente, Sara la Vistosa hizo a Salma su visita de todos los meses, ésta invitó a la sirvienta a que acudiera para que le palpara el vientre la vendedora y vidente judía que también hacía las veces, cuando era menester, de comadrona, masajista, peinadora, depiladora y que además sabía transmitir a sus innumerables clientes, enclaustradas en el harén, noticias y rumores sobre los mil y un escándalos de la ciudad y del reino. Sara le juró a mi madre que la encontraba muy estropeada, lo que fue muy de su agrado, pues era señal inequívoca de que estaba encinta de un varón; en cambio, felicitó compasivamente a Warda por la exquisita lozanía de su rostro.

Salma se fiaba tanto del acierto del diagnóstico que no pudo por menos de decírselo esa misma noche a Mohamed. De esta manera, creía poder traer a colación más fácilmente otra observación muy embarazosa para Sara, a saber, que el hombre no debía volver a acercarse a ninguna de sus dos mujeres por miedo a perjudicar a los fetos o a provocar partos prematuros. Aunque envuelto en precauciones y entrecortado por largas vacilaciones, el mensaje era lo suficientemente desvergonzado como para que mi padre se inflamara en el acto como un tronco demasiado seco y prorrumpiera en invectivas apenas inteligibles entre las que volvían, como golpes de almirez en el mortero, «bobadas», «brujas», «Ibis el Maligno», así como palabras poco elogiosas acerca de la medicina, los judíos y el seso de las mujeres. Salma pensó que la hubiera golpeado de no haber estado encinta, pero también se dijo que, en tal caso, no habría habido riña. Para consolarse, llegó a la sabia conclusión de que las ventajas de la maternidad superaban a sus pasajeros inconvenientes.

A modo de castigo, Mohamed le prohibió formalmente volver a recibir en su propia casa «a esa envenenadora de Sira» —silbaba aquel nombre con el acento característico de Granada, que había de conservar toda su vida y que le hacía llamar a mi madre Silma, a su concubina Wirda, a la puerta «bib», en vez de «bab», a su ciudad «Ghirnata» y al palacio del sultán «Alhimra»—. Durante unos cuantos días, estuvo de un humor de perros pero, tanto por prudencia como por despecho, no volvió a las habitaciones de las mujeres hasta después de los partos.

Éstos sobrevinieron con dos días de intervalo. Warda fue la primera en sentir las contracciones que, espaciadas durante la tarde, no empezaron a ser más seguidas hasta el alba. Sólo entonces empezó a gemir lo bastante alto para que se la oyera. Mi padre corrió a casa de nuestro vecino Hamza, repiqueteó en su puerta y le rogó que avisara a su madre, una anciana digna, piadosa y de gran habilidad, de la inminencia del parto. Acudió minutos después, totalmente envuelta en telas blancas, con una jofaina de boca ancha, una toalla y una pastilla de jabón. Se decía que tenía buena mano y que había traído al mundo más varones que hembras.

Mi hermana Mariam nació a eso de las doce del día. Mi padre apenas la miró. Ya no tenía ojos más que para Salma, quien se atrevió a asegurarle: «¡Yo no te defraudaré!». Pero no las tenía todas consigo, a pesar de las infalibles recetas de Sara y de sus reiteradas promesas. Ante todo, hubo de pasar todavía dos interminables días de angustia y sufrimientos antes de ver cumplido por fin su mayor deseo: oír a su primo llamarla Um-el-Hasan, la madre de el-Hasan.

El séptimo día después de mi nacimiento, mi padre mandó llamar a Hamza el barbero para circuncidarme e invitó a todos sus amigos a un banquete. En razón del estado en que se hallaban mi madre y Warda, fueron mis dos abuelas y sus sirvientas quienes se encargaron de preparar la comida. Mi madre no asistió a la fiesta pero me confesó que se había escabullido a escondidas de su habitación para ver a los invitados y escuchar la conversación. Era tal su emoción aquel día que se le había quedado grabado en la memoria hasta el menor detalle.

Reunidos en el patio, en torno a la fuente de mármol blanco cincelado, cuya agua refrescaba el ambiente tanto por el rumor como por los miles de minúsculas gotas que esparcía, los invitados comían con tanto mayor apetito cuanto que ya estábamos en los primeros días de *ramadán* y estaban rompiendo el ayuno al tiempo que celebraban mi ingreso en la comunidad de los Creyentes. Según mi madre, que había de regalarse con las sobras al día siguiente, la comida era un auténtico festín de reyes. El plato principal era la *maruziyya:* carne de cordero preparada con algo de miel, cilantro, almidón, almendras, peras, así como con nueces tiernas cuya temporada acababa de empezar. Había también *tafaya* verde, carne de cabrito mezclada con un ramillete de cilantro fresco, y *tafaya* blanca preparada con cilantro seco. ¿Mencionaré los pollos, los pichones, las alondras, con su salsa de ajo y queso, la liebre asada en salsa de azafrán y vinagre, las otras decenas de platos que tan a menudo me ha desgranado mi madre, recuerdo de la última gran fiesta que tuviera lugar en su casa antes de que la cólera del Cielo cayera sobre ella y los suyos? Cuando la escuchaba, niño aún, esperaba, en cada ocasión, con impaciencia que llegara a las *muyabanát,* esas tortas calientes de queso fresco espolvoreadas con canela y empapadas de miel, a los pasteles de pasta de almendra o de dátiles, a las tortas rellenas de piñones y nueces perfumadas con agua de rosas.

En aquel banquete, los invitados no bebieron más que horchata, me juraba piadosamente mi madre. Bien se guardaba de añadir que, si no se sirvió ni una gota de vino, fue únicamente por respetar el mes santo. La circuncisión siempre ha dado pie, en la región de Al-Andalus, a fiestas en las que se olvidaba por completo el acto religioso que se estaba celebrando. ¿Acaso no se sigue citando en nuestros días la ceremonia más suntuosa de todas, la que antaño organizó el emir Ibn Dhul-Nun en Toledo con ocasión de la circuncisión de su nieto y que, desde entonces, todo el mundo trata de imitar sin conseguirlo? ¿Acaso no se habían servido en ella vinos y licores a raudales, en tanto que cientos de hermosas esclavas bailaban al ritmo de la orquesta de Dany el Judío?

En mi circuncisión, insistía mi madre, también había músicos y poetas. Hasta recordaba versos que le habían recitado a mi padre:

> Por esta circuncisión es tu hijo mucho más radiante
> Pues la luz del cirio crece cuando se corta la mecha.

Recitados y cantados en todos los tonos por el propio barbero, estos versos de un antiguo poeta de Zaragoza pusieron fin a la comida y principio a la ceremonia propiamente dicha. Mi padre subió al piso superior para tomarme en sus brazos mientras que los invitados se agolpaban en silencio en torno al barbero y a su ayudante, un muchacho imberbe. Hamza le hizo una seña a éste, quien empezó a dar vueltas al patio con un farol en la mano, deteniéndose ante cada invitado. Había que darle algo al barbero y, según la costumbre, cada uno fue pegando las monedas que entregaba en el rostro del muchacho que anunciaba en voz alta el nombre del donante y le daba las gracias antes de dirigirse al vecino. Una vez recogidas las dádivas, el barbero pidió que le acercaran dos potentes faroles, desenvolvió la cuchilla recitando los versículos apropiados y se inclinó sobre mí. Mi madre decía que el grito que había dado yo entonces se había oído en todo el barrio, como un signo de precoz valentía, y luego, mientras seguía dando alaridos con toda la fuerza de mi minúsculo cuerpo, como si se hubieran presentado ante mi vista todas las desgracias por venir, la fiesta se reanudó al son del laúd, de la flauta, del rabel y del tamboril, hasta el *suhur*, la comida del alba.

Pero no todo el mundo estaba para fiestas. Mi tío materno, Abu-Marwán, a quien siempre he llamado Jali, en aquel entonces redactor de la Secretaría de Estado de la Alhambra, llegó a la fiesta tarde y cariacontecido. Se formó a su alrededor un corro inquisitivo. Mi madre aguzó el oído. Le llegó una frase que la sumió durante un buen rato en una pesadilla que creía olvidada para siempre:

—¡Desde la Gran Parada —estaba diciendo su hermano—, no hemos tenido ni un año feliz!

«¡Aquella maldita Parada!». Mi madre volvió a sentir náuseas, como en las primeras semanas de su embarazo, y en sus confusos recuerdos volvió a verse como una niña de diez años, descalza, sentada en el barro en medio de una calleja desierta por la que había pasado cien veces pero que ya no reconocía, tirando de una punta del arrugado vestido rojo, empapado y sucio, para ocultar el rostro lloroso. «Yo era la niña más bonita y más mimada de todo el arrabal del Albaicín y tu abuela —¡Dios la perdone!— me había prendido a la ropa dos amuletos idénticos, uno a la vista y otro oculto, para no correr ningún riesgo con la mala suerte. Pero aquel día, todo fue inútil».

«El sultán de entonces, Abu-l-Hasan Alí, había decidido organizar, día tras día y semana tras semana, pomposas paradas militares para mostrar a todo el mundo cuán grande era su poderío —¡sólo Dios es poderoso y no ama a los arrogantes!—. Aquel sultán había mandado construir en la colina roja de la Alhambra, cerca de la puerta de la Traición, unas gradas en las que se instalaba todas las mañanas con su séquito, recibía a sus visitantes y trataba de los asuntos del Estado, mientras destacamentos de soldados procedentes de todos los rincones del reino, desde Ronda hasta Baeza y desde Málaga hasta Almería, desfilaban sin tregua saludándolo y deseándole salud y larga vida. Los habitantes de Granada y de los pueblos aledaños habían cogido la costumbre de concentrarse, grandes y chicos, en las laderas de la Sabika, al pie de la Alhambra, junto al cementerio, lugar desde el que podían ver, por encima de ellos, la interminable ceremonia. En las proximidades, se instalaban vendedores ambulantes que lo mismo vendían salchichas *mirkás,* que buñuelos o refrescos de agua de azahar».

Al décimo día de Parada, cuando el año árabe 882 tocaba a su fin, la siempre discreta celebración del Rasas-Sana apenas se notó en medio de los ininterrumpidos festejos. Estos iban a continuar durante todo el *muharram,* el primer mes del año nuevo, y mi madre, que iba todos los días a la Sabika con sus hermanos y sus primos, se fijó en que el número de espectadores no dejaba de crecer, que había cada vez más caras desconocidas. Los borrachos se multiplicaban por las calles, se cometían robos, estallaban riñas entre pandillas de jóvenes que se apaleaban hasta que corría la sangre. Hubo un muerto y varios heridos, lo que llevó al *muhtasib,* preboste de los comerciantes, a recurrir a la policía.

Fue entonces cuando, por temor a desórdenes y motines, el sultán decidió al fin interrumpir los festejos. Decretó que el último día de la Parada sería el 22 de *muharram* del año 883, que correspondía al 25 de abril del año de Cristo de 1478, añadiendo, sin embargo, que los regocijos finales serían aún más suntuosos que los de las semanas anteriores. Aquel día, en la Sabika, las mujeres de las barriadas populares se habían mezclado, con o sin velo, con hombres de toda condición. Los niños de la ciudad, entre los que se hallaba mi madre, habían salido con sus vestidos nuevos desde las primeras horas de la mañana, no sin haberse provisto de algunas monedas de cobre para comprarse higos secos de Málaga. Atraídos por la creciente muchedumbre, malabaristas, ilusionistas, saltimbanquis, funámbulos, equilibristas, exhibidores de jimios, mendigos, ciegos auténticos o fingidos, se habían diseminado por toda la barriada de la Sabika, y, como era primavera, había campesinos que se paseaban con sementales que cubrían, a cambio de una retribución, a las yeguas que les llevaban.

«Toda la mañana —recordaba mi madre— habíamos estado gritando y palmoteando en el espectáculo del juego de la tabla, durante el cual los jinetes cenetes intentaban, uno tras otro, dar en la diana de madera con unos palos que arrojaban desde su montura al galope. No podíamos ver quién acertaba más, pero el clamor que nos llegaba desde la colina, desde el lugar llamado precisamente al-Tabla, nos señalaba sin error posible a ganadores y perdedores.

»De pronto, una nube negra apareció sobre nuestras cabezas. Llegó tan deprisa que nos dio la impresión de que el sol se apagaba como una lámpara que un genio hubiera soplado. Se hizo de noche a las doce del día y, sin haberlo ordenado el sultán, el juego se acabó, pues todo el mundo sentía sobre los hombros el peso del cielo.

»Hubo un relámpago, el restallar de un rayo, otro relámpago, un fragor sordo, luego trombas de agua se nos vinieron encima. Al saber que se trataba de una tormenta y no de una sombría maldición, me sentía algo menos atemorizada y, lo mismo que miles de personas apiñadas en la Sabika, me puse a buscar dónde refugiarme. Mi hermano el mayor me llevaba de la mano, lo que me tranquilizaba pero también me obligaba a ir corriendo por una calzada ya embarrada. De repente, a unos pasos de nosotros, se cayeron unos niños y unos viejos y, al pisotearlos, la muchedumbre enloqueció. Seguía reinando la misma oscuridad. Los alaridos de dolor se confundían con los gritos de espanto. Resbalé a mi vez y me solté de la mano de mi hermano para aferrarme a los vuelos de un vestido mojado, y luego a otros, sin poder nunca agarrarme de verdad. El agua me llegaba ya a las rodillas, gritaba, seguramente más fuerte que los demás.

»En cinco o seis ocasiones me caí y me volví a levantar sin que me pisotearan, hasta que poco a poco me di cuenta de que la muchedumbre que me rodeaba era menos densa y se movía también más despacio pues el camino era empinado y las riadas que por él bajaban iban creciendo. No reconocía a la gente ni el lugar, ya no buscaba a mis hermanos ni a mis primos. Me arrojé dentro de un portal y tanto de cansancio como de desesperación me quedé dormida.

»Me desperté una o dos horas después. Estaba menos oscuro pero seguía lloviendo a cántaros y un fragor ensordecedor llegaba hasta mí por todas partes, haciendo temblar la losa en la que estaba sentada. ¡Cuántas veces había recorrido la callejuela en que me hallaba! Pero al verla así, desierta y recorrida por un torrente, no lograba situarla. Me estremecí de frío, tenía la ropa empapada, las sandalias se me habían perdido en la carrera, del cabello me chorreaba un hilillo de agua helada que me bañaba sin cesar los ojos abrasados por el llanto. Volví a estremecerme, tosí a pleno pulmón, cuando una voz de mujer me llamó: "¡Niña, niña, por aquí!". Paseando la mirada en todas direcciones, vi, muy por encima de mí, en el marco de una ventana arqueada, un pañuelo de rayas y una mano que se agitaba.

»Mi madre me había advertido que no debía entrar nunca en una casa desconocida y que a mi edad debía empezar a no fiarme no sólo de los hombres sino tampoco de algunas mujeres. Mi vacilación no duró mucho, sin embargo. A unos treinta pasos, en el mismo lado de la calle, la que me había interpelado acudió, en efecto, a abrir una pesada puerta de madera, apresurándose a gritar, para tranquilizarme: "Te conozco, eres la hija de Suleymán el librero, un hombre de bien que vive en el temor del Altísimo". Me iba acercando a ella a medida que hablaba. "Te he visto varias veces pasar con él para ir a casa de tu tía materna Tamima, la mujer del notario, que vive cerca de aquí, en el callejón del Membrillo". Aunque no había ningún hombre a la vista, se había cubierto el rostro con un velo blanco que no se quitó hasta haber echado el cerrojo a la puerta, cuando hube entrado. Cogiéndome entonces de la mano, me hizo recorrer un estrecho pasillo que formaba una especie de codo y luego, sin soltarme, cruzó corriendo bajo la lluvia un patinillo, antes de internarse en una estrecha escalera de peldaños empinados que nos condujo a su habitación. Me llevó despacio hacia la ventana: "¡Mira, es la cólera de Dios!".

»Me asomé con aprensión. Me hallaba en la cumbre de la colina de Maurora. A la derecha, tenía la nueva Casba de la Alhambra, a la izquierda, en lontananza, la vieja Casba, con los minaretes blancos de mi arrabal del Albaicín al otro lado de las murallas. El fragor que había oído en la calle era ahora ensordecedor. Buscando con la vista el origen del ruido, miré hacia abajo y no pude contener un grito de horror. "¡Dios tenga piedad de nosotros, es el diluvio de Noé!", mascullaba mi anfitriona detrás de mí».

El espectáculo que se ofrecía ante sus ojos de niña atemorizada, mi madre no había de olvidarlo jamás, como tampoco habían de olvidarlo cuantos se encontraban en Granada en aquel maldito día de Parada. En el valle por el que corría habitualmente el ruidoso pero apacible Darro, hete aquí que se había formado un torrente enloquecido que todo lo barría a su paso, que devastaba jardines y huertos, que arrancaba de raíz miles de árboles, majestuosos olmos, nogales centenarios, fresnos, almendros y alisos, antes de penetrar en el corazón de la ciudad, acarreando todos sus trofeos cual conquistador tártaro, rodeando los barrios del centro, demoliendo cientos de casas, de tenderetes y de almacenes, arrasando las viviendas construidas en los puentes, hasta formar, al final del día, a causa de los residuos que atestaban el lecho del río, una inmensa laguna que engullía el patio de la mezquita mayor, la Alcaicería de los negociantes, el zoco de los joyeros y el de los herreros. Nadie sabe el número de personas que perecieron ahogadas, aplastadas entre los escombros o arrastradas por la riada. Al atardecer, cuando el Cielo permitió al fin que se disipara la pesadilla, el torrente se llevó los residuos fuera de la ciudad, mientras que el agua refluía más deprisa de lo que había afluido. Al amanecer, las víctimas seguían cubriendo el reluciente suelo pero el asesino estaba lejos.

«Era el justo castigo a los crímenes de Granada –decía mi madre con la monotonía de las frases definitivas–. Dios quería mostrar Su poder a ningún otro igual y castigar la arrogancia de los gobernantes, su corrupción, su injusticia y su depravación. Tenía empeño en avisarnos de lo que se nos iba a venir encima si persistíamos en el camino de la impiedad, pero los ojos y los corazones permanecieron cerrados».

Al día siguiente del drama, todos los habitantes de la ciudad se habían convencido de que el primer responsable de aquella desgracia, el hombre que había atraído sobre ellos la cólera divina, no era otro que el arrogante, el corrompido, el injusto, el depravado Abu-l-Hasan Alí, hijo de Saad el Nazarita, vigésimo primero y penúltimo sultán de Granada, ¡que el Altísimo borre su nombre de todas las memorias!

Para subir al trono había derrocado y encarcelado a su propio padre. Para consolidar su poder había mandado cortar la cabeza a los hijos de las más nobles familias del reino, entre las que se encontraban los valerosos Abencerrajes. Sin embargo, para mi madre, el crimen imperdonable del sultán era haber abandonado a su mujer libre, a su prima Fátima, hija de Mohamed el Zurdo, por una cautiva cristiana llamada Isabel de Solís, a quien había dado el nombre de Soraya.

«Cuentan —decía— que el sultán reunió una mañana a su séquito en el patio de los Arrayanes para que asistieran al baño de aquella *rumiyya*». A mi madre le causaba horror tener que contar semejante impiedad. «¡Dios me perdone! —balbuceaba levantando los ojos al cielo—; ¡Dios me perdone!», repetía, pues tenía toda la intención de proseguir su relato: «Una vez acabado el baño, el príncipe invitó a cada uno a beber un tazón pequeño del agua de la que acababa de salir Soraya y todos empezaron a extasiarse, en prosa y en verso, del maravilloso gusto que había adquirido el líquido. Todos excepto el visir Abu-l-Kasem Venegas que, lejos de inclinarse sobre la piscina, permaneció dignamente en su sitio. Actitud que no escapó al sultán, que le preguntó la razón. "Majestad —contestó Abu-l-Kasem—, temo que al probar la salsa me apetezca de pronto la perdiz". ¡Dios me perdone!», volvía a repetir mi madre sin intentar reprimir la risa.

He oído esta anécdota atribuida a varios personajes de la región de Al-Andalus y, a decir verdad, no sé a quién hay que atribuírsela; pero en Granada, al día siguiente de la maldita Parada, cada cual buscaba en la vida disoluta del señor de la Alhambra el incidente que había podido enojar al Altísimo y todos pugnaban por dar con la explicación definitiva que no era a menudo sino un verso, una humorada o incluso una parábola antigua puesta en gusto del día.

Más inquietante que tales cotilleos fue la reacción del propio sultán ante las calamidades que se abatían sobre su capital. Lejos de ver en la inundación devastadora una advertencia del Altísimo, sacó la conclusión de que los placeres de este mundo eran efímeros, de que la vida se iba y había que aprovechar intensamente cada instante. Ésa era tal vez la cordura de un poeta pero no, ciertamente, la de un príncipe que había cumplido los cincuenta y cuyo reino estaba amenazado.

Se entregó, pues, a los placeres a pesar de las frecuentes advertencias de su médico Ishak Hamon. Se cubrió de hermosas esclavas y se rodeó de poetas de costumbres dudosas, poetas que esculpían verso tras verso las formas de las bailarinas desnudas y los esbeltos efebos, que comparaban el hachís con la esmeralda y su olor con el incienso, que, noche tras noche, cantaban infatigablemente al vino, bermejo o amarillo, añejo y siempre fresco. Una inmensa copa de oro pasaba de mano en mano, de boca en boca, y el que la vaciaba se enorgullecía de llamar al escanciador para que se la volviera a llenar hasta el borde. Ante los comensales se acumulaban múltiples bandejitas, almendras, piñones y nueces, frutas pasas y frescas, alcachofas y habas, confituras y dulces, que no se sabía si servían para calmar el hambre o para avivar la sed. Más adelante supe, durante mi larga estancia en Roma, que esa costumbre de picar embriagándose ya se practicaba entre los antiguos romanos, que llamaban a cada uno de esos platos *nucleus* —¿sería por eso por lo que en Granada daban a esos mismos platos el nombre de *nukl*? ¡Sólo Dios conoce el origen de las cosas!

Enteramente entregado a sus placeres, el sultán descuidaba los asuntos del reino, dejando a sus allegados atesorar auténticas fortunas mediante tasas ilegales y expropiaciones, mientras que sus soldados, al haber dejado de pagárseles lo que se les debía, se veían obligados a vender la ropa, las monturas y las armas para alimentar a sus familias. En la ciudad, donde reinaban la inseguridad y el temor al día de mañana, donde se conocía y se comentaba al instante la suerte de cada militar, donde las noticias de las borracheras llegaban con regularidad por las indiscreciones de los invitados y de los sirvientes, la sola mención del nombre del sultán o de Soraya provocaba injurias e imprecaciones y, a veces, ponía a la gente al borde del motín. Sin tener necesidad de atacar directamente a Abu-l-Hasan, lo que rara vez se atrevían a hacer, algunos de los predicadores de los viernes no tenían más que vilipendiar la corrupción, la impureza y la impiedad para que todos los fieles supieran sin sombra de duda a quién se referían y se afanaran por soltar en voz alta unos «¡Allahu akbar!» subversivos a los que el imán de la oración contestaba a veces, fingidamente enigmático: «La mano de Dios está por encima de sus manos». Todo ello mientras lanzaba miradas enfurecidas hacia la Alhambra.

Aun siendo unánimemente detestado, el sultán seguía teniendo entre la multitud ojos y oídos que le contaban lo que se decía, lo cual lo volvía cada vez más desconfiado, brutal e injusto. «¡A cuántos notables, a cuántos honrados ciudadanos —recordaba mi madre— detuvieron por la denuncia de un rival, o incluso de un vecino envidioso, acusados de haber insultado al príncipe y atentado contra su honor y pasearon, luego, por las calles, sentados del revés en un asno antes de arrojarlos a una mazmorra o incluso de decapitarlos!». Bajo la influencia de Soraya, Abu-l-Hasan confinó a su propia mujer, Fátima, así como a sus dos hijos, Mohamed, llamado Buabdilah o Boabdil, y Yusef, en la torre de Comares, una imponente ciudadela cuadrada al nordeste de la Alhambra, frente al Generalife. La amante esperaba así abrir la vía del poder a sus propios hijos. La corte estaba, por otra parte, dividida entre los partidarios de Fátima, numerosos pero discretos, y los de Soraya, los únicos a los que escuchaba el príncipe.

Si el pueblo llano hallaba en el relato de esas luchas de palacio con qué engañar el tedio de las largas veladas del invierno, la consecuencia más dramática de la creciente impopularidad del sultán fue su actitud hacia Castilla. Como lo acusaban de favorecer a una *rumiyya* a expensas de su prima, de descuidar al ejército y de llevar una vida sin gloria, Abu-l-Hasan, que no carecía en modo alguno de valor físico, decidió cruzar el acero con los cristianos.

Desoyendo las advertencias de algunos prudentes consejeros que le hacían notar que Aragón había unido en lo sucesivo su destino al de Castilla mediante el matrimonio de Fernando e Isabel y que había que evitar darles el menor pretexto para atacar el reino musulmán, el sultán decidió poner fin a la tregua que reinaba entre

Granada y sus poderosos vecinos, enviando un destacamento de trescientos jinetes granadinos a tomar por sorpresa el castillo de Zahara que habían ocupado los cristianos tres cuartos de siglo antes.

En Granada, la primera reacción fue una explosión de alegría y Abu-l-Hasan volvió a ganar parte de la estima de sus súbditos. Pero, rápidamente, muchos empezaron a preguntarse si, comprometiendo el reino en una guerra de resultados cuando menos inciertos, el sultán no estaba dando pruebas de una ligereza criminal. Los acontecimientos que siguieron iban a darles la razón: los castellanos replicaron apoderándose de la fortaleza más poderosa de la parte occidental del reino, Alhama, construida sin embargo en lo alto de un pico rocoso. Y los esfuerzos desesperados del sultán por reconquistarla fueron vanos.

Había comenzado una gran guerra que era imposible que ganaran los musulmanes pero que hubieran podido, si no evitar, retrasar al menos. Iba a durar diez años y a terminar del modo más infamante posible. Por añadidura, iba a ir muy pronto acompañada por una guerra civil, homicida y desmoralizadora, como corresponde a los reinos en vía de desaparición.

En efecto, doscientos días, ni uno más ni uno menos, después de su triunfo en Zahara, Abu-l-Hasan perdió el poder. La revolución tuvo lugar el 27 del mes de *yumada al-awwal* del año 887, el 14 de julio de 1482. Fernando se hallaba, ese mismo día, a la cabeza de la real hueste a orillas del río Genil, al pie de los muros de la ciudad de Loja, que asediaba desde hacía cinco días, cuando sufrió por sorpresa el ataque de un destacamento musulmán acaudillado por Alí al-Atar, uno de los oficiales más diestros de Granada. Fue un día memorable del que Abu-l-Hasan hubiera podido enorgullecerse, puesto que el héroe del día, actuando bajo sus órdenes, había logrado sembrar el pánico en el campamento del rey cristiano, que huyó en dirección a Córdoba, dejando tras de sí cañones, munición, gran cantidad de harina así como cientos de muertos y de prisioneros. Pero, sin duda, era demasiado tarde. Cuando la gran noticia llegó a Granada, la revuelta rugía ya: Boabdil, el hijo de Fátima, había conseguido escapar de la torre de Comares deslizándose, a lo que dicen, por una cuerda. Enseguida lo aclamaron en el arrabal del Albaicín y, al día siguiente, unos cuantos cómplices le permitieron entrar en la Alhambra.

«Dios había querido que a Abu-l-Hasan lo derrotaran el mismo día de su victoria, lo mismo que le había enviado el diluvio el día de la Parada, para obligarlo a humillarse ante el Creador», comentaba Salma.

Pero el viejo sultán no se dio por vencido. Se refugió en Málaga, reunió a sus partidarios a su alrededor y preparó activamente una revancha contra su hijo. El reino estaba dividido en lo sucesivo en dos principados enemigos que iban a destrozarse mutuamente ante la mirada divertida de los castellanos.

«Siete años ya de guerra civil —pensaba mi madre—, siete años de una guerra en que el hijo mata al padre, en que el hermano estrangula al hermano, en que los vecinos sospechan unos de otros y se traicionan; siete años hace que los hombres de nuestro arrabal del Albaicín no pueden aventurarse por la zona de la Mezquita Mayor de Granada sin que los abucheen, los maltraten, los golpeen y, a veces, incluso, los degüellen».

Su imaginación bogaba entonces muy lejos de la ceremonia de circuncisión que se estaba desarrollando a unos pasos de ella, muy lejos de las voces y del entrechocar de las copas que le llegaban extrañamente ahogados, como en un sueño. Se sorprendió repitiendo: «¡Aquella maldita Parada!». Suspiró, medio amodorrada.

—Silma, hermana, ¿soñando despierta como siempre?

La voz áspera de Jali volvió a mi madre a la infancia. Se abalanzó al cuello de su hermano mayor y le cubrió la frente, los hombros y, luego, los brazos y las manos de besos cálidos y furtivos. Enternecido pero algo violento por tales efusiones que alteraban su digna compostura, permanecía de pie, muy tieso, envuelto en la larga aljuba de seda, de mangas flotantes, con el chal, el *taylasán,* elegantemente enrollado alrededor de los hombros, y sólo una protectora sonrisa esbozada en el rostro testimoniaba su alegría. Pero esa aparente frialdad no desanimaba en absoluto a Salma. Siempre había sabido que un hombre de categoría no podía mostrar sus sentimientos sin dar una sensación de ligereza impropia de su condición.

—¿En qué estabas pensando?

De haberle hecho la pregunta mi padre, la respuesta de Salma habría sido evasiva, pero Jali era el único hombre ante el cual sabía descubrir su corazón al tiempo que su cabello.

—Estaba pensando en nuestras desgracias, en el día de la Parada, en esta guerra sin fin, en nuestra ciudad dividida, en la gente que muere a diario.

Con el pulgar grueso y chato aplastó en el pómulo de su hermana una lágrima solitaria.

—No son ésos pensamientos para una madre que acaba de dar a luz a su primer hijo —decretó poco convencido antes de añadir, con tono solemne pero mucho más sincero—: Tendréis los gobernantes que os merezcáis, ha dicho el Profeta.

Ella replicó sus palabras:

—Kama takunu yuala aleikum.

Luego, ingenua:

—¿Qué quieres decirme con eso? ¿Acaso no has sido uno de los primeros partidarios del sultán actual? ¿Acaso no has levantado al Albaicín para apoyarlo? ¿Acaso no eres un personaje respetado en la Alhambra?

Herido en lo vivo, Jali se disponía a defenderse con una violenta diatriba pero cayó en la cuenta de que no tenía frente a sí más que a su hermana la pequeña, frágil y enferma, y a la que, además, quería más que a nadie en el mundo.

—No has cambiado, Silma. Uno cree que está hablando con una simple mujer y es con la hija de Suleymán el librero con quien tiene que vérselas, que Dios añada a tu edad lo que le quitó a la suya. Y que te acorte la lengua tanto como alargó la de él.

Mientras bendecían la memoria de su padre, estallaron en una franca carcajada. Ahora eran cómplices como en el pasado. Jali se dobló hacia delante el pliegue de la aljuba y se sentó en una estera de paja trenzada, a la entrada de la habitación de su hermana.

—Tus preguntas desgarran la mente con suavidad, como la nieve del monte Solayr, que quema el rostro más aún que el sol del desierto.

Confiada de repente y un sí es no es traviesa, Salma le espetó sin miramientos:

—¿Y tu respuesta?

Con un gesto que no tenía nada de espontáneo, inclinó la cabeza, cogió el borde del *taylasán* de su hermano y hundió en él los enrojecidos ojos. Luego, sin descubrirse el rostro, pronunció, como una sentencia de cadí:

—¡Dímelo todo!

Jali fue parco en palabras.

—A esta ciudad la protegen sus propios ladrones y la gobiernan sus propios enemigos. Hermana, pronto nos tendremos que exiliar allende los mares.

La voz se le quebró y para no traicionar la emoción que lo embargaba se separó bruscamente de Salma y desapareció.

Aterrada, no intentó detenerlo. Ni siquiera se dio cuenta de que se alejaba. Ningún ruido, ningún grito, ninguna risa, ningún entrechocar de copas le llegaba ya del patio. Ningún hilillo de luz.

La fiesta había concluido.

El año de los amuletos
895 de la hégira

(25 de noviembre de 1489-13 de noviembre de 1490)

Aquel año, por culpa de una sonrisa, mi tío materno tomó el camino del exilio. Por lo menos, así fue como me explicó su decisión muchos años después, cuando nuestra caravana iba por el vasto Sáhara, al sur de Segelmesse, una noche fresca y serena que más que turbar acunaban los lejanos lamentos de los chacales. El vientecillo obligaba a Jali a narrar muy alto su relato y tenía una voz tan tranquilizadora que me hacía respirar los olores de mi Granada natal y una prosa tan hechicera que mi camello no parecía caminar sino a su ritmo.

Hubiera querido repetir cada una de sus palabras pero mi memoria es limitada y mi elocuencia asmática, y muchas de las ilustraciones de su historia no volverán a aparecer nunca más, por desgracia, en ningún libro.

«El primer día de aquel año había subido por la mañana temprano a la Alhambra, no para ir, como de costumbre, al pequeño escritorio del *diwan* donde redactaba las cartas del príncipe, sino para presentar, junto con algunos notables de mi familia, mis felicitaciones del Ras-es-Sana. El *maylis*, la corte del sultán, que se hallaba con tal motivo en el Salón de Embajadores, rebosaba de cadíes con sus turbantes, de dignatarios con altos gorros de fieltro, verde o rojos, de ricos negociantes con los cabellos teñidos de alheña y partidos, como los míos, por una raya hecha con primor.

»Tras haberse inclinado ante Boabdil, la mayoría de los visitantes se retiraban hacia el patio de los Arrayanes, por donde deambulaban un rato alrededor de la piscina, deshaciéndose en zalemas. Los principales notables se sentaban en los divanes cubiertos de tapices adosados a las paredes de la inmensa estancia, contoneándose torpemente para acercarse, en la medida de lo posible, al sultán o a los visires, con intención de hablar con ellos de alguna petición o de mostrar, simplemente, que gozaban del favor del sultán.

»Como redactor y calígrafo de la secretaría de Estado, de lo que daban fe los rastros de tinta roja que tenía en los dedos, gozaba yo de algunos pequeños privilegios, como el de circular a mi antojo entre el *maylis* y la piscina y dar, así, unos cuantos pasos en compañía de los personajes que me parecían interesantes para volver a sentarme a continuación, al acecho de una nueva presa. Excelente sistema de recoger noticias y opiniones sobre los asuntos del momento, tanto más cuanto que la gente hablaba con entera libertad durante el reinado de Boabdil, mientras que en tiempos de su padre miraba siete veces a su alrededor antes de formular la menor crítica, se expresaba en términos ambiguos, a golpe de versículos y de refranes, para poder desdecirse en caso de denuncia. Al sentirse más libres, menos espiados, los granadinos se habían vuelto más duros con el sultán, aun cuando se encontraban bajo su techo, aun cuando habían venido a desearle larga vida, salud y victoria. Nuestro pueblo es despiadado con los soberanos que no lo son.

»En aquel día otoñal, las hojas amarillas estaban más fielmente unidas a su árbol que los notables de Granada a su monarca. La ciudad se encontraba dividida, como desde hacía años, entre el partido de la paz y el partido de la guerra, ninguno de los cuales era partidario del sultán.

»Los que querían la paz con Castilla decían: somos débiles y los *rum* son poderosos; nos han abandonado nuestros hermanos de Egipto y del Magreb, mientras que nuestros enemigos tienen el apoyo de Roma y de todos los cristianos; hemos perdido Gibraltar, Alhama, Ronda, Marbella, Málaga y otras muchas plazas y, mientras no se restablezca la paz, la lista no dejará de aumentar; las tropas devastan las huertas y los campesinos se lamentan, los caminos no son ya seguros, los negociantes no pueden ya abastecerse, la Alcaicería y los zocos se están quedando vacíos y los precios de los productos suben a excepción de la carne que se vende a un dirhem la libra porque ha habido que sacrificar miles de reses para sustraerlas a las razzias; Boabdil debería poner todos los medios para acallar a los belicistas y llegar a una tregua duradera con los castellanos antes de que le pongan sitio a la propia Granada.

»Los que querían la guerra decían: el enemigo ha decidido aniquilarnos de una vez por todas y no será sometiéndonos como lo haremos retroceder. ¡Mirad cómo, tras su rendición, han reducido a la esclavitud a todos los habitantes de Málaga! ¡Mirad cómo levanta hogueras para los judíos la Inquisición en Sevilla, en Zaragoza, en Valencia, en Teruel, en Toledo! ¡Mañana, las hogueras se alzarán aquí mismo, en Granada, no sólo para la gente del *sabbat* sino también para los musulmanes! ¿Cómo impedirlo sino con la resistencia, con la movilización, con el Yihad? Cada vez que hemos peleado con energía, hemos podido frenar el avance de los castellanos, pero después de cada una de nuestras victorias ha habido entre nosotros traidores que no pretendían más que conciliarse al enemigo de Dios, que le pagaban tributos, le abrían las puertas de nuestras ciudades. ¿No le ha prometido el propio Boabdil a Fernando entregarle un día Granada? Hace ya más de tres años que le firmó un papel en ese sentido en Loja. Este sultán es un traidor. Hay que sustituirlo por un verdadero musulmán, dispuesto a dirigir la guerra santa y que devuelva la confianza a nuestro ejército.

»Hubiera sido difícil hallar un soldado, un oficial, comandante de diez, de cien o de mil, y más todavía un religioso, cadí, notario, ulema o predicador de mezquita, que no compartiera este último punto de vista, mientras que los comerciantes y los agricultores se pronunciaban más por la paz. La propia corte de Boabdil estaba dividida. De haber seguido sus inclinaciones, el sultán hubiera concertado una tregua cualquiera, a cualquier precio, pues había nacido vasallo y sólo aspiraba a morir como tal; pero no podía ignorar la voluntad de su ejército, que observaba con impaciencia mal reprimida los combates que otros príncipes de la familia real nazarita dirigían con heroísmo.

»En todas las conversaciones de los partidarios de la guerra se repetía un ejemplo elocuente: el de Baza, ciudad musulmana al este de Granada, cercada y cañoneada desde hacía más de cinco meses por los *rum*. Los reyes cristianos —¡que el Altísimo destruya lo que han construido y construya lo que han destruido!— habían levantado torres de madera situadas frente a las murallas y habían cavado un foso para impedir comunicarse con el exterior a los sitiados. Sin embargo, a pesar de su superioridad aplastante en hombres y en material, y a pesar de la presencia en el lugar del propio Fernando, los castellanos no conseguían vencer y la guarnición efectuaba cada noche salidas mortíferas. Así, la resistencia encarnizada de los defensores de Baza, al mando del emir nazarita Yahya an-Nayyar, excitaba el ardor de los granadinos e inflamaba su imaginación.

»No era por ello grande el regocijo de Boabdil, pues Yahya, el héroe de Baza, era uno de sus más encarnizados enemigos. Hasta reivindicaba el trono de la Alhambra, en el que ya se había sentado su abuelo, y consideraba al sultán actual como un usurpador.

»La víspera misma del día de año nuevo llegó a oídos de los granadinos una nueva hazaña de los defensores de Baza. Los castellanos, decían, se habían enterado de que en Baza empezaban a escasear los víveres. Para convencerlos de lo contrario, a Yahya se le había ocurrido una estratagema: juntar todas las provisiones que quedaban, exponerlas de forma bien visible en los puestos del zoco e invitar, a continuación, a una delegación de cristianos a ir a negociar con él. Una vez que hubieran entrado en la ciudad, los enviados de Fernando se asombraron de ver tal profusión de productos de todas clases y no dejaron de contar el hecho a su rey, recomendándole que no siguiera intentando rendir a Baza por hambre sino que propusiera a sus defensores un arreglo honroso.

»Con unas cuantas horas de diferencia, por lo menos diez personas, en el *hamman,* en la mezquita y en los corredores de la Alhambra me contaron jubilosamente la misma historia; cada vez, fingí sorprenderme para no ofender a mi interlocutor, para permitirle el placer de añadir su propio grano de sal. Yo también sonreía, pero algo menos cada vez pues me reconcomía la inquietud. Me preguntaba por qué Yahya había dejado entrar en la ciudad sitiada a los representantes de Fernando y, sobre todo, cómo esperaba ocultar al enemigo la penuria que atenazaba a Baza si todo el mundo en Granada y, probablemente también en otros lugares, sabía la verdad y se guaseaba de la artimaña.

»Mis peores temores —proseguía mi tío— iban a confirmarse el día de año nuevo, en el transcurso de mis conversaciones con los visitantes de la Alhambra. Me enteré, en efecto, de que Yahya, "Combatiente de la Fe", "Espada del Islam", había decidido no sólo entregar Baza a los infieles sino también unirse a las tropas castellanas para abrirles el camino de las demás ciudades del reino, principalmente Guadix y Almería y, finalmente, Granada. La habilidad suprema de ese príncipe había consistido en distraer a los musulmanes por medio de una pretendida artimaña para ocultar el auténtico objeto de sus conversaciones con Fernando. Había tomado esa decisión, dijeron algunos, a cambio de una importante suma de dinero y de la promesa de que sus soldados y los habitantes de la ciudad salvarían la vida. Pero había conseguido algo más: al convertirse él mismo a la fe de Cristo, ese emir de la familia real, ese nieto de sultán iba a ser un alto personaje de Castilla. Te hablaré de él en alguna otra ocasión.

»A principios del año 895, no se sospechaba, evidentemente, que fuera posible tal metamorfosis. Pero, desde los primeros días del mes del *muharram,* nos empezaron a llegar noticias de lo más alarmante. Baza capituló, seguida de Purchena, de Almería y, luego, de Guadix. Toda la parte oriental del reino, donde el partido de la guerra era el más poderoso, caía sin defenderse en manos de los castellanos.

»El partido de la guerra había perdido a su héroe y Boabdil se veía libre de un rival molesto; sin embargo, las victorias de los castellanos reducían su reino a bien poca cosa, Granada y sus inmediaciones, sometidas a su vez a repetidas incursiones. ¿Debería alegrarse el sultán o lamentarse?

»En momentos semejantes —decía mi tío— es cuando se revela la grandeza o la mezquindad. Y esta última fue la que leí claramente en el rostro de Boabdil, el día de año nuevo, en el Salón de Embajadores. Acababa de enterarme de la cruel verdad sobre Baza por un joven oficial beréber de la guardia que tenía familia en la ciudad sitiada. Venía a menudo a verme a la secretaría de Estado y se había dirigido a mí porque no se atrevía a abordar directamente al sultán, sobre todo para anunciarle una desgracia. Lo conduje inmediatamente junto a Boabdil quien lo invitó a informarlo en voz baja. Inclinado hacia el monarca, le repitió balbuceando, al oído, las noticias que había recibido.

»Pero a medida que hablaba el oficial, se le dilataba el rostro al sultán en una sonrisa amplia, indecente, repulsiva. Todavía estoy viendo ante mis ojos aquellos labios carnosos que se abrían, aquellas mejillas velludas que subían hasta las orejas, aquellos dientes separados que creían hincarse en la victoria, aquellos ojos que se cerraban lentamente como para recibir el cálido beso de una amante y aquella cabeza que vacilaba con deleite, de delante atrás, de atrás adelante, como para escuchar la más lánguida canción. Mientras viva, estaré viendo aquella sonrisa, aquella horrorosa sonrisa de la mezquindad».

Jali se interrumpió. La oscuridad me ocultaba su rostro pero lo oí jadear, suspirar, murmurar luego alguna que otra fórmula de oración que repetí tras él. Los ladridos de los chacales parecían más próximos.

«La actitud de Boabdil no me sorprendía —prosiguió Jali con voz de nuevo serena—. No ignoraba ni la ligereza del señor de la Alhambra, ni su debilidad de carácter, ni siquiera la ambigüedad de sus relaciones con los castellanos. Sabía que nuestros príncipes estaban corrompidos, que no pensaban en absoluto en defender el reino y que el exilio iba a ser pronto el destino de nuestro pueblo. Pero tuve que ver con mis propios ojos el corazón al desnudo del último sultán de Andalucía para sentirme obligado a reaccionar. ¡Dios muestra a quien quiere la senda recta y a los demás la vía de la perdición!».

Mi tío sólo se quedó en Granada tres meses más, el tiempo necesario para convertir discretamente algunos bienes en monedas de oro fácilmente transportables. Luego, una noche sin luna, provisto de un caballo y unas cuantas mulas, salió con su madre, su mujer, sus cuatro hijas y un criado, camino de Almería, donde consiguió de los castellanos autorización para embarcar, junto a otros emigrados, rumbo a Tremecén. Pero tenía la intención de instalarse en Fez y allí habíamos de reunirnos con él mis padres y yo tras la caída de Granada.

Si mi madre no dejaba de llorar aquel año la partida de Jali, Mohamed, mi padre, Dios perfume su memoria, no pensaba en absoluto en seguir el ejemplo de su cuñado. El ambiente de nuestra ciudad no tenía nada de desesperado. Circularon relatos particularmente alentadores a lo largo de todo el año, propalados con frecuencia, me decía mi madre, por la inefable Sara. «Cada vez que la Vistosa venía a visitarme, sabía que iba a poder referirle a tu padre conversaciones que habían de devolverle la alegría y la confianza para toda una semana. Al final, era él quien me preguntaba impaciente si el aljaraz había tintineado en casa en ausencia suya».

Un día, llegó Sara con los ojos llenos de noticias. Antes incluso de sentarse empezó a parlotear con mil gesticulaciones. Se acababa de enterar por un primo afincado en Sevilla de que el rey Fernando había recibido con gran sigilo a los mensajeros del sultán de Egipto, dos monjes de Jerusalén, encargados, se decía, de transmitirle una advertencia formal del señor de El Cairo: ¡si no cesaban los ataques contra Granada, la ira del sultán mameluco sería terrible!

La noticia recorrió la ciudad en pocas horas, aumentando de forma desmesurada y enriqueciéndose constantemente con detalles, de forma tal que, al día siguiente, desde la Alhambra hasta Maurora y desde el Albaicín hasta el barrio de los Alfareros, a cualquiera que se atreviese a poner en duda la llegada inminente y masiva de las tropas egipcias lo miraban con gran desprecio y profunda suspicacia. Había quienes llegaban a asegurar que había aparecido una inmensa flota musulmana a la altura de La Rábida, al sur de Granada, y que a los egipcios se les habían unido turcos y magrebíes. Si estas noticias no eran ciertas, les decían a los últimos escépticos, ¿cómo explicar que los castellanos hubieran suspendido de repente desde hacía semanas sus ataques en todo el reino, mientras que Boabdil, tan timorato antaño, lanzaba ahora razzia tras razzia contra el territorio controlado por los cristianos sin exponerse a represalias? Una extraña embriaguez de victoria se había apoderado de la ciudad agonizante.

Yo no era más que un niño de pecho que no poseía la sabiduría de los hombres pero tampoco su locura, lo que me evitó ser partícipe de la credulidad general. Mucho después, hombre ya y llevando con orgullo el sobrenombre del Granadino para recordar a todos la prestigiosa ciudad de la que me habían desterrado, no podía por menos de pensar con frecuencia en la ceguera de mis paisanos, empezando por mis propios padres, que habían sido capaces de creer en la llegada inminente de un ejército salvador, cuando sólo la muerte, la derrota y la vergüenza estaban al acecho.

Aquel año era igualmente para mí uno de los más peligrosos de cuantos iba a vivir. No sólo en razón de las amenazas que pesaban sobre mi ciudad y los míos, sino también porque para todo hijo de Adán el primer año es aquel en que las enfermedades son más mortíferas, en el que muchos hombres desaparecen sin dejar huella de lo que habrían podido ser o hacer. Cuántos grandes reyes, cuántos inspirados poetas, cuántos intrépidos viajeros no han podido realizar jamás el destino al que parecían prometidos al no haber podido llevar a cabo esta primera y difícil travesía, tan sencilla, tan mortífera. Cuántas madres no se atreven a encariñarse con su hijo por miedo a tener que acariciar, un día, una sombra.

La muerte, dijo el poeta, tiene nuestra vida cogida por los dos extremos. La vejez no está más cerca del óbito que la infancia.

¿No se decía acaso en Granada que el momento más peligroso de la vida de un niño de pecho es el periodo que sigue inmediatamente al destete, cuando está a punto de cumplir el primer año? Privados de la leche materna, gran número de niños no logran sobrevivir por mucho tiempo; por eso, se acostumbra a colgarles, a modo de protección, amuletos de azabache y talismanes, envueltos en saquitos de cuero que contienen, a veces, escritos misteriosos que se supone que protegen al portador del mal de ojo y de las enfermedades; cierto talismán llamado «piedra de lobo» debía incluso permitir domesticar a los animales salvajes sobre cuya cabeza se colocaba. En una época en que no era raro encontrar leones feroces en la región de Fez, lamenté en alguna ocasión no tener esta «piedra» a mano, pero no creo que me hubiera atrevido a acercarme a esos animales lo bastante para ponerles el talismán en la melena.

A la gente piadosa esas creencias y esas prácticas le parecen contrarias a la religión, sin embargo es frecuente que sus propios hijos lleven amuletos, pues esos hombres de bien rara vez logran hacer entrar en razón a sus mujeres o a su madre.

Yo mismo, ¿a qué negarlo?, no me he separado nunca del trocito de azabache que le vendió Sara a Salma la víspera de mi primer cumpleaños, que tiene grabados unos signos cabalísticos que no he podido descifrar. No creo que este amuleto posea ningún poder mágico, pero el hombre es tan vulnerable frente al Destino que no puede sino encariñarse con objetos rodeados de misterio.

¿Me reprochará algún día mi debilidad Dios, que me creó débil?

El año de Astaghfirullah
896 de la hégira

(14 de noviembre de 1490-3 de noviembre de 1491)

El jeque Astaghfirullah llevaba un turbante voluminoso, era estrecho de hombros y tenía la voz cascada de los predicadores de la Mezquita Mayor y, aquel año, la espesa barba rojiza se le puso gris, dando a su anguloso rostro esa apariencia de insaciable ira que iba a llevarse por único equipaje a la hora del exilio. Nunca más se teñiría la barba con alheña, lo había decidido en un momento de cansancio, ¡y ay de quien le preguntara la razón!: «¿Cuando tu Creador te pregunte qué hiciste durante el sitio de Granada, te atreverás a contestarle que estuviste acicalándote?».

Todas las mañanas, a la hora del almuecín, se subía al tejado de su casa, una de las más altas de la ciudad, no para llamar a los creyentes a la oración, como había hecho durante años, sino para escrutar a lo lejos el objeto de su justa furia.

—¡Mirad —gritaba a sus vecinos no del todo despiertos—, están construyendo allí, en el camino de Loja, vuestra tumba, y vosotros en la cama, esperando que vengan a enterraros! ¡Venid a ver, si Dios quiere abriros los ojos! ¡Venid a ver esos muros que ha levantado en un solo día el poder de Iblis el Maligno!

Con la mano tendida hacia el oeste, apuntaba con sus afilados dedos hacia las murallas de Santa Fe que habían empezado a construir los reyes católicos en primavera y que, a mediados del verano, tenía ya el aspecto de una ciudad.

En este país en que los hombres habían adquirido, desde hacía mucho, la detestable costumbre de ir por la calle a pelo o de tocarse con un simple pañuelo, echado al desgaire por la cabeza, que se les iba resbalando a lo largo del día para descansar en los hombros, todo el mundo conocía de lejos la silueta en forma de hongo de Astaghfirullah. Pero pocos granadinos sabían su auténtico nombre. Dicen que fue su propia madre la primera en ponerle el mote, en razón de los gritos espantados que lanzaba desde su más tierna edad cada vez que se aludía en su presencia a un objeto o un acto que consideraba reprensible. «*¡Astaghfirullah! ¡Astaghfirullah!* ¡Imploro el perdón de Dios!», gritaba a la sola mención de un vino, de un crimen o de una vestimenta femenina.

Hubo un tiempo en que le hacían burla, cariñosa o ferozmente. Mi padre me confesó que, mucho antes de nacer yo, se juntaba a menudo con una panda de amigos los viernes, inmediatamente antes de la solemne oración del mediodía, en una librería próxima a la Mezquita Mayor, para hacer apuestas: ¿cuántas veces iba a decir el jeque su expresión favorita a lo largo del sermón? Las cifras iban de quince a setenta y cinco y, durante la ceremonia, uno de los jóvenes conjurados llevaba concienzudamente la cuenta, cambiando con los demás guiños divertidos.

«Pero, durante el sitio de Granada, ya nadie se guaseaba de las salidas de Astaghfirullah –proseguía mi padre, pensativo y perplejo ante el recuerdo de sus antiguas chiquilladas–. El jeque apareció a los ojos de la mayoría como un personaje venerable. No había abandonado en modo alguno con la edad las palabras y los comportamientos que lo caracterizaban, antes al contrario, los rasgos que lo volvían risible a nuestros ojos se le habían acentuado. Pero nuestra ciudad había cambiado de alma.

»¿Entiendes, Hasan, hijo mío?, ese hombre se había pasado la vida prediciéndole a la gente que, si seguía viviendo como lo hacía, el Altísimo la castigaría en este mundo y en el otro: había hecho de la desgracia su ojeadora. Todavía recuerdo uno de sus discursos que empezaba más o menos así:

»"Cuando venía esta mañana hacia la mezquita por la puerta de la Arenera y el zoco de los prenderos, pasé ante cuatro tabernas, *¡astaghfirullah!* en las que venden sin casi ningún disimulo vino de Málaga *¡astaghfirullah!* y otras bebidas prohibidas cuyo nombre no quiero saber"».

Con voz chillona y torpemente afectada se puso mi padre a imitar al predicador, salpicando sus frases con innumerables *¡astaghfirullah!* silbados con tal rapidez que se volvían incomprensibles, salvo unos cuantos, los únicos auténticos sin duda. Pero, exceptuando esa exageración, me pareció que había reproducido las palabras de forma bastante fiel.

—¿No aprendieron en su más tierna infancia quienes frecuentan esos lugares de infamia que Dios ha maldecido a quien vende vino y a quien lo compra? ¿Que ha maldecido a quien lo bebe y a quien lo da a beber? Lo han aprendido pero lo han olvidado o han preferido la bebida, que convierte al hombre en animal rastrero, a la Palabra que le promete el Edén. Una de esas tabernas la regenta una judía, nadie lo ignora, pero las otras tres las regentan *¡astaghfirullah!* musulmanes. ¡Y además sus clientes no son ni judíos ni cristianos, que yo sepa! Algunos, a lo mejor, se hallan entre nosotros este viernes, inclinando humildemente el rostro ante su Creador, mientras que anoche estaban prosternados ante la copa, en brazos de una prostituta o, incluso, con la mente turbia y la lengua desatada, blasfemando contra Aquel que ha prohibido el vino, contra Aquel que ha dicho: «¡No vengáis a la oración en estado de embriaguez!». *¡Astaghfirullah!*

Mohamed, mi padre, se aclaró la garganta, lastimada por la voz aguda que había puesto, antes de proseguir:

—Sí, hermanos creyentes, esto ocurre en vuestra ciudad, a la vista de todos, y no reaccionáis, como si Dios no os esperara el día del juicio para pediros cuentas. Como si Dios fuera a apoyaros contra vuestros enemigos cuando dejáis escarnecer Su palabra y la de Su Mensajero, ¡Dios lo gratifique con Su oración y Su salvación! Cuando, por las calles, abarrotadas de gente, de vuestra ciudad, las mujeres se pasean sin velo, luciendo el rostro y el cabello ante las miradas concupiscentes de cientos de hombres que no son todos ellos, supongo, su marido, su padre, su hijo o sus hermanos. ¿Por qué habría que preservar Dios a Granada de los peligros que la amenazan cuando en la vida de los habitantes de esta ciudad se han vuelto a instalar las costumbres de la época de la ignorancia, los usos de antes del islam, como las lamentaciones fúnebres, el orgullo de la raza, la práctica de la adivinación, la creencia en los presagios, la fe en las reliquias, el empleo entre unos y otros de epítetos y motes contra los que el Altísimo nos ha puesto en guardia de forma clara?

Mi padre me dirigió una mirada de complicidad pero sin interrumpir el sermón y sin, ni siquiera, recobrar el aliento:

—¿Cuándo en vuestras propias casas se han introducido, desoyendo las prohibiciones formales, estatuas de mármol y figurillas de marfil que reproducen de manera sacrílega las formas de los hombres, de las mujeres y de los animales, como si al Creador le hiciera falta la asistencia de Sus criaturas para acabar Su Creación? ¿Cuándo en vuestras mentes y en las de vuestros hijos se ha introducido la perniciosa e impía duda que os aleja del Creador, de Su Libro, de Su Mensajero y de la Comunidad de los Creyentes, la duda que resquebraja los muros y los cimientos mismos de Granada?

A medida que hablaba mi padre, el tono se volvía sensiblemente menos festivo, los gestos menos amplios y menos desordenados, los *¡astaghfirullah!* más escasos:

—¿Cuándo gastáis sin vergüenza ni medida, para placer vuestro, sumas que hubieran saciado el hambre de mil pobres y devuelto la sonrisa a mil huérfanos? ¿Cuándo os comportáis como si las casas y las tierras de que gozáis fueran vuestras, siendo así que toda propiedad es del Altísimo, de Él solo, de Él procede y a Él retornará cuando lo disponga, igual que a Él retornaremos nosotros, sin más tesoro que nuestro sudario y nuestras buenas acciones? La riqueza, hermanos creyentes, no se mide por las cosas que se poseen sino por aquellas de las que sabemos prescindir. ¡Temed a Dios! ¡Temed a Dios! ¡Temedlo en la vejez pero también en la juventud! ¡Temedlo si sois débiles pero también si sois poderosos! Diría incluso que habéis de temerlo mucho más si sois poderosos, pues Dios será con vosotros más despiadado todavía, y sabed que Su mirada atraviesa con la misma facilidad los muros imponentes de un palacio que la pared de arcilla de una choza. ¿Y qué encuentra Su mirada en el interior de los palacios?

Llegado a este punto del discurso, el tono de mi padre no era ya el de un imitador sino el de un maestro de escuela coránica; la voz le fluía ahora sin artificios y tenía la vista perdida en la lejanía como un sonámbulo:

—Cuando la mirada del Altísimo atraviesa las murallas de los palacios, ve que se escucha más a las cantantes que a los doctores de la Ley, que el sonido del laúd impide a los hombres oír la llamada a la oración, que ya no se distingue a un hombre de una mujer ni en el atuendo ni en la manera de andar, que el dinero arrebatado a los creyentes se echa a los pies de las bailarinas. ¡Hermanos! Del mismo modo que en el pescado lo primero que se pudre es la cabeza, en las comunidades humanas la podredumbre se propaga de arriba abajo.

Siguió un prolongado silencio y, cuando quise hacer una pregunta, mi padre me interrumpió con un gesto. Esperé, pues, a que se repusiera por completo de sus recuerdos y me hablara.

—Las frases que te he repetido, Hasan, son fragmentos de discursos del jeque pronunciados unos meses antes de la caída de Granada. Apruebe o no sus palabras, me conmueven profundamente, incluso cuando las recuerdo diez años después. Así que puedes imaginarte el efecto que producían sus sermones en la ciudad acorralada que era Granada en el año 896.

A medida que se daban cuenta de que no quedaba mucho para el fin y de que las desgracias infatigablemente predichas por Astaghfirullah empezaban a caerles encima, los granadinos habían llegado al convencimiento de que el jeque había tenido razón desde el principio y de que el Cielo había hablado siempre por boca suya. No se volvió a ver ya por la calle, ni siquiera en los barrios pobres, un solo rostro de mujer. Algunas, incluso chiquillas apenas púberes, se cubrían por temor de Dios, otras por miedo a los hombres, ya que se habían formado grupos de jóvenes armados de porras para llamar a la gente a hacer el bien y alejarse del mal. Ninguna taberna se atrevió ya a abrir las puertas, ni siquiera a escondidas. Las prostitutas abandonaron la ciudad en gran número para irse al campamento de los sitiadores, donde los soldados las recibieron con los brazos abiertos. Los libreros quitaron de la vista las obras que ponían en duda los dogmas y las tradiciones, los libros de poemas en que se celebra el vino y los placeres, así como los tratados de astrología y de geomancia. Un día, hasta se incautaron y quemaron libros en el patio de la Mezquita Mayor. Pasaba yo por allí, por casualidad, cuando empezaba a apagarse la pequeña hoguera y los mirones se iban dispersando al mismo tiempo que el humo. Me enteré, por una hoja que se había volado, de que estaba en el lote la obra de un médico poeta de tiempos pasados conocido bajo el nombre de al-Kalandar. En ese papel medio devorado por el fuego pude volver a leer estas palabras:

> Lo mejor que tengo en mi vida me lo ha dado la embriaguez.
> El vino corre por mí como la sangre.

Los libros quemados en público aquel día pertenecían, me explicó mi padre, a otro médico, uno de los más encarnizados adversarios de Astaghfirullah. Se llamaba Abu-Amr, pero los amigos del jeque le habían deformado el nombre, convirtiéndolo en Abu-Jamr, «el compadre Alcohol».

El predicador y el médico sólo tenían una cosa en común, el hablar sin rodeos, y, precisamente, ese hablar sin rodeos era lo que atizaba continuamente sus disputas, cuyas peripecias seguían los granadinos. En cuanto a todo lo demás, daba la impresión de que el Altísimo se había divertido creando a los dos seres más dispares posibles.

Astaghfirullah era hijo de un cristiano converso, lo que sin duda explicaba su celo, mientras que Abu-Jamr era hijo y nieto de cadí y, en consecuencia, no se sentía obligado a dar pruebas de su adhesión al dogma y a la tradición. El jeque era rubio, flaco y colérico; el médico era tan moreno como un dátil maduro, más gordo que un cordero en vísperas del Aid y sus labios casi nunca dejaban de sonreír, de contento y de ironía.

Había estudiado la medicina en los libros antiguos, los de Hipócrates, de Galeno, de Rhazes, de Avicena, de Abulcasis, de Avenzoar y de Maimónides, así como en tratados más recientes sobre la lepra y la peste, ¡Dios las aleje! Solía repartir a diario, gratis, a ricos y pobres, decenas de frascos de triaca de su fabricación. Pero era sólo para comprobar el efecto de la carne de víbora o del electuario, pues le interesaba mucho más la ciencia y la experimentación que la práctica médica. ¿Cómo habría podido, además, con unas manos siempre temblorosas por efectos del alcohol, operar un ojo afectado de cataratas o ni siquiera coser una herida? ¿Habría podido prescribir dietas —«la dieta es el comienzo de todo tratamiento», ha dicho el Profeta—, aconsejar a los pacientes que no abusaran de las bebidas y de las comidas, cuando él se entregaba sin freno a todos los placeres de la mesa? Todo lo más, podía recomendar vino añejo para tratar el hígado, como hicieron otros médicos antes que él. Si lo llamaban «tabib» era porque, de todas las disciplinas por las que se interesaba, que iban desde la astronomía hasta la botánica, pasando por la alquimia y el álgebra, la medicina era aquella en la que menos se confinaba en el papel de mero lector. Pero nunca había sacado de ella ni un dirhem, pues no vivía de eso: poseía, en la rica Vega de Granada, no lejos de las tierras del sultán, unas doce alquerías rodeadas de campos de trigo y de cebada, de olivares y, sobre todo, de vergeles admirablemente dispuestos. La cosecha de trigo, de peras, de cidras, de naranjas, de plátanos, así como de azafrán y de caña de azúcar, le producían, dicen, tres mil dinares de oro por temporada, lo que no gana un médico en treinta años. Además, poseía en la colina misma de la Alhambra una inmensa villa, soberbio carmen perdido entre viñedos.

Cuando Astaghfirullah ponía a los ricos en la picota, a quien aludía con frecuencia era a Abu-Jamr y era la imagen del médico barrigudo y cubierto de seda la que les venía a la mente a los humildes. Pues hasta los que se beneficiaban sin soltar un cuarto de sus medicamentos se sentían incómodos en su presencia, ya fuera por sus prácticas que parecían propias de la magia, ya por su lenguaje, tan salpicado de términos cultos que era incomprensible excepto para un reducido grupo de letrados desocupados que pasaban con él los días y las noches, bebiendo y hablando de mitridatos, de astrolabios y de metempsicosis. Con frecuencia había entre ellos príncipes de la familia real y el propio Boabdil fue un adepto ocasional de sus borracheras, al menos hasta que el ambiente creado en la ciudad por Astaghfirullah obligó al sultán a mostrarse más prudente en la elección de sus compañeros.

«Eran hombres de ciencia y de inconsciencia —recordaba mi padre—, decían a menudo, cuando no estaban bebidos, cosas sensatas, pero de una manera que, tanto por su impiedad como por su hermetismo, exasperaba al pueblo llano. Cuando se es rico, en oro o en sabiduría, hay que tener miramientos con la indigencia de los demás».

Luego, en tono confidencial:

«Tu abuelo materno, Suleymán el librero, Dios lo tenga en Su misericordia, fue a veces con esa gente. No por el vino, naturalmente, sino por la conversación. Y además ese médico era su mejor cliente. Le encargaba libros raros de El Cairo, de Bagdad o de Ispahán y a veces hasta de Roma, de Venecia o de Barcelona. Abu-Jamr se lamentaba, por cierto, de que los países musulmanes produjeran menos libros que en el pasado y de que se tratara sobre todo de simples reediciones o de resúmenes de libros antiguos. Punto en el cual tu abuelo estaba de acuerdo: en los primeros siglos del islam, repetía a menudo con amargura, eran incontables en Oriente los tratados de filosofía, de matemáticas, de medicina o de astronomía. Los propios poetas eran mucho más numerosos e innovadores, tanto en el estilo como en el sentido».

En Andalucía también florecía el pensamiento y sus frutos eran libros que, pacientemente copiados, circulaban entre los hombres sabios desde la China hasta el extremo occidente. Y luego se les secó la mente y la pluma. Para defenderse de los francos, sus ideas y sus costumbres, convirtieron la Tradición en una alcazaba en la que se encerraron. Granada no alumbró ya sino imitadores sin talento ni audacia.

Abu-Jamr se lamentaba de ello, pero Astaghfirullah se alegraba. Para este último, buscar a toda costa las ideas nuevas era un vicio; lo importante era conformarse a las enseñanzas del Altísimo tal y como las habían entendido y comentado los antiguos. «¿Quién se atreve a pretender estar más cerca de la Verdad de lo que lo han estado el Profeta y sus compañeros? Porque se han apartado del buen camino, porque han permitido que se corrompieran las costumbres y las ideas, es por lo que los musulmanes han flaqueado ante sus enemigos». Para el médico, en cambio, las enseñanzas de la historia eran muy otras. «La edad dorada del islam —decía— era aquella en que los califas les repartían su oro a los sabios y a los traductores, cuando se pasaban las veladas hablando de filosofía y de medicina en compañía de poetas medio borrachos. Y no le iba tan mal a Andalucía en los tiempos en que el visir Abderramán decía riendo: "Oh tú que gritas: ¡acudid a la oración!, mejor harías gritando: ¡acudid a la bebida!". Los musulmanes no han flaqueado sino cuando el silencio, el miedo, la conformidad, han oscurecido sus mentes».

Me parecía que mi padre había seguido de cerca todos aquellos debates, pero sin emitir jamás un juicio definitivo. Diez años después, sus palabras seguían careciendo de certidumbres.

«Pocos seguían al médico por la senda de la irreligión, pero algunas de sus ideas les hacían dudar. Prueba de ello es el asunto del cañón. ¿Te lo he contado alguna vez?».

Era a finales del año 896. Todos los caminos que llevaban a la Vega estaban ya en manos de los castellanos y los víveres empezaban a escasear. El ritmo de los días de Granada ya sólo lo marcaban el silbido de las balas de los cañones y de los trozos de roca que caían sobre las casas y las lamentaciones de las plañideras; en los parques, cientos de menesterosos, harapientos, sin recursos frente a un invierno que se anunciaba largo y riguroso, se peleaban por las últimas ramas del último árbol convertido en leña; los hombres del jeque, tan desenfrenados como desamparados, andaban por las calles en busca de algún culpable que castigar.

Alrededor de la ciudad sitiada, los combates se habían espaciado y también habían perdido virulencia. Los soldados de caballería y de infantería de Granada, diezmados por la artillería castellana cada vez que salían, no se atrevían ya a aventurarse en masa lejos de las murallas, se conformaban con golpes de mano nocturnos de escasa envergadura para asaltar a una escuadra enemiga, robar armas o apoderarse de algún ganado, actos audaces pero sin horizonte pues no bastaban para aflojar el cerco ni para aprovisionar a la ciudad, ni siquiera para devolverle los ánimos.

De pronto, un rumor. No de los que se extienden como la lluvia menuda de un nubarrón sino de los que caen como un chaparrón veraniego, cubriendo con su tumulto ensordecedor la miseria de los ruidos cotidianos. Un rumor que traía a nuestra ciudad ese toque de irrisión de que ningún drama está exento.

«Se supo que Abu-Jamr acababa de adquirir un cañón tomado al enemigo por un puñado de soldados temerarios que había accedido, a cambio de diez monedas de oro, a llevárselo a rastras hasta el jardín».

Mi padre se llevó a los labios una copa de horchata y tragó despacio varios sorbitos sucesivos antes de proseguir, insensible a la incomprensión que me embargaba:

«Los granadinos jamás habían tenido cañones y, como Astaghfirullah no dejaba de repetirles que esa invención diabólica hacía más ruido que daño, se habían resignado a la idea de que un artefacto tan nuevo y tan complicado no podía hallarse más que en las filas enemigas. La iniciativa del médico los sumió en la perplejidad. Durante días, hubo un desfile ininterrumpido de jóvenes y de viejos que se mantenían a respetuosa distancia de "la cosa", cuyas proporcionadas redondeces y cuya amenazadora mandíbula comentaban a media voz. En cuanto a Abu-Jamr, allí estaba, con sus propias redondeces, saboreando su revancha. "¡Id a decir al jeque que venga en vez de pasarse los días rezando! ¡Preguntadle si sabe encender una mecha con la misma facilidad con que quema un libro!". Los más piadosos se alejaban precipitadamente, mascullando alguna que otra imprecación, mientras que otros interrogaban al médico con insistencia acerca del modo de usar el cañón y sus efectos si se utilizaba contra Santa Fe. Él tampoco tenía ni idea, como es natural, lo que volvía sus explicaciones más impresionantes.

»Habrás adivinado, Hasan, hijo mío, que el cañón jamás se usó. Abu-Jamr no tenía ni balas, ni pólvora, ni artilleros y empezaron las risas burlonas entre los visitantes. Afortunadamente para él, el *muhtasib*, responsable de la policía, alertado por las aglomeraciones, mandó que unos cuantos hombres retiraran aquel objeto y lo remolcaran hasta la Alhambra para enseñárselo al sultán. Nunca más se lo volvió a ver. Pero se siguió oyendo hablar de él durante mucho tiempo, evidentemente por boca del médico que no se cansaba de repetir que únicamente por medio del cañón podrían los musulmanes vencer a sus enemigos, que mientras no se decidieran a adquirir o fabricar gran número de estos artefactos sus reinos estarían en peligro. Astaghfirullah predicaba algo muy distinto: mediante el martirio de los combatientes de la fe se aplastaría a los sitiadores.

»El sultán Boabdil iba a ponerlos de acuerdo, pues, en lo que a él se refería, no deseaba ni cañones ni mártires. Mientras el jeque y el médico porfiaban sin tregua y, a través de ellos, Granada entera se preguntaba por su destino, el señor de la ciudad no pensaba sino en evitar el combate. Enviaba al rey Fernando mensaje tras mensaje en los que ya no se hablaba más que de la fecha de la rendición; el sitiador hablaba de semanas y el sitiado de meses, esperando quizá que la mano del Altísimo desbaratara los frágiles arreglos de los hombres con algún decreto súbito, un diluvio, un cataclismo o una peste que diezmara a los grandes de España».

Pero el Cielo nos tenía reservados otros designios.

El año de la caída
897 de la hégira

(4 de noviembre de 1491-22 de octubre de 1492)

«Hizo frío aquel año en Granada, hizo frío y hubo miedo y la nieve estaba negra de tierra removida y de sangre. ¡Qué familiar resultaba la muerte, qué cercano el exilio, qué crueles, en el recuerdo, las alegrías del pasado!».

Mi madre no era la misma cuando hablaba de la caída de nuestra ciudad; para ese drama tenía una voz, una mirada, unas palabras, unas lágrimas que yo no le conocía en ninguna otra circunstancia. Yo, que no tenía aún tres años en aquellos días tumultuosos, no sé si los gritos que se agolpan en este momento en mis oídos son el recuerdo de lo que verdaderamente oí entonces o sólo el eco de los mil relatos que desde entonces me han contado.

No todos esos relatos empezaban del mismo modo. Los de mi madre hablaban en primer lugar de escasez y de angustia.

«Con los primeros días del año —decía— habían venido las nieves a cortar los escasos caminos que se habían salvado de los sitiadores, acabando de aislar Granada del resto del país y, sobre todo, de la Vega y de las Alpujarras, al sur, de donde aún nos llegaban trigo, avena, mijo, aceite y pasas. En nuestro vecindario, la gente tenía miedo, hasta los menos pobres; compraban a diario cuanto caía en sus manos y el ver las tinajas de provisiones alineadas junto a las paredes de las habitaciones, en vez de tranquilizarlos, les infundía aún más temor al hambre, a las ratas y a los ladrones. Todos decían que si los caminos volvían a ser practicables, marcharían sin tardanza a cualquier pueblo donde tuvieran familia. En los primeros meses del sitio, eran los habitantes de los pueblos aledaños los que buscaban asilo en Granada, uniéndose así a los refugiados de

Guadix y de Gibraltar; se alojaban, mal que bien, en casa de sus allegados, en las dependencias de las mezquitas o en los edificios abandonados; el verano anterior estaban incluso en los jardines y los solares, en tiendas de campaña improvisadas. Las calles rebosaban de mendigos de todo origen, a veces agrupados en familias enteras, padre, madre, niños y ancianos, todos ellos esqueléticos y despavoridos, pero también, a menudo, concentrados en pandillas de jóvenes de aspecto inquietante; y los hombres de honor que no podían dedicarse a la mendicidad o al bandidaje morían lentamente en sus casas, al abrigo de las miradas».

No fue ésa la suerte de los míos. Incluso en los peores momentos de penuria, en nuestra casa nunca faltó de nada gracias a la posición de mi padre. Había heredado, en efecto, de su propio padre un importante cargo municipal, el de contraste principal, que desempeñaba las funciones de pesar los granos y garantizar la honradez de las prácticas comerciales; ello fue lo que valió a los miembros de mi familia el sobrenombre de *al-Wazzan*, el alamín, que sigo llevando yo; en el Magreb nadie sabe que hoy en día me llamo León o Juan León de Médicis, nadie me ha apodado jamás el Africano; allí, era Hasan, hijo de Mohamed al-Wazzan y, en las actas oficiales, se añadía «al-Zayyati» por el nombre de mi tribu de origen, «al-Gharnati», el granadino, y cuando me alejaba de Fez, se me designaba también por «al-Fassi», referencia a mi primera patria adoptiva, que no fue la última.

En su calidad de alamín, mi padre hubiera podido quedarse con las cantidades que deseara de los productos que le sometían, dentro de unos límites razonables, o incluso cobrar en dinares de oro el precio de su silencio ante los fraudes de los mercaderes; no creo que intentara enriquecerse, pero su posición alejaba por completo de él y de sus allegados el espectro del hambre.

«Eras entonces un niño tan gordo —me decía mi madre— que ya ni me atrevía a pasearte por la calle por miedo a atraer el mal de ojo»; también era por no revelar nuestra relativa opulencia.

En su preocupación por no malquistarse con sus vecinos más afectados, mi padre hizo a menudo que se beneficiaran de sus adquisiciones, sobre todo cuando se trataba de carne o de fruta y verduras tempranas, pero siempre daba con mesura y modestia, pues toda esplendidez era provocación, toda condescendencia humillación. Y cuando la población de la capital, ya sin fuerzas y sin ilusiones, manifestó en la calle su furia y su desesperación y una delegación acudió ante el sultán para conminarlo a poner fin a la guerra como fuera, mi padre accedió a unirse a los representantes del Albaicín.

Por eso, cuando me contaba la caída de Granada, su relato empezaba invariablemente en las salas tapizadas de la Alhambra.

«Éramos treinta, procedentes de todos los rincones de la ciudad, desde Nayd hasta la Fuente de las Lágrimas y desde el arrabal de los Alfareros hasta el Almendral, y los que iban dando gritos tenían tanto miedo como los demás. No te ocultaré que yo estaba aterrado y que gustosamente habría vuelto sobre mis pasos si no hubiera temido perder el prestigio. Fíjate en lo insensato de nuestra gestión: durante dos días enteros, miles de ciudadanos habían sembrado el desorden por las calles, gritando los peores insultos contra el sultán, injuriando a sus consejeros e ironizando sobre sus mujeres, instándolo sin miramientos a luchar o a hacer la paz, antes de prolongar indefinidamente una situación en que la vida estaba exenta de alegría y la muerte de gloria. Pues bien, como para llevar directamente a sus oídos los insultos que sin duda alguna ya le habían comunicado sus espías, allá íbamos, peculiares parlamentarios desgreñados y vociferantes, yendo a desafiarlo a su propio palacio, delante de su chambelán, sus visires y los oficiales de su guardia. Y yo, funcionario de la oficina del *muhtasib,* que se suponía que tenía que velar por el respeto de la ley y del orden público, estaba allí, con los cabecillas de los motines, mientras el enemigo se encontraba a las puertas de la ciudad. Pensando de manera confusa en todo ello, me decía a mí mismo que me iba a ver en una mazmorra, flagelado con un vergajo hasta que me corriera la sangre o incluso crucificado en la almena de una muralla.

»Mis temores resultaron ridículos y enseguida sucedió la vergüenza al temor; afortunadamente, ninguno de mis compañeros me notó ninguna de las dos cosas. Pronto vas a saber, Hasan, hijo mío, por qué te revelo aquel momento de debilidad del que jamás he hablado a ninguno de mis allegados. Quiero que sepas lo que verdaderamente ocurrió en nuestra ciudad de Granada y en aquel año aciago; tal vez ello te evite dejarte engañar a tu vez por quienes tienen en sus manos el destino de la multitud. Yo sólo he descubierto aspectos valiosos de la vida desvelando los corazones de los príncipes y de las mujeres.

»Nuestra delegación entró, pues, en el Salón de Embajadores donde presidía Boabdil en su sitio habitual, rodeado de dos soldados armados y unos cuantos consejeros. Tenía arrugas asombrosamente marcadas para ser un hombre de treinta años, la barba muy cana y los párpados marchitos; ante él, un enorme brasero de cobre cincelado nos ocultaba sus piernas y su pecho. Era a finales de *muharram,* que coincidía aquel año con el principio del mes cristiano de diciembre, una época tan fría que traía a la memoria las insolentes palabras del poeta Ibn-Sara de Santarém al visitar Granada:

Gentes de este país, no oréis,
no os apartéis de las cosas prohibidas,
así podréis ganaros un lugar en el Infierno,
donde el fuego es tan reconfortante
cuando sopla el viento del norte.

»El sultán nos recibió con una sonrisa apenas dibujada en los labios, que me pareció, sin embargo, bondadosa. Nos invitó con un gesto a sentarnos, lo que hice yo posándome apenas en el asiento. Pero antes incluso de que empezara la discusión, vi desfilar con gran sorpresa a gran número de dignatarios, oficiales, ulemas, notables llegados de todas partes, entre los cuales se hallaba el jeque Astaghfirullah, el visir al-Mulih, el médico Abu-Jamr, cerca de cien personajes en total, algunos de los cuales se evitaban desde siempre.

»Boabdil habló lentamente, en voz tan baja que obligó a sus visitantes a callarse y a echarse hacia delante, casi sin respirar: "En el nombre de Dios, el Bienhechor, el Misericordioso, he querido que se reúnan aquí, en el palacio de la Alhambra, todos aquellos que tengan una opinión acerca de la situación preocupante en que el destino ha puesto a nuestra ciudad. Intercambiad vuestros puntos de vista y poneos de acuerdo acerca de la actitud que hay que adoptar por el bien de todos, y actuaré conforme a vuestros consejos. Nuestro visir al-Mulih dará su opinión en primer lugar; yo no hablaré hasta el final". Tras lo cual, se recostó en los almohadones alineados contra la pared y no volvió a decir palabra.

»Al-Mulih era el principal colaborador del sultán y de su boca se esperaba un elogio en prosa rimada de la actidud adoptada hasta entonces por su señor. No hubo tal. Si bien dirigió su discurso "al glorioso descendiente de la gloriosa dinastía nazarita", prosiguió en un tono completamente diferente: "Señor, ¿me garantizáis la impunidad, el *amén,* si digo sin rodeos y sin reservas lo que pienso en este momento?". Boabdil asintió con una leve inclinación de cabeza. "Mi opinión —continuó el visir— es que la política que seguimos no sirve ni a Dios ni a sus adoradores. Podemos extendernos aquí durante diez días y diez noches sobre el particular, pero ello no meterá un grano de arroz en los cuencos vacíos de los hijos de Granada. Miremos la verdad cara a cara, aunque sea horrible, y huyamos de la mentira aunque se adorne con joyas. Nuestra ciudad es grande y ya en tiempo de paz es difícil procurarle los víveres que necesita. Cada día que pasa se cobra sus correspondientes víctimas y el Altísimo nos pedirá un día cuentas de todos esos inocentes a los que hemos dejado morir. Podríamos exigir sacrificios a los habitantes si les prometiéramos una pronta liberación, si un poderoso ejército musulmán estuviera de camino para liberar Granada y castigar a sus sitiadores pero, ahora lo sabemos, no acudirá nadie en nuestra ayuda. Tú, señor de este reino, has escrito al sultán de El Cairo y al otomano, ¿te han contestado?" —Boabdil levantó las cejas en señal de negación—. "Y, no ha mucho todavía, has escrito a los soberanos musulmanes de Fez y de Tremecén para que acudan con sus ejércitos. ¿Cómo han reaccionado? Tu noble sangre, ¡oh, Boabdil!, te prohíbe decirlo, pero yo lo haré en tu lugar. ¡Pues bien, los soberanos de Fez y de

Tremecén han enviado mensajeros cargados de regalos, no a nosotros sino a Fernando, para jurarle que nunca usarían las armas contra él! Granada está sola hoy, porque las otras ciudades del reino ya están perdidas, porque los musulmanes de las demás regiones son sordos a nuestras llamadas. ¿Qué solución nos queda?".

»Un silencio agobiado reinaba entre la concurrencia que se conformaba con lanzar, de vez en cuando, algún que otro gruñido de aprobación. Al-Mulih abrió la boca como si se dispusiera a proseguir su argumentación. Pero no dijo nada, dio un paso hacia atrás y se sentó, con la mirada clavada en el suelo. Se levantaron entonces, sucesivamente, tres oradores de origen oscuro para decir que había que negociar urgentemente la rendición de la ciudad y que los dirigentes habían perdido demasiado tiempo, pues eran insensibles a las desgracias de los humildes.

»Luego le llegó el turno a Astaghfirullah, que, desde el principio, se estaba impacientando en su asiento. Se levantó, se llevó con un gesto maquinal ambas manos al turbante para componérselo y dirigió la vista al techo ornado de arabescos. "El visir al-Mulih es un hombre reputado por su inteligencia y su habilidad y cuando desea inculcar una idea a su auditorio le cuesta poco conseguirlo. Ha querido transmitirnos un mensaje, ha preparado nuestras mentes para recibirlo y luego se ha callado pues no quiere presentarnos con su propia mano la copa amarga que nos pide que apuremos. ¿Qué hay en esa copa? Si él no quiere decirlo con su propia boca, lo diré yo: el visir quiere que accedamos a entregar Granada a Fernando. Nos ha explicado que cualquier forma de resistencia es ya inútil, que no nos llegará auxilio alguno de Andalucía ni de ningún otro lugar; nos ha revelado que ha habido enviados de los príncipes musulmanes que se han comprometido con nuestros enemigos. ¡Dios castigue a unos y otros como sólo Él sabe hacerlo! Pero ¡al-Mulih no nos lo ha revelado todo! No nos ha dicho que desde hace semanas está en conversaciones con los *rum*. No nos ha confesado que ya se había entendido con ellos para abrirles las puertas de Granada".

»Astaghfirullah alzó la voz para cubrir la algarabía que iba en aumento. "Al-Mulih no nos ha confiado que había llegado a consentir en adelantar la fecha de la rendición, que ésta tendrá lugar en los próximos días y que lo único que ha intentado ha sido conseguir un plazo para preparar la mente de la gente de Granada para la derrota. Si los depósitos de víveres llevan cerrados varios días, es para obligarnos a la capitulación; si los agentes del visir han organizado manifestaciones callejeras, ha sido para precipitar nuestro desaliento; y no ha sido para criticar los actos de nuestros gobernantes, como ha pretendido hacernos creer el visir, para lo que nos han hecho venir hoy a la Alhambra, sino para que avalemos su impía decisión de entregar Granada —el jeque casi vociferaba; la barba le temblaba de ira y de amarga ironía—. No os indignéis, hermanos creyentes, pues si al-Mulih nos ha ocultado la verdad no ha sido con intención de engañarnos; lo único que ha pasado es que le ha faltado tiempo. Pero, por Dios, no lo interrumpamos más, dejémoslo exponer con detalle lo que ha hecho durante estos últimos días; después podremos debatir la actitud que haya que adoptar". Calló bruscamente y se sentó, recogiéndose con mano temblorosa los pliegues de la túnica cubierta de manchas, mientras un silencio mortal invadía el salón y las miradas se volvían a un tiempo hacia al-Mulih.

»Éste esperó que uno de los presentes interviniera; en vano. Se levantó entonces, haciendo acopio de energías. "El jeque es un hombre piadoso y valiente, todos lo sabemos; su amor por esta ciudad es tanto más meritorio cuanto que no ha nacido en ella y su celo por el islam es tanto más loable cuanto que no es su primitiva religión. Es también un hombre de gran sabiduría, versado en las ciencias de la religión y del mundo y que no duda en ir a buscar los conocimientos a las fuentes, por muy lejanas que estén; al oírle contar lo ocurrido entre el emisario del rey Fernando y yo, enviado del poderoso sultán de Andalucía, no puedo ocultar mi admiración, mi asombro y mi sorpresa, puesto que no he sido yo quien le ha contado tales hechos. Debo reconocer, por otra parte, que lo que ha dicho no dista mucho de la verdad. Sólo podría reprocharle que haya presentado las cosas del modo en que se describen entre nuestros enemigos. Para éstos, lo importante es la fecha de la paz, pues el cerco les cuesta caro; para nosotros, la meta no es retrasar el inevitable desenlace unos días o unas semanas, al cabo de los cuales los castellanos se arrojarían sobre nosotros con redoblado encarnizamiento; ahora que la victoria no está a nuestro alcance, por decisión irrevocable de Aquel que todo lo rige, hemos de intentar conseguir las mejores condiciones posibles. Es decir, salvar nuestras vidas, las de nuestras mujeres, las de nuestros hijos; es decir, preservar nuestros bienes, nuestras tierras de labor, nuestras casas, nuestro ganado, el derecho de cada uno de nosotros a seguir viviendo en Granada, según la religión de Dios y de su Profeta, orando en nuestras mezquitas, no pagando más impuestos que el *zakat* y el diezmo prescritos por nuestra Ley; el derecho de aquellos que lo deseen a marchar atravesando el mar hacia el Magreb, llevándose todos sus bienes, con un plazo de tres años para tomar la decisión y con la facultad de vender sus posesiones a precio justo a musulmanes o a cristianos. Éste es el acuerdo que he querido concertar con Fernando, haciéndole jurar sobre el Evangelio que lo respetará hasta su muerte y, después de él, sus sucesores. ¿He hecho mal?".

»No se detuvo al-Mulih a escuchar las respuestas; prosiguió: "Dignatarios y notables de Granada, no os anuncio una victoria pero quiero evitaros la amarga copa de la derrota humillante, de la matanza, de la violación de las mujeres y las muchachas, del deshonor, de la esclavitud, del saqueo, de la destrucción. Para ello, es menester vuestro consentimiento y vuestro apoyo. Si así me lo pedís, puedo romper las negociaciones o alargarlas; eso es lo que haría si no buscara sino las alabanzas de los necios y de los hipócritas. Les daría a los enviados de Fernando mil pretextos para retrasar la paz. Pero ¿sería ése, en verdad, el interés de los musulmanes? Estamos en invierno, las fuerzas del enemigo están más diseminadas y la nieve lo ha obligado a reducir sus ataques. Se refugia tras los muros de Santa Fe y las fortificaciones que ha construido, bastándole con cortarnos los caminos. Dentro de tres meses, estaremos en primavera, Fernando tendrá tropas de refresco, dispuestas a lanzar el ataque decisivo contra nuestra ciudad a la que el hambre habrá dejado ya exangüe. ¡Ahora es cuando hay que negociar! Ahora es cuando Fernando aceptará nuestras condiciones pues todavía podemos ofrecerle algo a cambio".

»Abu-Jamr, que había permanecido silencioso desde el comienzo de la discusión, saltó súbitamente de su asiento, empujando violentamente a sus vecinos con sus macizos hombros: "Podemos ofrecerle algo, dices, pero ¿qué? ¿Por qué ocultas las palabras en el fondo de la garganta? Lo que quieres ofrecerle a Fernando no es ni un candelabro de oro, ni un traje de gala, ni una esclava de quince años. Lo que quieres ofrecerle a Fernando es esta ciudad, de la que el poeta ha dicho:

Granada, ninguna ciudad se te asemeja
ni en Egipto, ni en Siria, ni en Irak,
tú eres la novia
y esos países son tu dote.

»"Lo que quieres ofrecerle a Fernando, ¡oh visir!, es este palacio de la Alhambra, gloria de las glorias y maravilla de las maravillas. ¡Mirad a vuestro alrededor, hermanos míos! ¡Pasead lentamente vuestra mirada alrededor de este salón, cada lienzo de cuya pared han cincelado pacientemente nuestros padres y abuelos como una joya delicada y rara! Grabad para siempre en vuestra memoria este lugar venerado en el que ninguno de vosotros volverá a poner los pies, excepto tal vez como esclavos".

»El médico lloraba y muchos hombres se ocultaron el rostro. "Durante ocho siglos –prosiguió con voz quebrada y entrecortada– hemos iluminado esta tierra con nuestra sabiduría, pero nuestro sol está en la hora del eclipse y todo se vuelve oscuro. Granada, sé que tu llama oscila por última vez antes de apagarse, pero que no cuenten conmigo para soplarla pues mis descendientes escupirían sobre mi recuerdo hasta el día del Juicio". Más que sentarse, se desplomó y transcurrieron algunos segundos, lenta, pesadamente, antes de que rompiera el silencio de nuevo Astaghfirullah, quien olvidó, en esta ocasión, su enemistad hacia Abu-Jamr: "El médico dice la verdad. Lo que el visir quiere ofrecerle al rey de los infieles es nuestra ciudad con sus mezquitas que se convertirán en iglesias, sus escuelas en las que nunca más penetrará el Corán, sus casas en las que no se respetará ya ninguna prohibición. Lo que también le ofrece a Fernando es un derecho de vida y muerte sobre nosotros y los nuestros, pues no ignoramos lo que valen los tratados, los juramentos de los *rum*. ¿Acaso no prometieron respetar y salvar la vida a los habitantes de Málaga hace cuatro años, antes de entrar en la ciudad y conducir a mujeres y niños al cautiverio? ¿Puedes asegurarme, al-Mulih, que no pasará lo mismo en Granada?".

»El visir contestó con tono exasperado: "No puedo asegurarte nada salvo que yo permaneceré en esta ciudad, que compartiré la suerte de sus hijos y que emplearé toda la energía que el Altísimo disponga prestarme para hacer respetar los acuerdos. No es en manos de Fernando donde está vuestro destino sino en manos de Dios y sólo Él podrá un día darnos la victoria que hoy nos niega. Por el momento, la situación es la que conocéis y es inútil prolongar la discusión. Hay que tomar una decisión. ¡Que los que aprueban la conclusión de un tratado con los castellanos pronuncien el lema de la dinastía nazarita!".

»De todos los rincones del Salón de Embajadores —recordaba mi padre— brotó la misma frase: "Sólo Dios puede dar la victoria", dicha con determinación pero sin ninguna alegría, pues lo que fuera otrora un grito de guerra se había convertido aquel año en una fórmula de resignación y quizá, incluso, en boca de algunos, en un reproche dirigido al Creador. ¡Él nos libre de la duda y de la incredulidad!

»Cuando estuvo seguro del apoyo de la multitud de los presentes, Boabdil se decidió a tomar la palabra en lugar de su visir. Mandó callar a sus súbditos con un gesto insistente de ambas manos, para decir en tono sentencioso: "Los creyentes se han pronunciado en su conjunto y han tomado una decisión. Seguiremos el camino de la paz, confiando en que Dios nos guíe hacia lo que es mejor para nosotros, Él es el que escucha, Él es el que responde".

»Antes de que el sultán acabara la frase, Astaghfirullah se dirigía ya hacia la salida, con la cojera acentuada por la furia y profiriendo estas terribles palabras: "¿Seguro que es de nosotros de quienes Dios ha dicho en Su Libro: Sois la mejor nación que jamás haya sido dada a los hombres?"».

La misma noche de la reunión de la Alhambra, Granada entera sabía con toda exactitud lo que en ella se había dicho. Empezó entonces la dura prueba de la espera, con su lote cotidiano de rumores, todos los cuales giraban en torno a un tema desesperadamente único: el día y la hora de la entrada de los castellanos en la ciudad.

«En el transcurso de la última semana del mes de *safar* —me contó mi madre—, al día siguiente de la fiesta del nacimiento del Mesías Isa —¡la paz sea con él!—, Sara la Vistosa vino a verme con un libro pequeño cuidadosamente envuelto en un pañuelo de seda malva que sacó con precaución del fondo del capacho de mimbre. "Ni tú ni yo sabemos leer", le dije forzándome a sonreír, pero ella parecía haber perdido toda su jovialidad. "He traído esto para enseñárselo a tu primo —me espetó en el tono más frío—. Es un tratado escrito por un hombre muy sabio de nuestra comunidad, el rabino Ishak Ben Yahuda. Dice que se nos va a venir encima un diluvio, un diluvio de sangre y de fuego, un castigo en el que van a sucumbir cuantos han abandonado la vida natural por la corrupción de la ciudad". Hablaba de forma entrecortada y le temblaban las manos.

»Yo te tenía sentado en las rodillas, hijo mío; te abrazaba con fuerza y te besaba con ardor en la nuca. "¡Adivina de mal agüero! —le dije bruscamente con más irritación que maldad—. ¿No ves que ya tenemos bastante con los sufrimientos cotidianos? ¿Es realmente necesario que nos predigas una suerte aún más lamentable?". Pero la judía no se dejó apartar del tema: "El rabino Ishak es un íntimo del rey Fernando, está al tanto de muchos secretos y si utiliza la lengua de los profetas es para hacernos entender lo que no puede divulgar de otra manera. A lo mejor, intenta avisaros de que van a tomar Granada, pero eso ya no es un secreto. Sus palabras van más allá. Afirma que para los judíos no habrá ya aire que respirar ni agua que beber en esta región de Sefarad".

»Sara, tan exuberante de costumbre, estaba tan asustada que articulaba con dificultad. "¿Ha sido ese libro lo que te ha trastornado de ese modo?". "Hay algo más. Me he enterado esta mañana de que a uno de mis sobrinos lo han quemado vivo en una hoguera en La Guardia, cerca de Toledo, junto con otras diez personas. Los acusaban de haber practicado la magia negra, de haber raptado a un niño cristiano y de haberlo crucificado como a Isa. Los inquisidores no han podido probar nada, no han podido dar el nombre del niño supuestamente asesinado ni presentar el cadáver, ni siquiera demostrar que hubiera desaparecido un niño de la región; pero bajo la tortura del agua y los tormentos de cuerda, Yusef y sus amigos han debido de confesar cualquier cosa". "¿Crees que los tuyos podrían correr igual suerte en Granada?". Sara me lanzó una mirada en la que creí notar odio. No sabía en qué la había ofendido pero se hallaba en tal estado que decidí disculparme. No me dejó tiempo de hacerlo. "¿Crees que cuando tomen esta ciudad, vuestras tierras, vuestras casas y vuestro oro los codiciarán menos que los nuestros? ¿Crees que tolerarán más vuestra fe que la nuestra? ¿Crees que el fuego de la hoguera tiene mayor predilección por un hijo de Sem que por otro? Estamos en Granada como en un arca, hemos flotado juntos y juntos nos iremos a pique. Mañana, en el camino del exilio...".

»Notando que había ido demasiado lejos, se interrumpió y, para atenuar el efecto de sus afirmaciones, me rodeó con sus brazos envueltos en amplias mangas y perfumados con almizcle y se puso a sollozar apoyada en mi hombro. Sin embargo, no le guardaba rencor porque esas mismas imágenes que la horrorizaban me tenían obsesionada en la vigilia y en el sueño y en eso éramos hermanas, huérfanas ya de la misma ciudad agonizante.

»De este modo nos lamentábamos cuando oí los pasos de tu padre que volvía. Lo llamé desde mi alcoba y, mientras subía las escaleras, me sequé las mejillas con el borde del vestido mientras Sara se cubría precipitadamente cabeza y rostro. Mohamed tenía los ojos inyectados en sangre pero fingí no darme cuenta para no violentarlo. "Sara te ha traído un libro para que nos expliques lo que dice". Tu padre no tenía, desde hacía mucho, prevención alguna contra la Vistosa, que venía casi a diario a nuestra casa y con la cual gustaba de cambiar opiniones y noticias; también le gustaba mucho gastarle bromas acerca de su indumentaria, lo que la hacía reír de buena gana. Aquel día, sin embargo, ninguno de los dos estaba para bromas. Tomó el libro en las manos, sin decir nada, y se sentó en el suelo, en el umbral de la habitación, para hojearlo. Se sumió en su lectura durante más de una hora mientras nosotros lo observábamos en silencio; luego lo cerró y se quedó pensativo. Me miró como si no me viera: "Tu padre, Suleymán el librero, me había dicho antaño que en vísperas de todos los grandes acontecimientos aparecen libros como éste que predicen el fin del mundo y que intentan explicar mediante el movimiento de los astros o la desobediencia de los hombres los decretos severos del Altísimo. La gente se los pasa a escondidas y su lectura la tranquiliza pues la desgracia de cada cual se pierde y se olvida como una gota de agua en un torrente. Este libro dice que los tuyos deben marcharse, Sara, sin esperar a que el destino llame a su puerta. En cuanto puedas, coge a tus hijos y aléjate de este país". Sara se descubrió la cara en señal de aflicción. "¿Dónde voy a ir?". No era tanto una pregunta como un grito de desamparo, pero tu padre contestó hojeando el libro: "Este hombre recomienda Italia, o el país de los otomanos, pero puedes incluso ir al Magreb de ultramar, que está más cerca. Allí es a donde iremos nosotros". Soltó el libro y se fue sin mirarnos.

»Era la primera vez que tu padre hablaba del exilio y hubiera querido preguntarle por esa decisión y por las disposiciones que había tomado, pero no me atrevía y él no volvió a hablarme de ello más que una vez, al día siguiente, para decirme a media voz que no mencionara el asunto delante de Warda».

Los días que siguieron, cañones y almajaneques permanecieron silenciosos; la nieve seguía cayendo sobre Granada, revistiéndola de un velo de paz y de serenidad que parecía que nada iba a desgarrar. No había combate alguno y sólo algunos gritos infantiles animaban las calles. ¡Cuánto hubiera deseado la ciudad que el tiempo la olvidara! Pero éste estaba en marcha: el año cristiano de 1492 empezó el último día del mes de *safar* del año 897 y, antes de que amaneciera, vinieron a aporrear nuestra puerta. Mi madre se despertó sobresaltada y llamó a mi padre que aquella noche dormía con Warda. Fue a abrir. Eran unos oficiales del sultán que le rogaban que los siguiera montado en su caballo; ya habían reunido a varias decenas de personas, entre las que se encontraban adolescentes muy jóvenes cuyos rostros lampiños iluminaba la nieve. Mohamed entró en su casa a ponerse ropa de abrigo; luego fue al pajar, detrás de la casa, flanqueado por dos soldados, a desatar su montura. De pie en la puerta a medio abrir, conmigo medio dormido en brazos y con la cabeza de Warda asomándole por encima del hombro, mi madre insistía a los oficiales para saber adónde se llevaban a su marido. Éstos contestaron que el visir al-Mulih les había dado una lista de personas a las que quería ver urgentemente; añadieron que no tenía nada que temer. Mi padre, al marcharse, la tranquilizó también lo mejor que pudo.

Al llegar a la plaza de la Tabla, delante de la Alhambra, Mohamed vio, al resplandor naciente del día, cerca de quinientos detenidos, a caballo todos, envueltos todos ellos en pesados mantos de lana, rodeados de un millar de soldados a pie o a caballo, que no empleaban con ellos brutalidad alguna, ni siquiera verbal, conformándose con rodearlos para impedirles que se alejasen. Luego la inmensa tropa se puso en movimiento, en silencio; abría la marcha un jinete con el rostro cubierto por un velo y, a los lados, iban los soldados, en fila. Pasó ante la puerta de los Siete Pisos, bordeó las murallas, salió de la ciudad por la puerta de Nayd para llegar al Genil, cuya superficie estaba helada. En un campo de cerezos, a la orilla del río, hizo un primer alto la silenciosa y trémula caravana.

Ya clareaba, pero aún se distinguía en el cielo el fino cuarto creciente del mes nuevo. El hombre del velo se descubrió el rostro y llamó a sí a una docena de altos dignatarios elegidos entre los detenidos. A nadie le sorprendió que fuera al-Mulih. Empezó por rogarles que no se inquietaran y se disculpó por no haberles dado explicaciones antes.

—Era menester que saliéramos de la ciudad para evitar cualquier incidente, cualquier reacción inconsiderada. Fernando ha pedido que se le dejen de rehenes quinientos notables pertenecientes a las grandes familias granadinas para poder mandar entrar a sus tropas en la ciudad sin temor a ninguna trampa. A nosotros también nos interesa que la capitulación transcurra sin la menor violencia. Tranquilizad a los demás, decidles que los tratarán bien y que todo pasará enseguida.

La información se les comunicó a todos sin provocar más reacción que unos murmullos sin consecuencias, pues la mayoría estaban orgullosos de que los hubieran elegido y sentían cierta seguridad al no encontrarse en la ciudad durante la invasión, lo que compensaba ampliamente las molestias de un cautiverio provisional. Otros, como mi padre, hubieran preferido estar junto a sus mujeres y sus hijos en el difícil momento, pero sabían que no podrían hacer nada por ellos y que la voluntad del Todopoderoso había de cumplirse hasta el final.

La pausa no se prolongó más allá de media hora. Luego partieron de nuevo hacia el oeste, sin alejarse nunca más de un tiro de piedra del Genil. Pronto apareció una tropa de castellanos en el horizonte y, al encontrarse, su jefe conversó aparte con al-Mulih; a continuación, por orden de éste, los soldados granadinos volvieron grupas y regresaron al trote hacia la ciudad mientras que los jinetes de Fernando ocupaban su lugar alrededor de los rehenes. En el cielo, el cuarto creciente era ahora invisible. La marcha prosiguió, más silenciosa aún, aún más agobiada, hasta los muros de Santa Fe.

«Qué extraña es su ciudad nueva edificada con nuestras viejas piedras», pensaba Mohamed al penetrar en aquel campamento tan a menudo observado desde lejos con miedo y curiosidad. Reinaba en él un zafarrancho precursor de los grandes ataques, los soldados de Fernando se disponían ostensiblemente a iniciar el último combate o, más bien, a sacrificar a la ciudad acorralada igual que se remataba en la arena de Granada al toro destrozado por todos lados por una jauría de perros.

La misma noche del 1 de enero de 1492, el visir, que había permanecido junto a los rehenes, emprendió el regreso a Granada, acompañado en esta ocasión por varios oficiales cristianos a los que debía introducir en la ciudad conforme a los acuerdos. Penetraron en ella de noche, por el camino que habían tomado mi padre y sus compañeros de cautiverio, lo que tenía la ventaja de no despertar demasiado pronto las sospechas de la gente de la ciudad. Al día siguiente por la mañana, se presentaban en la torre de Comares, donde Boabdil les entregó las llaves de la fortaleza. Pronto llegaron, siempre por el mismo camino apartado, unos cuantos centenares de soldados castellanos que se apoderaron de las murallas. Un obispo izó una cruz encima de la atalaya y los soldados aclamaron gritando tres veces «Castilla», «Castilla», «Castilla», lo que era costumbre entre ellos cuando tomaban una plaza. Al oír aquellos gritos, los granadinos comprendieron que ya había ocurrido lo irreparable y, estupefactos de que un acontecimiento tan considerable se hubiera producido con tan poco estrépito, se pusieron a orar y a salmodiar con los ojos empañados y las rodillas flojas.

A medida que se propagaba la noticia, los habitantes salían a la calle, revueltos hombres y mujeres, musulmanes y judíos, ricos y pobres, vagando pasmados, sobresaltándose al menor ruido. Mi madre me llevó de una callejuela a otra hasta la Sabika, donde estuvo apostada durante horas, observando cuanto se movía en torno a la Alhambra. Creo recordar que vi aquel día soldados castellanos cantando, gritando y pavoneándose en las murallas. A eso del mediodía, empezaron a esparcirse por la ciudad, achispados ya, y Salma se resignó a ir a esperar a su marido en casa.

Tres días después, a uno de nuestros vecinos, un notario de más de setenta años al que habían cogido como rehén junto a mi padre, lo volvieron a llevar a su casa; había simulado una indisposición y a los castellanos les había asustado que muriera estando en su poder. Por él se supo qué camino había tomado su grupo y mi madre decidió ir al día siguiente mismo, al alba, a ponerse al acecho en la puerta de Nayd, en el extremo sur de la ciudad, no lejos del Genil. Juzgó prudente que la acompañara Warda, quien podría hablar con sus correligionarios en caso de que nos importunaran.

Salimos, pues, a las primeras horas del día, a mí me llevaba mi madre en brazos, mi hermana Mariam iba igualmente en brazos de su madre, ambas avanzaban despacio para no resbalar en la nieve helada. Cruzamos la vieja Casba, el puente del Cadí, el barrio de Maurora, la Granada de los judíos, la puerta de los Alfareros, sin tropezarnos con nadie; sólo el metálico entrechocar de algunos utensilios nos recordaba, de vez en cuando, que no estábamos en un campamento abandonado, habitado por fantasmas, sino en una ciudad en la que unos seres de carne y hueso aún sentían la necesidad de andar con pucheros.

—Es cierto que apenas si es de día, pero ¿explica eso que en la puerta de Nayd no haya ni un centinela de guardia? —se preguntaba mi madre en voz alta.

Me dejó en el suelo y empujó la hoja, que cedió sin dificultad, pues ya estaba entreabierta. Salimos de la ciudad, sin saber muy bien qué camino tomar.

Aún estábamos a unos pasos de la muralla cuando se ofreció ante nuestros ojos abiertos de par en par un curioso espectáculo: dos grupos de jinetes parecían dirigirse hacia nosotros, uno por la derecha, subiendo desde el Genil pero avanzando al trote a pesar de la cuesta, otro por nuestra izquierda, procedente de la Alhambra, a paso cansino. Pronto, un jinete se destacó de este último grupo y apretó el paso. Volvimos precipitadamente hacia la ciudad y cruzamos de nuevo la puerta de Nayd pero sin cerrar la hoja para seguir observando sin que nos vieran. Cuando el jinete de la Alhambra llegó muy cerca, mi madre ahogó un grito:

—¡Es Boabdil! —dijo y, temiendo haber hablado demasiado alto, me tapó la boca con la mano para que me callara, cuando yo guardaba un perfecto silencio lo mismo que mi hermana, absortos ambos en la extraña escena que se estaba desarrollando ante nosotros.

Del sultán no vi sino el turbante con el que se había ceñido la cabeza y que le tapaba la frente hasta las cejas. Su caballo me pareció que desmerecía al lado de los dos palafrenes reales que, procedentes del otro lado, avanzaban ahora al paso, cubiertos de oro y sedas. Boabdil hizo ademán de poner pie a tierra pero Fernando lo detuvo con gesto tranquilizador. El sultán se acercó entonces a su vencedor e intentó tomarle la mano para besársela, pero el rey la retiró y Boabdil, que se había inclinado hacia él, no pudo besarle sino el hombro, señal de que seguía recibiendo trato de príncipe. No de príncipe de Granada, sin embargo; los nuevos amos de la ciudad le habían concedido un pequeño señorío en la Alpujarra donde podía instalarse con los suyos.

La escena de la puerta de Nayd no duró más que unos segundos, al cabo de los cuales Fernando e Isabel prosiguieron su camino rumbo a la Alhambra mientras que Boabdil, desconcertado por un momento, giraba una vez sobre sí mismo antes de continuar la marcha. Tan despacio iba que pronto lo alcanzó su grupo, formado por más de un centenar de caballos y de mulos que transportaban a hombres, mujeres y niños así como gran número de arcas y de objetos envueltos en paños. Al día siguiente, se contaba que había desenterrado los cadáveres de sus antepasados y se los había llevado para evitar que cayeran en manos del enemigo.

También se dijo que no se había podido llevar todas sus riquezas y que había mandado esconder una fortuna fabulosa en las cuevas del monte Solayr. ¡Cuánta gente se prometió entonces encontrarla! ¿Se me creerá si digo que a lo largo de toda mi vida me he ido encontrando con hombres que sólo soñaban con ese oro enterrado? Incluso he conocido a personas, a las que en todas partes designan con el nombre de *kannazin,* y que no tienen más ocupación que buscar tesoros, sobre todo el de Boabdil; en Fez, abundan tanto que se reúnen regularmente en asamblea y cuando yo vivía en esa ciudad, habían elegido incluso a un cónsul para que se encargara de los litigios que continuamente los oponían a los propietarios de edificios cuyos cimientos hacían tambalearse en el transcurso de sus excavaciones. Estos *kannazin* están convencidos de que las riquezas abandonadas por los príncipes del pasado están embrujadas para evitar que se dé con ellas; de ahí que recurran a menudo a los servicios de un mago encargado de deshacer el hechizo. Es imposible cruzar unas palabras con un *kannaz* sin que se ponga a jurar que ya ha visto en su subterráneo montones de oro o de plata que dice que no ha podido tocar por ignorar los conjuros apropiados o por no llevar encima los perfumes necesarios. ¡Y, enseguida, se pone a enseñar, sin permitir, sin embargo, a nadie que lo hojee, un libro en que se mencionan los lugares en que se hallan esos tesoros!

Yo, por mi parte, no sé si el que durante tanto tiempo habían acumulado los soberanos nazaritas seguirá enterrado en esa tierra de Andalucía, pero no lo creo pues el exilio de Boabdil era sin esperanza de retorno y los *rum* le habían permitido llevarse cuanto deseara. Marchó, pues, camino del olvido, rico pero mísero y, en el momento de cruzar el último puerto desde donde aún podía ver Granada, permaneció largo rato inmóvil, con la mirada turbia y la mente embotada: los castellanos llamaron a ese lugar el «Suspiro del Moro» pues el sultán derrocado había derramado allí, a lo que dicen, unas cuantas lágrimas de vergüenza y remordimiento. «¡Llora como mujer lo que no has sabido defender como hombre!», le dijo, al parecer, Fátima, su madre.

«Para esa mujer –me dirá más adelante mi padre– lo que acababa de ocurrir no era sólo la victoria de los castellanos; era también, y quizá antes que nada, la revancha de su rival. Hija, esposa y madre de sultán, Fátima rezumaba política e intrigas, mucho más que Boabdil que, de buena gana, se habría conformado con una vida de placer sin ambición y sin riesgo. Había sido ella quien había empujado a su hijo hacia el poder, para que destronara a su propio esposo Abu-l-Hasan, culpable de haberla abandonado por la bella cautiva cristiana Soraya. Había sido Fátima quien había hecho huir a Boabdil de la torre de Comares y había organizado, hasta en los menores detalles, la rebelión de éste contra el viejo monarca. Había sido ella quien había eliminado de este modo a la concubina y apartado para siempre del poder a los hijos de ésta, niños aún.

»Pero el destino cambia más que la piel de un camaleón, como decía un poeta de Denia. Y, mientras Fátima huía de la ciudad perdida, Soraya recuperaba apresuradamente su antiguo nombre, Isabel de Solís, y mandaba bautizar a sus dos hijos, Saad y Nasr, que se convertían en don Fernando y don Juan, infantes de Granada. No fueron ellos los únicos miembros de la familia real que abandonaron la fe de sus padres para convertirse en grandes de España: Yahya an-Nayyar, el efímero héroe del "partido de la guerra", se les había adelantado, recibiendo el título de duque de Granada-Venegas. Nada más capitular la ciudad, a Yahya lo habían nombrado "alguacil mayor", jefe de la policía, lo que es bastante demostrativo de que se había granjeado la entera confianza de los vencedores. Otros personajes siguieron su ejemplo, entre ellos un secretario del sultán, llamado Ahmed, del que se sospechaba hacía algún tiempo que era espía al servicio de Fernando.

»Los días que siguen a una derrota ponen, a menudo, al desnudo la podredumbre de las almas. Al decir esto, no pienso tanto en Yahya como en el visir al-Mulih. Pues mientras negociaba, como nos había explicado ampliamente, la salvación de las viudas y los huérfanos de Granada, ese hombre no se había olvidado de sí mismo: había conseguido de Fernando, como precio de la capitulación que tan hábilmente había apresurado, veinte mil castellanos de oro, o sea cerca de diez millones de maravedís, así como muchas tierras. Otros dignatarios del régimen se adaptaron también sin dificultad a la dominación de los *rum* que se mostraban conciliadores en los primeros tiempos de la victoria».

De hecho, la vida volvió enseguida a sus cauces en la Granada ocupada, como si Fernando quisiera evitar que los musulmanes partieran en masa hacia el exilio. Los rehenes volvieron con sus familias al día siguiente mismo de la entrada del rey y la reina en la ciudad y mi padre nos contó que lo habían tratado con más miramientos que si hubiera sido un huésped principesco. En Santa Fe, sus compañeros y él no estaban confinados en una cárcel; podían ir al mercado y pasearse a veces en pequeños grupos por las calles, acompañados sin embargo de guardias encargados, a un tiempo, de vigilarlos y de protegerlos de las furias de algún soldado borracho o fuera de sus casillas. Durante uno de esos paseos, le enseñaron a mi padre, a la puerta de una taberna, a un marino genovés del que toda Santa Fe hablaba para distraerse. Lo llamaban «Cristóbal Colón». Quería, decía, armar unas carabelas para llegar a las Indias por el oeste, ya que la tierra era redonda, y no ocultaba la esperanza de conseguir para esa expedición una parte del tesoro de la Alhambra. Se encontraba allí desde hacía semanas, insistiendo en ver al rey o a la reina, que lo evitaban aunque venía recomendado por altos personajes. A la espera de que lo recibieran, les dirigía continuos mensajes y súplicas, lo que, en aquellos tiempos de lucha, no dejaba de importunarlos. Mohamed no volvió a ver nunca más a aquel genovés, pero yo tuve ocasión, a menudo, de oír hablar de él.

Días después del regreso de mi padre, el duque Yahya lo convocó para pedirle que volviera a desempeñar su función de alamín porque, le dijo, pronto van a volver al mercado profusión de productos y habrá que velar para reprimir cualquier fraude. Descompuesto primero ante la sola vista del renegado, mi padre acabó por colaborar con él, como con cualquier otro jefe de policía, no sin mascullar, sin embargo, de vez en cuando, alguna imprecación cuando se acordaba de la esperanza que antaño había representado aquel hombre para los musulmanes. La presencia de Yahya resultaba, por otra parte, tranquilizadora para los notables de la ciudad, algunos de los cuales lo conocían bien, y unos y otros empezaron a tratarlo con mayor asiduidad que cuando era el poco afortunado rival de Boabdil.

«Queriendo tranquilizar a los vencidos sobre su suerte, Fernando —recordaba mi padre— fue a menudo en persona a Granada para comprobar que sus hombres respetaban los compromisos adquiridos. Sumamente inquieto por su persona los primeros días, el rey acabó por desplazarse con regularidad a la ciudad, visitando el mercado, rodeado de una buena escolta se entiende, inspeccionando las viejas murallas. Es cierto que evitó aún durante meses pasar la noche en nuestra ciudad, prefiriendo volver a Santa Fe antes de la puesta de sol, pero su desconfianza, por lo demás comprensible, no iba acompañada entonces de ninguna medida inicua o discriminatoria, de ninguna violación del tratado de capitulación. Sincera o fingida, la solicitud de Fernando era tal que los cristianos que visitaban Granada les decían a los musulmanes: "Ahora sois más caros al corazón de nuestro soberano de lo que jamás lo hemos sido nosotros". Algunos llegaron a decir, con extremada malevolencia, que los moros habían embrujado al rey para que impidiera a los cristianos que les quitaran sus bienes.

»Pronto —suspiró Mohamed— nuestros sufrimientos iban a exculparnos y a recordarnos que, incluso libres, ya estábamos encadenados a nuestra humillación. Sin embargo, durante los meses que siguieron a la caída de Granada —¡Dios la libere!— se nos eximió de lo peor, pues, a la espera de encarnizarse con nosotros, la ley de los vencedores cayó sobre los judíos. Para su mayor desgracia, Sara tenía razón».

En *yumada al-taní* de aquel año, tres meses después de la caída de Granada, llegaron unos heraldos reales al centro de la ciudad y proclamaron, con redoble de tambores y tanto en árabe como en castellano, un edicto de Fernando e Isabel decretando «la ruptura definitiva de toda relación entre judíos y cristianos, lo que no puede cumplirse sino expulsando de nuestro reino a todos los judíos». A partir de ese momento, éstos tenían que elegir entre el bautismo y el exilio. Si optaban por esta última solución, tenían cuatro meses para vender sus bienes muebles e inmuebles, pero no podían llevarse ni oro ni plata.

Cuando, al día siguiente de esta proclamación, Sara vino a vernos, tenía el rostro hinchado por una interminable noche de llanto, pero de sus ojos, secos ya, se desprendía esa serenidad que a menudo acompaña la llegada de un drama esperado durante mucho tiempo. Incluso se permitió hablar con ironía del edicto real, recitando con ronca voz de hombre frases que recordaba:

—Nos han informado los inquisidores y otras personas de que el comercio de los judíos con los cristianos acarrea los peores males. Los judíos intentan seducir a los cristianos recientemente convertidos así como a sus hijos, poniéndoles en las manos los libros de oraciones judías, procurándoles por Pascua pan ácimo, instruyéndolos sobre los platos prohibidos, convenciéndolos de que se atengan a la ley de Moisés. Nuestra santa fe católica se ve por ello envilecida y disminuida.

En dos ocasiones tuvo mi madre que obligarla a bajar la voz pues estábamos sentados en el patio aquella mañana primaveral y Salma no hubiera querido que esa burla llegara a oídos de algún vecino malévolo. Afortunadamente, Warda se había marchado al mercado con mi padre y mi hermana pues no sé cuál habría sido su reacción al oír pronunciar, en tono irónico, las palabras «santa fe católica».

En cuanto Sara concluyó con su imitación, mi madre le hizo la única pregunta importante:

—¿Qué has decidido hacer? ¿Vas a elegir la conversión o el exilio?

Le contestó con una sonrisa forzada y, luego, con un: «¡Todavía tengo tiempo!» aparentemente despreocupado. Esperó mi madre unas semanas antes de repetir la pregunta. La respuesta fue la misma.

Pero, a principios del verano, cuando el plazo concedido a los judíos había expirado ya en sus tres cuartas partes, fue la propia Vistosa quien vino a anunciar:

—Me he enterado de que al gran rabino de toda España, Abraham Senior, lo acaban de bautizar junto con sus hijos y todos sus parientes. Primero me he quedado horrorizada y luego me he dicho: «Sara, viuda de Jacob Perdoniel, vendedora de perfumes en Granada, ¿eres mejor judía que el rabino Abraham?». Así que he decidido que nos bauticen, a mí y a mis cinco hijos, dejando al Dios de Moisés el trabajo de juzgar lo que hay en mi corazón.

A Sara, aquel día, la angustia le había soltado la lengua y mi madre la miró con ternura:

—Me alegro de que no te vayas. Yo también me quedo en esta ciudad pues mi primo no ha vuelto a hablar de exilio.

Sin embargo, antes de que transcurriera una semana, Sara había cambiado de opinión. Llegó una tarde a nuestra casa, muy agitada, tirando de tres de sus hijos, el menor de los cuales tenía apenas mi edad.

—Vengo a despedirme. Por fin, he decidido marcharme. Mañana al amanecer hay una caravana para Portugal; voy a unirme a ella. Ayer casé a mis dos hijas mayores, de catorce y trece años, para que sus maridos se ocupen de ellas y le he vendido la casa a un soldado del rey por cuatro mulas.

Antes de añadir, como disculpándose:

—Si me quedo, Salma, tendré miedo todos los días hasta que me muera y cada día pensaré en marcharme pero ya no podré hacerlo.

—¿Aunque te conviertas? —dijo mi madre asombrada.

Por toda respuesta, la Vistosa contó una parábola que iba de boca en boca desde hacía unos días por el barrio judío de Granada y que la había decidido, por fin, a escoger el exilio:

—Dicen que un sabio de nuestra comunidad ha puesto en una ventana de su casa tres palomas. Una estaba muerta y desplumada, y le había puesto un cartelito en el que había escrito: «Este converso fue el último en marcharse»; la segunda paloma, desplumada pero viva, llevaba el cartel: «Este converso se marchó algo antes»; la tercera seguía viva y con plumas y en su cartel podía leerse: «Éste fue el primero en marcharse».

Sara y los suyos se fueron, pues, sin mirar atrás; estaba escrito que pronto habíamos de reunirnos con ellos en el camino de la dispersión.

El año del Mihrayán
898 de la hégira

(23 de octubre de 1492-11 de octubre de 1493)

Nunca más, desde aquel año, me he atrevido a pronunciar en presencia de mi padre la palabra *Mihrayán,* hasta tal punto se trataba de algo que lo sumía en los más dolorosos recuerdos. Y nunca más celebró mi familia esa fiesta.

Todo ocurrió el noveno día del mes santo de *ramadán,* o mejor debería decir por San Juan, el vigésimo cuarto día de junio, ya que la fiesta del *Mihrayán* no se celebraba según el año musulmán sino a partir del calendario cristiano. Ese día corresponde al solsticio de verano, que marca el ciclo del sol, y no ocupa, pues, un lugar en nuestro año lunar. En Granada, como por otra parte en Fez, siempre se han seguido ambos calendarios a la vez. Si se cultiva la tierra, si se necesita saber en qué momento hay que injertar los manzanos, cortar la caña de azúcar o reunir brazos para la vendimia, sólo los meses solares permiten orientarse; al acercarse el *Mihrayán,* por ejemplo, se sabía que era la época de coger las rosas tardías con que algunas mujeres se adornaban, entonces, el pecho. En cambio, cuando se sale de viaje no interesa averiguar el ciclo del sol, sino el de la luna: si es llena o nueva, si está en cuarto creciente o menguante, pues así es como pueden fijarse las etapas de una caravana.

Dicho lo cual, faltaría a la verdad si omitiera añadir que el calendario cristiano no servía sólo para cuidar las plantas sino que proporcionaba, igualmente, múltiples ocasiones de celebrar fiestas, cosa de la que mis compatriotas nunca se privaban. No nos conformábamos con celebrar el nacimiento del Profeta, el *Muled,* con grandes justas poéticas en las plazas públicas y repartos de víveres a los necesitados; conmemorábamos, igualmente, la Natividad del

Mesías, preparando platos especiales a base de trigo, de habas, de garbanzos y de hortalizas. Y si el día del año nuevo musulmán, el *Ras-es-Sana,* se caracterizaba esencialmente por las felicitaciones oficiales en la Alhambra, el primer día del año cristiano traía consigo festividades que los niños esperaban con impaciencia: lucían entonces caretas e iban a llamar a las puertas de los ricos cantando rondas, lo que les valía unos cuantos puñados de frutos secos, menos como muestra de agradecimiento, por lo demás, que para alejar el jaleo que armaban; además, se recibía con pompa el comienzo del año persa, el *Nairuz:* la víspera se celebraban innumerables bodas, pues la ocasión era propicia, decían, para la fecundidad, y ese día vendían en las esquinas de todas las calles juguetes de barro cocido o de loza vidriada, que representaban caballos o jirafas, a pesar de la prohibición religiosa. Estaban también, naturalmente, las principales fiestas musulmanas: el *Adha,* el mayor *Aid,* en el que muchos granadinos se arruinaban para conseguir un cordero de sacrificio o comprarse ropa nueva; la Ruptura del Ayuno, cuando los más pobres no sabían organizar comilonas de menos de diez platos diferentes; el *Ashura,* día consagrado al recuerdo de los muertos pero en el que no se omitía el intercambio de suntuosos regalos. A todas estas fiestas, se añadían la Pascua, el *Asir,* a principios de otoño y, sobre todo, el famoso *Mihrayán.*

Con motivo de este último acontecimiento, se solían encender grandes hogueras con paja: se decía, en broma, que como esa noche era la más corta del año no valía la pena dormirla. Era inútil, por lo demás, buscar el menor reposo, pues había pandas de jóvenes que vagabundeaban hasta la mañana por la ciudad, cantando a voz en cuello; tenían, por añadidura, la detestable costumbre de rociar de agua todas las calles, lo que las dejaba resbaladizas durante tres días.

A esos granujas se les habían unido aquel año cientos de soldados castellanos que invadieron, desde por la mañana, las numerosas tabernas que se habían abierto desde la caída de la ciudad, antes de desperdigarse por los diversos barrios. Por eso no tenía mi padre ninguna gana de participar en los festejos. Fueron mis llantos y los de mi hermana, así como la intercesión de Warda y de mi madre, lo que lo decidieron a llevarnos de paseo, «sin salir del Albaicín», aclaró. Esperó, pues, la puesta de sol, ya que estábamos en el mes del ayuno, tomó a toda velocidad una sopa de lentejas bien merecida —¡qué penoso resulta *ramadán* cuando los días son tan largos!— y luego nos condujo hacia la puerta de las Banderas, donde se habían instalado para la ocasión los vendedores de buñuelos, de higos secos y de sorbetes de albaricoque preparados con nieve traída en mulas desde las cumbres del monte Solayr.

Teníamos una cita con el destino en la calle de la Muralla Antigua. Mi padre caminaba en cabeza, llevándonos a Mariam de una mano y a mí de la otra, cruzando algunas palabras con cada vecino con que se encontraba, mi madre iba dos pasos detrás, seguida de cerca por Warda, cuando de repente ésta gritó: «¡Juan!» y se quedó inmóvil. A nuestra derecha, se había detenido a su vez un soldado joven y bigotudo que, con una risita ahogada de borracho, intentaba, no sin dificultad, identificar a la mujer del velo que acababa de interpelarlo así. Mi padre notó de repente el peligro y dio un salto hacia su concubina, a la que asió con fuerza por el codo diciendo a media voz:

—¡Vámonos a casa, Warda! ¡Por Isa el Mesías, vámonos!

Suplicaba, pues el llamado Juan estaba rodeado de otros cuatro soldados castellanos visiblemente achispados y armados, como él, con imponentes alabardas; todos los demás transeúntes se habían hecho a un lado para presenciar la escena sin verse mezclados en ella. Warda se explicó, dando una voz:

—¡Es mi hermano!

A continuación, le gritó al joven, que estaba desconcertado:

—¡Juan, soy Esmeralda, tu hermana!

Mientras pronunciaba estas palabras, se soltó el brazo derecho del puño cerrado de Mohamed y se alzó levemente el velo. El soldado se acercó, la sujetó unos instantes por los hombros y la abrazó con fuerza. Mi padre palideció y se echó a temblar. Sabía que estaba perdiendo a Warda y, lo que era más grave, que estaban humillándolo ante todo el barrio, estaban hiriéndole en su virilidad.

Yo no entendía, evidentemente, nada del drama que se estaba desarrollando ante mis ojos infantiles. Recuerdo sólo con claridad el momento en que el soldado la emprendió conmigo. Acababa de decirle a Warda que tenía que irse con él a su pueblo, al que llamó Alcantarilla. De pronto, ella se mostró vacilante. Si bien había expresado espontáneamente la alegría de volver a ver a su hermano tras cinco años de cautividad, no estaba segura de querer abandonar la casa de mi padre para volver a la de los suyos cargada con una hija que había tenido de un moro. Seguramente ya no encontraría marido. No era desgraciada en casa de Mohamed el alamín, que la mantenía, la vestía y no la abandonaba nunca más de dos noches seguidas. Y además, cuando se ha vivido en una ciudad como Granada, aun en tiempos de desolación, no se desea volver a enterrarse en un pueblo pequeño de los alrededores de Murcia. Es posible imaginar que tales eran sus pensamientos cuando su hermano la zarandeó, impaciente:

—¿Son tuyos estos niños?

Se apoyó, vacilante, en una pared y balbuceó un «no», ahogado al instante por un «sí». Al oír esta última palabra, Juan se abalanzó sobre mí y me cogió.

¿Cómo olvidar el alarido que lanzó entonces mi madre? Se lanzó sobre el soldado arañándolo, cubriéndolo de golpes, mientras yo forcejeaba cuanto podía. Pero el joven cayó en la cuenta. Me soltó a toda prisa para espetarle a su hermana en tono de reproche:

—¿Entonces, sólo la niña es tuya?

Ella no dijo nada, lo que para Juan era respuesta suficiente.

—¿Te la llevas o se la dejas a ellos?

El tono era ahora tan duro que la desdichada se asustó.

—Cálmate, Juan —imploró—, no quiero escándalos. Mañana cogeré mis cosas y saldré para Alcantarilla.

Pero el soldado no estaba de acuerdo.

—¡Eres mi hermana y vas a coger tu equipaje ahora mismo para venir conmigo!

Alentado por el súbito cambio de opinión de Warda, mi padre se acercó y dijo:

—¡Es mi mujer!

Lo dijo en árabe y luego en mal castellano. Juan lo abofeteó con fuerza, tumbándolo en la calzada embarrada. Mi madre se había puesto a lamentarse como una plañidera, mientras que Warda gritaba:

—¡No le hagas daño! Siempre me ha tratado bien. Es mi marido.

El soldado, que había agarrado a su hermana sin miramientos, dudó un momento antes de decir, súbitamente amansado:

—Para mí, eras su cautiva y has dejado de pertenecerle desde que esta ciudad está en nuestras manos. Si me dices que es tu marido, podrá quedarse contigo pero habrá que bautizarlo inmediatamente y que encontrar un sacerdote que bendiga vuestro matrimonio.

Warda dirigió entonces sus súplicas a mi padre:

—¡Di que sí, Mohamed, si no nos separarán!

Hubo un silencio. Alguien de entre la muchedumbre gritó:

—¡Alá es grande!

Mi padre, que aún estaba caído en el suelo, se levantó sin precipitación, avanzó dignamente hacia Warda y le dijo con voz poco firme: «¡Te daré tu ropa y a tu hija!», antes de dirigirse a casa, cruzando una barrera de murmullos de aprobación.

«Había querido salvar las apariencias ante los vecinos —comentó mi madre con despego, pero a pesar de todo se sentía disminuido e impotente».

Luego añadió, esforzándose por no dejar traslucir ironía alguna: «Para tu padre, fue en aquel momento cuando Granada cayó de verdad en manos del enemigo».

Durante días, Mohamed permaneció postrado en su casa, inconsolable, negándose incluso a reunirse con los amigos para las comidas de ruptura del ayuno, los tradicionales *iftars;* ninguno se lo tuvo en cuenta, sin embargo, pues su desgracia era conocida de todos la tarde misma del *Mihrayán* y, más de una vez, los vecinos vinieron a traerle, como a un enfermo, los platos que no había podido degustar en casa de ellos. Salma procuraba pasar inadvertida, no dirigiéndole la palabra más que para contestar a sus preguntas, impidiéndome que lo molestara, evitando imponerle su presencia, pero sin alejarse nunca de él para que no tuviera que pedir dos veces la misma cosa.

Aunque mi madre estaba preocupada, seguía teniendo su temperamento pues estaba convencida de que el tiempo acabaría con el dolor de su primo. Lo que le dolía era ver a Mohamed tan apegado a su concubina y, sobre todo, que hubiera demostrado ese apego de tal forma en presencia de todas las comadres del Albaicín. Cuando, en mi adolescencia, le pregunté si, a pesar de todo, no se había sentido satisfecha entonces de que su rival se hubiese marchado, lo negó muy convencida:

«Una esposa prudente intenta ser la primera de las mujeres de su marido pues sería ilusorio querer ser la única».

Y añadió, con fingida jovialidad:

«Digan lo que digan, ser esposa única es tan desagradable como ser hijo único. Se trabaja más, es más aburrido, hay que aguantar sola los malos humores y las exigencias del hombre. Es cierto que están los celos, las intrigas, las disputas pero, por lo menos, es algo que ocurre de puertas para adentro pues, en cuanto el marido se pone a buscar distracciones fuera de casa, todas sus mujeres lo pierden».

Sin duda por esa razón se asustó Salma cuando, el última día de *ramadán,* Mohamed se levantó de un brinco de su sitio habitual y salió de casa con paso resuelto. Tardó dos días en enterarse de que había ido a ver a Hamed, conocido como *al-fakakk,* el viejo «liberador» de Granada, que desempeñaba, desde hacía veinte años, la difícil pero lucrativa tarea de rescatar a cautivos musulmanes en territorio cristiano.

Siempre ha habido en la región de Al-Andalus personas encargadas de buscar a los prisioneros y conseguir su redención. Los había no sólo entre nosotros, sino también entre los cristianos que hacía mucho que habían adquirido la costumbre de nombrar a un alfaqueque mayor, a menudo un alto personaje del Estado, asistido por otros muchos liberadores. Eran las familias de los cautivos las que denunciaban las desapariciones: un soldado que había caído en manos del enemigo, un habitante de una ciudad sitiada, una campesina capturada durante una razzia. El *fakkak*, o uno de sus representantes, iniciaba entonces sus investigaciones, yendo a territorio enemigo, a veces incluso a comarcas lejanas, disfrazado de mercader o incluso prevaleciéndose de su auténtica categoría, para hallar a las personas desaparecidas y negociar la suma del rescate. Como muchas familias no podían pagar la suma reclamada, se organizaban colectas y ninguna limosna era más apreciada por los creyentes que la que había de servir para la redención de los fieles esclavizados. Muchas personas piadosas se arruinaban rescatando cautivos a los que, a menudo, ni siquiera conocían, sin esperar más retribución que la benevolencia del Altísimo. En cambio, algunos liberadores no eran sino buitres que se aprovechaban del desconsuelo de las familias para arrebatarles el poco dinero que poseían.

Hamed no era de ésos; su modesta vivienda daba fe de ello.

«Me acogió con la fría cortesía de quienes reciben continuamente demandas —me contó mi padre con reticencias que el tiempo no había borrado—. Me invitó a sentarme en un mullido almohadón y, tras preguntarme debidamente por la salud, me rogó que le expusiera lo que me llevaba a él. Cuando se lo dije, no pudo evitar soltar una ruidosa carcajada que acabó en prolongada tosecilla. Ofendido, me levanté para despedirme, pero Hamed me cogió de la manga. "Por la edad, podría ser tu padre —me dijo—; no debes guardarme rencor. No tomes mi risa como una ofensa sino como un homenaje a tu increíble audacia. Así que la persona que quieres recobrar no es una musulmana sino una cristiana castellana a la que has tenido la osadía de seguir teniendo cautiva en tu casa dieciocho meses después de la caída de Granada, cuando la primera decisión que tomaron los vencedores fue liberar con gran pompa a los últimos setecientos cautivos cristianos que quedaban en nuestra ciudad". Por toda respuesta, dije: "Sí". Me observó, contempló durante un buen rato mis ropas y, juzgándome sin duda respetable, se dirigió a mí despacio y con benevolencia: "Hijo mío, entiendo perfectamente que le tengas apego a esa mujer y, si me dices que siempre la has tratado con miramientos y que sientes gran cariño por la hija que te ha dado, te creo de buen grado. Pero convéncete de que ése no era el trato que recibían todos los esclavos, ni aquí ni en Castilla. Los más se pasaban el día acarreando agua o fabricando sandalias y por la noche los encerraban como a animales, con cadenas en los pies y el cuello, en sórdidas bodegas subterráneas. Miles de hermanos nuestros sufren aún esa suerte y ya nadie se preocupa de liberarlos. Piensa en ellos, hijo mío, y ayúdame a rescatar a unos cuantos en vez de perseguir una quimera, pues, puedes estar seguro de ello, nunca más en la tierra andaluza podrá un musulmán mandar a un cristiano, ni siquiera a una cristiana. Y si te obstinas en querer recobrar a esa mujer, tendrás que pasar por una iglesia" –lanzó una imprecación, se pasó las manos abiertas por el rostro, antes de proseguir–: Refúgiate en Alá y pídele que te conceda paciencia y resignación".

»Cuando estaba levantándome para irme, decepcionado y furioso –prosiguió mi padre– Hamed me dio, en tono confidencial, un último consejo: "En esta ciudad hay muchas viudas de guerra, muchas huérfanas indefensas, muchas mujeres desamparadas. Seguramente las hay también en tu familia. ¿No ha prescrito el Libro a los hombres que puedan que les den su protección? En el momento de las grandes desgracias, como la que ahora se abate sobre nosotros, es cuando un musulmán generoso está obligado a tomar dos, tres o cuatro esposas, pues, al mismo tiempo que aumenta sus placeres, realiza un acto loable y útil a la comunidad. Mañana es la fiesta; piensa en todas aquellas que la celebrarán con lágrimas". Dejé al viejo *fakkak* sin saber si era el Cielo o el Infierno quien me había guiado hasta su puerta».

Aún hoy sería incapaz de decirlo. Pues, al final, Hamed iba a actuar con tanta habilidad, tanta abnegación, tanto celo que la vida de todos los míos se vería trastornada durante años.

El año de la travesía
899 de la hégira

(12 de octubre de 1493-1 de octubre de 1494)

—Una patria perdida es como los restos mortales de un allegado; enterradlos con respeto y creed en la vida eterna.

Las palabras de Astaghfirullah resonaban al ritmo del rosario de ámbar que sus delgados y piadosos dedos desgranaban infatigablemente. En torno al predicador, cuatro rostros barbudos y serios, entre los que se hallaba el de mi padre, Mohamed, cuatro caras largas en las que se dibujaba una misma angustia que el jeque atizaba sin miramientos.

—Marchaos, emigrad, dejad que Dios guíe vuestros pasos, pues si accedéis a vivir en la sumisión y la humillación, si accedéis a vivir en un país en el que se hace mofa de los preceptos de la Fe, en el que se insulta a diario al Libro y al Profeta —¡oración y salvación para él!— daréis del islam una mala imagen envilecedora de la que el Altísimo os pedirá cuentas el día del Juicio. Está escrito en el Libro que ese día el ángel de la muerte os preguntará: «¿No es bastante grande la tierra de Dios? ¿No podíais abandonar vuestro país para buscar asilo en otro sitio?». A partir de ahora, tendréis el infierno por morada.

En ese año de pruebas y tribulaciones era cuando se acababa el plazo de tres años concedido a los granadinos para optar por la sumisión o el exilio. Según el acuerdo de capitulación, teníamos hasta principios del año cristiano de 1495 para decidirnos, pero como la travesía rumbo al Magreb de ultramar se revelaba azarosa a partir del mes de octubre, valía más marcharse en primavera o, a todo tardar, en verano. Al que quería quedarse, le habían aplicado desde el primer momento el calificativo ya en uso para designar al musulmán que vivía en territorio cristiano: «domesticado», «mudayyan», una palabra deformada por los castellanos en «mudéjar». A pesar de esta apelación infamante, muchos granadinos vacilaban.

El conciliábulo en el patio de nuestra casa del Albaicín —¡Dios nos la devuelva! —se parecía a tantos otros que tenían lugar aquel año en nuestra ciudad para debatir el destino de nuestra comunidad, a veces el de uno solo de sus miembros. Astaghfirullah asistía siempre que podía, profiriendo palabras encendidas con voz apagada para dejar bien patente que estaba ya en país enemigo. Si aún no había tomado el camino del exilio, se apresuraba a puntualizar, era únicamente para apartar a los dubitativos de la senda de la perdición.

Los dubitativos no faltaban entre los presentes, empezando por mi padre, que no había perdido la esperanza de recuperar a Warda y a su hija, que se había jurado a sí mismo que no se marcharía sin llevárselas consigo en las mismísimas narices de todos los soldados de Castilla y Aragón. A fuerza de insistir, visita tras visita, había conseguido de Hamed el liberador la promesa de hacerle llegar un mensaje a su concubina. También había logrado, por medio de una fuerte suma, encargarle una misión semejante a un mercader genovés, de nombre Bartolomé, afincado desde hacía mucho en Granada y que había hecho fortuna en el rescate de cautivos. Por eso no quería alejarse antes de recoger el fruto de sus costosas diligencias. La desgracia lo había convertido en otro hombre. Tan insensible a la reprobación general como a las lágrimas de Salma, huía de los infortunios que lo rodeaban refugiándose en el propio.

Hamza el barbero, nuestro vecino, tenía otras razones para vacilar. Poseía tierras compradas palmo a palmo a lo largo de veinte años de delicadas y lucrativas circuncisiones y se prometía no emigrar antes de revender a buen precio hasta la última cepa; para ello, había que esperar, pues, entre los que se iban, muchos, impacientes por emprender el viaje, vendían a precio de saldo sus tierras y los compradores eran los amos.

—Quiero que esos malditos *rum* paguen el máximo —decía para justificarse.

Astaghfirullah, al que Hamza siempre había admirado, quería evitar que él, cuya cuchilla había purificado a la mitad de los niños del Albaicín, se hallara en estado de impureza.

Otro de nuestros vecinos, Saad, viejo jardinero que padecía de ceguera desde hacía poco, no se sentía con valor para marcharse.

—No se vuelve a plantar un árbol viejo fuera de su tierra —repetía.

Hombre piadoso, humilde y temeroso de Dios en todo, había venido a oír de boca del jeque lo que preconizaban para su caso los ulemas impregnados de la Palabra y de la justa Tradición.

«Hamza y Saad llegaron a casa poco después de la oración de mediodía —recordaba mi madre—. Mohamed los invitó a entrar mientras yo me retiraba contigo a mis habitaciones. Tenían las mejillas lívidas y sonreían forzadamente, lo mismo que tu padre, que los acomodó en unos viejos almohadones, en un rincón umbrío del patio, y no cruzó con ellos más que unos inaudibles balbuceos. El jeque llegó una hora después y hasta entonces no me llamó Mohamed para que preparara un refresco».

Astaghfirullah iba acompañado de Hamed, cuyos vínculos con el dueño de la casa conocía. El viejo liberador se había encariñado con la locura de mi padre y, si lo veía a menudo desde hacía un año, no era tanto por hacerlo entrar en razón como por tener cerca su audacia, su juventud y sus turbulentos amores. Aquel día, sin embargo, había algo solemne en la visita del *fakkak*. Había vuelto a ser el dignatario religioso que conocía la gente; pretendía poner mirada severa tras los párpados surcados por mil arrugas, sus palabras eran fruto de su largo comercio con la adversidad.

—Toda mi vida he estado en contacto con cautivos que sólo soñaban con la libertad y no puedo entender que un hombre libre sano de mente elija voluntariamente la cautividad.

El viejo Saad fue el que contestó el primero:

—Si nos marchamos todos, el islam quedará extirpado para siempre de esta tierra y cuando lleguen los turcos, por la gracia de Dios, para cruzar el acero con los *rum*, ya no estaremos aquí para prestarles ayuda.

La voz sentenciosa de Astaghfirullah impuso silencio al jardinero.

—La religión prohíbe el consumo de animales muertos, de sangre, de carne de cerdo, igual que prohíbe el homicidio.

Y añadió, apoyando con todas sus fuerzas la mano en el hombro de Saad:

—Todo musulmán que permanece en Granada aumenta el número de moradores del país de los infieles y contribuye así al fortalecimiento de los enemigos de Dios y de su Profeta.

Al anciano le corrió por la mejilla una lágrima que se le deslizó tímidamente entre los pelos de la barba:

—Soy demasiado viejo y demasiado pobre, estoy demasiado enfermo para arrastrarme por los caminos y navegar por los mares. ¿No ha dicho el Profeta: haced lo que os resulta fácil y no busquéis inútilmente la dificultad?

Hamed se apiadó del jardinero y, arriesgándose a contradecir al jeque, citó con voz modulada un versículo reconfortante del sura de las mujeres:

—«... exceptuando a los impotentes, hombres, mujeres y niños, que no disponen de ningún medio y ante los cuales no se abre ningún camino, pues a ésos es posible que Dios les dé la absolución. Él es el dueño de la absolución, Él es el dueño del perdón».

Saad se apresuró a añadir:

—Alá Todopoderoso ha dicho verdad.

Astaghfirullah no negó la evidencia:

—Dios es bueno y su paciencia no tiene límites. No exige lo mismo a quienes pueden y a quienes no pueden. Si deseas emigrar, para obedecerlo, pero no puedes, Él sabrá leer en tu corazón y te juzgará por tus intenciones, no te condenará al infierno, pero bien podría estar tu infierno en esta tierra y en este país. Tu infierno será la humillación cotidiana para ti y para las mujeres de tu familia.

Pegando, de pronto, al suelo caliente las palmas de las manos, giró todo el cuerpo hacia mi padre y, luego, hacia el barbero, mirándolos fijamente:

—¿Y tú, Mohamed? ¿Y tú, Hamza? ¿También sois pobres e inválidos? ¿No sois notables, personajes de primera fila de la comunidad? ¿Tenéis alguna excusa para no obedecer los preceptos del islam? No esperéis ningún perdón, ninguna indulgencia, si seguís el camino de Yahya el renegado, pues el Altísimo es exigente con aquellos a quienes ha colmado con sus beneficios.

Ambos hombres juraron, no sin gran apuro, que no pensaban en absoluto eternizarse en tierra de infieles y que sólo querían poner un poco de orden en sus negocios para marcharse en buenas condiciones.

—¡Malhaya quien cambia el paraíso por bienes terrenales! —exclamó Astaghfirullah, mientras que el liberador, no queriendo poner en el disparadero a Mohamed, pues sabía que estaba nervioso y era capaz de cometer locuras, se dirigía a los recalcitrantes en tono paternal:

—Desde que ha caído en manos de los infieles, esta ciudad es para cada uno de nosotros un lugar de infamia. Es una cárcel, y la puerta se está cerrando poco a poco. ¿Cómo no aprovecháis esta última oportunidad para escapar?

Ni las imprecaciones del predicador ni las reprimendas del liberador decidieron a mi padre a abandonar su ciudad. Al día siguiente de la reunión, empezó a ir de nuevo a casa de Hamed para pedirle nuevas de su amada. Salma sufría en silencio y esperaba el exilio.

«Ya estábamos viviendo —decía— los primeros calores del verano, pero en los jardines de Granada los paseantes no abundaban y a las flores les faltaba esplendor. Las más hermosas casas de la ciudad se habían quedado vacías, las tiendas de los zocos no exhibían sus mercancías y la algarabía de las calles había enmudecido, incluso en los barrios pobres. En las plazas públicas, los soldados castellanos sólo hallaban ya mendigos, pues a todos los musulmanes a los que les preocupaba su honorabilidad y que no se habían marchado les avergonzaba exponerse a las miradas».

Y añadía, con voz abrumada:

«Cuando se desobecede al Altísimo, es mejor hacerlo a escondidas, pues pavonearse con el propio pecado es pecar doblemente».

Se lo repetía continuamente a mi padre, sin conseguir conmoverlo.

—Los únicos ojos que se observan por las calles de Granada son los de los que no se han marchado. ¿Qué reproches se atreverían a hacerme?

Además, afirmaba, su mayor deseo era alejarse de esta ciudad en la que se había hecho befa de su honor de hombre; pero no huiría como un chacal. Se marcharía con la frente muy alta y mirada desdeñosa.

Pronto llegó *du-l-qada*, el penúltimo mes del año, y le tocó a Hamza ponerse en camino: acuciado por su anciana madre, la partera, que lo acosaba con sus lamentaciones, acusándolo de querer arrastrar a todos los suyos a la Gehena, se marchó sin vender las tierras, prometiéndose volver solo al cabo de unos meses en busca de comprador. Para Astaghfirullah también había sonado la hora del exilio. No se llevó ni oro ni vestiduras de gala, sólo un Corán y provisiones para el camino.

«Luego, vino el mes de *du-l-hiyya*, el cielo se tornó más nuboso y las noches más frescas. Tu padre seguía empecinado, pasándose los días yendo del liberador al genovés, volviendo por la tarde abatido o presa de gran excitación, inquieto o calmado, pero siempre sin decir ni una palabra de la marcha. Luego, de repente, a menos de dos semanas del año nuevo, se apoderó de él una desconcertante agitación febril, quería marcharse inmediatamente, tenía que estar en Almería tres días después. ¿Por qué en Almería? ¿No había puertos más próximos como Adra, donde se había embarcado Boabdil, o La Rábida, o Salobreña, o Almuñécar? No, tenía que ser Almería, y había que llegar allí antes de que pasaran tres días. La víspera de la marcha, Hamed vino a desearnos buen viaje y me di cuenta de que no era ajeno a la exaltación de Mohamed. Le pregunté si él también emigraba: "No —me contestó con una sonrisa—, yo no me marcharé hasta después de la liberación del último cautivo musulmán"».

Salma insistió.

—¡Corres el riesgo de quedarte aún mucho tiempo en tierra infiel!

El liberador puso una sonrisa enigmática pero no carente de melancolía:

—A veces hay que desobedecer al Altísimo para obedecerlo mejor —mascullo como si hablara sólo para sí... o quizá directamente con su Creador.

Nos marchamos al día siguiente, antes de la oración del alba, mi padre a caballo, mi madre y yo en una mula, nuestros equipajes amontonados en otras cinco acémilas. Camino de la puerta de Nayd, al sur de la ciudad, nos unimos a otras cuantas decenas de viajeros con los que hicimos el camino para garantizar mejor nuestra seguridad. Los bandidos abundaban en las cercanías de la ciudad y en los puertos de montaña, pues nadie ignoraba que se enviaban continuamente a la costa riquezas considerables.

En mis ojos de niño dejó un recuerdo inolvidable la extrema confusión que reinaba en el puerto de Almería. A mucha gente se le había ocurrido, como a nosotros, marcharse en el último momento y se apretujaba para tomar por asalto la menor barquichuela. Acá y acullá, algunos soldados castellanos se dedicaban a calmar, con amenazadores alaridos, a quienes se atropellaban; otros comprobaban, con mirada ávida, el contenido de un arca. Estaba convenido que los emigrantes se podían llevar todos sus bienes, sin restricción alguna, pero con frecuencia no estaba de más dejar una moneda de oro entre las manos de un oficial demasiado insistente. En la plaza, proliferaban los regateos, a los dueños de las embarcaciones les echaban sin parar sermones acerca de la suerte que reserva Dios a quienes se aprovechan de las desgracias de los musulmanes, pero sin resultados aparentes ya que las tarifas de la travesía seguían subiendo de hora en hora. El afán de lucro adormece las conciencias y los momentos de enloquecida ansiedad se prestan poco al desprendimiento. Resignados, los hombres aflojaban las bolsas haciendo señas a la familia para que se diera prisa. Una vez a bordo, se esforzaban para evitarles a sus mujeres y a su hijas excesivas promiscuidades, tarea nada fácil cuando se amontonan trescientas personas en una fusta que nunca ha llevado a más de cien.

Mi padre se negó, en cuanto llegamos, a mezclarse con la muchedumbre. Desde lo alto de su montura paseó lentamente la mirada por todo el puerto, antes de dirigirse a una pequeña cabaña de madera en cuyo umbral lo recibió solícitamente un hombre bien vestido. Nosotros lo seguíamos a distancia; nos hizo señas de que nos acercáramos. Minutos después, estábamos cómodamente sentados encima de nuestros equipajes en una fusta vacía a la que tuvimos acceso por una pasarela que retiraron al embarcarnos nosotros. El hombre, que no era otro que el hermano de Hamed, estaba al frente de la aduana de Almería, cargo del que los castellanos aún no lo habían privado. La embarcación le pertenecía y no había de llenarse de pasajeros hasta el día siguiente. Mi madre me dio, así como a mi padre, un trozo de jengibre para mascarlo y evitar el mareo; ella también cogió un buen trozo. Pronto cayó la tarde y todos nosotros cedimos al sueño, no sin haber comido unas albóndigas que había mandado que nos llevaran nuestro anfitrión.

Al alba, nos despertaron los gritos y el tumulto. Decenas de hombres vociferantes, de mujeres con velos blancos o negros, de niños chillones o pasmados tomaban por asalto nuestra fusta. Teníamos que aferrarnos a nuestros equipajes para que no nos quitaran el sitio. O incluso nos arrojaran por la borda. Mi madre me estrechó con fuerza cuando la embarcación empezó a alejarse de la costa. A nuestro alrededor, rezaban y se lamentaban mujeres y ancianos y los ruidos del mar apenas cubrían sus voces.

Sólo mi padre conservó la serenidad aquel día de exilio y en sus labios Salma pudo incluso leer, durante toda la travesía, una extraña sonrisa. Pues había sabido reservarse, en el corazón mismo de la derrota, una minúscula parcela de victoria.

II

El libro de Fez

Yo tenía tu edad, hijo mío, y nunca más he vuelto a ver Granada. Dios no ha querido que mi destino se escriba entero en un solo libro sino que se desarrolle, ola tras ola, al ritmo de los mares. En cada travesía, me ha aligerado de un porvenir para prodigarme otro; en cada nueva orilla, ha unido a mi nombre el de una patria abandonada.

De Almería a Melilla, en un día y una noche, mi existencia cambió de rumbo. La mar era bonancible, sin embargo, y el viento manso; pero en el corazón de los míos crecía la tormenta.

Hamed el liberador había hecho bien las cosas, Dios lo perdone. Cuando la costa de Andalucía no fue a nuestras espaldas sino una minúscula raya de remordimiento, corrió hacia nuestro rincón de la fusta una mujer, saltando despreocupadamente por encima de equipajes y viajeros. Su paso alegre desentonaba con su atuendo, unos velos tan oscuros, tan tupidos que a todos nos hubiera costado trabajo reconocerla de no haber llevado a Mariam en brazos.

Los únicos gritos de alegría fueron los míos y los de mi hermana. La emoción, así como las cien miradas que los asediaban, habían dejado de piedra a Mohamed y a Warda. En cuanto a Salma, me abrazó algo más fuerte. Por su respiración contenida, por algunos suspiros que se le escaparon, comprendía que sufría. Las lágrimas le corrían, sin duda, al abrigo del velo, y no sin razón, pues la pasión desenfrenada de mi padre pronto iba a llevarnos a todos al borde de la ruina.

¡Mohamed el alamín, tan sereno y de repente tan indomable! A veces lo he perdido, en mi juventud, para volverlo a encontrar en la edad madura, cuando ya no estaba, y he tenido que esperar a las primeras canas, los primeros arrepentimientos, antes de convencerme de que todo hombre, incluso mi padre, tenía derecho a errar el camino si creía perseguir la felicidad. A partir de entonces, empecé a amar sus extravíos, como espero que ames tú los míos, hijo. Te deseo, incluso, que te extravíes a veces tú también. Y te deseo que ames, como él, hasta la tiranía y permanezcas mucho tiempo disponible para las nobles tentaciones de la vida.

El año de las hospederías 900 de la hégira

(2 de octubre de 1494-20 de septiembre de 1495)

Antes de llegar a Fez, jamás había puesto los pies en una ciudad, jamás había observado ese hormigueo ajetreado de las callejuelas, jamás había sentido en el rostro ese poderoso soplo, como el viento en alta mar, pero cargado de gritos y de olores. Es cierto que nací en Granada, majestuosa capital del reino de Andalucía, pero ya estaba muy avanzado el siglo y sólo la he conocido agonizante, vacía de sus hombres y de su alma, humillada, extinguida, y cuando salí de nuestro arrabal del Albaicín, éste ya no era para los míos más que un vasto campamento de barracas, hostil y desmantelado.

Fez era otra cosa y tuve toda mi juventud para enterarme. De nuestro primer encuentro, aquel año, no me quedan más que recuerdos borrosos. Me había acercado a la ciudad montado en una mula, lastimoso conquistador medio dormido, sujeto con mano firme por mi padre, pues todos los caminos estaban en cuesta, tan pina a veces que la montura no avanzaba sino con paso vacilante y poco seguro. A cada sacudida, me ponía derecho antes de volverme a amodorrar. De pronto sonó la voz paterna:

—¡Hasan, despiértate si quieres ver tu ciudad!

Emergiendo del sopor, me di cuenta de que nuestro pequeño convoy estaba ya al pie de unas murallas de color arena, altas y macizas, erizadas de innumerables merlones puntiagudos y amenazadores. Deslizando una moneda en la mano de un portazguero, pudimos cruzar una puerta. Estábamos dentro de los muros.

—Mira —insistía Mohamed.

Alrededor de Fez se alineaban, hasta donde se perdía la vista, colinas en que se incrustaban incontables casas de ladrillo y piedra, adornadas, en muchos casos, como en Granada, con azulejos.

—Allí, en aquella llanura que cruza el nadi, está el corazón de la ciudad. A la izquierda, la orilla de los andaluces, fundada hace siglos por emigrados de Córdoba; a la derecha, la orilla de los de Kairuán, en cuyo centro están la mezquita y la escuela de los kairuaníes, ese gran edificio de tejas verdes donde, si Dios quiere, recibirás las enseñanzas de los ulemas.

Escuché distraído esas doctas explicaciones pues lo que más me entró entonces por los ojos fue el espectáculo de los tejados: aquella tarde de otoño, gruesos nubarrones suavizaban la luz del sol y, por doquier sentados como en azoteas, había miles de ciudadanos platicando, gritando, bebiendo, riendo, fundiéndose todas sus voces en una inmensa algarabía. A su alrededor, tendida o puesta a secar en el suelo, la ropa de ricos y pobres se estremecía con cada soplo de la brisa, como el velamen del mismo navío.

Un rumor embriagador, un bajel que boga de tempestad en tempestad y, a veces, naufraga, ¿no es eso acaso una ciudad? En mi adolescencia, pasé a menudo días enteros ante un paisaje, soñando sin freno. El día que llegué a Fez no fue sino un arrebato pasajero. El trayecto desde Melilla me había agotado y estaba ansioso por llegar a casa de Jali. En verdad, no había guardado ningún recuerdo de mi tío, que había emigrado a Berbería cuando yo contaba un año, ni de mi abuela, que se había marchado con él, que era el mayor de sus hijos. Pero estaba seguro de que su cálido recibimiento nos haría olvidar los horrores del viaje.

Fue cálido, desde luego, para Salma y para mí. Mientras ella desaparecía con todos sus pertrechos bajo los velos desplegados de su madre, yo me encontré en brazos de Jali, que me contempló un buen rato sin decir palabra antes de darme en la frente el más afectuoso de los besos.

—Te quiere como todo hombre quiere al hijo de su hermana —me decía mi madre—; además, como él sólo tiene hijas, te considera como su propio hijo.

Había de probármelo en repetidas ocasiones. Pero aquel día su solicitud me resultó nefasta.

Tras haberme dejado en el suelo, Jali se volvió hacia Mohamed.

—Llevaba mucho tiempo esperándote —le dijo en un tono en que apuntaba el reproche, ya que nadie ignoraba el embarazoso idilio que había retrasado la emigración del alamín.

Ambos hombres se abrazaron, a pesar de todo. Luego mi tío se volvió por primera vez hacia Warda, que se había quedado aparte. Estuvo a punto de posar los ojos en ella pero se le escabulleron con presteza hacia la lontananza. Había optado por no verla. No era bien recibida en su casa. Ni siquiera Mariam, adorable chiquilla regordeta y sonriente, recibió la menor caricia.

«Temía ese recibimiento y por eso me alegré cuando Warda apareció en el barco —me explicó más adelante mi madre—. Siempre había soportado en silencio los descarríos de Mohamed. Su comportamiento me había humillado a ojos de todo el vecindario y toda Granada había acabado por guasearse de sus calaveradas. A pesar de ello, no dejaba de decirme a mí misma: "¡Salma, eres su mujer y le debes obediencia; un día, harto de lidiar, volverá a ti!". Mientras tanto, estaba resignada a inclinar pacientemente la cabeza. Mi hermano, tan orgulloso, tan altivo, no podía hacer lo mismo. Habría olvidado el pasado, sin duda, si hubiéramos llegado los tres solos. Pero recibir bajo su techo a la *rumiyya* de la que todo el mundo decía que había embrujado a su cuñado lo habría convertido en el hazmerreír de los emigrados granadinos, que no son menos de seis mil en Fez, todos los cuales lo conocen y lo respetan».

Excepto yo, colmado de atenciones y soñando ya con deleitosos mimos, todos los míos respiraban con dificultad.

«Era como si estuviéramos asistiendo a una ceremonia que un genio malvado hubiera transformado de boda en funeral —me dijo Mohamed—. Siempre he considerado a tu tío como un hermano y sentía deseos de gritarle que Warda se había fugado de su aldea para reunirse conmigo jugándose la vida, que había abandonado el país de los *rum* para unirse a nosotros, que ya no teníamos derecho a considerarla como una cautiva, que ni siquiera teníamos derecho a llamarla *rumiyya.* Pero de mi garganta no salía ningún sonido. No me quedaba más que dar media vuelta y salir, en un silencio sepulcral».

Salma lo siguió, pisándole los talones, sin vacilar ni un instante, aunque estaba a punto de desmayarse. De todos, era la más afectada, más aún que Warda. Cierto es que la concubina se había visto humillada. Pero, por lo menos, tenía el consuelo de saber que a partir de ese momento Mohamed no podría abandonarla jamás sin perder su prestigio, y, mientras temblaba en un rincón, la reconfortaba el sentimiento de haber sido víctima de una injusticia. Un sentimiento que hiere pero que pone bálsamo en la herida; un sentimiento que mata a veces pero que, con mayor frecuencia, proporciona a las mujeres poderosas razones para vivir y luchar. Salma no tenía nada de todo esto.

«Me sentía destrozada por la adversidad, para mí era el día del Juicio, estaba perdiendo a tu padre, después de haber perdido mi ciudad natal y la casa en que había parido».

Así que volvimos a montar en las mulas sin saber qué dirección tomar. Mohamed refunfuñaba mientras daba puñetazos a su acémila en la cruz:

—¡Por la tierra que cubre a mi padre y a mis abuelos, si me hubieran dicho que iban a recibirme así en este reino de Fez nunca habría abandonado Granada!

Sus palabras restallaban en nuestros atemorizados oídos:

—¡Marcharse, abandonar casa y tierras, cruzar montes y mares para no encontrar más que puertas cerradas, bandidos en los caminos y miedo a las epidemias!

Era cierto que, desde que habíamos llegado a la tierra de África, desgracias y contrariedades no habían dejado de cebarse en nosotros. Y ello desde el instante en que nuestra fusta atracó en el puerto de Melilla. Pensábamos encontrarnos allí con un remanso del islam en que las palmas de todas las manos se posarían sobre nosotros, tranquilizadoras, para espumar el cansancio de los viejos y las lágrimas de los débiles. Pero en el muelle sólo nos habían recibido entrecortadas preguntas: «¿Es cierto que los castellanos están a punto de llegar? ¿Habéis visto sus galeras?». Los que así nos interrogaban no pensaban en absoluto en preparar la defensa del puerto, sino en unirse cuanto antes a la desbandada. Al ver que nos tocaba a nosotros, refugiados, dispensar las palabras de apaciguamiento, nos corría más que prisa poner una montaña o un desierto entre nosotros y aquella orilla que se entregaba, abierta, a los invasores.

Se presentó a nosotros un hombre. Era mozo de mulas, decía, y debía partir sin tardanza hacia Fez. Si queríamos, nos alquilaría sus servicios por una módica cantidad, unas cuantas decenas de dirhems de plata. Deseoso de abandonar Melilla antes de la noche y atraído sin duda por la tarifa, Mohamed accedió sin regatear. Pidió, no obstante, al mozo que fuera por el camino de la costa hasta Bedis antes de bajar en derechura al sur, hacia Fez; pero el hombre tenía una idea mejor, un atajo que nos haría ganar, juraba, dos días enteros. Lo seguía todos los meses, conocía sus menores asperezas como el lomo de su mula. Tan buenos argumentos presentó que, media hora después de desembarcar, ya estábamos en camino, mi padre y yo en una acémila, mi madre en otra con el grueso del equipaje y Warda y Mariam en la tercera; el mozo de mulas caminaba a nuestro lado con su hijo, un detestable granuja de unos doce años, descalzo, con los dedos mugrientos y bizco.

No habíamos caminado tres millas cuando dos jinetes con velos azules se presentaron ante nosotros con puñales curvos en las manos. Como si sólo estuvieran esperando una señal, el mozo de mulas y su hijo echaron a correr cuesta abajo sin hacer más averiguaciones. Los bandidos se acercaron. Al percatarse de que tenían que vérselas con un solo hombre obligado a proteger a dos mujeres y a dos niños y al sentirse, así, confiados del todo, se pusieron a palpar con mano experta el cargamento de las mulas. Su primer trofeo fue una arqueta de nácar donde Salma había metido, imprudentemente, todas sus alhajas. Luego, se pusieron a sacar, uno tras otro, espléndidos vestidos de seda así como una sábana bordada que había formado parte del ajuar de mi madre.

Acercándose a continuación a Warda, uno de los bandidos le ordenó:

—¡Salta!

Al parecer ésta, desconcertada, fue hacia Mohamed y le puso en el cuello la punta de un puñal. Aterrada, la concubina se sacudió y gesticuló como un pelele desarticulado, pero no despegó los pies del suelo. Sin percatarme de lo trágico de la situación, solté una franca carcajada que mi padre cortó frunciendo el ceño. El malhechor voceaba:

—¡Salta más alto!

Warda saltó lo mejor que pudo y se oyó un tintineo de monedas.

—¡Dame eso!

Metiéndose la mano bajo el vestido, sacó una modesta bolsa que arrojó rodando al suelo con ademán desdeñoso. El bandido la recogió sin darse por ofendido y se volvió hacia mi madre.

—Ahora tú.

En ese instante, sonó a lo lejos la llamada del almuecín de una aldea. Mi padre levantó la mirada hacia el sol, inmóvil en lo alto del cielo y, con mano ágil, cogió del costado de su montura su alfombrilla de creyente que extendió en la arena; luego, postrándose de hinojos, mirando hacia La Meca, se puso a recitar en voz alta la oración del mediodía. Todo ello visto y no visto y con tal naturalidad que los bandidos no sabían muy bien cómo reaccionar. Mientras se consultaban con la mirada, surgió del camino, como por milagro, una densa polvareda delante de nosotros, a menos de una milla. A los malhechores no les dio tiempo más que a subirse a los caballos para poner pies en polvorosa en sentido contrario. Estábamos salvados, mi madre no había tenido que cumplir la orden.

«Si lo llego a hacer, no se habría oído un tintineo sino una auténtica traca, pues tu padre me había hecho cargar con cientos de dinares, bien apretados en diez gruesas bolsas, y yo me las había atado alrededor de las costillas, convencida de que jamás hombre alguno se atrevería a registrarme tan a fondo».

Cuando los providenciales transeúntes llegaron a nuestra altura, vimos que se trataba de un destacamento de soldados. Mohamed se apresuró a contarles con todo detalle la maquinación de que habíamos sido víctimas. Precisamente, replicó su comandante con una sonrisa en los labios, él y sus hombres tenían como misión patrullar por ese camino, infestado de salteadores desde que los andaluces llegaban por barcos enteros a Melilla. En general, añadió con el tono más anodino, a los viajeros les cortan el cuello y el mozo de mulas viene a recuperar sus animales y la parte del botín que le dejan. Según el oficial, muchos granadinos que habían ido a Fez o a Tremecén habían vivido similares desventuras. En cambio, a los emigrantes que habían optado por Túnez, Tetuán, Salé o la Mitiya de Argel no los habían importunado.

—Volved al puerto y esperad —nos aconsejó—, en cuanto se forme una caravana de mercaderes, marchad con ella. Irá necesariamente acompañada de guardias y estaréis a salvo.

Cuando mi madre preguntó si tenía alguna probabilidad de recuperar su valiosa arqueta, contestó, como hombre prudente, con un versículo del Corán:

—Puede ocurrir que una cosa os parezca detestable y os resulte beneficiosa; puede ocurrir que os alegréis de una cosa y os cause la desgracia; pues Dios sabe y vosotros no sabéis.

Antes de comentar:

—Estas mulas que se han visto obligados a dejaros los salteadores os serán más útiles que las alhajas; cargarán con vosotros y con vuestro equipaje y no atraerán a los ladrones.

Seguimos al pie de la letra los consejos de aquel hombre y así fue como, al cabo de diez días, llegamos a nuestro destino, extenuados pero a salvo. Para comprobar que los nuestros nos negaban la hospitalidad.

Ahora teníamos que encontrar un techo que nos cobijara, lo que no resultaba fácil desde que los emigrados andaluces, que habían llegado a Fez en oleadas sucesivas, se habían apropiado de todas las casas disponibles. Cuando había desembarcado Boabdil, tres años antes, lo acompañaban, según dicen, setecientas personas, que ahora tenían su propio barrio donde la vida seguía rigiéndose por los usos de la Alhambra, sólo que sin el orgullo. Lo habitual era que los recién llegados se hospedaran, durante un tiempo, en casa de sus parientes más allegados, que es lo que nosotros habríamos hecho de no haber estado Warda. Tal como se presentaban las cosas, no podía ya ni pensarse en pasar una sola noche en casa de Jali, donde mi padre pensaba, con toda la razón, que lo habían escarnecido.

Quedaban las hospederías, las *fonduks.* No hay menos de doscientas en Fez, la mayoría muy limpias, cada una dotada de una fuente así como de letrinas recorridas por abundantísima agua corriente que arrastra constantemente las inmundicias hacia el río, dividido en mil canales afluentes. Algunas tienen más de ciento veinte habitaciones espaciosas que dan todas ellas a pasillos. Las habitaciones se alquilan completamente vacías, sin ni siquiera una cama, y el hospedero no provee a los clientes más que de una manta y una esterilla para dormir, dejándoles el cuidado de comprar sus propios alimentos y mandarlos guisar. Muchos se amoldan, sin embargo, pues las hospederías no son sólo lugares de paso para viajeros, sino también viviendas para algunos viudos de Fez que no tienen ni familia ni suficiente dinero para costearse casa y servidumbre, que se alojan a veces de dos en dos en la misma habitación para repartirse el alquiler y las tareas cotidianas, para hacerse compañía en su desamparo. Nosotros habíamos de instalarnos del mismo modo por unos días, los necesarios para encontrar una vivienda más decente.

No era, sin embargo, la vecindad de estos desdichados la que preocupaba a mi padre sino la de una muy diferente ralea. Como había visitado Fez en su primera juventud, recordaba aún la fama de ciertas hospederías, tan detestable que ningún ciudadano honrado hubiera querido traspasar sus umbrales ni dirigir la palabra a uno de sus hospederos, porque en ellas vivían los llamados *alhiwa.* Como he dicho en mi *Descripción de África,* cuyo manuscrito se ha quedado en Roma, son unos hombres siempre vestidos de mujeres, que usan afeites y adornos, que se rapan la barba, no hablan sino con voz de falsete y, durante el día, se dedican a hilar lana. La gente de Fez no los ve más que cuando hay funerales, pues es costumbre contratarlos junto con las plañideras para que el desconsuelo sea mayor. Hay que saber que cada uno de estos seres tiene un concubino y se conduce con él exactamente igual que una mujer con su marido. ¡Que el Altísimo nos guíe lejos de los caminos equivocados!

Mucho más peligrosos son los forajidos que infestan esas mismas hospederías. Asesinos, bandidos, contrabandistas, chulos, agentes de todos los vicios se sienten en ellas seguros como en un territorio exterior al reino, organizando a su gusto el tráfico del vino, los fumaderos de *kif* y la prostitución, conchabándose para perpetrar sus fechorías. Me he preguntado durante mucho tiempo por qué la policía de Fez, tan diligente a la hora de sancionar la avaricia de un comerciante y el hambre de un ladrón de pan, no interviene nunca en tales lugares para hacerse cargo de esos truhanes y acabar con unos hechos que desagradan a Dios tanto como a los hombres. No he necesitado muchos años para dar con la respuesta: cada vez que el ejército del sultán salía de campaña, esos hosteleros eran los encargados de procurarle gratis todo el personal necesario para la cocina de los soldados. A cambio de esta participación en el esfuerzo militar, el soberano les dejaba hacer lo que les venía en gana. Es cierto que, en toda guerra, orden y desorden son cómplices.

Para estar seguros de no caer en uno de esos lugares de mala fama, teníamos que buscar una hospedería en las proximidades de la mezquita de los kairuaníes. Allí es donde se instalan los ricos mercaderes de paso. Aunque el precio de las habitaciones es más elevado que en otros sitios, estos establecimientos están siempre llenos; los clientes los invaden por caravanas enteras. La tarde de nuestra llegada tuvimos, pues, mucha suerte al encontrar alojamiento en un establecimiento regentado por un inmigrado granadino. Mandó a uno de sus esclavos a comprarnos, en el mercado del Humo, pescaditos fritos, buñuelos de carne, aceitunas y unos cuantos racimos de uvas. También nos dejó en el umbral de la puerta una alcarraza de agua fresca para la noche.

En vez de unos días, estuvimos cerca de seis semanas en esta posada, hasta que el propio hospedero nos encontró, no lejos del mercado de las flores, al fondo de un callejón, una casa pequeña, la mitad de la que teníamos en Granada, cuya puerta de entrada era baja y algo sórdida, tanto que no se podía acceder a ella sin chapotear en un enorme charco de barro. Cuando nos la propuso, nos explicó que vivía en ella un mercader andaluz que había decidido ir a afincarse a Constantinopla la Grande para desarrollar allí su actividad. Pero la realidad era muy otra, como iban a apresurarse a explicarnos nuestros vecinos: nuestro predecesor, constantemente en cama, incapacitado para ejercer su comercio, sin haber tenido a lo largo de los tres años que había pasado en Fez ni un solo día de felicidad, se había vuelto, sencillamente, a Granada. Dos de sus hijos habían sucumbido a la peste y su hijo el mayor había contraído, según decían, una enfermedad vergonzosa, la que llaman «las bubas». Cuando llegamos nosotros, todo Fez estaba obsesionado con ese mal; se extendía tan aprisa que parecía que ningún hombre había de librarse de él. En los primeros tiempos, se aislaba a las personas afectadas en habitaciones aparte, como a los leprosos, pero el número creció tan aprisa que hubo que devolverlos al seno de sus familias. La ciudad entera se estaba convirtiendo en un inmenso barro infestado, ninguna medicina resultaba eficaz.

El rumor que rodeaba al mal era casi tan asesino como éste. La gente de la ciudad susurraba que nunca se había manifestado entre ellos hasta la llegada de los andaluces. Éstos se defendían proclamando que «las bubas» las habían extendido sin duda los judíos y sus mujeres; quienes, a su vez, acusaban a los castellanos, a los portugueses e incluso, en ocasiones, a los marinos genoveses o venecianos. En Italia, esa misma plaga se llama el mal francés.

Aquel año, creo que fue por la primavera, mi padre se puso a hablarme de Granada. Lo haría con frecuencia, en lo sucesivo, reteniéndome durante horas a su lado, siempre sin mirarme, sin saber si lo escuchaba, si entendía, si conocía los personajes y los lugares. Se sentaba, cruzando las piernas, se le iluminaba el rostro, modulaba la voz, se le esfumaban cansancio y enfado. Durante minutos u horas, se convertía en narrador. Dejaba de estar en Fez, dejaba sobre todo de estar entre aquellas paredes pestilentes que olían a rancio. Viajaba por su memoria y no regresaba sino a disgusto.

Salma lo miraba con compasión, con inquietud, con pánico a veces. En su actitud no descubría ni la nostalgia del terruño ni el reflejo de las dificultades de su vida de emigrado. Para ella, mi padre había dejado de ser el mismo el día que Warda se había marchado y el regreso de la concubina no había solucionado nada. Esos ojos ausentes, esa voz cohibida, esa atracción por el país de los *rum,* esas obsesiones que lo hacían actuar contra toda prudencia daban a entender que Mohamed estaba bajo los efectos de un hechizo. Quería librarlo de él a toda costa, aunque tuviera que consultar uno a uno a todos los adivinos de Fez.

El año de los adivinos
901 de la hégira

(21 de septiembre de 1495-8 de septiembre de 1496)

Las mujeres honradas de Fez, cuando tienen que cruzar el mercado de las flores, aprietan el paso, se arrebujan un poco más en sus velos y lanzan a derecha e izquierda miradas de animal acorralado; porque, si la compañía del arrayán o del narciso no tienen en sí nada de reprensible, nadie ignora la curiosa costumbre de los fesíes de rodearse de flores, en macetas o cortadas, cada vez que se entregan a los placeres prohibidos del alcohol. Para algunos devotos, comprar un ramo perfumado llegaba a ser algo casi tan culpable como procurarse una jarra de vino y los floristas no valían, a sus ojos, más que los taberneros, tanto más cuanto que unos y otros eran a menudo andaluces, prósperos y libertinos.

La propia Salma no dejaba nunca de modificar sus andares en cuanto pasaba por la plaza cuadrada donde se halla el mercado de las flores, menos por beatería que por un legítimo deseo de respetabilidad. Yo había acabado por notar su comportamiento y por divertirme con él como con un nuevo juego cuando, correteando a su lado, fingía echar una carrera con ella.

Un día de aquel año, mientras cruzábamos la plaza, mi madre apretó aún más el paso. Riendo a carcajadas, eché a correr. Pero en lugar de sujetarme, cosa que solía hacer, echó a correr también ella, cada vez más deprisa. Como ya no podía seguirla, se volvió rápidamente, me cogió en brazos y volvió a emprender la carrera con mayor celeridad, voceando, demasiado cerca de mi oído, una palabra que yo no entendía. Sólo cuando se detuvo en la otra punta de la plaza entendí por fin la razón de su prisa y el nombre que gritaba: ¡Sara!

Sara la Vistosa. Seguía oyendo hablar a menudo de la judía pero su cara ya no me decía nada.

—El mismo Dios es quien te envía a esta comarca —jadeó mi madre al llegar junto a ella.

Sara hizo una mueca que denotaba diversión:

—Eso es lo que no para de repetir nuestro rabino. Yo no estoy tan segura.

Todo en ella me parecía curioso, sus ropas de todos los colores, su risa saltarina, sus dientes de oro, sus voluminosos pendientes, sin olvidar el asfixiante perfume que me dio en la cara cuando me abrazó. Mientras la miraba fijamente, sin vergüenza, se puso a contar con mil gestos y mil voces cuanto le había pasado desde que se había marchado, poco antes que nosotros, del arrabal del Albaicín.

—Cada día doy gracias al Creador por haberme guiado hacia el exilio, pues los que eligieron el bautismo ahora son víctimas de las peores persecuciones. Siete primos míos están en la cárcel, a una sobrina la han quemado viva junto con su marido, acusados de haber seguido siendo judíos en secreto.

Me dejó en el suelo antes de proseguir, en voz más baja:

—Todos los conversos son sospechosos de practicar los ritos judíos; ningún español puede escaparse de la Inquisición hasta que no ha probado que tiene «pureza de sangre», es decir que no se encuentra en su ascendencia, por mucho que se remonte, ningún judío ni ningún moro. Y, sin embargo, el propio rey Fernando tiene sangre judía igual que Torquemada, el inquisidor. ¡Que las llamas del infierno los persigan hasta el fin de los tiempos!

Sara, pues, no lamentaba en absoluto haber huido con los suyos a Portugal, aun cuando enseguida se había dado cuenta de que sólo los judíos ricos podían elegir domicilio allí y eso a condición de derramar oro sobre el rey y sus consejeros. En cuanto a los judíos modestos, pronto iban a tener que elegir, como en Castilla, entre convertirse o irse.

—Así que me apresuré a hacerme a la mar rumbo a Tetuán, donde pasé unos meses; luego, vine a Fez con mi hija mayor y mi yerno, que espera establecerse aquí con un tío joyero. Mi hija la segunda y su marido han ido, como la mayoría de los nuestros, al país del Gran Turco, nuestro protector. ¡Que el Altísimo le prolongue la vida y le dé la victoria sobre nuestros enemigos!

—Eso es lo que esperamos todos —asintió mi madre—. Si Dios tiene la bondad de devolvernos algún día nuestro país, el turco será su brazo.

La revancha sobre los castellanos era, ciertamente, uno de los deseos más fervientes de Salma. Pero lo que acaparaba, por el momento, su mente, no era tanto el destino de Granada como el de su propio hogar. Si se alegraba tanto de volver a ver a Sara era porque recordaba con qué éxito la había ayudado a recuperar a Mohamed cuando había estado a punto de perderlo poco antes de nacer yo. Esta vez no bastaría un elixir; Salma quería a toda costa consultar a los adivinos y, como su madre, gravemente enferma, no podía acompañarla, contaba con la presencia tranquilizadora de la Vistosa.

—¿Cómo está tu primo? —preguntó ésta.

—¡Como Dios le consiente estar!

A la judía, evidentemente, no se le escapó la ambigüedad de la fórmula. Le puso a mi madre la mano en el hombro. Ambas me miraron al mismo tiempo con el rabillo del ojo, se acercaron un paso y entablaron, en voz baja, una conversación de la que sólo me llegaban retazos. En boca de Salma se repitieron varias veces las palabras *rumiyya* y «brujería», quizá también «droga»; la judía se mostró atenta y tranquilizadora.

Ambas mujeres se dieron cita en el mismo sitio dos días después para empezar el recorrido de los adivinos. Yo me enteré ese día, pues mi madre había decidido que la acompañara. Tal vez no quería dejarme en mano de Warda. Tal vez le parecía más respetable, tanto a ojos de mi padre como de los vecinos, desplazarse con un niño, muestra viva de la honradez de sus idas y venidas. Para mí, a mis siete años, fue, en cualquier caso, una experiencia tan maravillosa como inesperada. Y angustiosa a ratos, he de reconocerlo.

Nuestra primera visita fue a una vidente llamada Um-Bassar. Decían que el sultán de Fez la consultaba cada novilunio y que había hechizado a un emir que la amenazaba, produciéndole una ceguera. A pesar de su fama, vivía en una casa tan modesta como la nuestra, situada en el zoco de los perfumeros, al fondo de una angosta galería de soportales. Nos bastó con apartar una cortina para entrar. Una criada negra nos mandó sentarnos en un cuartito, antes de llevarnos a una sala un poco mayor, al final de un oscuro pasillo. Um-Bassar estaba sentada en un inmenso almohadón verde, con el cabello cubierto por un pañuelo del mismo color orlado con hilos dorados; a su espalda había una colgadura que representaba los veintiocho tabernáculos de la luna y, delante, tenía una mesa baja con una vasija de barro vidriado.

Mi madre se sentó enfrente de la adivina y le expuso a media voz lo que la traía. Sara y yo nos habíamos quedado detrás, de pie. Um-Bassar vertió agua en el recipiente y añadió una gota de aceite, sobre la que sopló tres veces. Recitó unas cuantas fórmulas incomprensibles y luego hundió la mirada en la vasija de barro, diciendo con voz cavernosa:

—Los genios están aquí, unos llegan por tierra, otros por mar.

—De pronto, se volvió hacia mí y me hizo señas:

—¡Acércate más!

Desconfiado, no me moví.

—¡Acércate, no tengas miedo!

Mi madre me tranquilizó con la mirada. Me aproximé, con paso medroso.

—¡Mira para abajo!

El espectáculo era, lo confieso, bastante asombroso. Los reflejos danzarines de las gotitas de agua, en la cara brillante del ánfora, producían una ilusión de movimiento continuo. Mirando fijamente durante unos segundos y dejando correr la imaginación podían observarse toda clase de seres y objetos.

—¿Has visto cómo se mueven los genios?

—Sí —contesté, como es natural.

Hubiera contestado que sí a cualquier pregunta, pero mi madre era toda oídos. Por la meta que se había fijado, por el precio que pagaba, no quería llevarse un chasco. Um-Bassar me mandó que volviera a mi sitio. La adivina permaneció entonces inmóvil unos momentos.

—Hay que esperar a que se calmen los genios, están demasiado agitados —explicó en tono confidencial.

Hubo un silencio prolongado; luego se puso a conversar con sus genios. Les susurraba preguntas, después se asomaba al recipiente para observar los gestos que hacían con las manos o la mirada.

—Tu primo volverá a ti después de tres signos —decretó sin concretar si se trataba de tres días, tres semanas, tres meses o tres años.

Mi madre desembolsó una moneda de oro y se fue, perpleja y pensativa. Durante el camino de regreso me pidió que no le dijera nada a nadie de aquella visita, ni siquiera a mi padre, so pena de que los genios se me subieran encima mientras dormía.

Una semana después, nos reunimos de nuevo con la Vistosa en la plaza cuadrada, tan próxima a nuestra casa. Esta vez la visita fue a una morada suntuosa no lejos del palacio del sultán. El salón en el que nos recibieron era amplio y alto y el techo estaba pintado de azul y oro. Había allí varias mujeres, todas gruesas y sin velos, que no parecieron ni mucho menos encantadas de verme. Hablaron unos momentos de mí y luego una de ellas se levantó torpemente, me tomó de la mano y me instaló en un rincón apartado de la habitación prometiendo traerme unos juguetes. Los juguetes no llegaron pero no tuve tiempo de aburrirme pues, al cabo de unos minutos, Salma y Sara vinieron a recogerme.

Debo decir sin demora que necesité muchos años para enterarme de la verdad de lo ocurrido aquel día. Sólo recuerdo que, según se alejaban, mi madre y la Vistosa no dejaban de refunfuñar pero que, entre enfado y enfado, cruzaban bromas y se echaban a reír ruidosamente. Recuerdo también haber oído hablar, en el salón, de al-Amira, la Princesa.

Se trataba de un personaje singular. Viuda de un primo del sultán, versada en todas las ciencias ocultas, había fundado una extraña cofradía, formada únicamente por mujeres, algunas elegidas por sus dotes de videncia, otras, simplemente, por su belleza. La gente con larga experiencia de la vida llama a estas mujeres *sahacat,* pues suelen hacer uso unas de otras, lo que no puedo expresar con un término más decente. Cuando va a verlas una mujer, la hacen creer que las unen lazos de amistad con ciertos demonios que dividen en varias clases: demonios rojos, demonios blancos, demonios negros. Ellas mismas cambian de voz para hacer creer que son esos demonios quienes hablan por sus bocas, como lo he expuesto en mi *Descripción de África*. Esos demonios ordenan con frecuencia a las visitantes, cuando tienen buen tipo, que se desnuden del todo y cambien con ellos, es decir, de hecho, con la Princesa y sus acólitos, besos amorosos. Si la mujer accede, por estupidez o por gusto, a prestarse a ese juego, la invitan a formar parte de la cofradía y se organiza un suntuoso banquete en su honor en el que todas las mujeres bailan juntas al son de una orquesta de negros.

A los dieciséis o diecisiete años fue cuando me enteré de la historia de la Princesa de los demonios. Sólo entonces adiviné qué había hecho huir tan precipitadamente a mi madre y a Sara.

A pesar de ese contratiempo, Salma no quería por nada del mundo interrumpir su búsqueda. Pero, en su siguiente visita, se mostró más circunspecta en la elección del adivino. Y así, fuimos los tres, pasadas unas semanas, a casa de un hombre muy respetado en la ciudad, un librero astrólogo que tenía el comercio cerca de la Mezquita Mayor de los kairuaníes. Nos recibió en su casa, en una sala que, por todo mobiliario, tenía libros en las paredes y una esterilla en el suelo, y quiso puntualizar, en cuanto llegamos, que no era ni mago ni alquimista sino que sólo intentaba leer los signos enviados por Dios a sus criaturas. En apoyo de sus afirmaciones, citó unos versículos del Libro:

> Hay en la tierra signos para aquellos cuya fe es sólida
> también los hay en vosotros, ¿no los veis?
> En el Cielo se encuentran los bienes que nos están destinados
> y también lo que os amenaza.

Tras habernos tranquilizado así sobre su fe y su honorabilidad, nos pidió que nos retiráramos hasta el extremo de la habitación, enrolló la esterilla y, con una tiza, trazó en el suelo varios círculos concéntricos. Dibujó en el primer círculo una cruz, en cuyos extremos escribió los cuatro puntos cardinales y, en el interior, trazó el nombre de los cuatro elementos. Dividió, a continuación, el segundo círculo en cuatro cuadrantes y cada cuadrante en siete partes, es decir veintiocho partes en las cuales inscribió las veintiocho letras del alfabeto árabe. En los otros círculos puso los siete planetas, los doce meses del año latino y otros signos diversos. Esta operación, llamada *zairaya*, es larga y complicada y no me habría acordado de ningún detalle si no la hubiera visto cumplirse tres veces ante mis ojos. Lamento simplemente no haber aprendido a hacerla yo pues, de todas las ciencias ocultas, es la única cuyos resultados son indiscutibles, incluso a ojos de ciertos ulemas.

Al terminar el dibujo, el astrólogo le preguntó a mi madre qué buscaba. Tomó una por una las letras de su pregunta, apuntó su valor numérico y, mediante un complicadísimo cálculo, halló el elemento natural al que correspondía cada una de las letras. Al cabo de una hora de garabatear, nos llegó su respuesta en verso:

> La muerte va a pasar y, luego, las olas del mar,
> entonces regresarán la mujer y su fruto.

Mi madre estaba tan turbada que no le salió la voz y el hombre intentó calmarla:

—Cuando se quiere saber el futuro, hay que contar con cruzarse a veces con la muerte. ¿Acaso no está al final de cada destino?

Salma halló fuerzas para replicar, temblorosa, casi suplicante:

—Al final, sin duda; pero aquí aparece al principio de la predicción.

Por toda respuesta, el hombre alzó la vista y las palmas de las manos a lo alto. Ni una palabra más salió de su boca y, cuando mi madre quiso pagarle, se negó con un gesto que no admitía réplica.

La cuarta visita fue la que perdió a Salma. Se trataba, en esta ocasión, de uno de esos individuos a los que llaman en Fez *muazzimin*, reputados por su arte en expulsar demonios. Mi abuela, ¡Dios tenga misericordia de ella!, había elogiado a ese hombre que, según decía, había resuelto mil casos mucho más complicados que el nuestro. De hecho, estaba tan solicitado que tuvimos que esperar dos horas en la antecámara hasta que acabó con otras seis clientes.

En cuanto Salma le expuso su caso sonrió con condescendencia, jurándole que antes de siete días se habría olvidado del problema.

—Tu primo tiene en la cabeza un diablo minúsculo que habría que sacarle. Si estuviera aquí lo curaría en el acto. Pero te voy a transmitir el poder de exorcizarlo por ti misma. Te enseñaré una fórmula que le recitarás encima de la cabeza mientras duerme, esta noche, mañana y pasado mañana; te doy también este frasco de perfume. Verterás una gota al pronunciar cada fórmula.

La primera noche, mi padre durmió con Salma y a ésta no le costó ningún trabajo recitar la fórmula y verter la gota de elixir. La segunda noche, sin embargo, ocurrió lo que cualquier persona sensata hubiera podido adivinar. Mohamed estaba con Warda y mi madre se deslizó temblando en su habitación. Cuando se disponía a verter el líquido, la concubina dio un grito estridente, mi padre se despertó y, haciendo ademán de defenderse, agarró a su frágil agresora por el tendón. Salma cayó al suelo, sollozando.

Al ver el frasco que llevaba en la mano, Mohamed llamó a su mujer bruja, loca, envenenadora y, sin esperar a que amaneciera, le gritó tres veces seguidas: «*Anti talika, anti talika, anti talika*», notificándole de esta forma que, a partir de ese momento, estaba libre de él y divorciada.

El año de las plañideras
902 de la hégira

(9 de septiembre de 1496-29 de agosto de 1497)

Aquel año vino a nuestra casa Boabdil en persona a dar el pésame. Quiero decir a casa de Jali, puesto que con él era con quien vivía yo desde que mi padre había repudiado a Salma. El sultán destronado entró en el salón, seguido de un chambelán, de un secretario y de seis guardias vestidos a la usanza de la Alhambra. Murmuró unas palabras de circunstancias al oído de mi tío, que le estrechó largamente la mano, antes de cederle el diván alto, el único de la casa. Los hombres de su séquito habían permanecido de pie.

Mi abuela había fallecido durante la noche y, desde por la mañana, habían empezado a afluir los granadinos de Fez. Boabdil había llegado sin anunciarse, mucho antes de la oración de mediodía. Ninguno de los presentes tenía buena opinión de él pero sus títulos, aunque ficticios, no dejaban de impresionar a sus antiguos súbditos. Además, la circunstancia no se prestaba ni poco ni mucho a los rencores ni a los arreglos de cuentas. Salvo para Astaghfirullah que, habiendo llegado poco después que el sultán, no lo gratificó ni con una mirada, se sentó en el primer almohadón y empezó a recitar muy alto, con su voz cascada, los versículos apropiados para el acontecimiento.

Algunos labios rezaban, otros permanecían inmóviles, con mueca soñadora, divertida a veces, otros más charlaban infatigablemente. En la sala de los hombres, sólo Jali tenía lágrimas en los ojos. Todavía lo estoy viendo, como si se materializara ante mí. También me estoy viendo, sentado a ras del suelo, no alegre, es cierto, pero tampoco demasiado triste, paseando ávidamente los secos y despreocupados ojos por la concurrencia. De Boabdil, que había engordado mucho, al jeque, al que los años y el exilio habían dejado esquelético y anguloso. El turbante que llevaba parecía más inmenso, más desmesurado que nunca. Cada vez que se callaba, se alzaban los desagradables alaridos de las plañideras, de rostro embadurnado de hollín, cabellos revueltos, mejillas arañadas hasta hacerse sangre, mientras que, en un rincón del patio, los plañideros, vestidos de mujer, maquillados y con el afeitado apurado, agitaban febrilmente las panderetas cuadradas. Para imponerles silencio, Astaghfirullah volvió a salmodiar más alto, desafinando más, con más fervor. De vez en cuando, un poeta callejero se levantaba para recitar en tono triunfal una elegía que ya había servido para otros cien fallecidos. Fuera, se alzó un ruido de pucheros: eran las vecinas que traían la comida, pues no se guisaba en casa de un difunto.

Una fiesta, la muerte. Un espectáculo.

Mi padre no llegó hasta mediodía, explicando de forma confusa que acababa de enterarse hacía muy poco de la triste nueva. Todos lo miraban de soslayo, de una manera muy particular, todos se creían obligados a saludarlo con frialdad o incluso a ignorarlo. Yo me sentía dolido. Hubiera querido que no estuviera allí, que no fuera mi padre. Avergonzado de mis pensamientos, fui hacia él, apoyé la cabeza en su hombro y no me volví a mover. Pero, mientras me acariciaba lentamente la nuca, me puse a pensar, no sé por qué, en el librero astrólogo y en su predicción.

Así pues, la muerte había pasado. Sin confesármelo, me sentía algo aliviado por el hecho de que la víctima no fuera ni mi madre ni mi padre. Salma había de decirme más adelante que temía que fuera yo. Lo que no podía decir, ni siquiera muy bajo, en lo hondo de su corazón, sólo el viejo Astaghfirullah iba a atreverse a expresarlo, cierto es que por medio de una parábola.

Habiéndose levantado para pronunciar el elogio de la difunta, se dirigió en primer lugar a mi tío:

—Cuentan que un califa de tiempos pasados había perdido a su madre, a la que quería como tú querías a la tuya, y que se puso a gemir sin ningún comedimiento. Un sabio se acercó a él. «Príncipe de los Creyentes —le dijo—, tienes que dar las gracias al Altísimo, pues ha honrado a tu madre haciéndote llorar sobre sus restos, en lugar de humillarla haciéndola llorar sobre los tuyos». Hay que dar las gracias a Dios cuando la muerte sobreviene dentro del orden natural de las cosas y remitirse a Su sabiduría cuando, por desgracia, ocurre de otro modo.

Prosiguió con una oración que la concurrencia murmuró a la vez que él. Luego, volvió a coger, sin transición, el hilo del sermón:

—Demasiadas veces oigo en los funerales a creyentes, hombres y mujeres, maldecir de la muerte. Sin embargo, la muerte es un regalo del Altísimo y no se puede maldecir lo que viene de Él. ¿Os parece una provocación la palabra «regalo»? Es, sin embargo, la exacta verdad. Si la muerte no fuera inevitable, el hombre habría perdido su vida entera evitándola. No habría arriesgado, ni intentado, ni emprendido, ni inventado, ni construido nada. La vida habría sido una perpetua convalecencia. Sí, hermanos, demos gracias a Dios por habernos dado el regalo de la muerte para que la vida tenga un sentido; la noche, para que el día tenga un sentido; el silencio, para que la palabra tenga un sentido; la enfermedad, para que la salud tenga un sentido; la guerra, para que la paz tenga un sentido. Agradezcámosle que nos haya dado el cansancio y las penas, para que el descanso y las alegrías tengan un sentido. Démosle gracias, Su sabiduría es infinita.

La concurrencia pronunció a coro las gracias: *¡Alhamdulillah! ¡Alhamdulillah!* Observé que un hombre, al menos, había permanecido en silencio con los labios agrietados y las manos crispadas. Era Jali.

«Tenía miedo —me explicó más adelante—. Me decía a mí mismo: "¡Con tal de que no se extralimite!". Desgraciadamente, conocía demasiado a Astaghfirullah para abrigar la menor ilusión a ese respecto».

De hecho, el discurso empezó a tomar otros derroteros.

—Si Dios me hubiera dado de regalo la muerte, si me hubiera llamado a Sí en lugar de hacerme vivir la agonía de mi ciudad, ¿habría sido cruel conmigo? Si Dios me hubiera evitado ver con mis propios ojos a Granada cautiva y a los creyentes deshonrados, ¿habría sido cruel conmigo?

El jeque alzó bruscamente la voz, sobresaltando a todos los presentes:

—¿Soy yo el único aquí que piensa que vale más la muerte que la deshonra? ¿Soy el único que grita: «Oh Dios, si he fallado en mi misión con la comunidad de los Creyentes, aplástame con Tu poderosa mano, bárreme de la superficie de la tierra como a una plaga dañina. Oh, Dios, júzgame hoy mismo pues la conciencia me pesa demasiado, me confiaste la más bella de Tus ciudades, pusiste entre mis manos la vida y el honor de los musulmanes, ¿por qué no me llamas para pedirme cuentas?».

Jali estaba bañado en sudor, así como cuantos se hallaban cerca de Boabdil. Este último se había puesto más blanco que una espiga de cúrcuma. Se hubiera dicho que su sangre real lo había abandonado para no compartir su vergüenza. Si había venido, por indicación de uno de sus consejeros, para estrechar los lazos con sus antiguos súbditos y poder pedirles pronto que contribuyeran a los gastos de su corte, la empresa acababa en derrota. Una más. Los ojos se le iban desesperadamente hacia la puerta pero su cuerpo, torpe en exceso, permanecía hundido en el asiento.

¿Fue la misericordia, el cansancio o, simplemente, la casualidad lo que movió a Astaghfirullah a interrumpir el requisitorio para proseguir las oraciones? Para mi tío, fue una intervención del Cielo. Y no bien hubo pronunciado el jeque «Doy testimonio de que no hay más divinidad que Dios y de que Mahoma es Su Mensajero», Jali aprovechó para saltar, literalmente, de su sitio y dar la señal de partida hacia el cementerio. Las mujeres acompañaron el sudario hasta el umbral de la puerta, agitando pañuelos blancos en señal de desconsuelo y despedida. Boabdil desapareció por una puerta excusada. A partir de ese momento, los granadinos de Fez podían morir tranquilos: la deformada silueta del sultán derrocado ya no volvería a turbarlos en el último viaje.

El duelo duró otros seis días. ¿Qué mejor remedio para la pena que causa la muerte de un ser querido que el agotamiento? Al alba, llegaban las primeras visitas; las últimas se iban entrada la noche. La tercera tarde, a los allegados no les quedaban ya lágrimas; a veces, faltaban a las conveniencias sonriendo o riendo, lo que no dejaban de criticar los presentes. Sólo resistían las plañideras que creían incrementar su paga llorando más y mejor. A los cuarenta días del fallecimiento, el duelo volvió a empezar, con el mismo ceremonial, durante otros tres días.

Esas semanas de luto dieron ocasión a mi padre y a mi tío para mantener alguna que otra conversación conciliadora. No se trataba aún de una reconciliación, ni mucho menos, y mi madre evitó cruzarse con el que la había repudiado. Pero, desde la perspectiva de mis ocho años, creí descubrir una esperanza en el horizonte.

Entre otros temas mi padre y mi tío habían tratado de mi porvenir. Coincidían en que ya era hora de que empezara a ir a la escuela. Otros niños iban más tarde, pero yo daba, al parecer, muestras de inteligencia precoz y era inútil dejarme todo el día en casa en compañía de las mujeres. Podría ablandarse mi carácter y resentirse mi virilidad. Vinieron a explicármelo uno tras otro y, solemnemente, me acompañaron ambos una mañana a la mezquita del barrio.

El maestro, un joven jeque con turbante y una barba casi rubia, me pidió que le recitara la *Fatiha,* primer sura del Libro. Lo hice sin una falta, sin la menor vacilación. Se mostró satisfecho:

—Tiene buena elocución y una memoria exacta; no necesitará más de cuatro a cinco años para aprenderse el Corán de memoria.

Yo no cabía en mí de orgullo pues sabía que muchos alumnos estaban seis años en la escuela y, a veces, siete. Tras memorizar el Libro de Dios podría ingresar en el colegio donde se enseñan las distintas ciencias.

—También le enseñaré unos rudimentos de ortografía, de gramática y de caligrafía —precisó el maestro.

Cuando le preguntaron qué retribución quería, dio un paso atrás:

—Mi retribución sólo la espero del Altísimo.

No sin añadir, sin embargo, que el padre de cada alumno daba lo que podía a la escuela en las fiestas y un presente más sustancioso al final del último año, el día de la Gran Recitación.

Prometiéndome aprender cuanto antes los ciento catorce suras, empecé enseguida con asiduidad, cinco días a la semana, las clases del jeque. No había menos de ochenta niños en mi clase, entre siete y catorce años. Cada alumno venía a la escuela vestido a su antojo, pero a ninguno se le hubiera ocurrido llevar trajes suntuosos de seda o con bordados, salvo en ciertas ocasiones. De todos modos, los hijos de los príncipes o de los grandes del reino no iban a las escuelas de las mezquitas. Recibían en sus casas la enseñanza de un jeque. Salvo esta excepción, había en la escuela niños de muy diversa condición, hijos de cadíes, de notarios, de oficiales, de funcionarios reales o municipales, de comerciantes y de artesanos; hasta algunos hijos de esclavos, enviados por sus amos.

El aula era grande, en anfiteatro. Los mayores se sentaban detrás, los más pequeños delante, cada cual con su tablilla en la que escribía los versículos del día al dictado del maestro. Éste tenía a menudo en la mano una caña que no dudaba en utilizar cuando a uno de nosotros se le escapaba un juramento o cometía alguna falta grave. Pero ningún alumno dejaba de perdonárselo y a él nunca le duraba el rencor hasta el día siguiente.

El primer día que fui a la escuela me senté en la primera fila, creo. Lo bastante cerca para ver al maestro y oírlo, lo bastante lejos para estar al abrigo de sus preguntas y de sus inevitables enfados. A mi lado, estaba el más endiablado de todos los niños del barrio: Harún, el Hurón de mote. Era de mi edad, tenía la tez muy morena, la ropa usada y remendada pero siempre limpia. Desde la primera pelea, éramos amigos unidos en la vida y en la muerte. Nadie lo veía sin preguntarle por mí, nadie me veía a mí sin asombrarse de que no estuviera conmigo. En su compañía, exploré Fez y mi adolescencia. Yo me sentía extranjero, él sabía que la ciudad le pertenecía, que la habían creado para él, sólo para sus ojos, para sus piernas, sólo para su corazón. Y me proponía que la compartiéramos.

Cierto es que pertenecía, por nacimiento, al más generoso de los gremios.

El año de Harún el Hurón
903 de la hégira

(30 de agosto de 1497-18 de agosto de 1498)

Aquel año cayó Melilla en manos de los castellanos. Había venido una flota para atacarla, la halló desierta, abandonada por sus habitantes que habían huido hacia las colinas próximas, llevándose sus bienes. Los cristianos se apoderaron de la ciudad y empezaron a fortificarla. ¡Sabe Dios si la abandonarán un día!

En Fez, los refugiados granadinos se asustaron. Creían que el enemigo les pisaba los talones, que los perseguiría hasta el corazón mismo de los países del islam y hasta el fin del mundo.

La inquietud aumentaba entre los míos pero a mí, volcado por completo en mis estudios y en mis nacientes amistades, no me afectaba todavía.

La primera vez que Harún vino a casa, muy tímido todavía, se lo presenté a mi tío diciéndole a qué gremio pertenecía su familia. Jali tomó en sus manos las de mi amigo, más menudas pero más rugosas ya, y pronunció estas palabras que, en el momento, me hicieron sonreír:

—Si la hermosa Sharazad los hubiera conocido, habría dedicado una noche apacible a contar su historia, le habría añadido genios, alfombras voladoras y linternas mágicas y, antes del alba, habría convertido milagrosamente a su jefe en califa, sus chozas en palacios y sus ropas de trabajo en trajes de ceremonia.

Se refería a los mozos de cuerda de Fez. Trescientos hombres, sencillos todos ellos, todos ellos pobres, analfabetos casi todos y que, sin embargo, habían sabido convertirse en el gremio más respetado de la ciudad, el más solidario, el mejor organizado.

Cada año, aún hoy, eligen un jefe, un cónsul, que organiza minuciosamente su actividad. Él es quien designa, al comienzo de la semana, a los que habrán de trabajar y a los que descansarán, según la llegada de las caravanas, el estado de los zocos y la disponibilidad de los compañeros. Lo que gana un mozo de cuerda en la jornada no se lo lleva a casa sino que lo deposita todo en una caja común. Al final de la semana, el dinero se distribuye en partes iguales entre los que han trabajado, menos una parte, reservada para las obras de beneficencia del gremio, que son múltiples y generosas: cuando muere uno de ellos, se hacen cargo de su familia, ayudan a la viuda a encontrar otro marido, se ocupan de los hijos de corta edad hasta que tienen un oficio. El hijo de uno es el hijo de todos. El dinero de la caja también sirve para los que se casan: todos cotizan para garantizarles una suma que les permita poner casa.

El cónsul de los mozos de cuerda negocia en su nombre con el sultán y sus colaboradores. Así, ha conseguido que no paguen impuestos ni gabela y que les cuezan el pan gratis en los hornos de la ciudad. Además, si uno de ellos comete por desgracia un crimen que merezca la muerte, no lo ejecutan en público como a otros criminales para que no caiga el oprobio sobre el gremio. A cambio, el cónsul ha de escudriñar sin complacencia la moralidad de cada nuevo aspirante para apartar a todo individuo sospechoso. La reputación de los mozos de cuerda ha llegado a ser tan buena que los comerciantes se sienten obligados a echar mano de ellos para vender sus mercancías. Así, los vendedores de aceite, que llegan del campo a los zocos con orzas de todos los tamaños, recurren a mozos especializados que comprueban personalmente la capacidad de los recipientes y la calidad del producto y se la garantizan a los compradores. Igualmente, cuando un negociante importa un nuevo tipo de tejido, echa mano de mozos de cuerda pregoneros para vocear la utilidad de su mercancía. Por cada actividad, el mozo cobra una suma fija, de conformidad con una tarifa establecida por el cónsul.

Jamás hombre alguno, por muy príncipe que sea, se atreve a atacar a uno de ellos pues sabe que tendría que vérselas con el conjunto del gremio. Su divisa es una sentencia del Profeta: «Ayuda a tu hermano, sea opresor u oprimido»; pero interpretan estas palabras como lo hizo el propio Mensajero cuando le dijeron: «Al oprimido lo ayudaremos, es natural. Pero ¿cómo habríamos de ayudar al opresor?». Y él contestó: «Lo ayudaréis pudiendo más que él e impidiéndole hacer el mal». Así, era raro que un mozo de cuerda provocara una riña en los zocos de Fez; siempre había entre sus hermanos uno prudente para hacerle entrar en razón.

Tales eran esos hombres, tan humildes y, sin embargo, tan orgullosos. Tan indefensos y, sin embargo, tan generosos. Tan alejados de los palacios y de las alcazabas y, sin embargo, tan hábiles para gobernarse a sí mismos. Sí, tal era la raza a la que pertenecía mi mejor amigo.

Todos los días, con los primeros albores, Harún el Hurón pasaba a recogerme para recorrer a mi lado los pocos centenares de pasos que llevaban de casa de Jali a la escuela. A veces nos contábamos algunos chismes, a veces repetíamos los versículos estudiados la víspera. La mayoría de las veces no decíamos nada, éramos amigos en silencio.

Una mañana, al abrir los ojos, lo vi en mi habitación, sentado a los pies de mi armario-cama, en lo alto del cual estaba yo acostado. Me sobresalté, temiendo haberme retrasado para la escuela y pensando ya en la caña del maestro, que iba a zumbar al azotarme las pantorrillas. Harún me tranquilizó con una sonrisa.

Estamos a viernes, no hay escuela pero sí hay calles y jardines. Coge un trozo de pan y un plátano y luego reúnete conmigo en la esquina de la avenida.

Desde ese día, sólo Dios sabe el número de caminatas que dimos. Muchas veces empezábamos el paseo en la plaza de los Prodigios. No sé si se llamaba así de verdad, pero así era como la llamaba Harún. Para nosotros no había en ella nada que comprar, nada que coger, nada que comer. Sólo había cosas que mirar, que olfatear y que oír.

Ante todo, los enfermos fingidos. Unos aseguraban padecer del mal caduco, se sujetaban la cabeza con ambas manos, la sacudían vigorosamente, dejando colgar labios y mandíbulas, luego se revolcaban por el suelo de manera tan experta que jamás se hacían un rasguño, jamás volcaban el platillo puesto junto a ellos para recoger el óbolo. Otros decían que padecían mal de piedra y gemían sin cesar, fingiendo atroces dolores, salvo si Harún y yo éramos los únicos espectadores. Otros exponían a las miradas llagas y pústulas. Yo me apartaba de ellos a toda prisa, pues me habían dicho que bastaba con mirarlos para contraerlas.

Había en la plaza numerosos saltimbanquis que cantaban estúpidas romanzas y vendían a la gente crédula papelitos que contenían, decían ellos, fórmulas mágicas para curar todo tipo de enfermedades. Había también curanderos ambulantes que ponderaban sus productos milagrosos y se guardaban muy mucho de pasar dos veces por la misma ciudad. Había igualmente exhibidores de jimios que se divertían asustando a las mujeres encintas, así como encantadores de serpientes que se enroscaban los animales alrededor del cuello. Harún no temía acercarse. Pero a mí me daban tanto miedo como asco.

Los días de fiesta había narradores. Recuerdo sobre todo a un ciego cuyo bastón bailaba al ritmo de las aventuras de Helul, héroe de las guerras de Andalucía, o del célebre Antar Ibn Shadad, el árabe más valeroso. Una vez, mientras evocaba los amores de Antar el negro y la bella Abla, se interrumpió para preguntar si había entre el público niños o mujeres. Unos y otras se alejaron de mala gana, con la cabeza gacha. Yo esperé unos momentos, los suficientes para dejar a salvo mi amor propio. Cien miradas reprobadoras se habían vuelto hacia mí. Incapaz de sostenerlas, me disponía a marcharme pero, con un guiño, Harún me hizo comprender que no había ni que planteárselo. Me puso una mano en el hombro, se llevó la otra a la cadera y no se movió del sitio. El narrador prosiguió su historia. La escuchamos hasta el último beso. Y sólo después de que la muchedumbre se hubo dispersado continuamos nuestra caminata.

La plaza de los Prodigios estaba situada en el cruce de varias calles transitadas. Una, atestada de libreros y memorialistas, desembocaba en el atrio de la Mezquita Mayor; otra, albergaba a los vendedores de borceguíes y zapatos; la tercera, a los comerciantes de bridas, de sillas de montar y de estribos; la cuarta, en fin, era para nosotros de paso obligado. En ella se hallaban los lecheros, cuyas tiendas se adornaban con jarras de mayólica mucho más valiosas que el producto que en ellas se vendía. No era a esas lecherías a las que íbamos, sino a los puestos de quienes, a sus mismas puertas, les compraban cada tarde a bajo precio la leche que se había quedado sin vender, se la llevaban a sus casas, la dejaban cuajarse durante la noche y volvían a venderla, al día siguiente, helada y rebajada con agua. Era una bebida que quitaba la sed y el hambre y que no era gravosa ni para la bolsa ni para la conciencia de los creyentes.

Harún y yo sólo estábamos empezando a descubrir Fez. Íbamos a desnudarla velo a velo como a una novia en su aposento nupcial. De aquel año he guardado mil recuerdos que me hacen revivir, cada vez que los evoco, el candor despreocupado de mis nueve años. Es sin embargo el más doloroso de estos recuerdos el que me veo obligado a contar aquí pues, si lo omitiera, faltaría a mi tarea de testigo fidedigno.

El paseo había empezado aquel día como todos los demás. Harún quería huronear, yo no le iba a la zaga en curiosidad. Sabíamos que al oeste de la ciudad había un pequeño arrabal llamado el-Mers del que nuestro maestro sólo hablaba con una especie de mueca preocupada. ¿Estaba lejos? ¿Era peligroso? Otros, en nuestro lugar, habrían parado mientes en estos detalles; nosotros nos contentábamos con caminar.

Al llegar al arrabal, a eso de mediodía, no nos costó trabajo comprender de qué se trataba. Por las calles había mujeres recostadas en las fachadas o en puertas abiertas que sólo podían ser de tabernas. Harún imitaba los andares incitantes de una prostituta. Me reí, imitando, a mi vez, el contoneo de una matrona.

¿Y si fuéramos a ver qué había en las tabernas? Sabíamos que no se nos permitía entrar, pero siempre podíamos echar una ojeada deprisa y corriendo.

Así pues, nos acercamos a la primera. La puerta está entreabierta. Asomamos las infantiles cabezas. Está oscuro. Sólo vemos un grupo de clientes. En medio, una abundante cabellera pelirroja. Nada más, pues ya nos han visto y echamos a correr a toda velocidad, derechos a la taberna de la calle de al lado. No hay más luz pero nuestras miradas se orientan más deprisa. Contamos cuatro cabelleras, unos quince clientes. En la tercera, nos da tiempo a distinguir algunos rostros, algunas copas relucientes, algunas jarras. Sigue el juego. Nuestras inconscientes cabezas asoman de golpe a la cuarta. Nos parece que hay más claridad. Distinguimos, muy cerca de la puerta, un rostro. ¿Aquella barba, aquel perfil, aquel porte? Saco la cabeza y salgo corriendo por la calle. No huyo ni de los taberneros ni de los encargados de echar a los borrachos. La imagen que quiero dejar atrás es la de mi padre, sentado en la taberna, a una mesa, con una cabellera suelta a su lado. Yo lo he visto, Harún es probable que lo haya reconocido. ¿Nos ha visto él? No lo creo.

Desde aquel día, he tenido ocasión de ir más de una vez a tabernas y a barrios más sórdidos que el-Mers. Pero, aquel día, el suelo se me hundió. Se hubiera dicho el día del Juicio. Sentía vergüenza, dolor. No paraba de correr, con las lágrimas resbalándome por las mejillas, los ojos casi cerrados, un nudo en la garganta, sin resuello.

Harún iba detrás de mí, sin hablarme, sin tocarme, sin siquiera acercárseme mucho. Esperó a que estuviera agotado, a que me sentara en el umbral de una tienda cerrada. Él se sentó a mi lado, siempre sin decir palabra. Y luego, al cabo de una hora larga, cuando yo me estaba levantando, más tranquilo, se incorporó e, imperceptiblemente, me puso en el camino de regreso. Hasta que, al crepúsculo, no estuvimos a la vista de la casa de Jali, Harún no abrió la boca:

—Todos los hombres han ido siempre a las tabernas; a todos los hombres les ha gustado siempre el vino. Si no, ¿por qué hubiera tenido que prohibirlo Dios?

Al día siguiente, volví a ver a Harún el Hurón sin sentirme violento. Lo que temía era ver a mi padre. Menos mal que tenía que irse al campo, donde estaba buscando un terreno en arriendo. Volvió unas semanas después, pero para entonces el destino ya había ahogado mis penas y las suyas en desgracias mayores.

El año de los inquisidores
904 de la hégira

(14 de agosto de 1498-7 de agosto de 1499)

Aquel año, Hamed el liberador murió bajo la tortura en una mazmorra de la Alhambra; pasaba de los ochenta. Nadie era más hábil que él para conseguir la liberación de un cautivo, pero cuando tuvo que liberarse a sí mismo sus palabras ya no tenían fuerza. Era un hombre piadoso y abnegado y, si alguna vez se equivocó en un juicio, sus intenciones fueron, hasta el último día, tan puras como las de un niño. Murió pobre, ¡quiera Dios desvelarle ahora las riquezas del Edén!

Otros miles de personas sufrieron suplicio al mismo tiempo que él. Desde hacía varios meses nos llegaban las noticias más alarmantes de nuestra antigua patria, pero pocos preveían la catástrofe que iba a abatirse sobre los últimos musulmanes de Andalucía.

Todo había empezado con la llegada a Granada de un grupo de inquisidores, religiosos fanáticos que proclamaron de entrada que todos los cristianos convertidos al islam debían volver a su religión primitiva. Algunos se resignaron pero la mayoría se opuso, recordando el acuerdo cerrado antes de la caída de la ciudad que garantizaba expresamente a los conversos el derecho a seguir siendo musulmanes. Sin resultado. Para los inquisidores, esta cláusula era nula. A todo hombre que hubiera recibido el bautismo y se negara a volver a ser cristiano se le consideraba como renegado y, como tal, merecía la muerte. Para intimidar a los recalcitrantes, se levantaron unas cuantas hogueras, como se había hecho con los judíos. Algunos ciudadanos abjuraron. Otros, pocos, se dijeron que valía más irse, aunque fuera tarde, antes de que la trampa se cerrara sobre ellos. No pudieron llevarse más que lo puesto.

Los inquisidores decretaron a continuación que todo aquel que tuviera un cristiano entre sus antepasados había de recibir obligatoriamente el bautismo. Hamed fue uno de los primeros hostigados. Su abuelo había sido un cautivo cristiano que había optado por pronunciar el Testimonio del islam. Por ello, unos soldados castellanos fueron una noche, acompañados de un inquisidor, a su casa, en nuestro arrabal del Albaicín. Alertados, los vecinos del anciano se echaron a la calle para intentar impedir la detención. En vano. Al día siguiente prendieron a otras personas, entre las que había dos mujeres, en otros barrios de la ciudad. Siempre se formaban grupos y los soldados se veían obligados a desenvainar las espadas para abrirse camino. Pero fue sobre todo en el Albaicín donde se multiplicaron los incidentes. No lejos de nuestra antigua casa, incendiaron una iglesia de reciente construcción. En represalia, saquearon dos mezquitas. Todos y cada uno tenían su fe a flor de piel.

Un día, se supo que Hamed había sucumbido en una mazmorra a consecuencia de los malos tratos que le habían infligido los inquisidores. Hasta el final, se había negado a convertirse, limitándose a recordar el compromiso firmado por los soberanos cristianos.

Cuando se supo la noticia de su muerte, por todas las calles se oyeron llamamientos al combate. De todos los notables del arrabal del Albaicín, Hamed era el único que se había quedado no para acercarse al enemigo sino para proseguir la misión a la que había consagrado la vida: liberar a los musulmanes cautivos. Por su noble actividad así como por su edad, por todos los odios reprimidos en torno, la reacción de los musulmanes fue inmediata. Se alzaron barricadas, hubo soldados, funcionarios, religiosos muertos. Estalló la insurrección.

Por supuesto, los ciudadanos no estaban en condiciones de hacer frente al ejército de ocupación. Con unas pocas ballestas, espadas, lanzas, porras, impidieron a las tropas castellanas el acceso al Albaicín, intentaron organizarse, como un pequeño ejército, para la guerra santa. Pero, tras dos días de combates, los aplastaron. Y comenzó la matanza. Las autoridades proclamaron que se ejecutaría a todos los musulmanes por rebelión contra los soberanos, añadiendo insidiosamente que sólo se librarían quienes se convirtieran al cristianismo. La población de Granada se bautizó entonces por calles enteras. En algunos pueblos de La Alpujarra, los campesinos se resistieron; pudieron aguantar unas cuantas semanas; hasta dicen que consiguieron matar al señor de Córdoba que dirigía la expedición contra ellos. Pero tampoco allí podía prolongarse la resistencia. Los campesinos tuvieron que negociar: a unos cientos de familias se les autorizó a marcharse y vinieron a instalarse en Fez; algunas personas se refugiaron en las montañas, jurando que no se las volvería a ver; todos los demás recibieron el bautismo. Ya nadie podía decir: «*Allahu akbar*» en tierra andaluza donde, durante ocho siglos, la voz del almuecín había convocado a los fieles a la oración. Ya nadie podía recitar la *Fatiha* ante el cadáver de su padre. Al menos en público, pues aquellos musulmanes convertidos a la fuerza se resistían a renegar de su religión.

Hicieron llegar a Fez mensajes desgarradores. «Hermanos —decía una de sus cartas—, si, cuando cayó Granada faltamos a nuestro deber de emigrar, fue únicamente por falta de medios, pues somos los andaluces más pobres y más débiles. Hoy, hemos tenido que aceptar el bautismo, pero tenemos miedo de exponernos a la ira del Altísimo el día del Juicio y de probar las torturas de la Gehena. Por eso os suplicamos a vosotros, nuestros hermanos emigrados, que nos ayudéis con vuestros consejos. Interrogad por nosotros a los doctores de la ley acerca de lo que deberíamos hacer, nuestra angustia no tiene límites».

Apiadados, emigrantes granadinos de Fez celebraron aquel año numerosísimas reuniones, algunas en casa de Jali. A ellas asistieron notables, gente del pueblo, pero sobre todo ulemas versados en la ley. Algunos venían de lejos para aportar el fruto de su investigación y de su reflexión.

Recuerdo, así, haber visto llegar un día al muftí de Orán, un hombre de unos cuarenta años con un turbante no menos imponente que el de Astaghfirullah pero que lucía con cierta llaneza. Más deferente de lo que solía, mi tío fue a recibirlo a la entrada de la calle y, durante la reunión, los presentes se limitaron a someterle consultas sin atreverse en ningún momento a argumentar con él o a poner en duda sus respuestas. Es cierto que el problema, tal y como se planteaba, exigía un gran dominio de la Ley y de la Tradición, así como gran valentía en la interpretación: aceptar que cientos de miles de musulmanes renegasen de la fe del Profeta era inconcebible; pedir a toda una población que muriera en la hoguera era monstruoso.

Aún recuerdo las primeras palabras del oranés, pronunciadas con voz cálida y serena:

—Hermanos, estamos aquí, alabado sea Dios, en tierra del islam y llevamos con orgullo nuestra fe como una diadema. Guardémonos de agobiar a quienes llevan su religión como quien lleva una brasa en la mano.

Prosiguió:

—Cuando les hagáis llegar mensajes, sean vuestras palabras prudentes y mesuradas. Pensad que con vuestra carta se podría prender su hoguera. No los censuréis por su bautismo, limitaos a invitarlos a que permanezcan, a pesar de todo, fieles al islam, y a que se lo enseñen a sus hijos. Pero no antes de la pubertad, no antes de la edad de guardar un secreto, pues un niño puede desvelar, con una palabra imprudente, la verdadera fe de sus padres y causar así su perdición.

¿Y si obligaban a aquellos desdichados a beber vino? ¿Y si los incitaban a comer carne de cerdo para comprobar que ya no eran musulmanes?

—Que lo hagan, si se ven obligados a ello —dijo el muftí—, pero que protesten en sus corazones.

¿Y si los fuerzan a insultar al Profeta, Dios lo proteja y lo salve?

—Que lo hagan, si se ven obligados a ello —repitió—, pero que digan lo contrario en sus corazones.

A aquellos hombres que, por no haber emigrado, vivían la más cruel de las torturas, el muftí les dio el nombre de *Ghuraba,* «Extraños», remitiéndose así a la Palabra del Mensajero de Dios: «El islam ha empezado siendo extraño y seguirá siendo extraño hasta el final. El Paraíso es de los Extraños».

Para convocar a los musulmanes de todas las regiones a salvar a aquellos infortunados, la comunidad granadina de Fez decidió enviar emisarios a todos los principales soberanos del islam, al Gran Turco, al nuevo Sofí de Persia, al sultán de Egipto y a otros cuantos de menor importancia. Dadas las funciones que desempeñaba en la Alhambra, a Jali lo designaron para redactar cartas oficiales con las fórmulas acostumbradas; quedó igualmente encargado de escoltar el más importante de los mensajes, el que iba dirigido al señor de Constantinopla la Grande. En cuanto estuvo propuesto, mi tío visitó al sultán de Fez así como a Boabdil, quienes le dieron cartas de recomendación y credenciales.

Cada vez que evoco este viaje se me encoge el corazón, aún hoy, aunque haya conocido después las regiones más extrañas y los lugares más inaccesibles. Siempre había soñado con conocer Constantinopla y, al enterarme de que Jali iba allí, no podía estarme quieto. Le daba vueltas en la cabeza al asunto, preguntándome si podía esperar, con diez años, hacer semejante viaje. Sin hacerme excesivas ilusiones, me confié a mi tío. Y cuál no fue mi sorpresa cuando exclamó, con los brazos abiertos en señal de bienvenida:

—¿Dónde encontraría mejor compañero?

A pesar del tono irónico, estaba visiblemente encantado ante la idea. Faltaba convencer a mi padre.

Aquel año también estaba Mohamed ausente de la ciudad, buscando un terreno en arriendo para llevar una existencia apacible, lejos del ruido, lejos de las habladurías, lejos de las miradas desaprobadoras. Durante dos semanas enteras lo esperé, pues, cada día, pidiendo continuamente noticias suyas a Warda y a Mariam. No sabían nada. Esperaban, como yo.

Cuando por fin llegó, me abalancé hacia él y me puse a hablar tan deprisa que tuvo que hacerme volver a empezar varias veces. Desgraciadamente, opuso de inmediato una negativa irrevocable. Tal vez hubiera debido esperar a que Jali le presentara el viaje a su manera. Él hubiera sabido encomiar con elocuencia las ventajas de tal periplo. ¿Quizá hubiera accedido Mohamed para no contrariar a mi tío, con el que acababa de reconciliarse? A mí podía decirme que no sin rodeos. Pretextó los peligros del viaje, me citó personas que no habían vuelto, me habló de mis estudios, que me habría visto obligado a interrumpir para irme. Creo, sin embargo, que la verdadera razón era que me notaba demasiado apegado a mi tío, a la familia de mi madre en general, y que temía que me alejara de él por completo. Como no podía discutir con él, le supliqué que hablara con Jali pero se negó incluso a verlo.

Durante una semana, me desperté todas las mañanas con los ojos inyectados en sangre y la almohada húmeda. Para consolarme, mi tío me juró que iría con él al viaje siguiente; había de cumplir su palabra.

Llegó el día de la partida. Jali debía unirse a una caravana de mercaderes que salía para Orán, antes de tomar el barco. Desde el alba, vinieron en gran número los granadinos a desearle que su misión tuviera éxito y a contribuir con algunas monedas de oro a sus gastos. En cuanto a mí, me reconcomía en mi rincón cuando un anciano de mirada maliciosa vino a sentarse a mi lado. No era otro que Hamza, el barbero que me había circuncidado. Me preguntó por mi padre, se lamentó de la muerte del liberador, a quien había visto por última vez en nuestra casa del Albaicín. Luego, se interesó por mis estudios, por el sura que estaba aprendiendo en ese momento e incluso empezó a recitarlo. Su compañía era grata y estuve charlando una hora con él. Me contó que había perdido, al exiliarse, la mayoría de sus ahorros pero que todavía podía, gracias a Dios, hacer frente a las necesidades de sus mujeres. Había vuelto a ponerse a trabajar, sólo como barbero pues para las circuncisiones no manejaba ya con seguridad la navaja. Acababa de alquilar un rincón en el *hammam* del barrio para ejercer su oficio. De repente, una idea le iluminó la mirada.

—¿No te apetecería ayudarme cuando no estás en la escuela?

Accedí sin dudarlo.

—Te pagaré un dirhem a la semana.

Me apresuré a decirle que tenía un amigo y que me gustaría mucho que pudiera ir conmigo. Hamza no tuvo inconveniente alguno. Recibiría la misma cantidad; había muchas cosas que hacer en el *hammam*.

Cuando Jali vino a darme, minutos después, el beso del viajero, se sorprendió de verme con los ojos secos y risueños. Le expliqué que iba a trabajar, que iba a cobrar un dirhem a la semana. Me deseó éxito en mi tarea; yo le deseé éxito en la suya.

El año del *hammam*
905 de la hégira

(8 de agosto de 1499-27 de julio de 1500)

—¡Cuando pienso que toda esa gente se lava con estiércol!

Tardé unos instantes en darme cuenta de lo que acababa de decir Harún. Luego, nos echamos a reír ambos ruidosamente. Mi amigo no andaba equivocado, pues, ciertamente, era con estiércol con lo que se calentaba el agua de los *hammams* de Fez.

Aquel día lo sabíamos por experiencia, ya que el dueño del baño nos había mandado, provistos de dos mulas y unos cuantos dirhems, a recorrer las cuadras del barrio y comprar el estiércol acumulado que habíamos transportado fuera de la ciudad, a un lugar que nos había indicado. Allí nos estaba esperando un hombre para recibir el cargamento; él era quien se encargaba de extender la valiosa cosecha para secarla, lo que lleva un mes en verano y tres en invierno. Al regresar, llevábamos un montón de estiércol duro como la madera y listo para quemarlo. Con eso es con lo que alimentaban la caldera del *hammam*. Lo que explica hasta qué punto una vez descargado el último cargamento, estábamos impregnados Harún y yo del color y del olor de lo que habíamos transportado.

Nos habíamos apresurado, pues, a despojarnos de la ropa para abalanzarnos hacia la sala de agua caliente. La aventura nos resultaba divertida. En cuanto veíamos a un amigo en la estufa, disfrutábamos preguntándole si el agua no le parecía distinta aquel día.

Para toda la gente de la ciudad, el *hammam* es el lugar de cita más agradable. Se quitan todos la ropa en las cabinas, junto a la puerta de entrada, luego se reúnen, desnudos, sin vergüenza alguna. De colegiales, hablan de sus maestros, se cuentan sus bromas pasando por alto las azotainas consecutivas. De adolescentes, hablan de mujeres, acusándose mutuamente de beber los vientos por una u otra, encomiando cada uno sus hazañas amorosas. De adultos, se vuelven más reservados sobre este particular pero intercambian recetas y consejos destinados a mejorar los efectos del cuerpo, tema inagotable y mina de oro para los charlatanes. El resto del tiempo, hablan de dinares, discuten de religión y de política, en voz alta o baja según las opiniones que profesen.

Muchas veces, los hombres del barrio se reúnen en el *hammam* para comer. Algunos llevan la comida, otros piden a un mozo de baño que vaya a comprarles algo al vecino mercado. Pero no toman inmediatamente la colación. Pasan primero a la sala tibia, donde los mozos los lavan y les dan fricciones con aceites y ungüentos. Descansan un rato, tumbados en una alfombra de fieltro, con la nuca apoyada en un cabezal de madera forrado también de fieltro, antes de entrar en la sala caliente donde sudan. Regresan luego a la sala tibia, se vuelven a lavar y descansan. Sólo entonces se dirigen hacia la sala fresca y se sientan alrededor de la fuente para comer, charlar y reír o incluso cantar.

En su mayoría permanecen desnudos hasta el final de la comida, a excepción de los personajes importantes que evitan mostrarse así, conservan una toalla atada a la cintura y no se la quitan más que en las salas particulares que les están reservadas, unas salas impecablemente cuidadas siempre. Allí es donde reciben a sus amigos; allí es donde les dan masajes; allí es también donde va el barbero a ofrecerles sus servicios.

Y luego, están las mujeres. Un número determinado de *hammams* les están reservados en exclusiva, pero la mayor parte sirven para ambos sexos. En los mismos locales, pero no a las mismas horas. Donde yo trabajaba, los hombres iban de tres de la madrugada a dos de la tarde. El resto del día, a los mozos de baño los sustituían negras que colocaban una cuerda atravesada en la puerta para avisar a los hombres de que ya no podían entrar y, si uno tenía que hablar con su esposa, llamaba a una de las empleadas para que le diese el recado.

Cada vez que teníamos que ceder nuestro sitio y veíamos tenderse la cuerda y llegar a las mujeres, Harún y yo nos preguntábamos qué pasaría en el *hammam* cuando se convertía en dominio de las mujeres. En los primeros tiempos, intentábamos convencernos de que no había ninguna novedad respecto a lo que sabíamos de los hombres, idénticos masajes, idénticas fricciones, idénticas cháchara, idénticos festejos, idénticas toallas para que se envolvieran las personas de categoría. Sin embargo, cuando observábamos la puerta de entrada, por la tarde, veíamos llegar no sólo gran número de vendedoras con sus capachos sino también personajes inquietantes, echadoras de buenaventura, curanderas, quizá también magas. ¿Era cierto que preparaban elixires, que hechizaban a los hombres, que clavaban agujas mágicas en figurillas de cera? Me quedo corto si digo que estábamos intrigados; era algo que se había convertido para nosotros en una insoportable obsesión.

Y en un desafío.

—Mañana voy, pase lo que pase. ¿Quieres venir conmigo? —me dijo un día Harún.

Lo miré a los ojos; no estaba bromeando.

—¿Quieres venir conmigo?

Me armé de valor para decirle que no.

—Pues mejor —dijo Harún—. Iré solo. Pero estate aquí a primera hora de la tarde, exactamente en este sitio.

Al día siguiente estaba lloviendo, había poca luz. Fui a apostarme al lugar indicado desde donde podía observar la entrada del *hammam* sin que me vieran. No había visto a Harún en todo el día. Me preguntaba si ya estaba dentro, si iba a poder entrar; contaba con que lo pusieran de patitas en la calle; también temía verlo salir con veinte mujeres pisándole los talones y tener que salir, a mi vez, a escape por las calles. De lo único que estaba seguro era de que el Hurón no habría renunciado a su delirante proyecto. De vez en cuando, miraba al sol o, cuando menos, a su halo tras las nubes. Me estaba impacientando.

En la puerta del *hammam* no había ningún movimiento desacostumbrado. Unas mujeres entraban, otras salían, algunas iban totalmente cubiertas con vestiduras negras o blancas, otras sólo se tapaban el cabello y la parte de abajo del rostro. Algunas iban acompañadas de niñas pequeñas. A veces, incluso, de niños de corta edad. En un momento dado, se dirigió hacia mí una mujer gorda. Cuando llegó a mi altura, se detuvo un instante, me pasó revista de pies a cabeza y luego continuó su camino mascullando palabras incomprensibles. Mi aspecto emboscado había debido de parecerle sospechoso. Pasado un buen rato, otra mujer, tapada por completo pero mucho más menuda, se dirigió al lugar en que yo estaba apostado. No las tenía todas conmigo. Ella también se paró y se volvió hacia mí. A punto estuve de poner pies en polvorosa.

—¡Así que estás aquí, a salvo, y tiemblas!

¡Era la voz de Harún! Sólo me dejó tiempo para lanzar una interjección.

—¡No hagas ninguna seña, ningún ruido! ¡Cuenta hasta cien y, luego, reúnete conmigo en casa!

Me estaba esperando en la puerta.

—Cuenta —estallé.

Se tomó tiempo antes de contestar, en el tono más indolente que pudo:

—He llegado, he entrado, he hecho como si buscara a alguien y, luego, he salido.

—¿Te has desnudado?

—No.

—¿Has visto algo?

—Sí, montones de cosas.

—Cuenta, ¡así te estrelle Dios!

No dijo nada. En la boca no se le dibujaba la mejor sonrisa, el menor rictus. Pero los ojos le chispeaban de satisfacción y de malicia. Yo estaba a punto de perder la paciencia. Ganas me daban de molerlo a golpes.

—¿Qué quieres, que te ruegue, que te dé con la frente en las babuchas?

Al Hurón no le impresionaban en absoluto mis sarcasmos.

—Aunque me rogaras, aunque te prosternaras a mis pies no te diría nada. Yo me he arriesgado y tú no has querido. Si quieres saber lo que ocurre entre las mujeres, tendrás que venir conmigo la próxima vez.

Yo estaba aterrado.

—¿Es que piensas volver?

Era algo que le parecía tan evidente que ni se dignó contestar.

Al día siguiente, me hallaba en mi puesto y, esa vez, lo vi entrar. Había mejorado aún más sus ropajes. No se había conformado con ponerse un grueso vestido negro sino que se había anudado a la cabeza un pañuelo blanco que le cubría el cabello y parte de la frente y las mejillas e iba atado bajo la barbilla. Por encima, un velo fino, transparente. El disfraz era tan perfecto que me habría hecho picar por segunda vez.

Cuando me reuní con él, parecía turbado. Le pedí noticias de su expedición, se negó a contestar, a pesar de mi insistencia y mis voces. Guardó un obstinado silencio; pronto me olvidé del episodio. Sin embargo, el propio Harún había de recordármelo años después y en unos términos que se me han grabado para siempre en la memoria.

Debía de estar acabando el año cuando mi tío regresó de su periplo. En cuanto se enteraron, los andaluces de Fez acudieron, en grupos sucesivos, para escuchar su relato y enterarse de los resultados de su misión. Describió minuciosamente el viaje por mar, el miedo a naufragar y a toparse con piratas, su visión de Constantinopla, el palacio del gran Turco, los jenízaros, su visita a las diversas comarcas de Oriente, Siria, Irak, Persia, Armenia, Tartaria. Pero pasó bastante deprisa a lo más importante.

—Por doquier, mis anfitriones se han mostrado convencidos de que un día no lejano los castellanos serán derrotados, con permiso del Altísimo, de que Andalucía volverá a ser musulmana y de que cada uno podrá volver a su casa.

No sabía cuándo ni en qué circunstancias, reconoció, pero podía dar fe del poderío invencible de los turcos, del terror que a todo hombre inspira la vista de sus tropas tan numerosas. Se mostraba convencido del inmenso interés que tenían por el destino de Granada, de su voluntad de liberarla de los infieles. De todos los presentes, no era yo el menos entusiasta. Cuando nos quedamos solos, de atardecida, le insistí a mi tío:

—¿Cuándo crees que volveremos?

No pareció entender qué quería decir:

—¿Volver dónde?

Me expliqué esa reacción por el cansancio del viaje.

—A Granada, ¿no hablabas de eso?

Se quedó mirándome un buen rato, como para calibrarme, antes de decir con voz calmosa y firme:

—Hasan, hijo mío, ya tienes doce años y he de hablarte como a un hombre (aún vaciló un momento). Escúchame bien. Lo que he visto en Oriente es que el Sofí de Persia se dispone a guerrear contra los turcos, a los que preocupa ante todo su conflicto con Venecia. En cuanto a Egipto, acaba de recibir de los castellanos un cargamento de trigo en señal de amistad y alianza. Ésa es la realidad. Tal vez, dentro de unos años, cambien las cosas; pero, hoy por hoy, ninguno de los soberanos musulmanes que he visto me ha parecido preocupado por la suerte de los granadinos, ya se trate de nosotros, los exiliados, ya de esos pobres Extraños.

En mis ojos había menos decepción que sorpresa.

—Vas a preguntarme —prosiguió Jali— por qué le he dicho a esa gente que estaba aquí lo contrario a la verdad. Mira, Hasan, todos esos hombres siguen teniendo, colgada de la pared, la llave de su casa de Granada. Todos los días la miran y, al mirarla, suspiran y rezan. Todos los días vuelven a su memoria alegrías, costumbres y, sobre todo, un orgullo que no volverán a conocer en el exilio. La única razón de vivir que tienen es pensar que pronto, gracias al gran sultán o a la Providencia, recuperarán su casa, el color de sus piedras, el aroma de su jardín, el agua de su fuente, intactos, sin antelación, como en sus sueños. Así viven, así morirán y, después de ellos, sus hijos. Quizá sea menester que alguien se atreva a enseñarles a mirar la derrota frente a frente, a explicarles que, para levantarse, hay que admitir, primero, que se está caído. Quizá sea menester que alguien les diga la verdad un día. Yo no tengo valor para hacerlo.

El año de los leones enfurecidos
906 de la hégira

(28 de julio de 1500-16 de julio de 1501)

Mi hermana Mariam había crecido sin que yo me diera cuenta. Dos prolongadas separaciones la habían convertido en una extraña. Ya no vivíamos bajo el mismo techo, ya no teníamos los mismos juegos. Cuando me cruzaba con ella, ya no había complicidad en nuestras conversaciones ni eran de entendimiento nuestras miradas. Fue preciso que aquel año me llamara desde el lomo de una mula para que la viera de nuevo, para que la mirara, para que recordara a la niña a la que quería y a la que pegaba hasta hacerle llorar.

Era a comienzos de verano, en un olivar camino de Mequínez. Mi padre había decidido que iría con él, lo mismo que Warda y Mariam, a visitar el interior de las tierras. Seguía buscando terrenos en arriendo. Tenía idea de desarrollar, con agrónomos andaluces conocidos suyos, cultivos que se practicaban poco y mal en tierra africana, sobre todo la morera para el gusano de seda.

Con mil detalles me habló de una empresa de envergadura en la que iba a participar uno de los hombres más ricos de Fez. Según lo escuchaba, me dio la impresión de que había superado la fase de abatimiento y cansancio que había seguido a la marcha de Granada, aflicción que había agravado la pérdida de una de sus mujeres primero y, luego, de la otra. Ahora ya hacía proyectos, desafiaba, arremetía, el deseo le asomaba de nuevo a los ojos.

En aquel viaje, yo montaba, igual que él, a caballo; las mujeres iban en mulas y había que avanzar a su paso. En un momento dado, Warda se acercó a Mohamed. Me reuní con Mariam. Ella aflojó la marcha, imperceptiblemente. Los padres se alejaban:

—¡Hasan!

Aún no le había dirigido la palabra desde que habíamos salido de Fez, cuatro horas antes. Volví hacia ella una mirada que quería decir, todo lo más: «¿Tienes problemas con la montura?». Pero ella se había apartado el ligero velo color arena y una sonrisa triste le iluminaba el rostro blanquecino.

—Tu tío te quiere como si fueras su hijo, ¿no?

La pregunta me pareció fuera de lugar y sin objeto. Asentí en el tono más expeditivo posible ya que no sentía deseo alguno de traer a colación con la hija de Warda mis relaciones con la familia de mi madre. Pero su intención era otra.

—Cuando yo tenga hijos, ¿los querrás como él te quiere a ti?

—¡Claro! —dije.

Pero mi «¡Claro!» fue demasiado rápido, demasiado desabrido. Y molesto.

Temía la continuación. Se hizo esperar. Miraba a hurtadillas a Mariam; su silencio me violentaba tanto como sus preguntas. Ya no me miraba pero no se había vuelto a bajar el velo a pesar del polvo del camino. Me volví hacia ella y la contemplé por primera vez desde hacía mucho. No tenía la cara menos redonda que cuando la vi acercarse, en brazos de su madre, en la fusta del éxodo. No tenía la piel menos sonrosada. No le relucían menos los labios. Sin embargo, el kohol de los párpados le daba la apariencia de una mujer. Y también la silueta. Además, mientras la estaba observando, se irguió y adiviné los pechos. El corazón le latía, ¿o era el mío? Bajé la vista. En un año había madurado, se había puesto hermosa y turbadora.

—Cuando tenga hijos, ¿los querrás?

Hubiera debido sentirme irritado pero sonreí, porque me acordé de repente de la forma en que, desde que tenía un año, reclamaba el mismo juguete tres, cuatro, diez veces, sin parar y en el mismo tono.

—Claro que los querré.

—¿Y hablarás también con su madre como tu tío habla con Salma?

—Sí, claro.

—¿Irás a menudo a su casa? ¿Le preguntarás si está bien? ¿Escucharás sus penas?

—¡Sí, Mariam, sí!

Tiró bruscamente de la brida; la mula se encabritó. Yo me detuve. Me miró fijamente:

—¿Y por qué no me hablas nunca? ¿Por qué no vienes a preguntarme si lloro por las noches? Mi deber es temer a todos los demás hombres. Hoy, a mi padre, mañana a mi marido; a todos los que no son de mi familia y de los que debo mantenerme apartada.

Aflojó la brida, la mula echó a andar al trote corto. Me di prisa, para permanecer a su lado. Seguía sin hablarle pero, curiosa sensación, temía por ella y la contemplaba con súbito afecto. Me parecía que la acechaba un peligro.

A medio camino entre Fez y Mequínez, nos detuvimos a pasar la noche en un pueblo llamado La Vergüenza. El imán de la mezquita local nos ofreció hospitalidad a cambio de una limosna para los huérfanos de los que se ocupaba. Era un hombre sin demasiada cultura pero muy amable y no vaciló en explicarnos por qué el pueblo tenía tal nombre.

Los habitantes, confesó, conocidos desde siempre por su gran avaricia, se resentían de esa reputación. Las caravanas de mercaderes evitaban detenerse allí. Un día, habiéndose enterado de que el rey de Fez estaba cazando leones por aquellos parajes, decidieron invitarlo, así como a toda su corte y, en su honor, mataron unos cuantos corderos. El soberano comió, pues, y durmió. Queriendo dar prueba de generosidad, pusieron ante su puerta un odre inmenso y acordaron llenarlo hasta arriba de leche para el desayuno real. Los habitantes tenían que ordeñar sus cabras y, luego, ir pasando de uno en uno con su cubo para vaciarlo en el odre. Dado el tamaño de éste, cada campesino se dijo que podía rebajar la leche con una buena cantidad de agua sin que nadie lo notara. De modo que, al día siguiente, al rey y a su séquito se les sirvió un líquido casi transparente que no sabía más que a avaricia.

No obstante, si aún recuerdo mi paso por ese pueblo no es por el incurable vicio de sus habitantes, sino más bien por el indescriptible terror que sentí en él.

El imán nos había recibido bien y, para dormir, nos había ofrecido una cabaña de madera próxima a la mezquita, que tenía, al lado mismo, un cercado para nuestros animales. Warda y Mariam se acostaron dentro; mi padre y yo preferimos dormir en el tejado, donde podríamos disfrutar del fresco de aquella noche estival. Allí nos encontrábamos, pues, cuando, a eso de la medianoche, atraídos por el olor de los caballos y de las mulas, dos enormes leones llegaron ante nuestra puerta e intentaron arrancar la barrera de espino que protegía a nuestras monturas. Los caballos se habían puesto a relinchar como posesos, coceaban los muros de la cabaña que, a cada sacudida, amenazaba con venirse abajo y así durante dos horas o más, hasta que uno de los leones, irritado sin duda por los miles de espinas que se le clavaban en cada arremetida, se volvió hacia la puerta y se puso a arañarla y a rasparla. Mi padre y yo observábamos el espectáculo impotentes, sabiendo que las fieras podían llegar hasta las mujeres y devorarlas sin que pudiéramos hacer otra cosa que observarlas desde lo alto del tejado, a menos que quisiéramos arrojarnos en sus fauces por pundonor. Desde abajo nos llegaban ahora los gritos de Mariam y los rezos de Warda que invocaba a la Virgen en castellano.

Mohamed, por su parte, con voz trémula, formulaba un voto: si escapábamos con vida, interrumpiría el viaje para ir en peregrinación a la ciudad de Taghya a depositar una ofrenda en la tumba del *wali* Bu Iza, un santo conocido por sus muchos milagros contra los leones.

No sé si la intercesión más eficaz fue la del *wali* o la de la madre del Mesías, pero lo cierto es que los leones acabaron por cansarse y, con las primeras luces del alba, se alejaron aunque sus rugidos, no mucho menos aterradores, nos llegaban todavía desde la cercana montaña. Y hasta que el pueblo no se animó, a primeras horas de la mañana, no tuvimos valor para abandonar nuestro refugio. Sin embargo, antes de volver a ponernos en camino, teníamos que esperar que pasara una larga caravana, pues Mohamed, resuelto a cumplir la promesa sin dilación, quería reunirse en Mequínez con un grupo de peregrinos que salía para Taghya.

Al llegar allí, una semana después, y ver la inmensa muchedumbre que iba, como nosotros, a la tumba del *wali*, comprendí el permanente terror que les inspiran los leones a los habitantes de África. Había de percatarme más aún de ello a lo largo de mis viajes. ¡Cuántas veces, al llegar a un pueblo, no habré visto a la gente reunida, sobresaltada, porque a una familia acaban de devorarla esos animales salvajes! ¡Cuántas veces, queriendo ir por un camino, no me habrán desviado los guías por la sencilla razón de que los leones acababan de diezmar a una caravana entera! Se ha llegado a dar el caso de que una sola de esas fieras se atreviera a atacar a un destacamento de doscientos soldados de caballería y matara a cinco o seis antes de batirse en retirada.

Seguramente, el león es el animal más valiente de todos, no me desagrada decirlo puesto que era el nombre de esa fiera el que iba a llevar durante ocho años en Italia. He de puntualizar, sin embargo, que los de las zonas frías son mucho menos feroces que los de los países cálidos. En Fez, cuando se quiere hacer callar a un fanfarrón, se le dice: «Eres tan valiente como los leones de Agla, a los que los chotos les comen la cola». Es cierto que, en la localidad que lleva ese nombre, basta con que un niño corra detrás de un león gritando para que éste huya. En otro pueblo de montaña, llamado Piedra Roja, acuden junto a las casas a comerse los huesos que les dejan y todo el mundo pasa a su lado sin temor. También he oído decir que cuando una mujer se halla sola frente a un león, en un lugar apartado, basta con que le descubra cierta parte de su cuerpo para que la fiera dé un potente rugido, baje la mirada y se vaya. ¡Que cada cual piense lo que quiera!

Al volver de aquella peregrinación improvisada, me acordé del vago sentimiento de temor por Mariam que había experimentado. ¿Una premonición del asalto de los leones a nuestra cabaña? En el momento, lo pensé. Es cierto que a los doce años creía aún que, de las fieras y los hombres, las primeras eran las más nocivas.

El año de la Gran Recitación
907 de la hégira

(17 de julio de 1501-6 de julio de 1502)

El prometido de Mariam tenía cuatro veces su edad, dos veces su estatura, una fortuna mal adquirida y la sonrisa de quienes han aprendido muy pronto que la vida es una perpetua estafa. En Fez lo llamaban el Zeruali y muchos lo miraban con envidia, pues, tras haber sido pastor, se había construido el palacio de mayor tamaño de la ciudad, después del del soberano, se entiende, elemental prudencia para quien quiera conservar la cabeza pegada al tronco.

Nadie sabía cómo había crecido la fortuna del Zeruali. Los cuarenta primeros años de su vida, decían, había recorrido con sus cabras la montaña de Beni Zerual, en el Rif, a treinta millas del mar. Mucho después he tenido oportunidad de visitar esa región donde he podido observar un fenómeno extraordinario: en lo hondo de un valle, hay una abertura en el suelo, diríase una gruta; de ella sale continuamente una gran llama; alrededor se ha formado una charca parda que contiene un líquido viscoso de olor persistente. Muchos extranjeros acuden para contemplar ese prodigio y arrojan ramas y trozos de madera que se consumen al instante. Algunos creen que es la boca del infierno.

No lejos de ese inquietante lugar se encuentran, a lo que dicen, unos pozos secretos en los que los romanos habían sepultado sus tesoros antes de abandonar África. ¿Había dado el pastor con uno de esos escondrijos al azar de un pastoreo? Eso era lo que yo había oído cuchichear en Fez mucho antes de que el tal Zeruali hiciera irrupción en mi vida. Sea como fuere, una vez descubierto aquel tesoro, en vez de despilfarrarlo inmediatamente, como suelen hacer aquellos a quienes sorprende la fortuna, había madurado despacio en su mente una estratagema. Tras haber vendido, poquito a poco, una parte del tesoro, había acudido un día, ricamente ataviado, a la audiencia pública del sultán de Fez.

—¿Cuántos dinares de oro le sacas a Beni Zerual al año? —le preguntó al monarca.

—Tres mil —contestó el soberano.

—Yo te daré seis mil, pagaderos por adelantado, si me lo arriendas.

Y nuestro Zeruali consiguió lo que quería y además un destacamento de soldados para ayudarlo a cobrar el impuesto, a sacarles a los habitantes sus menores ahorros, mediante amenazas o torturas. Al acabar el año, volvió al palacio del soberano.

—Me había equivocado. No han sido seis mil sino doce mil dinares los que he podido conseguir.

Impresionado, el señor de Fez le había arrendado al Zeruali el conjunto del Rif y le había confiado cien ballesteros, trescientos soldados de caballería y cuatrocientos de infantería para ayudarlo a esquilmar a la población.

Durante cinco años, el rendimiento de los impuestos fue mucho más considerable que en el pasado, pero los rifeños empezaban a empobrecerse; muchos fueron a instalarse a otras provincias del reino; algunas ciudades costeras llegaron incluso a pensar en entregarse a los castellanos. Intuyendo que las cosas se estaban poniendo feas, el Zeruali cedió su cargo, dejó el Rif y vino a instalarse a Fez con el dinero que había robado. Como seguía gozando de la confianza del monarca, se construyó un palacio y empezó a dedicarse a toda clase de negocios. Ávido, despiadado, pero muy hábil y siempre al acecho de ideas astutas.

Mi padre lo había conocido por mediación de un rico emigrado andaluz y le había expuesto su proyecto de criar gusanos de seda. Interesadísimo, el Zeruali había hecho mil preguntas sobre la oruga, el capullo, la baba, la hilera, pidiendo a uno de sus consejeros que recordara cada detalle. Se había declarado afortunado por colaborar con un hombre tan competente como Mohamed.

—Es —dijo risueño— la alianza de la inteligencia con la fortuna.

Al contestarle mi padre que todo Fez conocía la inteligencia y la habilidad del Zeruali, éste había replicado:

—¿No sabes tú, que has leído tantos libros, lo que la madre de un sultán de tiempos antiguos dijo al nacer su hijo?: «No te deseo que tengas inteligencia, pues tendrás que ponerla al servicio de los poderosos; te deseo que tengas suerte, para que la gente inteligente esté a tu servicio». Esto es probablemente lo mismo que deseó mi madre al nacer yo —concluyó el Zeruali riendo a carcajadas.

La entrevista le pareció alentadora a mi padre aunque su interlocutor hubiese solicitado, al final, un plazo de reflexión; quería poner al monarca al corriente del proyecto, conseguir su acuerdo, consultar con algunos tejedores, con algunos exportadores. Sin embargo, para demostrar su gran interés por el asunto, le adelantó a Mohamed cuatrocientas monedas de oro y también se lo atrajo con el señuelo de una alianza entre ambas familias.

Al cabo de unos meses, creo que era en *shabán* de aquel año, el Zeruali llamó a mi padre. Le informó de que su proyecto estaba aprobado y de que había que empezar los preparativos, localizar algunas plantaciones de moreras, plantar más, contratar trabajadores cualificados, construir los primeros criaderos de gusanos. El propio rey estaba entusiasmado. Quería inundar de sedas Europa y los países musulmanes, en cantidad suficiente para disuadir a los negociantes de ir hasta China para importar tan valiosa mercancía.

Mi padre saltaba de júbilo. Así que su sueño iba a realizarse y a una escala que superaba con mucho sus esperanzas. Ya se veía rico, tendido en unos inmensos almohadones de seda, en un palacio recubierto de mayólica; sería el primero de los notables de Fez, el orgullo de los granadinos, persona de confianza del sultán, benefactor de las escuelas y de las mezquitas...

—Para sellar el trato —prosiguió el Zeruali—, ¿qué mejor que una alianza de sangre? ¿No tienes una hija casadera?

En el acto, Mohamed le prometió a su socio capitalista la mano de Mariam.

Por pura casualidad, me enteré, días después, del contenido de esa conversación que iba a cambiar muchas cosas en mi vida. Sara la Vistosa había ido al harén del Zeruali a vender sus perfumes y sus baratijas, como ya lo hacía en las casas y palacios de Granada. Durante toda la visita, las mujeres no habían hablado más que de la nueva boda de su señor, bromeando sobre su infalible vigor y discutiendo acerca de las consecuencias que tendría esta nueva adquisición para las actuales favoritas. El hombre ya tenía cuatro esposas que eran las que la Ley le autorizaba a tener; tenía, pues, que repudiar a una, pero ya estaba acostumbrado y sus mujeres también. La divorciada conseguía una casa contigua y, a veces, hasta permanecía en la misma y se cuchicheaba que algunas habían quedado encintas tras la separación sin que el Zeruali se mostrara sorprendido ni ofendido.

Sara, como es natural, corrió esa misma tarde a casa de mi madre para contarle las habladurías. Yo acababa de volver de la escuela y estaba mordisqueando unos dátiles y escuchando, distraído, la cháchara de ambas mujeres. De pronto, me llamó la atención un nombre. Me acerqué:

—Hasta les ha dado tiempo a ponerle a Mariam un mote: el gusano de seda.

Hice que la Vistosa me repitiera, palabra por palabra, la historia y, luego, le pregunté ansiosamente:

—¿Crees que mi hermana será feliz en casa de ese hombre?

—¿Feliz? Las mujeres sólo intentan evitar lo peor.

La respuesta me pareció demasiado general y evasiva:

—¡Háblame de ese Zeruali!

Era una orden de hombre. Puso un gesto algo burlón pero contestó:

—No es que tenga muy buena reputación. Astuto, sin demasiados escrúpulos. Inmensamente rico...

—Dicen que ha saqueado el Rif...

—Todos los príncipes han saqueado siempre las provincias y nunca les ha negado nadie por eso la mano de su hija o de su hermana.

—¿Y cómo es con las mujeres?

Me miró de pies a cabeza, deteniéndose con insistencia en la fina pelusa de mi rostro.

—¿Qué sabes tú de las mujeres?

—Sé lo que tengo que saber.

Empezó a reírse, mi mirada resuelta la interrumpió. Se volvió hacia mi madre, como para preguntarle si debía proseguir semejante conversación conmigo. Como ésta le indicara que sí, Sara tomó aliento y me puso una pesada mano en el hombro:

—Las mujeres de ese Zeruali viven encerradas en su harén; jóvenes o viejas, libres o esclavas, blancas o negras, no son menos de un centenar que intrigan continuamente para pasar una noche con el señor, para conseguir un privilegio para su hijo, una alfombra para su cuarto, una joya, un perfume, un elixir. Las que esperan el afecto de un marido no lo conseguirán, las que buscan la aventura acaban estranguladas, las que sólo quieren vivir en paz al abrigo de la necesidad, sin esfuerzo, sin guisar, sin faenas caseras, sin que un marido les pida una alcarraza o una bolsa de agua caliente, ésas pueden ser felices. ¿A qué categoría pertenece tu hermana?

Yo estaba furioso.

—¿No te parece escandaloso que, al cerrar un negocio, se le dé como prima a un viejo comerciante una niña de trece años?

—A mi edad, lo único que a veces logra escandalizarme es la ingenuidad.

Me volví hacia mi madre, malhumorado:

—¿Tú también piensas que ese individuo tiene derecho a arrebatarles el dinero a los musulmanes, a tener cien mujeres en vez de cuatro, a hacer así mofa de la Ley de Dios?

Se refugió en un versículo revelado:

—El hombre se vuelve rebelde en cuanto vive desahogado.

Sin despedirme siquiera de ninguna de las dos, me levanté y me fui. En derechura a casa de Harún. Necesitaba que alguien de mi entorno se indignara. Que alguien me dijera que la tierra no se ha creado para entregársela, con sus mujeres y sus alegrías, al Zeruali y a los de su calaña. La mueca que puso mi amigo en cuanto mencioné ese nombre me reconcilió con la vida. Lo que había oído él del prometido de Mariam no era muy distinto de lo que ya sabía yo. El Hurón me juró solemnemente abrir una investigación entre los mozos de cuerda del gremio para averiguar más cosas de él.

Ser amigos, tener trece años, apenas una promesa de barba y declarar la guerra a la injusticia: veinte años después, es la estampa de la felicidad. En aquel momento, ¡cuántas frustraciones, cuántos sufrimientos! Cierto es que yo tenía dos buenas razones para luchar. La primera era la sutil llamada de socorro que me había lanzado Mariam camino de Mequínez, llamada cuya angustia contenida medía yo ahora por completo. La segunda era la Gran Recitación, que venía a insuflar a mi adolescencia el orgullo de saber los preceptos de la Fe y la voluntad de no permitir que se hiciera mofa de ellos.

Para entender lo que supone la Gran Recitación en la vida de un creyente hay que haber vivido en Fez, ciudad de saber que parece edificada en torno a las escuelas, a las madrasas, igual que se edifican algunos pueblos en torno a una fuente o a la tumba de un santo. Cuando, después de unos cuantos años de paciente memorización, uno acaba sabiéndose de memoria cada sura, cada versículo del Corán, cuando el maestro lo declara a uno apto para la Gran Recitación, ello supone pasar de golpe de la infancia a la vida de hombre, del anonimato a la notoriedad. Para unos, es el momento de empezar a trabajar, para otros el de ingresar en el colegio, lugar de ciencia y autoridad.

La ceremonia que se organiza en tal ocasión le da al joven fesí la impresión de haber entrado en el mundo de los poderosos. Por lo menos eso es lo que sentí yo aquel día. Vestido de seda como un hijo de emir, montado en un caballo de raza, seguido por un esclavo que llevaba una ancha sombrilla, recorrí las calles de la ciudad, rodeado de los alumnos de mi clase que cantaban al unísono. Al borde del camino, algunos transeúntes me saludaban con la mano y yo correspondía a sus saludos. De trecho en trecho, un rostro conocido, Jali, mi madre, dos primas, algunos vecinos, Hamza el barbero con los mozos del *hammam* y, algo apartadas, en un porche, Warda y Mariam.

En cuanto a mi padre, me estaba esperando ante la sala donde había de darse un banquete en mi honor. Llevaba bajo el brazo el traje nuevo que, según la tradición, tenía yo que ponerle al maestro en prueba de gratitud. Me contemplaba con enternecedora emoción.

Lo observé yo también. En un instante, se me agolparon en la mente tantas imágenes suyas: conmovedor cuando me describía Granada, afectuoso cuando me acariciaba la nuca, terrorífico cuando había repudiado a mi madre, odioso cuando había sacrificado a mi hermana, lastimoso cuando estaba derrumbado en la mesa de una taberna. ¡Cuántas verdades me daban ganas de gritarle desde lo alto de mi montura! Pero sabía que se me volvería a hacer un nudo en la lengua cuando tocara el suelo con los pies, cuando tuviera que devolverle al prestamista caballo y sedas, cuando hubiera dejado de ser el efímero héroe de la Gran Recitación.

El año de la estratagema
908 de la hégira

(7 de julio de 1502-25 de junio de 1503)

—El Zeruali nunca ha sido el pobre pastor que dice ser. Y nunca encontró un tesoro. La verdad es que, durante años, ha sido un bandido, un salteador de caminos, un asesino y su fortuna inicial no ha sido sino el fruto de un cuarto de siglo de rapiñas. Pero ahí no acaba la cosa.

Harún había estado huroneando admirablemente semana tras semana pero, a pesar de mis frecuentes súplicas, se había negado a revelarme el menor indicio hasta que la investigación no hubiera acabado.

Aquel día, había venido a esperarme ante la mezquita de los kairuaníes. Yo tenía clase de tres a cinco de la mañana con un erudito sirio que estaba de paso en Fez. Harún había dejado los estudios y ya llevaba la túnica corta y terrosa de los mozos de cuerda; pronto había de empezar su trabajo de cada día.

—Lo más grave —continuó el Hurón— es que es un individuo celoso hasta la demencia, permanentemente convencido de que sus mujeres intentan engañarlo, sobre todo las más jóvenes y hermosas. Basta una denuncia, una calumnia, una palabra insidiosa que deje caer una rival para que la infeliz muera estrangulada. Los eunucos del Zeruali se encargan a continuación de hacer que parezca que ha muerto ahogada, de una caída fatal o de esquinencia. Ya van por lo menos tres mujeres muertas en circunstancias cuando menos sospechosas.

Estábamos caminando, arriba y abajo, bajo los soportales de la mezquita iluminados por numerosas lámparas de aceite. Harún calló, esperando mi reacción. Pero yo estaba demasiado agobiado para articular el menor sonido. Era cierto que sabía que el hombre a quien estaba prometida mi hermana era capaz de muchos desmanes y, por eso, intentaba impedir el matrimonio. Pero ahora ya no se trataba de evitarle a una adolescente una vida triste y apática: se trataba de librarla de las garras de un asesino, de un monstruo sanguinario. El Hurón no estaba menos preocupado que yo, pero su mente no se demoraba nunca en las lamentaciones:

—¿Cuándo ha de celebrarse la ceremonia?

—Dentro de dos meses todo lo más. El contrato está firmado, los preparativos van ya muy adelantados, mi padre está reuniendo la dote, han encargado las sábanas y los colchones de gala, el traje de Mariam ya está listo.

—Tienes que hablar con tu padre, a solas, pues si se entrometiera cualquier otra persona se obcecaría y ya nada podría impedir la desgracia.

Seguí su consejo, excepto en un detalle. Le dije a mi madre que comprobara por medio de Sara si las informaciones de Harún eran verídicas. La Vistosa lo confirmó todo una semana después, no sin haberme hecho jurar sobre el Corán que jamás mencionaría su nombre en este asunto. Necesitaba este nuevo testimonio para poder enfrentarme a mi padre sin que el menor asomo de duda se me pasara por la mente.

A pesar de esta precaución, me pasé una noche entera dándole vueltas en la cabeza a lo que podría decirle para iniciar el tema, primero, para aguantar los asaltos, después, y en definitiva, si el Altísimo se mostraba comprensivo conmigo, para convencerlo. Se formaron y se desbarataron en mi mente mil réplicas, desde las más hábiles hasta las más secas, pero ninguna duró hasta la mañana, de manera que tuve que enfrentarme con mi padre al día siguiente sin la menor idea, sin el menor principio de argumento.

—Quisiera decirte algo que a lo mejor te disgusta.

Estaba engullendo, como cada mañana, su papilla de escanda cocida, sentado en un almohadón de cuero en un rincón del patio.

—¿Has hecho alguna tontería?

—No se trata de mí.

Saqué fuerzas de flaqueza.

—Desde que la gente sabe que mi hermana va a casarse con el Zeruali, a veces vienen a contarme cosas inquietantes.

Con el tazón en los labios, sorbió ruidosamente.

—¿Quién? ¡Lo que sobran en esta ciudad son envidiosos!

No me di por enterado.

—Dicen que varias mujeres suyas han muerto estranguladas.

—Si alguien te vuelve a decir semejante cosa, contéstale que si esas mujeres han recibido un castigo, será porque lo merecían y que las jóvenes de nuestra familia han sido siempre irreprochables.

—¿Estás seguro de que Mariam será feliz con...?

—Métete en tus asuntos.

Se limpió la boca con la manga y se levantó para marcharse. Me agarré a él, lastimoso.

—¡No te vayas así! ¡Déjame hablar contigo!

—Le he prometido tu hermana a ese hombre y no tengo más que una palabra. Además hemos firmado y la boda se celebrará dentro de unas semanas. ¡En lugar de quedarte aquí escuchando patrañas, haz algo útil! Ve a ver si avanza el trabajo de los colchoneros.

—En todo lo que se relacione con esta boda, me niego a...

La bofetada. Tan violenta que la cabeza me estuvo dando vueltas durante un buen rato. Detrás de mí, oí el grito ahogado de Warda y de Mariam que, refugiadas tras una puerta, no habían perdido detalle de la conversación. Mi padre me cogió la mandíbula con la mano, apretándomela con fuerza y sacudiéndomela febrilmente.

—¡No vuelvas a decirme nunca: me niego! ¡No vuelvas a hablarme nunca en ese tono!

No sé lo que me dio en aquel momento. Tenía la impresión de que por mi boca hablaba otro:

—¡Jamás te habría hablado en ese tono si no te hubiera visto sentado en una taberna!

Nada más decirlo, ya estaba arrepentido. Hasta el fin de mis días me arrepentiré de haber pronunciado esas palabras. Hubiera querido que volviera a abofetearme, que me moliera a golpes, antes que verlo derrumbarse, como lo hizo, en el almohadón, como atontado, con el rostro entre las manos. ¿De qué hubiera servido que le pidiera perdón? Salí de su casa, huyendo de mí mismo, sin ver a nadie, con la cabeza hueca y dolorida. Aquella noche no dormí ni en casa de mi padre ni en casa de mi tío. Llegué al atardecer a casa de Harún, me eché en una estera y no me volví a levantar.

Hasta el día siguiente. Era viernes. Al abrir los ojos, vi a mi amigo mirándome de hito en hito. Tuve la impresión de que llevaba horas en la misma postura:

—Un poco más y te pierdes la oración de mediodía.

No exageraba casi, pues el sol estaba muy alto.

—Cuando llegaste ayer tarde tenías cara de haber matado a tu padre, como decimos nosotros.

Mi sonrisa no fue sino una horrible mueca. Le expliqué lo ocurrido.

—Has hecho mal en decirle eso. Pero él también hace mal, y mucho más que tú, al entregarle su hija a un verdugo. ¿Vas a dejar que se cometa un crimen contra tu hermana para reparar tu propia falta?

Eso era precisamente lo que estaba a punto de hacer. Pero, así expresada, la cosa me parecía infame.

—Puedo recurrir a Jali, él encontrará argumentos para convencer a mi padre.

—Abre los ojos, ya no es a tu padre a quien hay que convencer.

—¡No será Mariam quien pueda negarse a la boda! ¡Si se atreviera a abrir la boca, mi padre le rompería los huesos!

—¡Queda el novio!

Yo no entendía. Debía de estar, efectivamente, medio dormido.

—¿El Zeruali?

—Si, él, y no me mires con esos ojos. ¡Levántate y sígueme!

Por el camino, me fue explicando la estratagema. No era a la puerta del rico bandido donde había que ir a llamar, sino a la de un anciano que no tenía nada que ver, ni de cerca ni de lejos, con la boda de mi hermana. Y que, sin embargo, era el único que aún podía impedirla.

Astaghfirullah.

Nos abrió él mismo. Nunca lo había visto sin turbante. Parecía casi desnudo y abultaba la mitad. No había salido en todo el día, pues le dolía el costado desde hacía dos viernes. Tenía setenta y nueve años, nos dijo, y pensaba que ya había vivido bastante, «pero sólo Dios es juez».

La visita de dos chiquillos de aspecto atribulado lo intrigaba.

—Espero que no vengáis a anunciarme una mala noticia.

Harún tomó la palabra. Lo dejé. La iniciativa era suya. Que siguiera con ella hasta el final.

—Una mala noticia, sí, pero no una defunción. Una boda contraria a la Ley de Dios ¿no es una mala noticia?

—¿Quién se casa?

—La hermana de Hasan, Mariam...

—¿La hija de la *rumiyya*?

—La madre no viene al caso. Puesto que el alamín es musulmán, la hija es musulmana.

El jeque miraba al Hurón afectuosamente.

—¿Quién eres? No te conozco.

—Soy Harún, hijo de Abas el mozo de cuerda.

—Sigue. Me agrada lo que dices.

Alentado por estas palabras, mi amigo explicó el objeto del paso que acabábamos de dar. No se entretuvo en la suerte de las mujeres del Zeruali, pues sabía que ese argumento no conmovería demasiado a Astaghfirullah. En cambio, evocó la vida licenciosa del novio, sus relaciones con sus antiguas esposas y, luego, se detuvo ampliamente en su pasado, en las matanzas de viajeros, «sobre todo los primeros emigrantes andaluces», en el expolio del Rif.

—Lo que cuentas basta para mandar a un hombre al fuego del infierno hasta el final de los tiempos. Pero ¿qué pruebas tienes? ¿Qué testigos puedes citar?

Harún adoptó un tono muy humilde:

—Mi amigo y yo somos demasiado jóvenes, no hace nada que hemos superado la Gran Recitación y nuestra palabra no tiene mucho peso. No sabemos gran cosa de la vida y es posible que nos causen indignación actos que a ojos de los demás puedan parecer habituales. Ahora que hemos dicho cuanto sabemos, ahora que hemos descargado nuestras conciencias, te toca a ti, venerable jeque, ver lo que ha de hacerse.

Cuando estuvimos fuera, miré al Hurón con aire dubitativo. Parecía seguro de haber actuado bien.

—Lo que he dicho, lo pienso de verdad. Hemos hecho cuanto podíamos. Ya sólo nos queda esperar.

Pero su aspecto jovial decía otra cosa.

—Me parece que estás encantado —observé— y no veo el motivo por ninguna parte.

—Es posible que Astaghfirullah no me conociera, pero yo lo conozco a él desde hace años. Y confío en su mal genio.

Al día siguiente, el jeque parecía curado. Se vio circular febrilmente su turbante por los zocos, agitarse bajo los soportales, antes de ir a meterse en un *hammam*. El viernes siguiente, a la hora de mayor afluencia, tomó la palabra en su mezquita habitual, la más frecuentada por los emigrantes andaluces. Con la mayor candidez del mundo, se puso a contar «la vida ejemplar de un hombre respetadísimo al que no nombraré», evocando el bandolerismo, el pillaje, el libertinaje, con alusiones tan concretas que todos los asistentes acabaron por cuchichear el nombre del Zeruali, aunque no se hubiera pronunciado ni una sola vez.

—¡Tales son los hombres a los que respetan y admiran los creyentes en estos tiempos de decadencia! ¡Tales son los hombres a los que estáis orgullosos de abrir las puertas de vuestras casas! ¡Tales son los hombres a los que sacrificáis vuestras hijas como a divinidades de antes del islam!

Antes de acabar el día, no se hablaba en la ciudad más que de este incidente. Al propio Zeruali le repitieron palabra por palabra el discurso del jeque. En el acto, mandó buscar a mi padre, insultó en su presencia a Granada y a todos los andaluces, le notificó, tartamudeando de rabia, que ya no había ni que hablar del acuerdo, de la boda ni de los gusanos de seda, que lo instaba a devolverle inmediatamente los dinares que le había adelantado, que el alamín y todos los suyos no tardarían en lamentar amargamente lo hecho. Aterrado, Mohamed intentó protestar de su inocencia, pero los guardaespaldas lo echaron sin ningún miramiento.

Con frecuencia, cuando se anula así una boda en el último momento, en un ambiente de rencor y, sobre todo, cuando el novio se siente escarnecido, hace que cunda el rumor de que su prometida no era virgen o de que era de costumbres ligeras, para que no pueda encontrar otro marido. No me habría sorprendido que el bandido rechazado hubiera reaccionado de esa manera, por lo muy humillado que se sentía.

Pero nunca, en mis peores pesadillas, hubiera podido imaginar la venganza que meditaba el Zeruali.

El año de la brizna atada
909 de la hégira

(26 de junio de 1503-13 de junio de 1504)

Aquel año había comenzado resbaladizo, apacible y estudioso. El día de año nuevo, que cayó en pleno verano, se chapoteaba por las calles de tanto como las habían regado las noches anteriores, con motivo del *Mihrayán*. A cada tropezón, a cada charco de barro, me acordaba de mi padre, que tanto odiaba esta fiesta y las costumbres que con ella se relacionaban.

No lo había vuelto a ver desde nuestra riña, ¡quiera Dios perdonarme un día!, pero preguntaba por él con regularidad a Warda y a Mariam. Sus respuestas nunca eran tranquilizadoras. Habiéndose arruinado para dotar espléndidamente a mi hermana y hallándose a un tiempo endeudado, frustrado en sus sueños y privado del afecto de los suyos, Mohamed buscaba el olvido en las tabernas.

Sin embargo, en las primeras semanas del año, parecía estar empezando a reponerse, lentamente, de la ruptura con el Zeruali. Había acabado por arrendar, en la cumbre de una montaña, a seis millas de Fez, una mansión antigua, algo deteriorada pero con una vista soberbia de la ciudad y amplias tierras, donde juraba que iba a producir las mejores uvas y los mejores higos del reino: yo sospechaba que también iba a producir su propio vino, aunque la montaña perteneciese a las posesiones de la Mezquita Mayor. Proyectos, en verdad, más modestos que el cultivo de la seda; pero, por lo menos, no ponían a mi padre a sueldo de un bandido como el Zeruali.

De este último no había vuelto a saberse nada desde hacía meses. ¿Había olvidado su descalabro, había hecho borrón y cuenta nueva, él de quien se decía que grababa en mármol la menor injuria? Me hacía preguntas a mí mismo, de vez en cuando, inquietudes pasajeras que barrían mis muy absorbentes ocupaciones de estudiante.

Se me pasaba el tiempo en las aulas; en la mezquita de los kairuaníes, desde la medianoche hasta la una y media, de acuerdo con el horario de verano, el resto del día en el más célebre colegio de Fez, la madrasa Bu-Inania; dormía en los intervalos, un poco al amanecer, un poco por la tarde; la inactividad me resultaba insoportable, el reposo me parecía superfluo, tenía apenas quince años, un cuerpo rebosante de vitalidad, un mundo por conocer y pasión por la lectura.

Nuestros profesores nos hacían estudiar cada día comentarios del Corán o de la Tradición del Profeta y se entablaba una discusión. De las Escrituras, pasábamos a menudo a la medicina, a la geografía, a las matemáticas o a la poesía, a veces incluso a la filosofía o a la astrología, a pesar de la prohibición formal de estas disciplinas por parte del soberano. Teníamos la suerte de que nuestros maestros fueran hombres versados en todas las ramas del conocimiento. Para distinguirse del pueblo llano, algunos llevaban los turbantes enrollados en torno a unos gorros altos y puntiagudos, semejantes a los que iba a ver entre los médicos durante mi estancia en Roma. Los estudiantes llevábamos un gorro corriente.

A pesar de su ciencia y de su forma de vestir, nuestros profesores eran en su mayoría hombres amables, pacientes a la hora de explicar, atentos a los talentos de cada uno. A veces nos invitaban a sus casas para enseñarnos su biblioteca; uno tenía quinientas obras, otro mil, otro más de tres mil, y nos animaban a que cuidáramos la caligrafía para poder copiar los libros más valiosos pues así es, insistían, como se difunde la ciencia.

Cuando tenía un rato entre dos clases, iba al punto de los mozos de cuerda. Si estaba Harún, íbamos a tomar leche cuajada o a dar una vuelta por la plaza de los Prodigios y sus aledaños donde raramente quedaba decepcionada nuestra curiosidad. Si el Hurón estaba ausente, cruzaba el mercado de las flores para ir a ver a Mariam.

Ambos habíamos acordado que pondría una brizna de hierba atada en una rendija del muro exterior cada vez que mi padre estuviera pasando la semana en el campo. Un día, sería a finales de *safar*, el segundo mes del año, fui; estaba la brizna atada. Toqué la campanilla. Warda gritó desde dentro:

—No está mi marido. Estoy sola con mi hija. No puedo abrir.

—¡Soy yo, Hasan!

Confusa, me explicó que minutos antes habían venido unos hombres, habían llamado a la puerta con insistencia, exigiendo que los dejara pasar. Estaba asustada. Mariam, que me pareció pálida y frágil, también.

—¿Qué pasa en esta casa? Tenéis cara de haber llorado las dos.

Les volvieron a correr las lágrimas, pero Warda se rehízo al momento.

—Desde hace tres días, esto es un infierno. No nos atrevemos ni a salir a la calle. Los vecinos vienen continuamente a preguntarnos si es cierto que...

Se le quebró la voz y fue Mariam quien siguió diciendo, con aire ausente:

—Preguntan si no padezco el mal.

Cuando en Fez se dice «el mal», se alude a la lepra y cuando se dice «el barrio», sin más, es el de los leprosos.

Aún no me había percatado de lo que acababan de decirme cuando oí repiquetear en la puerta.

—¡En nombre del sultán, policía! ¡Ahora ya no estáis solas! Acaba de entrar un hombre. Puede hablar con nosotros.

Abrí. No había menos de diez personas, un oficial, cuatro mujeres con velos blancos y los demás, soldados.

—¿Es aquí donde vive Mariam, hija de Mohamed al-Wazzan el Granadino?

El oficial desenrolló un papel.

—Esto es una orden del jeque de los leprosos. Tenemos que llevarnos a la llamada Mariam al barrio.

En la mente, un único pensamiento me daba vueltas: «¡Si esto pudiera no ser más que una vulgar pesadilla!». Me oí a mí mismo decir:

—¡Eso no son más que calumnias! Jamás ha tenido una mancha en el cuerpo! ¡Es pura como un versículo revelado!

—Ya lo veremos. Estas cuatro mujeres están comisionadas para examinarla en el acto.

Se metieron con ella en una habitación. Warda intentó seguirlas pero se lo impidieron. Yo me quedé fuera también, con la mente confusa pero intentando, a pesar de todo, que el oficial se aviniera a razones. Éste me contestaba con calma, haciendo como si se adhiriera a mis puntos de vista, pero acababa diciendo, al final de cada una de mis parrafadas, que era funcionario, que tenía que cumplir órdenes, que había que dirigirse al jeque de los leprosos.

Al cabo de diez minutos, las mujeres salieron de la habitación; dos de ellas sujetaban a Mariam por debajo de los brazos y la arrastraban. Tenía los ojos abiertos pero el cuerpo desmadejado; no le salía ni un sonido de la garganta; parecía incapaz de darse cuenta de lo que le pasaba. Una de las mujeres le cuchicheó dos palabras al oído al oficial; éste hizo una seña a uno de sus hombres que le echó por encima a Mariam una tela burda de color terroso.

—Tu hermana está enferma. Tenemos que llevárnosla.

Intenté interponerme; me apartaron con rudeza. Y el siniestro cortejo echó a andar. Al fondo del callejón, se habían juntado unos curiosos. Grité, amenacé, gesticulé. Pero Warda me siguió, suplicante.

—¡Vuelve dentro, por el Cielo! No hay que amotinar a todo el vecindario. Tu hermana podría no casarse ya nunca.

Volví hacia la casa, cerré de un portazo y me puse a dar puñetazos a las paredes, insensible al dolor. Warda se acercó a mí. Sollozaba pero conservaba la mente lúcida.

—Espera que se alejen y luego irás a hablar con tu tío. Tiene conocidos en palacio. Podrá hacer que vuelva.

Me agarró por la manga y tiró de mí hacia atrás.

—Cálmate, tienes las manos desolladas.

Los brazos se me derrumbaron pesadamente en los hombros de Warda, a la que estreché, lleno de rabia, sin aflojar, sin embargo, los puños como si siguiera aporreando la pared. Se desplomó, apoyándose en mí. Sus lágrimas me corrían por el cuello; su cabello me velaba los ojos, ya sólo respiraba su aliento abrasador, húmedo y perfumado. Ni yo pensaba en ella ni ella pensaba en mí. Para nosotros, no existían nuestros cuerpos. Pero, de pronto, existían por su cuenta, acalorados por la furia. Nunca, antes, me había sentido hombre, nunca la había sentido a ella mujer. A pesar de sus treinta y dos años, la edad de ser abuela, tenía el rostro sin una arruga y el cabello negro azabache. No me atrevía ya a moverme por miedo a traicionarme, ni a hablar por miedo a alejarla, ni siquiera a abrir los ojos por miedo a tener que reconocer que estaba abrazado a la única mujer que me estaba rigurosamente prohibida, la de mi padre.

¿Por dónde bogaba su pensamiento en aquellos instantes? ¿Se sentía resbalar, como yo, hacia el engranaje del placer? No lo creo. ¿Estaba sólo entumecida, embotada en cuerpo y alma? ¿Necesitaba aferrarse al único ser que compartía su angustia? Nunca lo sabré, pues nunca hemos hablado de ello, nunca nada, en nuestros gestos ni en nuestras palabras, quiso recordar que hubo un momento en que éramos hombre y mujer unidos por la mano despiadada del Destino.

Le correspondía a ella deshacer el abrazo. Lo hizo imperceptiblemente, con estas palabras de tierno alejamiento:

—Vete, Hasan, hijo mío. Dios nos ayudará. ¡Eres el mejor hermano que Mariam puede tener!

Corrí, contando a media voz los pasos para no poner la mente en ninguna otra cosa. Hasta casa de Jali.

Mi tío me escuchó sin pestañear pero lo noté afectado, más de lo que hubiera creído dada la total ausencia de relaciones entre mi hermana y él. Cuando hube acabado mi relato, me explicó:

—El jeque de los leprosos es un hombre con gran poder en esta comarca. Sólo él está habilitado para sacar de Fez a las personas contagiadas, sólo él tiene autoridad sobre los habitantes del barrio. Pocos cadíes se atreven a oponerse a sus decisiones y al propio sultán rara vez se le ocurre inmiscuirse en su macabro dominio. Además, es un hombre riquísimo, pues muchos creyentes, al morir, dejan propiedades a beneficio del barrio, bien porque el mal haya afectado a su familia, bien porque se hayan apiadado al ver a esos desdichados. Y el jeque es quien administra todas esas rentas. Una parte la utiliza para procurar a los enfermos alojamiento, alimentos y atenciones, pero le quedan sumas importantes que emplea en toda clase de transacciones para aumentar su fortuna personal. Es muy probable que esté asociado con el Zeruali en algún negocio y que haya accedido a hacerle un favor para permitirle vengarse de nosotros.

¡Había oído claramente a mi tío decir «nosotros»! Mi sorpresa no le pasó inadvertida.

—Sabes desde hace mucho lo que pienso de la pasión de tu padre por esa *rumiyya*. Un día perdió la cabeza porque ella estuvo a punto de abandonarle, porque a él le había parecido que estaba en juego su honor, porque quería, a su manera, tomarse una revancha sobre los castellanos. Desde entonces, no ha vuelto a recuperar el juicio. Pero lo que acaba de ocurrir no atañe ni a Mohamed ni a Warda ni siquiera a esa infortunada Mariam; el Zeruali ha escarnecido a toda la comunidad granadina de Fez. Tenemos que luchar, aunque sólo se trate de la hija de la *rumiyya*. Una comunidad se desintegra en cuanto consiente en abandonar al más débil de sus miembros.

Sus argumentos eran lo de menos; su actitud me devolvía la esperanza.

—¿Crees que podremos salvar a mi hermana?

—¡Pídele al Altísimo que te dé esperanza y paciencia! Tendremos que luchar contra personajes poderosos y diabólicos. Ya sabes que el Zeruali es amigo del sultán.

—Pero si Mariam ha de vivir mucho tiempo en el barrio, acabará siendo leprosa de verdad.

—Hay que ir a verla, decirle que no se mezcle con los demás, llevarle de comer carne de tortuga que ayuda a combatir el mal. Y, sobre todo, que se cubra el rostro continuamente con un velo empapado en vinagre.

Le conté esta conversación a Warda. Ésta se hizo con los productos indicados y cuando mi padre regresó a la ciudad, días después, fue con él a los confines del barrio. Un vigilante llamó a Mariam, que vino a verlos. Parecía agobiada, abrumada, despavorida, con los ojos inyectados en sangre en el rostro lívido. Un río la separaba de sus padres, pero pudieron hablar con ella, prometerle una pronta liberación, darle consejos. Lo que querían entregarle, se lo confiaron al guarda, poniéndole unos cuantos dirhems en la mano.

Cuando regresaron, los estaba esperando en la puerta. Mi padre hizo como si no me viera. Puse una rodilla en tierra y le tomé la mano, que me llevé a los labios. Al cabo de unos prolongados segundos, la apartó, me la pasó por el rostro y luego por la nuca, dándome unas palmaditas. Me incorporé y me arrojé en sus brazos.

—Haznos algo de comer —le dijo a Warda con voz cascada—. Tenemos que hablar.

Warda se afanó.

En cuanto a la conversación, ni él ni yo dijimos gran cosa. En aquel momento, lo importante era seguir así, juntos, de hombre a hombre por vez primera, sentados en la misma esterilla, hundiendo la mano del mismo modo en el mismo plato de cuscús. El compromiso matrimonial de Mariam nos había malquistado; su suplicio había apresurado nuestra reconciliación. También iba a contribuir al acercamiento entre Mohamed y la familia de mi madre.

Aquella tarde, Jali vino a casa de mi padre, cuyo umbral no había traspasado nunca desde nuestra llegada a Fez, diez años antes. Warda le sirvió como a un invitado de categoría, le ofreció horchata y puso ante él una inmensa cesta llena de uvas, de albaricoques, de peras y de ciruelas. A cambio, recibió benévolas sonrisas y palabras de aliento. Luego, se retiró tras una puerta para dejarnos hablar.

El resto del año transcurrió en su totalidad en infatigables gestiones y en interminables conciliábulos. A veces, algunas personas ajenas a la familia se unían a nosotros, aportando sus consejos y compartiendo nuestras decepciones. Eran granadinos en su mayoría, pero también había dos amigos míos. Uno era Harún, por descontado, que pronto iba a hacer suyo el problema, hasta el punto de desposeerme de él. El otro se llamaba Ahmed. En el colegio, tenía el sobrenombre de «el Cojo». Cuando evoco su recuerdo, no puedo evitar permanecer unos instantes pensativo, perplejo, en tanto la pluma suspende su sinuoso rasgueo. Hasta en Túnez, hasta en El Cairo, hasta en La Meca y hasta en Nápoles he oído hablar del Cojo y nunca he dejado de preguntarme si este antiguo amigo dejará alguna huella en la historia o si pasará por la memoria de los hombres como un nadador audaz cruza el

Nilo, sin modificar su curso ni su crecida. Como cronista, sin embargo, tengo el deber de olvidar mis resentimientos para contar lo más fielmente posible lo que he sabido de Ahmed desde el día en que entró, por primera vez, aquel año, en clase, donde lo recibieron las risas y los sarcasmos de los estudiantes. Los jóvenes fesíes son despiadados con los forasteros, sobre todo si dan la impresión de llegar en derechura de su provincia de origen y, más aún, si arrastran alguna tara.

El Cojo había recorrido el aula con la mirada, como para quedarse con cada sonrisa, con cada rictus; luego, había venido a sentarse a mi lado, bien porque aquel fuera para él el sitio de más fácil acceso, bien porque hubiera visto que yo lo miraba de otra manera. Me había estrechado vigorosamente la mano, pero lo que dijo no era un simple saludo.

—Tú eres, como yo, forastero en esta maldita ciudad.

Ni preguntaba ni hablaba en voz baja. Miré a mi alrededor, violento. Insistió:

—No tengas miedo de los fesíes. Están demasiado atiborrados de ciencia para que les quede el menor valor.

Casi gritaba. Yo me sentía embarcado en contra de mi voluntad en un rencor que no sentía. Intenté zafarme, adoptando un tono de broma:

—¿Cómo dices eso tú que vienes a buscar la ciencia a una madrasa de Fez?

Sonrió con condescendencia:

—No busco la ciencia pues es seguro que entorpece las manos más que una cadena. ¿Has visto alguna vez a un doctor de la Ley mandar un ejército o fundar un reino?

Mientras hablaba, entró el profesor con paso lento y majestuosa silueta. Por respeto, toda la clase se levantó.

—¿Cómo quieres que un hombre luche con esa cosa que le oscila en la cabeza?

Yo estaba ya lamentando que Ahmed se hubiera puesto a mi lado. Lo miré, horrorizado.

—Baja la voz, te lo ruego, va a oírte el maestro.

Me dio en la espalda una palmada paternal.

—¡No seas tan medroso! Cuando eras niño, ¿no decías en voz alta verdades que los adultos ocultaban? Bueno, pues tú eras quien tenía razón en aquel momento. Tienes que volver a hallar en ti el tiempo de la ignorancia pues también era el tiempo del valor.

Como para ilustrar lo que acababa de afirmar, se levantó, avanzó cojeando hasta el elevado asiento del profesor y se dirigió a él sin reverencia, lo que acalló al instante todo ruido en el aula.

—Me llamo Ahmed, hijo del jerife Saadi, descendiente de la Casa del Profeta, ¡oración y salvación para él! Si cojeo, es porque me hirieron el año pasado cuando combatía contra los portugueses que invadieron los territorios de El Sus.

Ignoro si estaría más emparentado que yo con el Mensajero de Dios; en cuanto a la cojera, era de nacimiento, como supe después por uno de sus parientes. Dos mentiras, pues, pero que intimidaron a cuantos estaban presentes, empezando por el profesor.

Ahmed volvió a su sitio con la cabeza muy alta. Desde el primer día de colegio se había convertido en el más respetado y admirado de los estudiantes. Ya no caminaba sino rodeado de una bandada de condiscípulos sumisos que reían cuando reía, temblaban cuando se enfadaba y compartían todas sus enemistades.

Que eran de lo más tenaz. Un día, uno de nuestros maestros, fesí de rancio abolengo, se había atrevido a emitir dudas acerca de la ascendencia que reivindicaba el Cojo. Una opinión que no podía tomarse a la ligera pues aquel profesor era el más célebre del colegio ya que había conseguido, hacía poco, el privilegio de pronunciar el sermón semanal en la Mezquita Mayor. En el primer momento, Ahmed no contestó, conformándose con lanzarles una sonrisa enigmática a los estudiantes que lo interrogaban con la mirada. El viernes siguiente, la clase entera se desplazó para escuchar al predicador. Apenas hubo dicho éste las primeras palabras, al Cojo le dio un interminable ataque de tos. Poco a poco, empezaron a toser otros, tomando el relevo y, al cabo de un minuto, miles de gargantas sonaban y carraspeaban al unísono, curioso contagio que se prolongó hasta el final del sermón, de modo que los fieles volvieron a sus casas sin haber oído ni una palabra. A partir de entonces aquel profesor se guardó muy mucho de volver a hablar de Ahmed y de su noble pero dudosa ascendencia.

Yo nunca seguí las huellas del Cojo y, seguramente, era por eso por lo que me respetaba. Únicamente nos veíamos a solas, a veces en mi casa, a veces en la suya, es decir en la propia madrasa donde había habitaciones destinadas a los estudiantes cuya familia no vivía en Fez; los suyos vivían en los confines del reino de Marrakech.

He de reconocer que, hasta cuando estábamos solos los dos, algunas de sus actitudes me repelían, me inquietaban e incluso a veces me asustaban. Pero también se mostraba, en ocasiones, generoso y abnegado. Así fue, en todo caso, como se me manifestó aquel año, pendiente de mis menores momentos de abatimiento, atinando en cada ocasión con el tono necesario para devolverme los ánimos.

De su presencia, así como de la de Harún, tenía yo gran necesidad, aun cuando ambos parecían incapaces de salvar a Mariam. Sólo mi tío parecía estar en condiciones de efectuar las gestiones que se imponían. Veía a hombres de ley, a emires del ejército, a dignatarios del reino; unos se mostraban tranquilizadores, otros, apurados, otros prometían una solución antes de la próxima fiesta. Nosotros no soltábamos una esperanza más que para aferrarnos a otra, igualmente vana.

Hasta que Jali consiguió, al cabo de mil intercesiones, llegar al hijo mayor del soberano, el príncipe Mohamed el Portugués, así apodado porque lo habían capturado a la edad de siete años en la ciudad de Arcila y conducido a Portugal, donde estuvo muchos años cautivo. Ahora tenía cuarenta años, la edad de mi tío, y permanecieron un buen rato juntos hablando de poesía y recordando los infortunios de Andalucía. Cuando, al cabo de dos horas, Jali mencionó el problema de Mariam, el príncipe se mostró indignadísimo y se comprometió a hacer llegar el caso a oídos de su padre.

No tuvo tiempo, pues el sultán murió, curiosa coincidencia, al día siguiente mismo de la visita de mi tío a palacio.

Decir que los míos lloraron durante mucho tiempo al anciano monarca sería una pura mentira, no sólo porque era amigo del Zeruali sino también porque los lazos recientemente creados entre su hijo y Jali nos permitían augurar lo mejor.

El año de la caravana
910 de la hégira

(14 de junio de 1504-3 de junio de 1505)

Aquel año fue el de mi primer gran viaje, que había de conducirme, cruzando el Atlas, Segelmesse y Numidia, hacia la llanura sahariana y, luego, hacia Tombuctú, misteriosa ciudad del país de los negros.

A Jali le había encargado el nuevo sultán de Fez que llevara un mensaje al poderoso soberano del Sudán, el Askia Mohamed Taré, anunciándole su subida al poder y prometiéndole establecer entre sus dos reinos las más amistosas relaciones. Como me había prometido cinco años antes, con ocasión de su periplo por Oriente, mi tío me invitó a acompañarlo; yo le había hablado de ello a mi padre que por respeto a mi sedosa pero ya abundante barba, no pensó en oponerse.

La caravana se había puesto en marcha nada más empezar a refrescar el otoño; se componía de doscientas monturas que transportaban hombres, víveres y regalos. Llevábamos guardias en camello para protegernos durante todo el trayecto, así como soldados a caballo que habían de emprender el camino de regreso en los umbrales del Sáhara. Se necesitaban también camelleros y guías avezados, así como criados en número suficiente para que la embajada pareciera considerable a ojos de nuestros anfitriones. A la comitiva oficial se habían unido, tras solicitar el permiso de mi tío, varios negociantes con sus mercancías, con la intención de beneficiarse a un tiempo de la protección real a lo largo del camino y del trato de favor que no dejaríamos de recibir en Tombuctú.

Los preparativos habían sido demasiado minuciosos, demasiado largos para mi gusto. Los últimos días ya no lograba dormir ni leer, ya no respiraba sino a entrecortadas y fatigosas bocanadas. Necesitaba partir en el acto, aferrarme lo más arriba posible a la joroba de un camello, dejar que me tragara la inmensidad desértica donde hombres, animales, agua, arena y oro tienen todos el mismo color, el mismo valor, la misma insustituible futilidad.

Muy pronto descubrí que también era posible dejarse tragar por la caravana. Cuando los compañeros de viaje saben que, juntos, habrán de caminar durante semanas y meses en la misma dirección, de afrontar los mismos peligros, de vivir, comer, orar, divertirse, pasar penalidades, morir a veces, dejan de ser extraños entre sí; ningún vicio permanece oculto, ningún artificio perdura. Vista de lejos, la caravana es una comitiva; vista de cerca, es una aldea, con sus chismes, sus bromas, sus motes, sus intrigas, sus conflictos y sus reconciliaciones, sus veladas de canto y poesía, una aldea para la que todas las comarcas están lejos, incluso aquella de la que procede, incluso aquellas que cruza. Un alejamiento así es lo que yo estaba necesitando para olvidar las agotadoras angustias de Fez, la saña del Zerualí, la crueldad sin rostro del jeque de los leprosos.

El mismo día de la partida, cruzamos la ciudad de Sefrú, situada al pie del Atlas, a quince millas de Fez. Los habitantes son ricos pero visten pobremente, con la ropa llena de manchas de aceite, por culpa de un príncipe de la familia real que se construyó allí una residencia y que agobia a impuestos a toda persona que parezca gozar de cierta prosperidad. Al pasar por la calle mayor, mi tío acercó su montura a la mía para cuchichearme al oído:

—Si alguien te dice que la avaricia es hija de la necesidad, dile que se equivoca. ¡Son los impuestos los que han engendrado la avaricia!

No lejos de Sefrú, la caravana tomó el puerto por donde pasa el camino de Numidia. Dos días después, estábamos en pleno bosque, cerca de las ruinas de una ciudad antigua llamada Ain el-Asnam, el Manantial de los Ídolos. Había allí un templo donde hombres y mujeres solían reunirse al atardecer, en cierta época del año. Una vez cumplidos los sacrificios rituales, apagaban las luces y cada cual hacía uso de la mujer que el azar le había puesto al lado. Pasaban así toda la noche y, por la mañana, se les recordaba que, durante el año, ninguna de las mujeres presentes tenía derecho a acercarse a su marido. A los niños que nacían durante ese lapso de tiempo, los criaban los sacerdotes del templo. Éste quedó destruido, así como la ciudad entera, durante la conquista musulmana; pero el nombre ha sobrevivido, testigo único de aquella sociedad ignorante.

Dos días después pasamos cerca de una aldea de montaña rebosante de vestigios antiguos. La llaman «Los Cien Pozos», porque en sus proximidades hay pozos de tal profundidad que diríanse grutas. Cuentan que uno de ellos tiene varios pisos en cuyo interior hay salas tapiadas, unas grandes y otras pequeñas, pero todas con la misma disposición. Por eso, los buscadores de tesoros vienen ex profeso desde Fez para bajar, con ayuda de cuerdas y provistos de faroles. Muchos no vuelven a salir jamás.

Una semana después de salir de Fez, atravesamos una localidad llamada Um Yunaiba, donde subsiste una extraña costumbre: hay un río, que bordean las caravanas, y dicen que ningún hombre que pase por ahí debe avanzar si no es bailando y dando saltos y que, si no lo hace, contraerá las fiebres cuartanas. Todo nuestro grupo se puso a ello alegremente, hasta yo, hasta los guardias, hasta los obesos mercaderes, movidos por juego unos, por superstición otros, otros por evitar las picaduras de los insectos, con excepción de mi tío, a quien le pareció que su dignidad de embajador le prohibía esa clase de chiquillada. Había de lamentarlo cruelmente.

Estábamos ya en las altas montañas, donde sopla, incluso en otoño, un viento del norte glacial e imprevisible. No esperaba hallar, en lugares tan elevados y de clima tan rudo, gente tan bien vestida y, sobre todo, tan instruida. Hay, en particular, en una de las montañas más frías una tribu llamada Mestasa cuya principal actividad consiste en copiar, con la mejor letra, gran número de libros y venderlos en el Magreb y en otros lugares. Un viejo mercader genovés residente en Fez, el señor Tommaso de Marino, que se había unido a nuestra caravana y con el cual tuve frecuentes conversaciones, compró en una sola aldea un centenar de libros de ésos, admirablemente caligrafiados y encuadernados en cuero. Me explicó que los ulemas y los altos personajes del país de los negros compraban muchos y que se trataba de un comercio muy lucrativo.

Como nos habíamos detenido a pasar la noche en esa localidad, acompañé al genovés a una cena que le daba su proveedor. La casa estaba bien edificada, con mármoles y mayólica, tapices de lana fina en las paredes y, en el suelo, alfombras, de lana también, pero de agradable colorido. Todos los invitados parecían muy prósperos y no pude por menos de hacerle a nuestro anfitrión, con mil precauciones de lenguaje, una pregunta que me quemaba los labios: ¿cómo era posible que los habitantes de esta región tan fría, tan montañosa, estuviesen tan favorecidos en haberes y saberes?

El señor de la casa se echó a reír:

—¿Quieres comprender, en resumidas cuentas, por qué los habitantes de estos montes no son todos unos patanes, unos mendigos y unos desharrapados?

Yo no lo habría dicho así pero era exactamente eso lo que me intrigaba.

—Has de saber, joven visitante, que el mayor regalo que el Altísimo puede hacerle a un hombre es el de haberlo hecho nacer en una alta montaña por la que pasen las rutas de las caravanas. La ruta es el vehículo del conocimiento y de la riqueza, la montaña procura protección y libertad. Vosotros, los habitantes de las ciudades, tenéis a vuestro alcance todo el oro y todos los libros, pero tenéis príncipes ante los cuales inclináis la cabeza...

Recapacitó:

—¿Puedo hablarte como un anciano tío a un sobrino, como un anciano jeque a un discípulo, sin andarme con rodeos con las enseñanzas de la vida? ¿Me prometes no escandalizarte?

Mi amplia sonrisa lo animó a proseguir.

—Quienes viven en una ciudad consienten en renunciar a toda dignidad, a todo amor propio, a cambio de la protección de un sultán que la vende cara aun cuando no sea ya capaz de otorgarla. Quienes viven lejos de las ciudades, pero en las llanuras y las colinas, se libran del sultán, de los soldados y de los recaudadores de impuestos; sin embargo, están a merced de las tribus de saqueadores nómadas, árabes y, a veces, hasta beréberes, que infestan la región, y nunca pueden levantar un muro sin el temor de verlo pronto derruido. Quienes viven en un lugar inaccesible, pero lejos de las rutas, están, en verdad, al abrigo tanto de la esclavitud como del pillaje; no obstante, al no tener intercambio alguno con otras comarcas, acaban viviendo como animales, ignorantes, sin recursos y amedrentados.

Me ofreció una copa de vino que rechacé cortésmente. Él tomó una y bebió un trago antes de continuar:

—Sólo nosotros somos unos privilegiados: vemos pasar por nuestra aldea a gente de Fez, de Numidia, del país de los negros, mercaderes, dignatarios, estudiantes y ulemas; cada uno nos trae una moneda de oro o un traje, un libro para leer o copiar, o sólo un relato, una anécdota, riqueza y sabiduría, al abrigo de estos montes inaccesibles que compartimos con las águilas, las cornejas y los leones, nuestros compañeros de dignidad.

Le conté estas palabras a mi tío, que suspiró sin decir nada y, a continuación, alzó la mirada al cielo. No sé si era para encomendarse al Creador o para observar el vuelo de un ave de presa.

Nuestra siguiente etapa fue en los montes del Ziz, así llamados porque en ellos nace un río de ese mismo nombre. Los habitantes de esta región pertenecen a una tribu beréber muy temida, los zanaga. Son hombres fornidos, llevan una túnica de lana directamente sobre la piel y se enrollan alrededor de las piernas trapos que les sirven de calzas; lo mismo en invierno que en verano, van destocados. Me es imposible, no obstante, describir a esta gente sin evocar algo increíble que se ve entre ellos y que parece ser cosa de milagro: circulan entre las casas gran número de serpientes, tan mansas y dóciles como gatos o perrillos. Cuando alguien se pone a comer, se reúnen a su alrededor para coger las migajas de pan y los demás alimentos que les echan.

Durante la tercera semana de nuestro viaje, bajamos los montes del Ziz, a través de inmensos palmerales de frutos tiernos y exquisitos, en dirección a la llanura donde se halla Segelmesse. O mejor debería decir donde se hallaba esa ciudad tan admirada por los viajeros de los tiempos pasados. Decían que la había fundado el propio Alejandro Magno, que su calle mayor tenía la longitud de medio día de marcha, que todas sus casas estaban rodeadas de un jardín y de un vergel, que poseía prestigiosas mezquitas y madrasas célebres.

De sus murallas, antaño tan altas, no quedan más que algunos tramos medio derruidos e invadidos por la hierba y el musgo. De sus habitantes, no quedan más que clanes enemigos, cada uno de los cuales está afincado con su jefe en una aldea fortificada próxima a las ruinas de la antigua Segelmesse. Su principal preocupación es dificultar la vida al clan que reside en la aldea vecina. Se muestran despiadados unos con otros, llegando incluso a destruir las canalizaciones de agua, a cortar las palmeras a ras del suelo, a incitar a las tribus nómadas a que devasten las tierras y las casas de sus adversarios, hasta tal punto que me parece que merecen su suerte.

Contábamos con permanecer tres días en el territorio de Segelmesse para que descansaran hombres y monturas, comprar algunos víveres, reparar algunos utensilios; estaba escrito que permaneceríamos allí varios meses pues, al día siguiente mismo de nuestra llegada, mi tío cayó enfermo. A veces le daban escalofríos durante el día, cuando el calor era asfixiante, sudaba por todos los poros por la noche, cuando hacía tanto frío como en las altas montañas. Un mercader judío de la caravana, muy versado en medicina, diagnosticó unas cuartanas que parecían ser el castigo por haberse negado Jali a seguir la danzarina costumbre de Um Yunaiba. ¡Sólo Dios es dueño de la recompensa y del castigo!

No me apartaba un instante de la cabecera de mi tío, atento al menor gesto, a la menor mueca, contemplándolo a veces durante horas, mientras dormía con sueño agitado. De repente, lo noté avejentado, débil, indefenso, mientras que dos días antes era capaz de tener en vilo a toda una asamblea hablando de los *rum,* de los leones o de las serpientes. Gracias a sus dotes de poeta y orador, gracias también a sus vastos conocimientos, había impresionado a Mohamed el Portugués que, desde su llegada al poder, lo había hecho acudir cada semana. Se hablaba de que iba a recibir un nombramiento de consejero, de secretario o de gobernador de una provincia.

Recuerdo que un día, a su regreso de palacio, le había preguntado a Jali si había vuelto a hablar de Mariam. Me había contestado con tono algo apurado.

—Estoy ganándome poco a poco la confianza del soberano. Pronto estaré en condiciones de conseguir de él, sin la menor dificultad, la liberación de tu hermana. Por el momento, he de actuar con la mayor delicadeza posible: sería un error pedirle algo.

Luego, había añadido, riendo a modo de excusa:

—¡Así tendrás que comportarte cuando hagas política!

Poco después del nombramiento de Jali como embajador, yo había vuelto a la carga. Entonces le había hablado al soberano y éste le había prometido que a su regreso de Tombuctú la joven estaría en su casa. Mi tío le había dado expresivamente las gracias y me había comunicado la noticia. Yo había decidido entonces ir, por primera vez, al barrio para contarle a Mariam la promesa del monarca así como la noticia de mi viaje.

Hacía un año que no la veía, por exceso de afecto pero, también, por cobardía. No pronunció ni una palabra de reproche. Me sonrió como si acabáramos de separarnos un instante antes, me preguntó por las clases, me pareció tan serena que me sentí intimidado, contrito, desorientado. Quizá hubiera preferido verla sollozar, tener que consolarla, aunque de lejos, puesto que nos separaba un río. Le anuncié triunfalmente la promesa del soberano. Reaccionó lo imprescindible para no herirme. Le hablé de mi marcha, puso cara de entusiasmo pero no supe si lo hacía debido a una súbita alegría o por burla. Ese río que un hombre robusto hubiera podido cruzar en dos saltos se me antojaba más profundo que un barranco, más ancho que un brazo de mar. Mariam estaba tan lejos, tan impenetrable; su voz me llegaba como una pesadilla. De pronto, una anciana leprosa a la que no había visto acercarse, le puso a mi hermana en el hombro una mano sin dedos. Grité y cogí unas piedras para arrojárselas, pidiéndole que se alejara. Mariam se interpuso, protegiendo a la leprosa con su cuerpo:

—¡Suelta esas piedras, Hasan, que vas a lastimar a mi amiga!

Hice lo que me decía pero me sentía al borde del desmayo. Le hice un gesto de despedida y me volví para marcharme, partiéndoseme el alma. Mi hermana volvió a gritar mi nombre. La miré. Se había acercado hasta la orilla del agua. Lloraba; era la primera vez desde que yo estaba allí:

—Vas a sacarme de aquí, ¿verdad?

Lo dijo con voz suplicante y que me resultó tranquilizadora. Con un gesto, que me sorprendió a mí más que a nadie, extendí la mano ante mí como si la pusiera sobre el Libro y pronuncié, con voz lenta y alta, este juramento:

—Juro no casarme antes de sacarte de este barrio maldito.

Sonrió abiertamente. Me volví entonces y me alejé a toda prisa, pues quería conservar esa imagen de ella durante todo mi viaje. Ese mismo día, fui a ver a mi padre y a Warda para darles noticias de su hija. Antes de llamar a la puerta, me quedé un instante inmóvil. En una rendija del muro exterior, estaba todavía, parda y seca, la brizna atada por Mariam el día de su captura. La tomé y me la llevé furtivamente a los labios. Luego, la volví a dejar en su sitio.

Estaba pensando una vez más en aquella brizna cuando Jali abrió los ojos. Le pregunté si estaba mejor; me dijo que sí con la cabeza pero se volvió a dormir al instante. Siguió así, entre la vida y la muerte, incapaz de moverse, hasta el principio de la estación cálida, cuando cualquier travesía del Sáhara habría sido imposible. Tuvimos, pues, que esperar varios meses en la región de Segelmesse antes de proseguir nuestro viaje.

El año de Tombuctú
911 de la hégira

(4 de junio de 1505-23 de mayo de 1506)

Mi tío parecía completamente restablecido cuando reanudamos la marcha, aquel año, al comienzo de la estación fresca, en dirección a Tabelbala, situada en pleno desierto de Numidia, a trescientas millas del Atlas, a doscientas millas al sur de Segelmesse, en una región donde el agua escasea, así como la carne, salvo la de los avestruces y los antílopes, y donde sólo la sombra de una palmera atenúa a veces la tiranía del sol.

Habíamos previsto nueve días para esa etapa y, desde la primera velada, Jali se puso a hablarme de Granada, de forma algo parecida a como lo había hecho mi padre unos años antes. Quizá la enfermedad de uno y el abatimiento del otro habían surtido el mismo efecto, el de empujarlos a transmitir su testimonio y su sabiduría a una memoria más joven, menos amenazada, ¡que el Altísimo preserve mis páginas del fuego y del olvido! De una noche para otra, esperaba yo la continuación de su relato, únicamente interrumpido a veces por los ladridos de un chacal demasiado cercano.

Al tercer día, sin embargo, nos salieron al encuentro dos soldados. Eran portadores de un mensaje de un señor cuyas tierras se hallaban al oeste de nuestra ruta. Se había enterado de que el embajador del rey de Fez estaba de paso por la región y tenía muchísimo empeño en verlo. Jali se informó por un guía que le dijo que el rodeo nos retrasaría dos semanas por lo menos. Se excusó, pues, ante los soldados, diciéndoles que un enviado del soberano no podía visitar a los señores que se hallaban fuera de su ruta, tanto más cuanto que la enfermedad ya había retrasado considerablemente su misión. No obstante, para dejar bien patente en qué estima tenía a ese señor —del que más adelante me confesó que nunca había oído hablar— enviaría a su sobrino a besarle la mano.

Súbitamente me veía, pues, convertido en embajador, yo que aún no había cumplido los dieciocho años. Mi tío hizo que me acompañaran dos soldados a caballo y me proveyó de algunos regalos que había de darle, en su nombre, a ese amable señor: un par de estribos decorados al estilo moruno, un par de soberbias espuelas, un par de cordones de seda trenzados con hilos de oro, uno violeta y otro azul celeste, un libro de nueva encuadernación que contaba la vida de los santos personajes de África, así como un poema de elogio. El viaje duró cuatro días que aproveché para escribir, a mi vez, unos cuantos versos en honor de mi anfitrión.

Una vez que hube llegado a la ciudad, que se llamaba Uarzazat, creo, me avisaron de que el señor estaba cazando leones en las montañas de los alrededores y de que había dejado instrucciones para que fuera a reunirme con él. Le besé la mano y le transmití los saludos de mi tío. Puso a mi disposición un alojamiento en que pudiera descansar hasta su regreso. Volvió antes de la caída de la noche y me convocó a su palacio. Me presenté, pues, le volví a besar la mano, le di, uno a uno, los regalos, que fueron muy de su agrado, y, a continuación, le tendí el poema de Jali que mandó leer a un secretario, haciendo traducir cada palabra, pues no sabía mucho árabe.

Llegó la hora de comer, que estaba esperando con impaciencia, pues no tenía nada en el estómago desde por la mañana, salvo unos cuantos dátiles. Nos trajeron carne de cordero asada y cocida, envuelta en una finísima pasta hojaldrada, algo parecido a la lasaña italiana pero con más cuerpo. Luego, trajeron el cuscús, el *ftat,* otra mezcla de carne y pasta, así como diversos platos que no recuerdo. Una vez que estuvimos todos ampliamente saciados, me levanté y recité mi propio poema. El señor hizo que le tradujeran algunas frases pero, el resto del tiempo, se limitó a observarme con mirada enternecida y protectora. En cuanto hube terminado, se retiró a dormir, pues la caza lo había agotado, pero al día siguiente por la mañana, muy temprano, me invitó a desayunar con él, mandó a su secretario que me diera cien monedas de oro para que se las entregara a mi tío, así como dos esclavos para su servicio durante el viaje. Me encargó que le dijera que esos presentes sólo eran para agradecerle su poema y no la contrapartida de los regalos que aquél le había hecho. Me entregó también diez monedas de oro para cada uno de los dos soldados a caballo que me acompañaban.

A mí me reservaba una sorpresa. Empezó por darme cincuenta monedas de oro pero, cuando salí, el secretario me hizo señas de que lo siguiera. Recorrimos un pasillo hasta una puerta baja que nos condujo a un patinillo. En el centro, un caballo, hermoso pero pequeño, montado por una soberbia amazona morena con el rostro descubierto.

—Esta joven esclava es el regalo del señor por tu poema. Tiene catorce años, habla bien el árabe. La llamamos Hiba.

Tomó las riendas y me las puso en la mano. Tiré de ellas, mirando hacia arriba, sin dar crédito a mis ojos. Mi regalo sonrió.

Plenamente satisfecho de haber conocido a un señor tan generoso y cortés, volví directamente a Tabalbala, donde me estaba esperando la caravana. Le anuncié a mi tío que había cumplido perfectamente mi misión y le conté detalladamente cada palabra, cada gesto. Le entregué los presentes a él destinados, le transmití las palabras que los acompañaban y, para acabar, le conté mi deliciosa sorpresa. En ese punto de mi historia, el rostro se le ensombreció.

—¿Seguro que te han dicho que esa esclava hablaba árabe?

—Claro, y he podido comprobarlo durante el camino de regreso.

—No lo dudo, pero si tuvieras más edad y más seso, hubieras interpretado de otra forma las palabras del secretario. Regalarte esa esclava puede ser una manera de honrarte pero, también, de insultarte, de hacerte patente el envilecimiento de quienes hablan tu lengua.

—¿Hubiera debido rechazarla?

Mi tío se echó a reír de buena gana:

—Ya veo que te vas a desmayar sólo de pensar que hubieras podido dejar a esa muchacha en el patio en que la encontraste.

—Entonces, ¿puedo quedarme con ella?

Me salía el tono de un niño que no quiere soltar un juguete. Jali se encogió de hombros e hizo señas a los camelleros de que se dispusieran a marchar. Cuando me estaba alejando, me volvió a llamar:

—¿Has tocado ya a esa muchacha?

—No —le contesté con la mirada baja—. Durante el camino, hemos dormido al aire libre y tenía a los guardias cerca.

Había malicia en el rictus que puso:

—Tampoco la tocarás ahora, pues antes de que volvamos a dormir bajo techado habrá pasado el mes de *ramadán*. Como viajero, no estás obligado a ayunar pero debes mostrar de alguna otra manera tu sumisión al Creador. Mandarás a tu esclava que se cubra de pies a cabeza, le prohibirás que se perfume, que se pinte, que se peine y hasta que se lave.

No protesté, pues comprendí inmediatamente que el celo religioso no era el único motivo de esta recomendación. Con frecuencia, se han visto en las caravanas disputas, ataques de locura e, incluso, crímenes debido a la presencia de una sirvienta hermosa y mi tío quería evitar a toda costa cualquier tentación, cualquier actitud provocadora.

Nuestra siguiente etapa nos condujo hacia los oasis del Tuat y del Ghurara, cabeza de línea de las caravanas saharianas. Es allí, en efecto, donde los mercaderes y los demás viajeros se esperan para partir juntos.

Muchos comerciantes judíos estaban establecidos en estos oasis pero habían sido víctimas de una curiosa persecución. El mismo año de la caída de Granada, que era también el año de la expulsión de los judíos españoles, había venido a Fez un predicador de Tremecén que incitaba a los musulmanes a exterminar a los judíos de la ciudad. En cuanto se enteró, el sultán mandó expulsar a aquel agitador que fue a refugiarse a los oasis del Tuat y del Ghurara y consiguió sublevar a la población contra los judíos; los asesinaron a casi todos y se incautaron de sus bienes.

En esta comarca hay muchas tierras cultivadas, pero son áridas, pues no se las puede regar más que con agua de los pozos; son también tierras pobres y para enriquecerlas los habitantes utilizan un método poco común: cuando llega un visitante, lo invitan a alojarse en sus casas, sin pedirle nada a cambio, pero recogen el estiércol de las monturas y hacen comprender a las personas que los ofenderían si hicieran sus necesidades fuera de sus casas. Por eso se ven los viajeros obligados a taparse la nariz cuando pasan junto a un campo cultivado.

Esos oasis son la última estación en que hay la posibilidad de aprovisionarse como es debido antes de cruzar el Sáhara. Las aguadas se van espaciando cada vez más y se necesitan más de dos semanas para llegar al primer lugar habitado. Hay que precisar también que en ese lugar, llamado Teghaza, no hay más que minas de las que se extrae sal. La guardan hasta que viene a comprarla una caravana para venderla en Tombuctú, donde siempre escasea. Cada camello puede llevar hasta cuatro barras de sal. Los mineros de Teghaza no tienen más víveres que los que les llegan de Tombuctú, situada a veinte días de camino, o de alguna ciudad igualmente alejada. A veces se ha dado el caso de que, al haberse retrasado alguna caravana, se haya encontrado a algunos de esos hombres muertos de hambre en sus cabañas.

Pero pasada esa localidad es cuando el desierto llega a ser un auténtico infierno. Ya sólo se encuentran osamentas blanqueadas de hombres y de camellos muertos de sed, los únicos animales vivos que se ven con profusión son las serpientes.

En la zona más árida de ese desierto se hallan dos tumbas coronadas por una piedra que tiene grabadas unas inscripciones. En ellas puede leerse que en ese lugar se hallan sepultados dos hombres. Uno era un rico mercader que, de paso por allí y torturado por la sed, le había comprado al otro, un caravanero, una taza de agua por diez mil monedas de oro. Pero tras haber dado unos cuantos pasos, vendedor y comprador se habían desplomado juntos, muertos de sed. ¡Sólo Dios dispensa vida y bienes!

Aunque fuera yo más elocuente y mi pluma más dócil, hubiera sido incapaz de describir lo que se siente cuando, tras semanas de agotadora travesía, con los ojos lacerados por los vientos de arena, la boca tumefacta por un agua salada y tibia, el cuerpo abrasado, sucio, dolorido de mil agujetas, se ven aparecer por fin los muros de Tombuctú. Es cierto que, al salir del desierto, todas las ciudades son bellas, todos los oasis se asemejan al jardín del Edén. Pero en ningún otro lugar me ha parecido la vida tan sonriente como en Tombuctú.

Habíamos llegado a la puesta de sol; nos esperaba un destacamento de soldados enviados por el señor de la ciudad. Como era demasiado tarde para que nos recibiera en palacio, nos condujeron a unos alojamientos previstos para nosotros, según el rango de cada cual. Mi tío se instaló en una casa próxima a la mezquita; a mí me correspondió una amplia habitación que daba a una plaza bulliciosa pero que estaba empezando a vaciarse. Por la noche, tras un baño y una cena ligera, mandé llamar a Hiba, con permiso de Jali. Debían de ser las diez de la noche. Nos llegó un tumulto desde la calle: se había reunido un grupo de jóvenes que tocaban música, cantaban y bailaban en la plaza. Pronto había de acostumbrarme a esos paseantes que iban a volver durante toda mi estancia. Aquella noche, el espectáculo me resultaba tan desacostumbrado que me aposté en la ventana y no me volví a mover. Quizá me sentía, además, intimidado por estar por vez primera en una habitación con una mujer que me pertenecía.

Ésta había reparado los estragos del camino y se encontraba descansada, sonriente y sin velo como el día que me la habían regalado. Se acercó a la ventana y se puso a mirar, como yo, a los bailarines, con el hombro imperceptiblemente pegado al mío. La noche era fresca, fría incluso, pero a mí me ardía el rostro.

—¿Quieres que haga lo que hacen ellos?

Y, sin esperar mi respuesta, empezó a bailar con todo el cuerpo, despacio primero y luego cada vez más deprisa, pero sin perder un ápice de su gracia; sus manos, su cabello, sus velos, revoloteaban por la habitación, llevados por su propio viento, sus caderas se movían al ritmo de la música negra, sus pies descalzos trazaban arabescos en el suelo. Me aparté de la ventana para dejar que entrara el claro de luna.

Hasta eso de la una de la mañana, quizá incluso hasta más tarde, no volvió el silencio a la calle. Mi bailarina se tendió en el suelo, agotada, jadeante. Corrí la cortina de la ventana, buscando un poco de coraje en la oscuridad.

Hiba. Aunque la tierra de África no me hubiera hecho más que ese regalo, habría merecido para siempre mi nostalgia.

Por la mañana, mientras dormía, mi amante tenía la misma sonrisa que había adivinado yo toda la noche y ese mismo olor a ámbar gris. Inclinado sobre su frente tersa y serena, la cubría de emocionadas y silenciosas promesas. Desde la ventana me llegaban de nuevo ruidos, pregones de vendedores, crujidos de paja, tintineos de cobre, gritos de animales, así como olores traídos por un viento suave pero fresco que alzaba tímidamente la cortina. Lo amaba todo, lo bendecía todo, al Cielo, al desierto, al camino, a Tombuctú, al señor de Uarzazat y hasta a aquel discreto dolor que sentía por todo el cuerpo, privilegio de mi primer viaje, ardiente y torpe, hasta el fondo de una desconocida.

Abrió los ojos y los volvió a cerrar al instante, como si temiera interrumpir mi ensoñación. Murmuré:

—¡Nunca nos separaremos!

En la duda, sonrió. Posé mis labios en los suyos. Le deslicé de nuevo la mano por la piel para avivar los recuerdos de la noche. Pero ya llamaban a la puerta. Contesté sin abrir. Era un sirviente enviado por mi tío para recordarme que nos esperaban en palacio. Había de asistir, con traje de gala, a la presentación de credenciales.

En la corte de Tombuctú el ritual es preciso y suntuoso. Cuando un embajador consigue una entrevista con el señor de la ciudad, debe arrodillarse ante él, rozando el suelo con el rostro, coger con la mano un poco de tierra, rociarse con ella la cabeza y los hombros. Los súbditos de este príncipe deben hacer lo mismo, pero sólo la primera vez que le dirigen la palabra; para las entrevistas sucesivas, se simplifica el ceremonial. El palacio no es grande pero sí de aspecto harto armonioso; lo construyó, hará unos dos siglos, un arquitecto andaluz conocido con el nombre de Ishak el Granadino.

Aunque vasallo del Askia Mohamed Turé, rey de Gao, de Malí y de otras muchas comarcas, el señor de Tombuctú es un personaje considerable, respetado en todo el territorio de los negros. Dispone de tres mil soldados a caballo y de una infinidad de soldados de infantería armados con arcos y flechas envenenadas. Cuando se desplaza de una ciudad a otra, monta en camello así como las personas de su corte y llevan consigo caballos conducidos a mano por lacayos. Si se topa con enemigos y tiene que luchar, el príncipe y sus soldados montan a toda prisa en los caballos, mientras que los lacayos traban a los camellos. Cuando el príncipe logra una victoria, captura y vende a toda la población que había luchado contra él, adultos y niños; por eso hay en las casas de la ciudad, aunque sean modestas, gran cantidad de esclavos de ambos sexos. Algunos amos utilizan a las esclavas para vender diversos productos en los zocos. Se las reconoce con facilidad, pues son las únicas mujeres de Tombuctú que no llevan velo. Buena parte del pequeño comercio está en sus manos, sobre todo la alimentación y todo lo que con ella se relaciona, actividad particularmente lucrativa, pues los habitantes de la ciudad se alimentan bien: granos y ganado abundan; el consumo de leche y mantequilla es considerable. Sólo escasea la sal y, más que echarla en los alimentos, los habitantes tienen en la mano trozos que lamen de vez en cuando entre dos bocados.

Los habitantes de la ciudad son, a menudo, ricos, sobre todo los mercaderes, numerosísimos en Tombuctú. El príncipe los trata con mucho miramiento aun cuando no sean de allí –incluso ha dado a dos de sus hijas en matrimonio a dos comerciantes extranjeros debido a su fortuna–. Se importan en Tombuctú toda clase de productos, sobre todo telas de Europa, que se venden mucho más caras que en Fez. Para las transacciones no se utiliza moneda acuñada sino trozos de oro puro; los pagos pequeños se efectúan con cauris, que son unas conchas que proceden de Persia y de las Indias.

Mis días transcurrían deambulando por los zocos, visitando las mezquitas, intentando hablar con cualquier persona que supiera algo de árabe y anotando, a veces, por la noche, en mi habitación, lo que había observado, ante la mirada admirativa de Hiba. Nuestra caravana debía permanecer una semana en Tombuctú, antes de dirigirse hacia Gao, residencia de Askia, última etapa de nuestro viaje. Pero una vez más, sin duda debido a las fatigas del camino, mi tío cayó enfermo. Le volvieron a dar las cuartanas la víspera de la partida. De nuevo estaba yo noche y día a su cabecera y debo confesar que, en más de una ocasión, perdí toda esperanza de que se curara. El señor de la ciudad le mandó a su médico, un negro muy viejo con una sotabarba blanca, que había leído las obras de los orientales así como las de los andaluces. Prescribió una dieta severa y preparó unas decocciones que no sabría decir si fueron eficaces o sólo inofensivas, pues el estado de mi tío no conoció, durante tres semanas, ni mejoría duradera ni fatal deterioro.

Cuando el mes de *shawwal* tocaba a su fin, Jali decidió, a pesar de su extrema debilidad, volver sin tardanza a Fez; se avecinaban los grandes calores que nos habrían impedido la travesía del Sáhara antes del año siguiente. Como intentara disuadirlo, me explicó que no podía ausentarse dos años para cumplir una misión que hubiera debido concluir en cinco o seis meses, que ya había gastado todo el dinero que tenía asignado, así como el suyo propio, y que en cualquier caso, si el Altísimo había decidido llamarlo a Sí, prefería morir rodeado de los suyos antes que en tierra extraña.

¿Eran acertadas sus razones? No me atrevería a hacer un juicio después de tantos años. No puedo ocultar, sin embargo, que el viaje de regreso fue un suplicio para toda la caravana, pues mi tío, a partir del séptimo día, no estuvo en condiciones de sostenerse sobre el lomo de su camello. Aún habríamos podido desandar lo andado, pero nos lo prohibió. No nos quedaba más solución que instalarlo en unas improvisadas parihuelas que guardias y sirvientes llevaron por turnos. Entregó el alma antes de que llegáramos a Teghaza y hubo que enterrarlo en la ardiente arena, al borde del camino, ¡que Dios le reserve en Sus amplios jardines un refugio más umbrío!

El año del testamento
912 de la hégira

(24 de mayo de 1506-12 de mayo de 1507)

Había salido de Fez entre el equipaje de mi tío, sin más tarea que ir en pos de él, escucharlo y aprender siguiendo sus huellas; aquel año, regresaba cargado con el peso de una embajada inconclusa, de una caravana a la deriva y de la mujer más bella que jamás naciera en el desierto de Numidia.

Pero la carga más pesada era una carta. Al salir de Tombuctú, había visto a Jali escribirla. Aprovechaba la menor parada para tomar del cinturón tintero y cálamo y ponerse a garabatear despacio, con mano trémula e insegura por la fiebre. Todos nuestros acompañantes lo observaban de lejos, sin molestarlo jamás, pensando que anotaba sus impresiones del viaje para el sultán. Después de su muerte, buscando entre sus papeles, descubrí la carta, enrollada, sujeta con un hilo dorado; empezaba así:

> En el nombre de Alá, el clemente, el misericordioso, señor del día del Juicio, Él que envía a los hombres cuya vida se acaba signos del cuerpo y de la mente para que se dispongan a ver Su resplandeciente faz.
>
> Es a ti, Hasan, sobrino mío, hijo mío, a quien me dirijo, a ti a quien no dejo en herencia ni mi nombre ni mi modesta fortuna sino únicamente mis preocupaciones, mis errores y mis vanas ambiciones.

Su primer legado fue la caravana. «Sus recursos se agotan, aún tiene un largo camino por recorrer, su jefe se muere y a ti se volverán los hombres y de ti esperarán en cada instante la orden más justa, la opinión más prudente y que los lleves a buen puerto. Habrás de sacrificarlo todo para que este viaje acabe con dignidad».

Ya en los primeros oasis, hube de sustituir tres camellos enfermos, renovar las provisiones, pagar los servicios de dos guías que se separaban de nosotros en Segelmesse, repartir unos cuantos dirhems entre los soldados para hacerles la etapa agradable y calmarlos hasta la siguiente, hacer algunos regalos a los notables que nos hospedaban, sacándolo todo de una caja donde ya no había más que dieciocho dinares, el resto de una suma que le había prestado a mi tío un mercader andaluz que había hecho un trecho de camino con nosotros a la ida. Habría podido, a mi vez, contraer una deuda pero, debido a nuestra precipitada marcha de Tombuctú, ningún comerciante había tenido tiempo de unirse a nosotros, de modo que yo era, dentro de mi indigencia, el viajero menos pobre. Hube de resolverme a vender diversos regalos que había recibido Jali a lo largo del viaje, entre otros los dos esclavos que le había regalado el señor de Uarzazat, que supusieron unos cuarenta dinares. Para poder conservar a Hiba sin exponerme a censuras ni a sarcasmos, hice correr el rumor de que estaba embarazada de mí, extremo éste que ignoraba, pero hube de vender su caballo, inútil y embarazoso estuche para la travesía del desierto.

El segundo legado me lo presentaba mi tío por medio de una parábola de los tiempos antiguos. «Le preguntaron un día a una beduina a cuál de sus hijos quería más. Ella contestó: al enfermo hasta que cure; al pequeño hasta que crezca; al viajero hasta que vuelva». Sabía que a Jali le preocupaba desde hacía mucho la suerte de su hija menor, Fátima, nacida en Fez el año anterior a nuestra llegada y cuya madre, la única esposa que Jali tuvo siempre, había muerto al traerla al mundo. A la niña la había criado mi abuela y luego, tras el fallecimiento de ésta, mi madre, pues mi tío no había querido volver a casarse, temiendo sin duda que una madrastra se mostrara injusta con sus hijas. Fátima, que contaba doce años a la muerte de su padre, siempre me había parecido escuchimizada, gruñona y poco lozana. Jali no me había invitado nunca abiertamente a casarme con ella, pero yo sabía que me estaba destinada, puesto que entra dentro del orden natural de las cosas que un primo acoja en su regazo a una de sus primas, a veces a la más hermosa pero también, con frecuencia, a aquella que resulta menos fácil colocar por otro procedimiento.

Me resigné, pues, sabiendo que cumplía así el deseo más ardiente de mi tío, el de no dejar a su muerte a ninguna de sus hijas sin marido. Con las cuatro primeras, había procedido con método: a la mayor le había destinado la habitación más amplia de la casa y sus hermanas no habían tenido otro cometido que el de ocuparse de ella como sirvientas. Era la única que había tenido derecho a trajes nuevos y alhajas, hasta que se había casado. La segunda había ocupado entonces su lugar en la habitación grande, acaparando así los honores; las demás habían seguido el mismo camino, a excepción de Fátima, demasiado joven aún y que me estaba destinada.

«Mi tercer legado te pertenece por derecho, puesto que se trata de tu madre, que hace ya diez años que vive bajo mi techo, negándose, como yo, a volverse a casar. Ya no es joven y su única felicidad sería que tu padre volviera a tomarla. Sé que tiene esa intención, pero Mohamed tiene el defecto de adoptar demasiado deprisa las malas decisiones y demasiado despacio las buenas. No te lo he dicho: la víspera de nuestra partida, dejando a un lado todo amor propio, le puse a tu padre sobre el tapete esta cuestión, sin rodeos. Me contestó que no dejaba de pensar en ello desde nuestra reconciliación. Había pedido incluso su opinión a un imán que le había explicado que no podía volver a tomar a una mujer de la que se había divorciado a no ser que ella se hubiera vuelto a casar entretanto. Le sugerí, pues, que Salma se casara con uno de nuestros allegados que se comprometiera a no consumar el matrimonio y a repudiarla inmediatamente. También le conté la historia de aquel príncipe andaluz que había querido tomar a su ex esposa y que no soportaba la idea de verla unida a otro, aun de forma ficticia. Había interrogado a un caíd de su séquito que le había encontrado una solución más digna de un poeta que de un doctor de la Ley. La mujer había de ir de noche a una playa, tenderse desnuda en ella y dejar que las olas le envolviesen el cuerpo, como si se abandonara a los efluvios de un hombre. Luego, podría el príncipe volver a tomarla sin infringir la Ley. Nuestra charla acabó entonces en risas».

Yo, en vez de reír, me quedé de piedra, con la mano crispada sobre la carta. Ante mis ojos inmóviles volvían a pasar las lejanas imágenes, en que me veía de niño, con mi madre y Sara, en la tienda del librero astrólogo, cuya voz me sonaba en los oídos.

> La muerte va a pasar y luego las olas del mar.
> Entonces regresarán la mujer y su fruto.

Cuando regresé a Fez, mis padres se habían vuelto a casar y se quedaron muy asombrados y chasqueados de que no me sorprendiera. Me guardé muy mucho de preguntarles por qué medio habían burlado la prohibición.

La carta de Jali proseguía: «Dejo también en tus manos mi embajada, aunque no es a mí a quien pertenece sino al sultán que me la encomendó. Gracias a esta misión, esperaba acercarme a él, pero ¡por la tierra que cubre a mi padre!, me movía menos el interés por conseguir favores y riquezas que el de ayudar a los míos. ¿No fue intercediendo por tu hermana como conocí al príncipe? En ella debes pensar tú también cuando adules al monarca. Cuando estés en su presencia, dale los regalos que le corresponden, luego cuéntale, cuidando el lenguaje, los frutos de tus observaciones en Tombuctú; dile, sobre todo, que en el país de los negros hay numerosos reinos que luchan entre sí constantemente pero que nunca pretenden extenderse más allá. Cuando hayas cautivado su atención y ganado su estima, háblale de Mariam, a no ser que ya esté libre en el momento en que escribo estas líneas».

No lo estaba, como me hizo saber Harún, que vino a recibirme a la llegada de la caravana, a las puertas de palacio. Allí era donde debía devolver las monturas el comisario de los camellos, depositar los regalos ante el capitán de los lacayos, a la espera de la entrevista con el soberano. Acabados esos trámites, regresé a casa a pie, charlando con Harún, contándole la enfermedad de mi tío y su posterior muerte, evocando mis recuerdos de Segelmesse y de

Tombuctú, sin olvidarme de Hiba, que me seguía a unos pasos en señal de respeto y llevaba mi equipaje. El Hurón me puso al tanto de las últimas novedades de Fez: Astaghfirullah había muerto y también Hamza el barbero. ¡Dios tenga misericordia de ellos! Ahmed el Cojo había vuelto a su provincia, al sur de Marrakech, donde capitaneaba, junto con su hermano, un pequeño grupo de muyahidines que combatían contra los portugueses.

En el domicilio de Jali, las mujeres ya iban de negro pues la triste nueva había llegado mucho antes que la caravana. Allí estaba Salma, encantada de mi regreso, que se apresuró a contarme, cuchicheando, su nueva boda. Seguía viviendo en casa de mi tío para no dejar sola a mi prima la pequeña y quizá también para no encontrarse con Warda bajo el mismo techo. Mohamed dividía su tiempo entre tres viviendas, las de sus mujeres y su casa de campo, a cuyo alrededor prosperaban sus cultivos.

También vi a Fátima a quien, desde luego, el luto no había vuelto menos gruñona ni más lozana, y que me dedicó una mirada de desconsuelo. Instintivamente, me volví para ver si Hiba estaba detrás de mí. Curiosa sensación, estaba repitiendo los gestos de mi padre, atrapado entre dos mujeres, una risueña esclava y una llorosa prima.

Al día siguiente, fui de nuevo a palacio donde me concedieron audiencia ese mismo día, por respeto al luto de mi familia. Sin embargo, no se me concedió una audiencia privada. Al soberano lo rodeaban el capitán de los lacayos, el canciller, guardián del sello real, el maestro de ceremonias y otros cortesanos, vestidos todos ellos mucho más suntuosamente que el propio monarca, que conversaban tranquilamente entre sí mientras yo recitaba, emocionado, frases laboriosamente preparadas. De vez en cuando, el sultán prestaba oídos a algún murmullo mientras me indicaba con la mano que no me interrumpiera. Visto el inmenso interés que despertaban mis palabras, las abrevié cuanto me fue posible y callé. El monarca se percató de ello pasados algunos cuchicheos, dijo que estaba asombrado de mi elocuencia, lo que era una forma como otra cualquiera de recordarme mi juventud. Me pidió que transmitiera su condolencia a los míos, me dijo mecánicamente unas palabras acerca de mi tío, «nuestro fiel servidor», y concluyó expresando el deseo de verme en otra ocasión. La entrevista había terminado. Me resistía a salir, sin embargo, y ello a pesar del ceño fruncido del maestro de ceremonias:

—Si me concedierais un minuto más, quisiera presentaros una súplica.

Y me puse a hablar de mi hermana, lo más deprisa que pude, pronunciando en dos o tres ocasiones la palabra injusticia, recordando la promesa hecha a Jali. El monarca miraba a otra parte; estaba convencido de que no me escuchaba; una palabra suya me probó lo contrario:

—¿La leprosa?

El canciller le susurró una palabra al oído, luego se dirigió a mí con una palmadita en el hombro:

—Me estoy ocupando de ello. No quedarás defraudado. ¡No importunes a Su Majestad con ese asunto!

Le besé la mano al monarca y salí. Harún me estaba esperando fuera de las verjas.

—¿Sabes que acabas de cometer un crimen contra la Ley de Dios?

A la primera ojeada se había dado cuenta de que me habían desairado e intentaba consolarme a su manera. Apreté el paso sin decir nada. Él insistió:

—He oído recientemente a un eminente jeque defender la tesis de que la mayoría de los soberanos de nuestra época, si no todos, incrementan sus ingresos mediante impuestos prohibidos por la Ley de Dios; de que todos son, pues, unos ladrones y unos impíos; y de que, en consecuencia, cualquiera que coma a su mesa, acepte de ellos el menor regalo o establezca con ellos lazos de familia es cómplice de sus robos y de su impiedad.

Acompañé mi respuesta con un gesto de mal humor:

—Con palabras como ésas ha sido como han empezado todas las guerras que han dividido a los países del islam. Además, tranquilízate, el sultán no me ha invitado a su mesa, no me ha hecho ningún regalo y no me ha ofrecido la mano de su hija. Por tanto, no soy ni ladrón ni impío, no corro el riesgo de verme en el fuego de la Gehena. Pero ¡mi hermana sigue con los leprosos!

A Harún se le ensombreció el rostro.

—¿Vas a ir pronto a verla?

—Estoy esperando una respuesta del canciller. Prefiero verla después, quizá tenga alguna noticia que darle.

Durante las semanas que siguieron, volví a tomar algunas clases en la madrasa Bu-Inania. Me pidieron que contara mi viaje ante mis condiscípulos y que les describiera, en particular, ciertas mezquitas que había visto en el país de los negros y también tumbas de santos que había tenido ocasión de visitar. Como había tomado notas detalladas, pude hablar durante dos horas largas y el profesor quedó encantado. Me invitó a su casa y me animó a consignar por escrito mis observaciones, como habían hecho antes que yo Ibn Batuta y otros viajeros igualmente ilustres. Prometí hacerlo un día, si Dios lo permitía.

El maestro me preguntó también si deseaba trabajar, pues su hermano, director del maristán de la ciudad, quería tomar a un joven estudiante como secretario, por un salario de tres dinares al mes. Acepté con entusiasmo; los hospitales y los hospicios siempre me habían intrigado; quedamos en que empezaría en el otoño.

Dejé pasar dos meses antes de volver a palacio; no quería dar al canciller la impresión de que le metía prisa. Se mostró exageradamente amable, me dijo que llevaba semanas esperándome, me ofreció un refresco, me habló, lloroso, de mi difunto tío y, luego, me anunció, en tono casi triunfal, que había conseguido que cuatro matronas juradas volvieran a examinar a mi hermana.

—Has de comprender, joven, que nuestro sultán, por muy poderoso que sea, no puede permitirse hacer volver a la ciudad a una persona sospechosa de llevar en sí tan terrible enfermedad. Si a tu hermana la declaran sana y sin manchas, una carta del soberano la sacará del barrio ese mismo día.

La solución me pareció razonable y decidí contársela a Mariam, en el tono más confiado posible, para devolverle la esperanza. Harún me preguntó si podía acompañarme; le contesté que sí, sin dudarlo, a pesar de mi sorpresa.

Mariam dijo que se alegraba mucho de volverme a ver con buena salud después de tan largo viaje, pero me pareció aún más lejana que la última vez que nos habíamos visto y blanca como la muerte. La miré de hito en hito.

—Y tú, ¿cómo te encuentras?

—Mucho mejor que la mayoría de mis vecinos.

—Esperaba que a mi regreso ya hubieras salido.

—Tenía demasiado que hacer aquí.

El sarcasmo amargo que tanto me había exasperado dos años antes se había acentuado más.

—¿Te acuerdas de mi juramento?

—Si lo mantienes, si no te casas, no tendré ni hijos ni sobrinos.

Harún estaba detrás de mí, observando ora el río, ora al guardia. A mi hermana sólo le había dirigido un gesto de saludo tímido y furtivo; parecía como si no prestara atención a nuestra charla. De pronto, se aclaró ruidosamente la garganta y miró a Mariam directamente a los ojos.

—Si te lo tomas así, si cedes al desánimo, saldrás de aquí loca de atar y tu liberación no tendrá ya ningún sentido. Tu hermano había venido a darte una buena noticia, fruto de sus diligencias en palacio.

Ella se calmó instantáneamente al oír esas palabras y escuchó mis explicaciones sin volver a acosarme con desplantes ni muecas burlonas.

—¿Cuándo tienen que examinarme?

—Dentro de muy poco. Tienes que estar constantemente dispuesta.

—Sigo estando sana. No me hallarán la menor mancha.

—Seguro. ¡Todo irá bien!

Al salir de aquel lugar maldito, le lancé a Harún una mirada suplicante.

—¿Crees que saldrá?

En vez de contestar, siguió andando, con la mirada puesta en el suelo y aire pensativo, durante unos cuantos minutos. De repente, se quedó quieto, se llevó las manos al rostro y las apartó luego, pero sin abrir los ojos.

—Hasan, he tomado una decisión. Quiero que Mariam sea mi mujer, la madre de mis hijos.

El año del maristán
913 de la hégira

(13 de mayo de 1507-1 de mayo de 1508)

En el hospicio de Fez hay seis enfermeros, un lampista, doce guardianes, dos cocineros, cinco barredores, un portero, un jardinero, un director, un asistente y tres secretarios, todos debidamente remunerados, así como gran número de enfermos. Pero, Dios me es testigo, ni un médico. Cuando llega una persona achacosa, se le instala en una habitación, con alguien para atenderla, sin prodigarle, sin embargo, cuidado alguno, hasta que sane o muera.

Todos los enfermos que allí acuden son extranjeros, pues los fesíes prefieren que los atiendan en sus casas. Las únicas personas de la ciudad que están en el hospicio son los locos, a los que se reservan varias habitaciones. Por temor a que cometan algún desmán, se los tiene siempre con los pies encadenados. Su pabellón está situado a lo largo de un corredor cuyas paredes están reforzadas por gruesas vigas y sólo avezados guardianes se atreven a acercarse. El que les da de comer va armado de una gran tranca y si ve que uno de ellos está soliviantado, le administra una tunda que lo calma o lo deja sin sentido.

Al empezar el trabajo en el maristán, me habían prevenido muy mucho en contra de estos desgraciados. No tenía que dirigirles nunca la palabra, ni siquiera darles la impresión de que me fijaba en ellos. Sin embargo, algunos me inspiraban compasión, sobre todo un hombre anciano, flaco y medio calvo, que pasaba el día en oraciones y salmodias y que besaba con ternura a sus hijos cuando venían a verlo.

Un atardecer, me había entretenido en mi escritorio para copiar de nuevo las páginas de un registro sobre el que había volcado por descuido una taza de refresco. Al irme, miré de reojo hacia aquel hombre. Estaba llorando, puesto de codos en la estrecha ventana de su cuarto. Cuando me vio, se cubrió los ojos. Di un paso hacia él. Se puso entonces a contarme, con el tono más sosegado, que era un comerciante temeroso de Dios, que lo habían internado por la denuncia de un rival envidioso y que su familia no conseguía que lo pusieran en libertad, tan poderoso era su adversario y tan bien situado estaba en palacio.

Su historia no podía por menos de conmoverme. Avancé aún más hacia él, pronunciando palabras de consuelo, prometiendo informarme sin dilación a la mañana siguiente ante el director. Cuando estuve muy cerca, el hombre se abalanzó repentinamente hacia mí, me agarró la ropa con una mano mientras que con la otra me embadurnaba la cara con basura, lanzando carcajadas de demente. Los guardianes que acudieron en mi ayuda me reprocharon vehementemente mi imprudencia.

Por fortuna, el *hammam* próximo al maristán estaba abierto a aquella hora para los hombres. Pasé en él una hora frotándome el cuerpo y el rostro y luego fui a casa de Harún. Me encontraba aún todo turbado.

—¡Gracias a un loco, por fin he caído en la cuenta!

Mis palabras eran entrecortadas y confusas.

—He caído en la cuenta de por qué todas nuestras gestiones fracasan, de por qué el canciller pone, al recibirme, un tono tan dulzón, una sonrisa tan forzada, de por qué me hace sin cesar promesas que no cumple.

Mi amigo permaneció impasible. Yo tomé aliento.

—En esta ciudad hay miles de personas que interceden sin tregua por un familiar, según ellas inocente, y que es a veces el asesino más sanguinario, según ellas sano de mente, y que se parece con frecuencia al loco que ha abusado de mi credulidad, un familiar según ellos curado de la lepra y que quizá está carcomido hasta las entrañas. ¿Cómo distinguirlos?

Esperaba que el Hurón me llevara la contraria, como de costumbre. No lo hizo. Estaba callado y pensativo con la frente arrugada, y su respuesta vino acompañada de una pregunta:

—Cierto es lo que dices. ¿Qué debemos hacer ahora?

Curiosa reacción. En los tiempos en que Mariam era sólo para él la hermana de un amigo, no vacilaba en tomar la delantera, pasando por encima de mis vacilaciones, recurriendo, por ejemplo, a Astaghfirullah, y provocando así un juicioso escándalo. Ahora parecía menos seguro de sí, siendo así que, de ambos, era a él a quien atañía más directamente la suerte de la prisionera. En efecto, tras haberme informado de que tenía intención de casarse con mi hermana, Harún no había perdido el tiempo. Había acechado a mi padre, en cuanto éste regresó del campo, para ir a visitarlo con su traje de viernes, y pedirle solemnemente la mano de Mariam. En diferentes circunstancias, Mohamed el alamín habría estimado que un mozo de cuerda sin más fortuna que la buena reputación de su gremio no era un buen partido. Pero Mariam había cumplido ya los diecinueve años, edad en la que, entre todas las habitantes de Fez, sólo algunas esclavas y algunas prostitutas no han celebrado aún sus bodas. Harún era un salvador inesperado y, a no ser por su amor propio, mi padre le habría besado las manos a aquel heroico novio. Días más tarde, dos notarios redactaron el contrato de matrimonio; allí se preveía que el padre de la novia entregaría cien dinares a su futuro yerno. A la mañana siguiente, sin más tardanza, Warda fue a contarle la nueva a Mariam que, por primera vez desde su internamiento, recobró la esperanza y la sonrisa.

Pero fue Harún el que perdió, de la noche a la mañana, toda jovialidad, todo buen humor, todo espíritu travieso. Tenía constantemente un rostro preocupado. Aquella noche comprendí por fin lo que le andaba por la cabeza a mi amigo. Insistía para que le diera mi opinión.

—¡Está claro que no podemos dejar a Mariam indefinidamente entre los leprosos! Puesto que nuestras gestiones no han servido para nada, ¿qué sugieres que hagamos ahora?

A mí no se me ocurría nada y ello volvió mi respuesta aún más rabiosa:

—Cada vez que pienso en ella, víctima desde hace cuatro años de la más infame injusticia, me dan ganas de agarrar al Zeruali por el pescuezo y de ahogarlo, y lo mismo a su cómplice, el jeque de los leprosos.

Uní el gesto a la palabra. Harún no pareció impresionado en absoluto:

—¡Esa piedra tuya es demasiado grande!

Yo no lo comprendía. Repitió con un asomo de impaciencia en la voz:

—Te digo que esa piedra tuya es demasiado grande, muy, muy grande. Cuando estoy en la calle con otros mozos, veo con frecuencia a gente que grita, se insulta y provoca una aglomeración. A veces, alguien coge una piedra. Si es del tamaño de una ciruela o de una pera, hay que sujetarle la mano a ese hombre, pues corre el riesgo de malherir a su adversario. Si coge, en cambio, una piedra del tamaño de una sandía, podemos irnos tranquilos pues ese hombre no tiene la menor intención de tirarla; sólo necesita sentir un peso en las manos desnudas. Amenazar con estrangular al Zeruali y al jeque de los leprosos es una piedra del tamaño de un minarete y si estuviera en la calle me habría marchado encogiéndome de hombros.

Sin fijarse, al parecer, en que yo me había ruborizado de turbación, Harún siguió hablando, separando las palabras como si cada una pasase por un filtro:

—Hay que encontrar la forma de que Mariam se escape sin que puedan cogerla de nuevo y sin que molesten a su familia. No podrá seguir viviendo en Fez, por supuesto, al menos por unos años, y como tengo intención de casarme con ella, tendré que huir con ella.

Lo conocía desde hacía suficientes años para saber que en su cabeza se estaba fraguando un plan y que no me lo desvelaría antes de tiempo. En cambio, no conseguía comprender lo que lo empujaba a actuar así. En nombre de mi amistad, no tenía más remedio que hablarle de ello.

—¿Cómo puedes abandonar así, de grado, tu ciudad, tu familia, tu gremio, para ir a vivir como un proscrito, como un malhechor, huyendo de montaña en montaña por temor a que vuelvan a traerte cargado de cadenas, y todo por una muchacha a la que no has dirigido la palabra más que una vez en tu vida?

El Hurón me puso la palma de la mano derecha en lo alto de la cabeza, como hacía cuando éramos más jóvenes antes de revelarme un secreto.

—Es algo que no podía decirte antes e incluso hoy querría que me juraras que no te vas a escandalizar.

Juré, temiéndome lo peor, algún deshonor para mi familia. Estábamos sentados en el suelo, en el patio de su casa. El Hurón apoyó la espalda en la fuentecilla de piedra, cuya agua no corría aquel día.

—¿Te acuerdas de cuando entré clandestinamente en el *hammam* de las mujeres?

Habían transcurrido siete u ocho años, creo, pero recordaba aún el menor guiño, el menor latido. Asentí con una sonrisa.

—Te acordarás, pues, de que, entonces, a pesar de tu insistencia, me había negado con obstinación a decirte lo que había visto. Entré envuelto en un velo y, por debajo, me anudé en el pelo un pañuelo; iba calzado con sandalias de madera y envuelto en una toalla. Tenía entonces once años y ningún vello del cuerpo podía revelar mi sexo. Me estaba paseando, pues, por el recinto cuando topé con Warda y con Mariam. La mirada de esta última se cruzó con la mía y comprendí en el acto que me había reconocido. Nos había visto juntos con frecuencia y no podía confundirse. Me quedé paralizado esperando oír un alarido, verme zarandeado y golpeado. Pero tu hermana no gritó. Recogió su toalla, se envolvió rápidamente el cuerpo, mientras que en sus labios se dibujaba una sonrisa cómplice, luego, se llevó a su madre con algún pretexto a otra sala. Salí a toda prisa, sin acabar de creerme que estaba a salvo. Ese día sentí que Mariam no fuera mi hermana; tardé tres años en alegrarme de ser sólo el amigo de su hermano y de poder pensar en ella como un hombre piensa en una mujer. Luego, las desgracias empezaron a caer sobre la muchacha de ojos silenciosos.

Al Hurón se le ensombreció, con la última frase, el rostro, radiante de felicidad hasta aquel momento. Antes de iluminársele de nuevo.

—Aunque el mundo entero la hubiera traicionado, el recuerdo del *hammam* me hubiera impedido abandonarla. Hoy es mi mujer, la salvaré como ella me salvó a mí y haremos verdecer la tierra que nos acoja.

Harún vino a verme una semana después para despedirse. Llevaba por todo equipaje dos bolsas de lana, una rebosante del oro de la dote, la otra con sus modestos ahorros.

—La pequeña es para el guardián del barrio, para que haga la vista gorda cuando Mariam se escape; la grande es para nosotros, nos dará para vivir más de un año, con la protección del Altísimo.

Pensaban dirigirse al Rif, con la esperanza de instalarse durante algún tiempo en la montaña de los Beni Walid, los hombres más valientes y generosos de todo el reino. Muy ricos también, pues, aunque su tierra es fértil, se niegan a pagar un solo dirhem de impuestos. Quien se ve injustamente proscrito de Fez sabe que siempre puede hallar entre ellos asilo y hospitalidad, que incluso le costearán parte de sus gastos y que, si sus adversarios intentan perseguirlo, los habitantes de las montañas se las verán con ellos.

Estreché fuertemente a Harún entre mis brazos pero se desprendió enseguida, estaba impaciente por descubrir lo que le reservaba el Destino.

El año de la novia
914 de la hégira

(2 de mayo de 1508-20 de abril de 1509)

Aquel año se celebró mi primera boda, querida por mi tío moribundo así como por mi madre, deseosa de separarme de Hiba, que seguía siendo el objeto de mis mejores caricias aunque no me había dado ni hijo ni hija en tres años de amores. Y, siguiendo la costumbre, tuve que poner solemnemente el pie sobre el de Fátima, mi prima, mi esposa, en el momento en que entraba en la cámara nupcial, mientras que, en la puerta, una mujer del vecindario esperaba el lienzo empapado de sangre que iría a exhibir, jocosa y triunfante, en las narices de los invitados, señal de que la novia era virgen, de que el marido es potente, de que los festejos podían dar comienzo.

El ritual me pareció interminable. Desde por la mañana, vestidoras, peinadoras y depiladoras, entre las que se hallaba la insustituible Sara, se habían afanado en torno a Fátima, pintándole las mejillas de rojo, las manos y los pies de negro, entre las cejas, un bonito dibujo en forma de triángulo y otro alargado como una hoja de olivo bajo el labio inferior. Así pintada, la habían instalado en un estrado para que todo el mundo pudiera admirarla, mientras se ofrecían alimentos a las matronas que la habían engalanado. Desde la caída de la tarde, amigos y parientes se habían reunido ante la casa de Jali. Al fin había salido la novia, más turbada que turbadora, a punto de tropezar con sus vestidos a cada paso; luego, se había subido en una especie de arcón de madera de ocho caras cubierto de seda y de brocado que cuatro jóvenes mozos de cuerda, amigos de Harún, habían levantado por encima de sus cabezas. Arrancó entonces el cortejo, precedido por flautas, trompas y panderetas, así como por gran número de antorchas que enarbolaban los empleados del maristán y mis antiguos compañeros del colegio. Éstos caminaban a mi lado delante del arcón de la novia; tras ella venían los maridos de sus cuatro hermanas.

Habíamos desfilado primero ruidosamente por los zocos —ya estaban cerrando los puestos y vaciándose las calles— antes de pararnos en la Mezquita Mayor, donde unos cuantos amigos nos rociaron con agua de rosas. Al llegar a este punto del trayecto, el mayor de mis cuñados, que sustituía a mi tío durante la ceremonia, me susurró que había llegado para mí el momento de irme. Lo abracé antes de correr a casa de mi padre donde había una habitación adornada para la noche de la entrega. Allí tenía que esperar.

El cortejo llegó una hora después. A Fátima se la entregaron a mi madre y fue ella quien la llevó de la mano hasta el umbral de la habitación donde, antes de dejarnos, Salma me recordó con un guiño lo que se suponía que tenía que hacer antes que nada si quería afirmar de entrada mi autoridad de varón. Pisé, pues, con fuerza, el pie de mi mujer, protegido, bien es verdad, por un zueco; luego, la puerta se cerró. Fuera, gritos, risas, algunos muy cerca, así como el entrechocar de los pucheros, pues el primer banquete de bodas debía prepararse mientras se consumaba el matrimonio.

Envuelta en telas rojas y doradas, Fátima estaba ante mí, lívida a pesar de los afeites, inmóvil, petrificada, sin resuello, esforzándose por sonreír, con una mirada que daba tanta lástima que, con un gesto espontáneo, la atraje hacia mí menos para estrecharla en mis brazos que para intentar tranquilizarla. Me hundió la cabeza en el pecho y rompió a llorar. La abracé para hacerla callar, temiendo que pudieran oírla. Se estrechó contra mí, ahogando poco a poco los sollozos, pero su cuerpo temblaba y, lentamente, se me fue resbalando. Pronto no fue más que un bulto que mis brazos sostenían torpemente.

Mis amigos me habían avisado de que en la noche de bodas muchas jóvenes se esfuerzan por parecer más ignorantes de lo que son, más sorprendidas, más escandalizadas, pero ninguno me había hablado de desmayos. Por otra parte, había oído decir con frecuencia en el maristán que algunas viudas o algunas mujeres largo tiempo desatendidas sufrían frecuentes síncopes atribuidos por algunos a la histeria; pero nunca muchachas de quince años y nunca en brazos de su marido. Zarandeé a Fátima e intenté incorporarla; se le fue la cabeza hacia atrás, con los ojos cerrados y los labios entreabiertos. Ahora me tocó a mí temblar y menos, lo confieso, por preocupación por mi prima que por temor al ridículo que me acompañaría, indeleble hasta el fin de mis días, si abría repentinamente la puerta gritando: «¡Socorro! ¡La novia se ha desmayado!».

No podía hacer nada mejor que arrastrar a mi prima hasta la cama, acostarla de espaldas, quitarle los zuecos, aflojarle el pañuelo que llevaba anudado en la barbilla. Parecía estar dormida nada más, su respiración, entrecortada hacía un rato, se iba tornando regular. Me senté a su lado, haciendo planes para escabullirme. Podía hacerme una herida en un dedo con un alfiler, manchar el lienzo de sangre y olvidarme de la noche de bodas hasta el día siguiente. Pero ¿sabría impregnar la tela blanca en la forma en que debía estarlo sin que la vecina, testigo de innumerables desfloraciones, descubriese la superchería? Paseé por Fátima miradas desesperadas, suplicantes, lamentables. La rojiza cabellera se había extendido por la almohada. Pasé la mano por ella, tomé un mechón, luego lo solté con un suspiro antes de ponerme a darle palmaditas en la mejilla, cada vez más rápidas y más fuertes. Se le dibujó una sonrisa en los labios, pero no salió del sueño. La sacudí por el hombro, frenéticamente, hasta que se balanceó la cama. No pareció notarlo; ni siquiera le desaparecía la sonrisa.

Agotado, me eché, me estiré, rocé con los dedos la palmatoria. Durante un breve instante, pensé en apagar la vela, dormir yo también y que pasara lo que tuviera que pasar. Pero al momento siguiente, un arañar en la puerta, impaciente, fortuito o sencillamente imaginario, me recordó mis deberes. Los ruidos de fuera me parecían de repente más incitantes, más insistentes. No sabía ya cuánto tiempo llevaba en aquella habitación de pesadilla. De nuevo puse la mano sobre Fátima, buscándole a tientas los latidos del corazón y cerré los ojos. Un leve olor a ámbar gris hizo volver a mis oídos la música negra de Tombuctú. Hiba estaba ante mí, en el claro de luna, estaba terminando la danza, abría los brazos, tenía una piel tersa y escurridiza. Y perfumada con ámbar gris del mar. Mis labios se estremecían en la b de su nombre, mis brazos repetían los mismos abrazos, mi cuerpo recuperaba los mismos desvaríos, los mismos puntos de referencia, los mismos refugios.

Fátima fue mujer mientras estaba privada. Abrí la puerta, la vecina se apoderó del precioso lienzo y comenzó a lanzar los alaridos de rigor, los invitados todos bulleron, se alzó la música, el suelo se puso a vibrar bajo los pasos de los bailarines. No tardaron en venir a llamarme para que me incorporara cuanto antes a la fiesta. Insistieron: tenía tiempo de sobra de ver a mi mujer ya que, según la tradición, no debía salir de casa antes de siete días.

Cuando desperté, la novia estaba de pie en el patio, con la espalda apoyada en la fuente, observando perezosamente a mi madre, muy atareada bruñendo una gran bandeja de cobre antes del segundo banquete de bodas, que se celebraba esa misma noche y al que, según la costumbre, sólo estaban invitadas las mujeres, en el que sólo las sirvientas cantaban y bailaban. Salma estaba hablando a media voz, con cara preocupada. Cuando me acerqué, se calló de repente y se puso a frotar con algo más de energía. Fátima se volvió entonces y me vio. Puso una sonrisa beatífica, como si hubiéramos pasado la noche de amor más maravillosa. Estaba descalza, con el mismo vestido que la víspera, algo arrugado, con los mismos afeites, un poco menos marcados. Puse ostensiblemente cara de estar de vuelta de todo antes de ir a sentarme al salón, al lado de mi padre, que me abrazó con orgullo y pidió en voz alta una cesta de fruta. Nos la trajo mi madre y, al dejarla, me dijo bajito al oído, en tono de reproche:

—¡Ten paciencia con esta pobre chica!

A última hora de la tarde hice una breve aparición por la fiesta de las mujeres, lo suficiente para vislumbrar la silueta de Hiba, de quien me veía privado durante una semana aún. Cuando salí, Fátima me siguió hasta el dormitorio, instigada sin duda por mi madre. Me tomó la mano y la cubrió de besos.

—Anoche te incomodé.

Sin contestar, me eché en el lado izquierdo de la cama y cerré los ojos. Se inclinó sobre mí y articuló con voz balbuciente, vacilante, que apenas se oía:

—¿No quieres ver a mi hermanita?

Me sobresalté, sin dar crédito a mis oídos. Cierto es que Hiba me había contado en tono burlón esa expresión que utilizaban algunas mujeres de este país para nombrar su intimidad. Pero ¿cómo iba a esperármelo en boca de Fátima que, ayer sin ir más lejos, se había desmayado sólo con ver la habitación nupcial? Me volví hacia ella. Tenía las dos manos apretadas contra el rostro.

—¿Quién te ha enseñado a decir eso?

Estaba avergonzada, tenía miedo, lloraba. La tranquilicé con una prolongada carcajada y la abracé. Estaba perdonada.

La semana concluyó con un último banquete, para el que mis cuñados me regalaron cuatro corderos enteros así como tarros llenos de confites. Al día siguiente salí por fin de casa y me fui derecho al zoco para ejecutar el último gesto de la interminable ceremonia nupcial: comprar algunos pescados y confiárselos a mi madre para que se los arrojara sobre los pies a la novia, deseándole salud y fecundidad.

Antes de acabar el año, Fátima estaba encinta y sentí en el acto la necesidad de encontrar un trabajo mejor remunerado que el del maristán. Hija de librero, mi madre me incitó a lanzarme a los negocios, cosa que no me desagradaba en absoluto, dada mi afición a los viajes. Adornó su consejo con una predicción que, en el momento, me hizo sonreír:

—Muchos hombres descubren el ancho mundo intentando sólo hacer fortuna. Tú, hijo mío, tropezarás con un tesoro al intentar conocer el mundo.

El año de Fortuna
915 de la hégira

(21 de abril de 1509-9 de abril de 1510)

Fátima me dio una hija en los últimos días del verano; la llamé Sarwat, «Fortuna», pues aquel año vio el principio de mi prosperidad. Si fue efímera, no seré yo quien se queje, pues se me quitó como me había sido dada, por voluntad soberana del Altísimo; yo no había aportado más que mi ignorancia, mi arrogancia y mi pasión por la aventura.

Antes de meterme en negocios, fui a ver al señor Tommaso de Marino, el viejo genovés que conocí camino de Tombuctú y que era, de todos los comerciantes extranjeros instalados en Fez, el más respetado por su sabiduría y su honradez. Quería pedirle consejo y, quizá, trabajar algún tiempo a su lado, acompañarlo en algunos viajes. Aunque se hallaba en cama, me recibió con grandes muestras de amistad, evocando conmigo la memoria de mi tío, así como recuerdos más risueños de nuestra caravana.

El motivo de mi visita lo sumió en una prolongada reflexión; parecía medirme con la vista, yendo de mi gorro de fieltro verde a mi barba cuidadosamente recortada, luego, a mi chaqueta bordada de amplias y majestuosas mangas; sus blancas cejas parecían una balanza que pesase los pros y los contras; luego, habiendo superado, al parecer, sus vacilaciones, me hizo un ofrecimiento inesperado.

—Es el Cielo quien te envía, noble amigo mío, pues acabo de recibir de Italia y España dos importantes encargos de albornoces negros, uno de mil piezas, el otro de ochocientas, que hay que entregar a principios del otoño. Como sabes, los más apreciados en Europa son los albornoces de Tefza, que yo mismo habría ido a buscar si tuviera mejor salud.

Me explicó el negocio: yo recibiría dos mil dinares, mil ochocientos por comprar la mercancía, a razón de un dinar por albornoz a precio de mayorista, el resto para mis gastos y por mi trabajo. Si conseguía obtener de los fabricantes mejor precio, mi parte sería mayor; si me veía obligado a comprar más caro, tendría que pagar de mi bolsillo.

Sin saber muy bien si hacía un buen o un mal negocio, acepté con entusiasmo. Me dio, pues, la suma en monedas de oro, me prestó para el viaje un caballo, dos sirvientes y nueve mulas y me recomendó rapidez y circunspección.

Para no partir con las monturas de vacío, había reunido todo el dinero de que podía disponer, mis ahorros, los de mi madre, parte del legado que le había dejado Jali a Fátima, en total cuatrocientos dinares con los que compré cuatrocientos sables de los más corrientes, de aquellos, precisamente, que los fesíes solían vender a los habitantes de Tefza. Cuando, al volver del zoco, le conté con orgullo a mi padre mi voluminosa compra, a punto estuvo de rasgarse la túnica de consternación y desconsuelo:

—¡Necesitarás al menos un año para dar salida a tantos sables en una ciudad pequeña! ¡Y como la gente sabrá que tienes prisa por volver, te los comprarán a precio de saldo!

Sus palabras eran sensatas, pero era demasiado tarde para dar marcha atrás, puesto que ya había recorrido los comercios de todos los artesanos para reunir mi carga y había pagado al contado. Tuve que resignarme a volver con pérdidas de este primer viaje de negocios, diciéndome que nadie puede aprender un oficio sin lastimarse las manos o el bolsillo.

La víspera de la partida, mi madre vino a contarme, asustadísima, unos rumores que había oído en el *hammam:* en Tefza se estaban desarrollando graves acontecimientos, se hablaba de una expedición dirigida por el ejército de Fez para restablecer el orden.

Pero, en vez de desanimarme, sus palabras avivaron mi curiosidad, tanto que a la mañana siguiente, antes de la salida del sol, ya estaba en camino sin haber intentado siquiera informarme. Diez días después, había llegado a mi destino sin tropiezos. Para dar con un lugar presa de la mayor agitación.

Aún no había cruzado la puerta de la ciudad cuando el populacho se aglomeró a mi alrededor, unos interpelándome con aspereza, otros haciéndome preguntas sin descanso. Intenté conservar la calma: no, no he visto las tropas de Fez venir hacia aquí; sí, he oído rumores, pero no he hecho caso de ellos. Mientras me esforzaba en vano por abrirme camino, un hombre de gran estatura, vestido como un príncipe, se acercó; la muchedumbre se apartó en silencio para dejarlo pasar. Me saludó haciendo un elegante gesto con la cabeza y se presentó como jefe electo de la ciudad. Me explicó que Tefza había vivido hasta entonces en república, gobernada por un consejo de notables, sin la protección de ningún sultán ni de ninguna tribu nómada, que no pagaba impuestos ni tallas y se aseguraba la prosperidad gracias a la venta de sus albornoces de lana, apreciados en el mundo entero. Pero desde que había estallado un sangriento conflicto entre dos clanes rivales, se habían multiplicado combates y arreglos de cuentas mortíferos, hasta tal punto que para hacer cesar la carnicería el consejo había decidido desterrar de la ciudad a los miembros del clan que había abierto las hostilidades. Para vengarse, los expulsados habían recurrido al soberano de Fez, prometiendo entregarle la plaza. Los habitantes de la ciudad temían, pues, un ataque inminente. Agradecí a aquel hombre sus explicaciones, lo informé de mi nombre y de la razón de mi visita, le repetí lo poco que había oído acerca de los acontecimientos de Tefza, añadí que no permanecería mucho tiempo allí; sólo el necesario para vender los sables, comprar los albornoces y volverme a marchar.

El personaje me pidió que excusara el nerviosismo de sus compatriotas y ordenó a la muchedumbre que me dejara pasar, explicando en beréber que yo no era ni un espía ni un mensajero de Fez, sino un simple comerciante andaluz que trabajaba por cuenta de los genoveses. Pude, pues, entrar en la ciudad y dirigirme hacia la hospedería. Sin embargo, antes de llegar a ella, divisé en medio de mi camino a dos hombres ricamente ataviados que discutían en voz alta mirándome. Cuando llegué hasta ellos, hablaron a un tiempo: cada cual me rogaba que le hiciera el honor de residir en su domicilio y prometía también hacerse cargo de los servidores y las bestias. No queriendo ofender a ninguno de los dos, rechacé ambas invitaciones agradeciendo a aquellos hombres su hospitalidad y me instalé en la hospedería, harto poco confortable si se comparaba con las de Fez; pero no me quejaba, pues desde hacía varias noches no había conocido más techo que la estrellada bóveda celeste.

Apenas me hube instalado, empezaron a desfilar por mi cuarto las mayores fortunas de la ciudad. Un rico comerciante vino a proponerme que le cambiara mis cuatrocientos sables por ochocientos albornoces. Iba a aceptar cuando otro comerciante, abalanzándose hacia mi oído, me propuso a media voz mil albornoces. Al no tener experiencia alguna, necesité tiempo para comprender la razón de tanta solicitud: como el ejército enemigo estaba cerca, los habitantes no pensaban ya más que en librarse de la totalidad de sus productos para ponerlos a salvo del inevitable saqueo que vendría tras la toma de la ciudad. Además, las armas que transportaba no podían llegar en mejor momento, cuando toda la población estaba movilizándose para hacer frente al atacante. Era yo, pues, quien dictaba las condiciones: exigí a cambio de mis sables mil ochocientos albornoces, ni uno menos; tras algunos dimes y diretes, uno de los comerciantes, un judío, acabó por aceptar. De esta forma, el mismo día de mi llegada tenía ya en mi posesión toda la mercancía requerida por el señor de Marino sin haber tocado el dinero que me había confiado.

No teniendo ya nada que vender, me dispuse a partir a la mañana siguiente. Pero, como una amante en medio de la noche, la fortuna había decidido no abandonarme. Hete aquí que, de nuevo, los ricos comerciantes de Tefza venían a visitarme; unos me proponían índigo o almizcle, otros, esclavos, cuero o cordobán, y cada producto reducido a la décima parte de su valor. Lo que me obligó a conseguir cuarenta mulas para transportarlo todo. Los números me brincaban en la cabeza; en mi primer viaje de negocios ya era rico.

Llevaba tres días negociando cuando unos pregoneros anunciaron la llegada del ejército de Fez. Se componía de dos mil soldados de caballería ligera, quinientos ballesteros, doscientos espingarderos a caballo. Al verlos llegar, los habitantes, atemorizados, decidieron negociar. Y como yo era el único fesí presente en la ciudad, me suplicaron que actuara como intermediario, cosa que, lo confieso, me pareció muy divertida. Ya en la primera entrevista, el oficial que mandaba el ejército real trabó amistad conmigo. Era un hombre instruido, refinado, que tenía sin embargo el cometido de llevar a cabo la más espantosa de las misiones: entregar la ciudad y sus notables a la venganza del clan enemigo. Intenté disuadirlo de ello.

—Los desterrados son traidores. Hoy le han entregado la ciudad al sultán, mañana se la entregarán a sus enemigos. Más vale tratar con hombres de coraje, que conozcan el precio de la abnegación, del sacrificio y de la fidelidad.

Podía leer en sus ojos que se rendía a mis razones, pero las órdenes que llevaba eran claras: apoderarse de la ciudad, castigar a los que levantaban las armas contra el soberano y entregar el gobierno al jefe del clan desterrado, con una guarnición para asistirlo. Existía, sin embargo, un argumento que no podía dejar de lado:

—¿Cuánto espera obtener el sultán a cambio de su protección?

—El clan desterrado ha prometido veinte mil dinares anuales.

Hice unas breves cuentas mentales.

—El consejo de la ciudad cuenta con treinta notables, a los que hay que añadir doce ricos comerciantes judíos. Si cada uno de ellos pagara dos mil dinares, serían ochenta y cuatro mil...

El oficial me interrumpió:

—La renta anual de todo el reino no llega a trescientos mil dinares. ¿Cómo quieres que una ciudad pequeña como ésta pueda reunir semejante suma?

—Existen en este país riquezas insospechadas, pero la gente las esconde y no intenta hacerlas fructificar, teme que la despojen de ellas los gobernantes. ¿Por qué crees que se acusa de avaricia a los judíos de este país? Porque el menor gasto, la menor ostentación pondría su fortuna y su vida en peligro. Por esa misma razón, tantas de nuestras ciudades mueren y se empobrece nuestro reino.

Como representante del soberano, mi interlocutor no podía dejarme hablar de ese modo en su presencia. Me pidió que fuera al grano:

—Si les promete a los notables de Tefza que salvarán sus vidas y que respetarán las costumbres de su ciudad, los convenceré de que paguen esa suma.

Cuando tuve la palabra del oficial, me fui a ver a los notables y les comuniqué el acuerdo. Viéndolos reticentes, les dije que acababa de llegar de Fez una carta con el sello del sultán que exigía que se ejecutara de inmediato a todas las personalidades de la ciudad. Comenzaron a llorar y a lamentarse, pero, como he narrado en mi *Descripción de África,* en dos días quedaron depositados a los pies del oficial los ochenta y cuatro mil dinares. Nunca había visto yo semejante cantidad de oro y habría de enterarme más adelante por boca del sultán de que ni él ni su padre habían poseído antes suma tal en sus arcas.

Al abandonar Tefza, recibí ricos presentes de los notables, felices por haber salvado la vida y la ciudad, así como una suma de dinero del oficial que me prometió contarle al soberano el papel que yo había desempeñado en este curioso asunto; me dio también un destacamento de doce soldados que acompañaron mi caravana hasta Fez.

Antes incluso de ir a mi casa, fui a ver al señor de Marino. Le entregué su encargo y le devolví sus servidores, su caballo y sus mulas; le hice igualmente regalos por valor de doscientos dinares y le narré mi aventura sin omitir detalle alguno, enseñándole todas las mercancías que había podido adquirir por mi cuenta; las tasó en quince mil dinares por lo menos.

—He necesitado treinta años para reunir tal cantidad —me dijo sin asomo alguno de celos o envidia.

A mí me parecía que el mundo entero era mío, que ya no necesitaba nada ni a nadie, que en lo sucesivo la fortuna iba a obedecerme dócilmente. No caminaba, volaba. En el momento de despedirme del genovés, éste me estrechó largamente la mano inclinándose levemente hacia delante; yo permanecí tieso, con la cabeza alta y la nariz apuntando al cielo. El anciano conservó con firmeza mi mano en la suya, mucho más despacio de lo acostumbrado, luego sin enderezarse, me miró a los ojos:

—La fortuna te ha sonreído, joven amigo mío, y me regocijo por ti tanto como si fueras hijo mío. Pero ten cuidado, pues la riqueza y el poder son enemigos del recto juicio. Cuando observamos un campo de trigo, ¿no ves que algunas espigas están enhiestas y otras inclinadas? ¡Es porque las primeras están hueras! Preserva, pues, aquella humildad que te trajo a mí y de esta forma te ha abierto, por voluntad del Altísimo, los caminos de la fortuna.

Aquel año fue testigo de la más violenta ofensiva jamás lanzada por los castellanos contra el Magreb. Tomaron dos de las principales ciudades de la costa. Orán en el mes de *muharram*, Bugía durante el de *ramadán;* Trípoli de Berbería había de caer al año siguiente.

Los musulmanes no han vuelto a recuperar ninguna de las tres ciudades.

El año de los dos palacios
916 de la hégira

(10 de abril de 1510-30 de marzo de 1511)

> En tus mejillas he hecho florecer una rosa,
> en tus labios he hecho nacer una sonrisa,
> no me rechaces, pues nuestra Ley es clara:
> todo hombre tiene derecho a recoger
> lo que por sí mismo ha sembrado.

Yo tenía ahora un poeta cortesano, enamorado de mi vino y mis sirvientas, ávido de mi oro, listo para cantar las alabanzas de mis visitantes y sobre todo las mías, en cada fiesta, cada retorno de una caravana, a veces incluso simplemente a la hora de las comidas, cuando se reunían a mi alrededor amigos, parientes, atentos empleados, atareados comerciantes, ulemas de paso, albañiles encargados de la construcción de mi palacio.

Desde mi viaje a Tefza, mis riquezas se habían multiplicado, mis gentes recorrían África, de Bedis a Segelmesse, de Tremecén a Marrakech, cargados de dátiles, de índigo, de alheña, de aceites y de telas; yo sólo viajaba con las grandes caravanas. El resto del tiempo dirigía mis negocios desde mi *diwan* y supervisaba, bastón en mano, las obras de mi nueva morada, en lo alto de una colina, no lejos de la casa de mi tío, donde me había instalado como amo y señor al nacer mi hija, pero que me parecía cada vez más pequeña, más modesta, más indigna de mi fortuna. Esperaba con impaciencia el día en que pudiera vivir en mi palacio, mi soberbio, mi incomparable palacio con el que soñaba y del que hablaba continuamente y para cuya construcción había contratado a los mejores artesanos con el encargo de ejecutar a la perfección cada uno de mis costosos deseos: techos artesonados, arcos cubiertos de azulejos, fuentes de mármol negro, sin reparar en gastos. Cuando una cantidad, a veces, me hacía vacilar, allí estaba mi poeta para declamar: «Lo prudente a los veinte años es no ser prudente». Cierto es que era con mi oro con el que cincelaba sus palabras.

El día en que dieron comienzo las obras fue uno de los más suntuosos de mi vida. Al caer la tarde, rodeado de una nube de cortesanos, fui a depositar en los cimientos, en las cuatro esquinas del futuro edificio, preciosos talismanes y cabellos infantiles cuidadosamente cortados de la cabeza de mi hija; me había tornado súbitamente sensible a la magia y a las supersticiones y era el primero en asombrarme de ello. Es sin duda la suerte de los hombres ricos y poderosos: conscientes de que su fortuna depende menos de sus méritos que de la suerte, se ponen a cortejarla como a una amante y a venerarla como a un ídolo.

Durante toda la noche, la casa de Jali retumbó al son de una orquesta andaluza y vibró con los sordos pasos de las bailarinas, todas ellas esclavas, entre las cuales había dos compradas para aquella ocasión. A Hiba le prohibía bailar, pues, desde el día de Tombuctú, no podía decidirme a permitirle que desplegara ante otros tan embriagador encanto. La hice sentar a mi lado, en el más mullido de los almohadones y la rodeé con el brazo; Fátima se había retirado temprano a su cuarto, como exigían las conveniencias.

Me sentía feliz al contemplar a Hiba jovial y despreocupada por primera vez desde hacía meses: se había sentido humillada por el nacimiento de mi hija y, una noche, al entrar en su cuarto, la había sorprendido secándose una lágrima con la punta del chal; cuando le pasé los dedos por el cabello, acariciándole furtivamente la oreja, me apartó con mano suave pero firme, murmurando con una voz quebrada que no le conocía:

—En mi país, cuando una mujer es estéril, no espera que su hombre la repudie o la deje. Se aleja, se esconde y deja que la olviden.

Me esforcé en adoptar un tono risueño, el mismo que ella solía emplear:

—¿Cómo sabes que no vas a darme un niño precioso para el próximo *ramadán*?

No sonrió.

—Ya antes de la pubertad, el adivino de mi tribu había dicho que nunca quedaría encinta. No lo creí, pero llevo contigo cinco años y tienes una hija de otra.

Habiéndome quedado sin argumentos, la atraje hacia mí, se soltó con una mueca de dolor.

—¿Consentirías en darme la libertad?

—Para mí eres una amante, no una esclava. Pero no querría que dejaras de pertenecerme.

Cerré las manos sobre sus muñecas, con fuerza, como garras, para atraer sus palmas, una tras otra, hasta mis labios.

—¿Has olvidado nuestra noche en Tombuctú, has olvidado todas nuestras noches y nuestras promesas de no separarnos nunca?

Un viento fresco entró por la ventana abierta, apagando de un soplo el candelabro de bronce. Todo estaba oscuro y triste, no veía ya los ojos de Hiba. Su voz me llegó lejana, estremecida, como si reprodujera alguna antigua endecha del desierto:

—Muchas veces, los amantes se cogen de la mano y sueñan juntos con la felicidad que los espera. Pero por mucho que vivan, nunca serán tan felices como en ese instante en que sus manos se enlazan y sus sueños se mezclan.

Aquella noche, acabó por abrirme los brazos. Por cansancio, por deber, por recuerdo, no lo sé. Pero no se había apartado ya de sus ojos un leve velo de tristeza.

Me sentía, por tanto, feliz al verla reír de nuevo y batir palmas acompañando a la orquesta andaluza. En medio de la cena, mi poeta se puso en pie para declamar de memoria unos versos compuestos en mi honor. Desde el primer hemistiquio, mi palacio era ya la Alhambra y sus jardines el Edén.

—Ojalá entres en ellos el bendito día en que estén terminados con tu heredero sentado en los hombros.

Un estremecimiento de Hiba me recorrió de repente el brazo que la rodeaba. Me dijo suspirando al oído:

—¡Dios, cuánto me gustaría darte ese heredero!

Como si la hubiera oído, el poeta la miró con tanta compasión como deseo; interrumpiendo su recitado, improvisó dos versos que pronunció con voz cantarina:

Es sed a la vera de un pozo el amor,
El amor no es fruto, sino que es la flor.

Con gesto espontáneo, tomé mi bolsa y se la lancé. Debía de contener más de cincuenta dinares. Pero la sonrisa que iluminó el rostro de Hiba no tenía precio. Pasé la noche entera cosechándola.

Seis meses después de aquel banquete, recibí la visita de un oficial de la guardia real: el sultán me convocaba para el mismo día, nada más terminar la siesta. Me vestí como lo exigía la circunstancia y salí para palacio muy intrigado y no sin cierto brote de preocupación.

El soberano me acogió con amabilidad desbordante y su séquito lo imitó, lleno de celo y haciendo mil muecas. Evocó mi primera visita, cuando volví de Tombuctú, así como mi mediación en Tefza que había aportado a su tesoro aquel año más oro que toda la ciudad de Fez. Tras haber elogiado a mi tío, a mis antepasados, a Granada, se puso a alabarles a sus allegados mi prosperidad, mi elocuencia, mi habilidad y mis vastos conocimientos, adquiridos en las más prestigiosas escuelas de Fez.

—¿No conociste a Ahmed el Cojo en la madrasa?

—Cierto, mi señor.

—Me han dicho que eras uno de sus mejores amigos, el único al que escuchaba con respeto y atención.

Comprendí en el acto la razón de la convocatoria y de las inesperadas alabanzas. Ahmed comenzaba a volverse importante, muchos jóvenes estudiantes de Fez y de Marrakech habían abandonado sus hogares para ir a tomar las armas a su lado en la lucha contra la lenta invasión portuguesa que amenazaba a toda la costa atlántica. El Cojo recorría el país con sus secuaces, criticando con severas palabras al soberano de Fez a quien ello preocupaba y que intentaba parlamentar con el peligroso rebelde. Usándome como mediador.

Decidí aprovechar la ocasión para zanjar algunas viejas cuentas pendientes que me importaban muy mucho.

—El jerife Ahmed venía con frecuencia a mi casa en los años de colegio. Se portó como un verdadero hermano cuando internaron a mi hermana en el barrio de los leprosos, ¡quiera Dios borrar ese recuerdo de mi memoria y de la suya!

El soberano carraspeó para disimular su apuro.

—¿Qué ha sido de esa desdichada?

—Un excelente joven, un mozo de cuerda, consiguió su mano y luego huyó con ella a alguna parte, sin atreverse a dar la menor noticia, como si fueran malhechores.

—¿Quieres un salvoconducto para ellos? ¿Un perdón? Mi secretario lo preparará.

—¡Vuestra bondad no tiene límites! ¡Dios os conceda larga vida!

No me quedaba más remedio que pronunciar las fórmulas consagradas, pero estaba decidido a no ceder. Le dije al oído al monarca:

—Mi amigo el jerife Ahmed quedó muy afectado por la injusta suerte de mi hermana, víctima de la odiosa venganza del Zeruali.

—Me han contado el papel que desempeñó ese hombre.

Me sorprendía bastante enterarme de que el soberano había estado al tanto de aquellos acontecimientos con detalle; no le pregunté por qué no había hecho nada en aquel momento, pues quería ponerlo de mi parte. Proseguí, pues, siempre en voz baja:

—Para Ahmed, el Zeruali se había convertido en el ejemplo de esa depravación que, según va diciendo, corrompe las costumbres de la gente de Fez. Incluso me he enterado de que había hablado de ese hombre varias veces en sus arengas.

«¡Dios lo guíe por el camino de la verdad!», añadí prudentemente, para que no pareciera que yo compartía las opiniones del Cojo.

El sultán pareció reflexionar, vacilar. Luego, sin decir nada, se ajustó el turbante y se enderezó en el asiento:

—Querría que fueras a ver a Ahmed.

Agaché la cabeza en señal de que estaba escuchando. Prosiguió:

—Intentarás calmarlo, inculcarle mejores sentimientos hacia mí, hacia nuestra dinastía y hacia la ciudad de Fez, ¡Dios la proteja de los infieles y los ambiciosos! Estoy dispuesto a ayudar a ese joven jerife, con dinero y armas, en su lucha contra los invasores portugueses, pero necesito tener el flanco tranquilo si he de emprender, a mi vez, la lucha para defender mi reino que está, hoy en día, muy debilitado. Tánger está en manos de los portugueses, y también Arcila y Ceuta; Larache, Rabat, Chela y Salé están amenazadas, Anfa destruida y sus habitantes huidos. Al norte, son los españoles los que están ocupando, una tras otra, las ciudades de la costa.

Me atrajo hacia sí y bajó la voz. Su séquito se alejó, aunque no sin aguzar imperceptiblemente el oído.

—Dentro de unos meses, voy a lanzar a mi ejército de nuevo contra Tánger y Arcila, con la esperanza de que el Altísimo me conceda esta vez la victoria. Querría que en este asunto el jerife se comportara como un aliado y que, en vez de sublevar a las provincias contra los reyes musulmanes, atacase a los portugueses al mismo tiempo que yo, pues ambos somos combatientes de la guerra santa. ¿Puedo confiarte esa misión?

—Lo haré lo mejor que pueda, pues nada me es más caro que la unión de los musulmanes. En cuanto me lo ordenes, partiré hacia El Sus para entrevistarme con Ahmed y haré todo lo posible para tornarlo conciliador.

El soberano me dio unas palmaditas en el hombro como muestra de satisfacción y pidió al capitán de los lacayos y al canciller, guardián del sello real, que se aproximaran:

—Mandaréis esta misma tarde un mensajero a casa del Zeruali. Le ordenaréis que se ausente de nuestra ciudad por dos años al menos. Que haga una peregrinación y, luego, que vaya por algún tiempo a su pueblo natal.

Todos los cortesanos escuchaban con avidez. En cuestión de horas, el rumor daría, de boca en boca, la vuelta a la ciudad. Nadie se atrevería ya a saludar al desterrado, nadie se atrevería a ir a verlo y la hierba no tardaría en crecer en el camino de su casa. Yo saboreaba mi justa venganza, sin saber que iba a traer sobre los míos desgracia acrecentada.

Cuando me despedí del soberano, me ordenó que volviera a la mañana siguiente, pues deseaba consultarme acerca de las finanzas del reino. A partir de entonces, estaba todos los días a su lado, asistiendo a sus audiencias, recibiendo a veces personalmente algunas peticiones, lo que no dejaba de despertar la envidia de los demás dignatarios. Mas ello me preocupaba poco, pues mi intención era partir en cuanto llegara la primavera hacia El Sus y, cuando volviera, ocuparme de mis caravanas y sobre todo de mi palacio que en mi mente crecía y se embellecía, pero, en el terreno, apenas adelantaba pues los últimos meses de aquel año habían sido lluviosos y fríos y la obra de mis sueños no era ya más que un charco de barro.

El año del Jerife Cojo 917 de la hégira

(31 de marzo de 1511-18 de marzo de 1512)

Aquel año, como estaba previsto, el sultán de Fez y el Jerife Cojo lanzaron, cada uno por su lado, sendos ataques contra los portugueses; el primero quería recuperar Tánger, el segundo intentaba liberar Agadir, ambos fueron rechazados y sufrieron grandes pérdidas, hecho del cual no se halla traza en los poemas compuestos en su honor.

Yo me las había ingeniado para estar presente durante esos combates, imponiéndome la tarea de poner cada noche mis impresiones por escrito. Al volver a leerlas en Roma años después, me asombró ver que no había dedicado ni una línea al desarrollo de las batallas. Únicamente había retenido mi atención el comportamiento de los príncipes y de sus allegados ante la derrota, comportamiento que no dejó de sorprenderme aunque el frecuentar la corte me hubiera librado de ciertas ingenuidades. Citaré nada más un breve extracto de mis notas a título de ilustración:

> Hechos consignados en el día de hoy, anteúltimo del mes de *rabí al-awwal* del año 917, que corresponde al miércoles 26 de junio del año de Cristo de 1511.
>
> Traen al campo los cadáveres de los trescientos mártires caídos ante Tánger. Para huir de tal espectáculo que me destroza el corazón, me dirijo a la tienda del soberano, al que encuentro conferenciando con el guardián del real sello. Al verme, el monarca me hace señas de que me aproxime. «¡Oye —me dice— lo que nuestro canciller piensa del día de hoy!». Éste explica en mi honor: «Decía a nuestro señor que lo que acaba de acontecer no es tan mala cosa, pues hemos mostrado a los musulmanes nuestro ardor en la guerra santa, sin que los portugueses se sientan lo bastante dañados para buscar

venganza». Muevo la cabeza como si aceptara su punto de vista, antes de preguntar: «¿Y los muertos, es cierto que se cuentan por cientos?». Notando una entonación crítica o irónica, el canciller calla, pero es el propio soberano el que toma el relevo: «¡No hay entre los muertos más que un pequeño número de soldados de caballería. Los demás sólo son soldados de infantería, pelagatos, rústicos, inútiles de los que hay cientos de miles en mi reino, muchos más de los que nunca podré poner en pie de guerra!». Su tono vacila entre la despreocupación y la jovialidad. Con un pretexto cualquiera, me despido y salgo de la tienda. Fuera, al resplandor de una antorcha, están reunidos unos soldados en torno a un cadáver que acaban de traer. Al verme salir, se me acerca un viejo combatiente de barba rojiza: «Dile al sultán que no llore a los muertos pues tienen asegurada la recompensa en el día del Juicio». Le corren las lágrimas, se le quiebra la voz de repente: «¡Mi hijo mayor acaba de morir y yo estoy dispuesto a seguirlo al Paraíso en cuanto mi señor me lo ordene!». Se aferra a mis mangas y sus manos crispadas por la desesperación dicen algo muy diferente de lo que dicen sus labios. Un guardia viene a advertir al soldado de que no importune al consejero del sultán; el anciano se eclipsa entre gemidos. Vuelvo a mi tienda.

Días después, debía partir hacia El Sus, para encontrarme con Ahmed. Habíamos tenido ya un encuentro a principios de año para transmitirle el mensaje de paz del sultán; esta vez, el señor de Fez quería informar al Cojo de que los portugueses habían tenido más muertos que nosotros y de que el soberano estaba sano y salvo por la gracia del Altísimo. Cuando me reuní con él, el Cojo acababa de poner sitio a Agadir y sus hombres rebosaban entusiasmo. Muchos eran estudiantes procedentes de todos los rincones del Magreb que anhelaban el martirio como hubieran languidecido por una misteriosa prometida.

Transcurridos tres días, la batalla seguía en todo su apogeo y las mentes estaban acaloradas por la embriaguez de la sangre, de la venganza, del sacrificio. Repentinamente, ante la estupefacción de todos, Ahmed ordenó levantar el sitio. A un joven oranés que criticaba en voz alta la orden de retirada lo decapitaron en el acto. Al asombrarme yo de ver al Cojo fácilmente desanimado, tan pronto en abandonar la empresa, se encogió de hombros:

—Si quieres meterte en política, negociar con los príncipes, tienes que aprender a despreciar la apariencia de las cosas.

Su risa burlona me recordó nuestras largas conversaciones en la madrasa. Como estábamos solos en una tienda de campaña, lo interrogué sin rodeos. Se tomó el tiempo de explicarme:

—Los habitantes de esta región querían librarse de los portugueses que ocupan Agadir e infestan toda la llanura de alrededor entorpeciendo la labranza de los campos. Puesto que el señor de Fez está lejos y el de Marrakech no sale nunca de su palacio si no es para su caza semanal, decidieron recurrir a mí; reunieron la suma necesaria para permitirme equipar a quinientos soldados de caballería así como a varios miles de infantería. Me veía, pues, obligado a realizar una intentona contra Agadir, pero no tenía ningún deseo de apoderarme de ella, pues habría perdido la mitad de mis tropas en la batalla y algo aún más grave, me habría visto obligado a fijar allí el resto de mi ejército durante años para defenderla de los sucesivos asaltos de los portugueses. Tengo ahora algo mejor que hacer. Lo que tengo que movilizar, volver a unificar por la astucia o por la fuerza de mi sable, para la lucha contra el invasor, es todo el Magreb.

Apreté los puños con toda mi fuerza, repitiéndome que no debía contestar; pero ya no era tan dócil a mis veinte años.

—¡Así que —dije separando las palabras como si nada más intentase comprender— quieres combatir a los portugueses, pero no es contra ellos contra quienes vas a lanzar tus tropas: esos hombres que han acudido a tu llamada para la guerra santa, los necesitas para conquistar Fez, Mequínez y Marrakech!

Sin hacer caso de mis sarcasmos, Ahmed me cogió por los hombros:

—¡Por Dios, Hasan, parece que no te das cuenta de lo que está pasando! Todo el Magreb está en ebullición. Van a desaparecer dinastías, provincias enteras van a quedar devastadas, de algunas ciudades no quedará piedra sobre piedra. Obsérvame, contémplame, tócame los brazos, la barba, el turbante, pues mañana ya no podrás fijar la mirada en mí ni rozarme el rostro con los dedos. En esta provincia soy yo quien corta las cabezas y es mi nombre el que hace estremecer a los campesinos y a la gente de las ciudades. Pronto, toda esta región se inclinará a mi paso y algún día les contarás a tus hijos que el jerife cojo era amigo tuyo, que vino a tu casa y que se preocupó por la suerte de tu hermana. Yo ya ni me acordaré.

Ambos temblábamos, él de impaciente rabia, yo de miedo. Me sentía amenazado, pues, al haberlo conocido antes de su gloria, era como si le perteneciera un poco; me quería, me despreciaba, me aborrecía tanto como yo a mi viejo y remendado manto blanco el día en que conseguí la fortuna.

Decidí, por tanto, que había llegado el día de alejarme de aquel hombre, puesto que nunca más podría hablarle de igual a igual, puesto que, en lo sucesivo, tendría que despojarme de mi amor propio en su antesala.

A finales de aquel año se produjo un acontecimiento cuyos detalles no supe hasta mucho más adelante, pero que iba a influir gravemente en la existencia de los míos. Lo cuento tal y como he podido reconstruirlo, sin omitir detalle alguno y dejando que sea el Altísimo quien marque la línea divisoria entre el crimen y el justo castigo.

Sucedía, pues, que el Zeruali había hecho una peregrinación a La Meca como se le había ordenado y se había dirigido luego a su tierra natal, la montaña de los Beni Zerual, en el Rif, para concluir allí sus dos años de destierro. Volvía, no sin aprensión, a aquella provincia donde tantas injustas recaudaciones había llevado a cabo antaño, pero había establecido algunos contactos con los principales jefes de los clanes, había repartido algunas bolsas y había hecho que lo acompañaran durante el viaje cuarenta guardias armados así como un primo del soberano de Fez, un príncipe alcohólico y bastante carente de recursos al que invitó a vivir consigo algún tiempo, con la esperanza de hacer creer así a los montañeses que seguía bien situado en la corte.

La caravana, para llegar a la región de los Beni Zerual, tenía que cruzar el territorio de los Beni Walid. Allí, en un rocoso camino entre dos aldeas de pastores, esperaba una silueta de anciana, bulto negro y terroso del que sólo asomaba una mano abierta, descuidadamente tendida a la caridad de los transeúntes. Cuando se acercó el Zeruali, subido en un caballo enjaezado, seguido de un esclavo que lo tapaba con una inmensa sombrilla, la mendiga dio un paso hacia él y comenzó a balbucear palabras piadosas, implorantes, que apenas se oían. Un guardia le gritó que se alejara, pero su amo le mandó callar. Necesitaba crearse una nueva reputación en aquel país que había saqueado. Sacó de la bolsa unas cuantas monedas de oro y las tendió ostensiblemente, esperando que la vieja abriera las manos como un cuenco para recibirlas. En un abrir y cerrar de ojos, la mendiga asió al Zeruali por la muñeca y tiró de él con violencia. Cayó del caballo y sólo el pie derecho se le quedó enganchado en el estribo, de forma tal que tenía el cuerpo caído hacia atrás, el turbante barría el suelo y la punta de un puñal se le apoyaba en el cuello.

—¡Di a tus hombres que no se muevan! —aulló la supuesta mendiga con voz viril.

El Zeruali obedeció.

—¡Ordénales que se alejen hasta la primera aldea!

Minutos después, no había ya en el camino de montaña más que un caballo impaciente, dos hombres inmóviles y un puñal curvo. Despacio, muy despacio, empezaron a moverse. El salteador de caminos ayudó al Zeruali a incorporarse, luego, lo condujo a pie lejos del camino, entre las rocas, como una fiera que arrastra a su presa en las fauces, y desapareció con él. Sólo entonces se dio a conocer el agresor a su víctima temblorosa.

Harún el Hurón vivía desde hacía más de tres años en la montaña de los Beni Walid, que lo protegían como si fuera uno de los suyos. ¿Fue únicamente el deseo de venganza lo que le empujó a actuar como un bandido o el temor de ver a su enemigo, instalado en las proximidades, ensañarse de nuevo con él, con Mariam y con los dos hijos que ya le había dado? El método, sea como fuere, era el de un vengador.

Harún arrastró a su víctima hasta la casa. Al verlos llegar, mi hermana se quedó más aterrorizada que el Zerualí. Su marido no le había dicho nada de su proyecto ni de la llegada de su antiguo prometido al Rif. Por otra parte, nunca había visto al anciano y no podía comprender lo que estaba sucediendo.

—Deja aquí a los niños y sígueme —ordenó Harún.

Entró con su prisionero en el dormitorio. Mariam se reunió con ellos y echó la cortina de lana que servía para cerrar la habitación.

—¡Mira a esta mujer, Zeruali!

Al oír este nombre, a mi hermana se le escapó una imprecación. El anciano sintió que la hoja del puñal se le apoyaba en la mandíbula. Se apartó imperceptiblemente, sin abrir la boca.

—¡Desnúdate, Mariam!

Ella miró al Hurón con ojos incrédulos, horrorizados. Él gritó de nuevo:

—¡Te lo ordeno yo, Harún, tu marido! ¡Obedece!

La pobre criatura se descubrió las mejillas y los labios, luego, el cabello con gestos torpes, entrecortados. El Zeruali cerró los ojos y agachó la cabeza de forma ostensible. Si veía el cuerpo desnudo de aquella mujer, sabía qué suerte le esperaba.

—¡Levántate y abre los ojos!

La orden de Harún vino acompañada de un movimiento brusco del puñal. El Zeruali levantó la cabeza, pero siguió con los ojos herméticamente cerrados.

—Mira —insistió Harún, mientras Mariam se soltaba las ropas con una mano, secándose las lágrimas con la otra.

El vestido cayó.

—¡Mira ese cuerpo! ¿Ves algún rastro de lepra? ¡Examínalo más de cerca!

Harún se puso a zarandear al Zeruali, empujándolo hacia Mariam, echándolo luego hacia atrás antes de volverlo a empujar con violencia, soltándolo. El anciano se desplomó a los pies de mi hermana, que lanzó un grito.

—¡Basta, Harún, te lo suplico!

Miraba con tanta compasión como terror a aquel maléfico pingajo que yacía a sus pies. El Zeruali tenía los ojos entreabiertos pero ya no se movía. Harún se le acercó, desconfiado, le tomó el pulso, le tocó los párpados, luego, se enderezó sin turbación alguna.

—Este hombre merecía morir como un perro a los pies de la más inocente de sus víctimas.

Antes de caer la tarde, Harún había enterrado al Zeruali bajo una higuera, sin quitarle la ropa ni los zuecos ni las joyas.

El año de la tempestad 918 de la hégira

(19 de marzo de 1512-8 de marzo de 1513)

Aquel año, Fátima, mi mujer, murió de parto. Durante tres días la lloré como nunca la había amado. El niño, un varón, no vivió.

Poco antes del duelo de la cuarentena me convocaron urgentemente a palacio. El sultán acababa de volver de su nueva campaña de verano contra los portugueses y, aunque sólo había cosechado derrotas, no me explicaba las caras largas que me recibieron nada más cruzar la gran portalada. El propio monarca no me demostró hostilidad alguna, pero su recibimiento carecía de entusiasmo y hablaba con voz sentenciosa:

—Pediste hace dos años el perdón de tu cuñado, Harún el mozo de cuerda. Accedimos. Pero en lugar de enmendarse, en lugar de mostrarse agradecido, ese hombre no ha vuelto nunca a Fez, prefiriendo vivir como un forajido en el Rif, acechando la ocasión para vengarse del anciano Zeruali.

—Nada prueba, Majestad, que Harún sea el agresor. Aquellas montañas están infestadas de salteadores de...

Fue el canciller quien me interrumpió, con tono más elevado que el del soberano:

—Se acaba de encontrar el cadáver del Zeruali. Estaba enterrado cerca de una casa donde vivían tu hermana y su marido. Los soldados han reconocido a la víctima, no le habían quitado las joyas. ¿Es ése el crimen de un simple salteador de caminos?

He de reconocer que ya desde las primeras noticias de la desaparición del Zeruali, que habían llegado a Fez cuatro meses antes, e incluso sin conocer el menor detalle revelador, se me había cruzado por las mientes la eventualidad de una venganza de Harún. Sabía que el Hurón era capaz de apurar sus odios y no ignoraba que se había asentado en aquella parte del Rif. No me resultaba fácil, pues, proclamar su inocencia. Pero no podía por menos de defenderlo, pues la menor vacilación, viniendo de mí, lo hubiera hundido.

—Vuestra Majestad tiene un sentido de la justicia demasiado grande para consentir en condenar a un hombre sin que éste haya podido defenderse. Sobre todo si se trata de un miembro respetado del gremio de los mozos de cuerda.

El sultán pareció irritado:

—No estamos ya hablando de tu cuñado, sino de ti, Hasan. Tú reclamaste el destierro del Zeruali; porque tú insististe fue por lo que se le ordenó que se exiliase en su aldea; camino de ella lo atacaron y lo asesinaron. Grave es tu responsabilidad.

Mientras hablaba, se me nubló la vista como si me estuviese resignando ya a la oscuridad de un calabozo. Veía mi fortuna confiscada, mis bienes dispersos, a mi familia humillada, a mi Hiba vendida en algún mercado de esclavos. Se me doblaban las piernas y me corría el sudor, el frío sudor de la impotencia. Me esforcé sin embargo por articular, trabajosamente, lastimeramente:

—¿De qué se me acusa?

De nuevo intervino el canciller, a quien mi miedo demasiado visible volvía torvo:

—¡De complicidad, Granadino! De haber dejado a un criminal en libertad, de haber enviado a su víctima a la muerte, de haber hecho befa del perdón real y abusado de la benevolencia de nuestro señor.

Intenté recobrar el dominio de mí mismo:

—¿Cómo habría podido adivinar yo en qué momento iba a volver el Zeruali de su peregrinación y por qué camino? En cuanto a Harún, lo perdí de vista hace más de cuatro años y ni siquiera he podido comunicarle el perdón de que se beneficiaba.

En realidad, le había enviado a Harún mensaje tras mensaje, pero, en su testarudez, no se había preocupado de responder. Sin embargo, mi defensa no dejó insensible al soberano, que recobró cierta entonación amistosa:

—No eres culpable de nada, sin duda, Hasan, pero las apariencias te acusan. Y la justicia está en las apariencias, al menos en este mundo, al menos a ojos de la muchedumbre. Pero tampoco puedo olvidar que en el pasado, cuando te confié alguna misión, me serviste fielmente.

Calló. En su mente se estaba desarrollando una deliberación que me guardé muy mucho de interrumpir ya que notaba que se inclinaba a la clemencia. El canciller se le acercó con la intención evidente de influir en él, pero el monarca le impuso silencio secamente antes de decretar:

—No sufrirás la suerte del asesino, Hasan, sino la de la víctima. Como al Zeruali, se te condena al destierro. Durante dos años enteros no volverás a presentarte en este palacio, no vivirás en Fez ni en ninguna de las provincias que me pertenecen. A partir del vigésimo día del mes de *rayab,* cualquiera que te vea dentro de los límites del reino te traerá aquí encadenado.

A pesar de la dureza de estas últimas palabras, tuve que esforzarme para no dejar que se trasluciera mi alivio. Me había librado del calabozo y de la ruina y un largo viaje de dos años no me infundía temor alguno. Se me concedía, además, un mes para poner orden en mis asuntos.

Mi salida de Fez fue sonada. Tenía empeño en partir para el destierro con la cabeza alta, vestido de brocado, y no de noche sino en pleno día, en atravesar las callejas bulliciosas seguido de una imponente caravana: doscientos camellos, cargados de todo tipo de mercancías, así como de veinte mil dinares, un tesoro protegido por cincuenta guardianes armados, vestidos y mantenidos a mi costa, lo bastante para desanimar a los bandidos que infestaban los caminos. Por tres veces me detuve, ante la madrasa Bu-Inania, en el patio de la mezquita de los andaluces y luego en la calle de los Alfareros, cerca de la muralla, para rociar a los mirones con unos cuantos puñados de monedas de oro, recogiendo a cambio alabanzas y ovaciones.

Corría ciertos riesgos al organizar tal desfile. Alguna palabra malintencionada cuchicheada al oído del canciller y luego al del monarca podía hacer que me detuvieran, acusándome de haber hecho mofa del castigo real que pesaba sobre mí. Sin embargo, no me quedaba más remedio que correr ese riesgo, no sólo para halagar mi amor propio, sino también pensando en mi madre, en mi padre, en mi hija, en todos los míos, para que no viviesen avergonzados durante mi periodo de destierro.

Les dejé también, claro está, lo necesario para estar libres de necesidades durante años, alimentados, servidos y vestidos siempre con ropa nueva.

Cuando estuve a dos millas de Fez, por el camino de Sefrú, seguro de que todo peligro había pasado ya, me acerqué a Hiba, subida en su montura, en un palanquín cubierto de sedas.

—No habrá fesí que recuerde haber presenciado nunca tan altiva retirada —dije contento.

Se mostró inquieta.

—No hay que desafiar las decisiones del Destino. No hay que burlarse de la adversidad.

Me encogí de hombros, nada impresionado.

—¿Acaso no he jurado devolverte a tu tribu? Allí estarás dentro de un mes. A menos que quieras acompañarme a Tombuctú y luego a Egipto.

Por toda respuesta, se conformó con un *Inshallah* enigmático y angustiado.

Cuatro días después estábamos cruzando el puerto de los Cuervos, con un tiempo bastante más frío de lo que habría supuesto en el mes de octubre. Cuando hubo que parar para pasar la noche, los guardias instalaron el campamento en una pequeña depresión entre dos colinas, esperando así protegerse de los vientos helados del Atlas. Formaron un burdo círculo de tiendas, en cuyo centro se alzaba la mía, verdadero palacio de tela con caras adornadas con versículos coránicos artísticamente caligrafiados.

Allí debía dormir con Hiba. Esperaba aquel momento sin desagrado, pero cuando empezó a oscurecer, mi compañera se negó obstinadamente a dormir en la tienda sin razón aparente, pero con tal temor en la mirada que renuncié a discutir. Había localizado ella a media milla del campamento la entrada de una gruta. Allí pensaba dormir y en ningún otro sitio.

¿Pasar la noche en una gruta del Atlas, tener por vecinos a hienas, leones, leopardos, quizá incluso a esos enormes dragones que abundan, a lo que cuentan, por aquellos parajes, y tan venenosos que con su contacto se deshace el cuerpo humano como si fuera de arcilla? Imposible inculcarle a Hiba aquel temor. Sólo mi soberbia tienda la aterrorizaba en aquella fría noche de otoño.

Tuve que ceder. Sobreponiéndome a mis propias aprensiones, me dejé llevar hacia la caverna a pesar de los reproches de los guardias y de sus irreverentes ojeadas. Al ver a Hiba ridículamente cargada con un gran montón de mantas de lana, un farol, un odre de leche de camella y un largo racimo de dátiles, sentía mi respetabilidad algo baqueteada.

Nuestro albergue resultó exiguo, era más una cavidad de la roca que una auténtica galería, cosa que me tranquilizó, pues podía fácilmente tocar el fondo y asegurarme así de que ninguna fiera vivía allí. Si exceptuamos a mi indomable Hiba, que se comportaba de modo cada vez más extraño, amontonando piedras para estrechar la entrada, despejando a conciencia el suelo, envolviendo en lana el odre y los dátiles para protegerlos del hielo, mientras que yo, ocioso y burlón, no paraba de espetarle sarcasmos y reconvenciones, sin conseguir alegrarla o ponerla nerviosa, y menos aún distraerla de su febril trajín de hormiga.

Acabé por callarme. No por cansancio, sino por el viento. Se había puesto a soplar, en un momento, con tal fuerza que se volvía ensordecedor. Junto con él caía, en torbellinos, una densa nevada que amenazaba con penetrar a chorros en nuestro retiro. Sin turbación alguna, Hiba vigilaba ahora con mirada experta su dispositivo de defensa y supervivencia.

¡Maravillosa Hiba! Cierto es que no había estado esperando aquel momento para empezar a quererla. Pero nunca había sido para mí más que la joya de mi harén, joya rutilante, caprichosa y que, de abrazo en abrazo, sabía seguir siendo inalcanzable. Durante la tempestad del Atlas, sin embargo, iba a revelarse una mujer distinta. Mi único hogar estaba en sus ojos, en sus labios, en sus manos.

Siempre he sentido pudor de decir «te quiero» pero mi corazón nunca se ha avergonzado de querer. Y a Hiba la quise, por el Dios todopoderoso, dispensador de tempestades y calmas, y la llamé «tesoro mío» sin saber que a partir de entonces era cuanto poseía, y la llamé «vida mía», lo cual no era más que hacerle justicia, pues por su intervención me permitió Dios librarme de la muerte.

Dos días y dos noches rugió el viento y se amontonó la nieve que muy pronto taponó la entrada de la gruta dejándonos prisioneros en ella.

Al tercer día, unos pastores vinieron a despejar la entrada, no con intención de salvarnos, sino para refugiarse en la gruta mientras comían. No parecieron alegrarse al vernos y no tardé en enterarme de la terrible razón. Sorprendidos por la tempestad, guardias y camellos habían perecido sepultados en el hielo. Al acercarme me di cuenta de que las riquezas habían sido presa de los saqueadores y los cuerpos presa de los carroñeros. El lugar en que había estado acampada mi caravana no era más que desolación y ruinas. Tuve la presencia de ánimo de no mostrarme afectado ni por la muerte de los hombres que había contratado ni por la pérdida de mi fortuna. Pues me había dado cuenta a la primera ojeada de que los pastores no eran ajenos al saqueo. Quizá incluso habían rematado a los heridos. Una palabra mía o de Hiba podía condenarnos a la misma suerte. Acallando todo mi rencor, puse la cara más indiferente que pude y dije:

—¡Tal es la decisión del Altísimo!

Y en cuanto mis interlocutores asintieron con alguna sentencia, pregunté acto seguido:

—¿Nos sería dado gozar de vuestra hospitalidad en tanto reanudamos la marcha?

No ignoraba las extrañas costumbres de esos nómadas. Matarían a un creyente sin la menor vacilación para apoderarse de una bolsa o de una montura, pero basta con apelar a su generosidad para que se transformen en atentos y solícitos anfitriones. Hay un refrán que dice que siempre tienen un puñal en la mano, «ya para degollarte, ya para degollar un cordero en tu honor».

—¡Dos dinares de oro y cinco dirhems de plata! Los he contado, sopesado y sacudido una y mil veces. ¡Es cuanto queda de mi inmensa fortuna, cuanto me queda para cruzar el Sáhara hasta el país del Nilo y para volver a empezar mi vida!

Hiba opuso a mis reiteradas lamentaciones una sonrisa indescifrable, pícara, burlona y bondadosa a la vez, que sólo consiguió atizar mi ira.

—¡Dos dinares de oro y cinco dirhems de plata! —vociferé de nuevo—. ¡Y ni una montura, ni un solo traje, salvo éste, cubierto de la suciedad del viaje!

—¿Acaso no te pertenezco? Debo de valer cincuenta monedas de oro y quizá más.

Lo que quitaba a sus palabras cualquier sospecha de servilismo era el guiño que las acompañaba y, ante todo, aquel paisaje que Hiba abarcaba con gesto soberano: un campo de índigos, a orillas del río Dra, a la entrada de la aldea en que había nacido.

Ya venían corriendo unos chiquillos; luego, llegó el jefe de la tribu, negro de piel, con rasgos finos y una sotabarba blanca, que reconoció en el acto a mi acompañante a pesar de diez años de ausencia y la estrechó entre sus brazos. Me dirigió la palabra en árabe, declarando que se sentía honrado al ofrecerme hospitalidad en su humilde morada.

Hiba me lo presentó como su tío paterno; dijo de mí que era su amo, lo cual era, sin duda, la pura verdad, pero no quería decir nada en semejante circunstancia. ¿No me hallaba acaso solo, indefenso y rodeado de los suyos? Estaba a punto de decir que para mí no era ya una esclava, cuando, frunciendo el ceño, me impuso silencio. Resignado a no pronunciar ni una palabra más, asistí entonces, con tan gran sorpresa como deleite, a una escena de las más extrañas.

Había entrado con Hiba y su tío en la casa de este último y habíamos tomado asiento en una habitación baja de techo, pero alargada, sobre una alfombra de lana, en torno a la cual habían venido a distribuirse unos veinte personajes, los ancianos de la tribu, cuyo gesto no mostraba regocijo alguno por el encuentro que se suponía que estaban celebrando.

Hiba tomó la palabra. Me describió como un importante personaje de Fez, tan versado en la Ley como en las letras; narró en qué circunstancias me había sido entregada por el señor de Uarzazat e hizo un relato vivo y conmovedor de la tempestad de nieve que había causado mi ruina. Y concluyó con las siguientes palabras:

—Antes de venderme a cualquier mercader de paso, este hombre ha querido traerme a mi aldea. Le he jurado que no se arrepentiría.

Con indecible descaro, interpeló a uno de los notables:

—Tú, Abdallah, ¿cuánto estarías dispuesto a pagar para rescatarme?

—Vales más de lo que puedo pagar —respondió confuso—. Sin embargo, puedo contribuir con diez dinares.

Paseó los ojos por la concurrencia, buscando a su futura presa:

—¿Y tú, Ahmed?

El llamado Ahmed reprendió desdeñosamente a Abdallah, antes de anunciar:

—Treinta dinares para lavar el honor de la tribu.

Y de este modo fue dando la vuelta a la sala, utilizando juiciosamente las envidias y rencillas de familias o clanes, para obtener, en cada ocasión, una contribución de mayor cuantía. Las cifras se iban sumando en mi mente. Mis dos miserables dinares se convirtieron en doce, en cuarenta y dos, en noventa y dos... El último requerido fue el tío de Hiba que, como jefe de la tribu, se veía en la obligación de justificar su rango pasando por encima del más generoso de sus administrados.

—¡Doscientos dinares! —dejó caer con orgullo.

No daba crédito a mis oídos, pero aquella noche, mientras estaba echado en la habitación donde el jefe me había invitado a pasar la noche, vino a verme Hiba con la cantidad total, más de mil ochocientos dinares.

—¡Por el Dios que te ha hecho tan hermosa, Hiba, acláramelo! ¿Qué juego es éste? ¿Cómo es posible que los hombres de esta aldea tengan tanto dinero? Y, sobre todo, ¿por qué me lo dan?

—¡Para rescatarme!

—Sabes muy bien que podrías conseguir tu libertad sin soltar ni una monedita de cobre.

—Y para rescatarse también.

Como yo seguía manifestando la más total incomprensión, consintió al fin en explicármelo:

—Durante generaciones, mi tribu era nómada por el oeste del Sáhara, hasta que mi abuelo, seducido por las ganancias, se puso a cultivar índigo y a comerciar con él. Esta aldea gana así mucho más dinero del que necesita gastar y hay más oro enterrado en el suelo de cada humilde cabaña que en la más bella morada de Fez. Pero, al escoger la vida sedentaria, los míos han perdido todas las virtudes guerreras. Un día, cuando apenas era núbil...

Se sentó a mi lado, echando la cabeza hacia atrás, antes de proseguir:

—Habíamos salido muchos, jóvenes y viejos, hombres y mujeres, para ir en peregrinación a la tumba de un *wali*, a un día de camino de aquí. Repentinamente, unos jinetes de la guardia del señor de Uarzazat se abalanzaron sobre nosotros. Eran cuatro, mientras que nosotros pasábamos de los cincuenta y más de veinte eran hombres armados. Pero a ninguno de mis compañeros se le ocurrió utilizar las armas. Huyeron todos sin excepción, dejando a cada uno de los cuatro jinetes la posibilidad de capturar a la muchacha que quisieran. Durante la curiosa ceremonia a la que acabas de asistir, los ancianos de la tribu no han hecho más que saldar su deuda, reparar su indignidad y la de sus hijos.

Apoyó la cabeza en mi hombro:

—Puedes tomar ese dinero sin vergüenza ni remordimiento. Ningún otro hombre lo merece tanto como mi amo adorado.

Al pronunciar estas últimas palabras, había acercado sus labios a los míos. Mi corazón latía con fuerza, pero miraba de reojo, inquieto, la delgada cortina que nos separaba de la habitación vecina donde se hallaba su tío.

Sin ningún apuro, Hiba se soltó el vestido; al ofrecer su cuerpo de ébano esculpido a mis ojos y a mis caricias, me cuchicheó:

—Hasta aquí, me habías tomado esclava. ¡Tómame libre hoy! Por última vez.

Al dejar a Hiba, toda mi prisa era encontrarme con su recuerdo en Tombuctú y quizá incluso con algún rastro de ella en aquella habitación testigo de nuestro primer beso. El edificio seguía allí. Aunque pertenecía al señor de la ciudad que lo reservaba para los visitantes ilustres, un dinar me franqueó sus puertas. De forma tal que, la noche de mi llegada, me hallaba acodado en la misma ventana, aspirando el aire del exterior para encontrar en él el ámbar gris que antaño lo había perfumado, acechando los ritmos de la orquesta negra que pronto iban a sonar, estaba seguro de ello, en la calle. Entonces me volvería hacia el centro de la habitación y vería de nuevo bailar la sombra de mi Hiba. Un fuerte viento levantó la cortina que se puso a revolotear y a girar grácilmente.

Fuera, ruido de pasos, algunos gritos que se acercaban. ¿La orquesta de mis recuerdos quizás? Pero ¿por qué la acompañaba tal escándalo? Mi perplejidad duró poco por desgracia: la plaza del mercado estaba, de repente, animada como en pleno día, invadida por una muchedumbre demente y abigarrada que llenaba el cielo con sus alaridos. ¿Cómo no sentirse invadido por el miedo? Desde la ventana, llamé a un anciano que corría menos que los demás. Se paró y me dijo apresuradamente en la lengua del país unas cuantas palabras jadeantes. Al ver que no había entendido nada, siguió corriendo, indicándome que lo siguiera. Vacilaba aún en hacerlo cuando vi en el cielo las primeras luces del incendio. Asegurándome de que llevaba el oro encima, salté por la ventana y salí corriendo.

Pasé no menos de tres horas vagando de este modo, doblegándome a los caprichos de la muchedumbre enloquecida y enterándome, más por los gestos que por las palabras, de las nuevas del siniestro. Más de la mitad de Tombuctú había ardido, y nada parecía capaz de impedir que el fuego, atizado por el viento, se propagase a través de las innumerables chozas con techo de paja peligrosamente próximas entre sí. Tenía que alejarme con la mayor premura posible de aquel gigantesco brasero.

La víspera, había oído que una caravana de mercaderes de diferentes procedencias estaba reunida en las afueras de la ciudad, dispuesta a partir en cuanto amaneciera. Me uní a ella. Alrededor de cuarenta viajeros pasamos la noche entera de pie sobre un montículo, fascinados por el espectáculo del fuego y por el terrible clamor que se alzaba junto con las llamas, clamor en el que habíamos acabado por distinguir los horrorosos alaridos de los quemados.

Nunca más podré recordar Tombuctú sin volver a ver aquella estampa infernal. Cuando llegó la hora de la partida, una nube de luto le velaba el rostro e innumerables chisporroteos torturaban su cuerpo. Mi más hermoso recuerdo estaba acabando de consumirse.

Cuando nuestros antiguos geógrafos hablaban del país de los negros, sólo mencionaban Ghana y los oasis del desierto de Libia. Luego, llegaron los conquistadores de velado rostro, los predicadores, los mercaderes. Y hasta yo que no soy sino el último de los viajeros conozco el nombre de sesenta reinos negros de los cuales crucé quince, uno tras otro, aquel año, desde el Níger hasta el Nilo. Algunos no han figurado nunca en ningún libro, pero mentiría si me atribuyese su descubrimiento, ya que me limité a seguir la ruta habitual de las caravanas que salen de Yené, de Malí, de Ualata o de Tombuctú hacia El Cairo.

No precisamos más de doce días para llegar, bordeando el Nilo, a la ciudad de Gao. No tenía muralla que la rodeara pero ningún enemigo se atrevía a acercarse a ella, tan grande era la fama de su soberano, el Askia Mohamed, el hombre más poderoso de todo el país de los negros. A los negociantes de la caravana les causaba no poca satisfacción detenerse en aquel lugar. Me explicaron que los habitantes de Gao poseían tanto oro que el tejido más mediocre de Europa o Berbería podía venderse allí por un valor quince o veinte veces mayor. En cambio, la carne, el pan, el arroz y las calabazas eran tan abundantes que se podían conseguir al precio más bajo.

Las etapas siguientes nos hicieron cruzar varios reinos entre los cuales mencionaré los de Uangara, Zegzeg, Cano, así como el de Bornú, mucho más importante que los anteriores, pero donde evitamos quedarnos mucho tiempo. Pues nada más entrar en la capital, nos topamos con otro grupo de mercaderes extranjeros que se apresuraron a contarnos sus desgracias, tal y como lo narro en mi *Descripción de África.* El soberano de aquel país tenía muy curiosas costumbres. Le producía tal placer alardear de su riqueza que todos los jaeces de sus caballos eran de oro, así como toda la vajilla de su palacio. ¡Incluso las cadenas con las que ataba a sus perros eran todas de oro fino, lo he visto con mis propios ojos! Atraídos por tamaño lujo, y confundiendo, para desgracia suya, generosidad con ostentación, aquellos mercaderes habían venido, pues, desde Fez, desde El Sus, desde Génova y Nápoles, con espadas cinceladas e incrustadas de piedras preciosas, con tapices, con caballos pura sangre y todo tipo de mercancías de gran valor.

—El rey se mostró encantado —me contó uno de aquellos infortunados—. Lo compró todo en el acto sin discutir siquiera el precio. Estábamos encantados. Desde entonces, estamos esperando a que nos pague. Llevamos más de un año en Bornú, yendo a diario a quejarnos a palacio. Nos contestan con promesas y, cuando insistimos, con amenazas.

No era tal el comportamiento del soberano que visitamos a continuación, el señor de Gaoga. Estaba yo en su palacio para presentarle mis respetos cuando un negociante egipcio de la ciudad de Damieta vino a darle a este rey un caballo muy hermoso, un sable turco, una cota de malla, una escopeta, varios espejos, unos rosarios de coral y unos cuchillos cincelados, todo ello por un valor de unos cincuenta dinares. El soberano aceptó con amabilidad este regalo, pero, a cambio, dio a aquel hombre cinco esclavos, cinco camellos, un centenar de enormes colmillos de elefante y, como si no bastara, añadió el equivalente de quinientos dinares de oro en la moneda de su país.

Tras dejar a aquel príncipe tan generoso, llegamos al reino de Nubia donde se halla la gran ciudad de Dongola, situada a orillas del Nilo. Pensaba alquilar allí una barca para ir a El Cairo, pero me informaron de que el río no era navegable en aquella parte y de que había que seguir la orilla hasta Asuán.

El mismo día de mi llegada a aquella ciudad, un marinero me propuso cogerme a bordo de su cherme. En aquella embarcación plana transportaba ya gran cantidad de grano y de ganado pero todavía podía, a lo que me prometió, despejar para mí un lugar muy cómodo.

Antes de embarcar, me eché de bruces en la orilla y hundí durante mucho rato el rostro en el agua del Nilo. Al levantarme, tuve la certidumbre de que tras la tempestad que había devastado mi fortuna, una vida nueva se me ofrecía en aquel país de Egipto, una vida compuesta de pasiones, peligros y honores.

Tenía prisa por apoderarme de ella.

III

El libro de El Cairo

Cuando llegué a El Cairo, hijo mío, ésta llevaba ya siglos siendo la prestigiosa capital de un imperio y la sede de un califato. Cuando la abandoné, no era ya más que la cabeza de partido de una provincia. Nunca recuperará, sin duda, su pasada gloria.

Dios ha querido que fuera testigo de esa decadencia, así como de los desastres que la precedieron. Navegaba aún por el Nilo, soñando con aventuras y alegres conquistas, cuando se anunció la desgracia. Pero aún no había aprendido a respetarla ni a descifrar sus mensajes.

Perezosamente echado en el amplio cherme, con la cabeza levemente alzada por una traviesa de madera, acunado por la charla de los marineros que se difuminaba armoniosamente entre el chapoteo del agua, miraba al sol, ya rojizo, que iba a desaparecer pasadas tres horas por la orilla africana.

—Mañana al alba estaremos en Misr la Antigua —me gritó un negro de la tripulación.

Le contesté con una sonrisa tan amplia como la suya. Ningún obstáculo me separaba ya de El Cairo. No tenía más que dejarme llevar por el inexorable flujo del tiempo y del Nilo.

Estaba a punto de adormecerme, cuando subieron las voces de los marineros y su conversación se animó. Incorporándome, vi un cherme que iba río arriba y acababa de ponerse a nuestra altura. Necesité bastante rato para ver qué había que fuera extraño en aquella embarcación que no había visto acercarse. En ella se amontonaban, con cara de asombro, hermosas mujeres ricamente vestidas, junto con sus hijos, en medio de cientos de ovejas cuyo olor me llegaba. Algunas llevaban sobre la frente alhajas en forma de guirnalda y en la cabeza cofias altas y estrechas como un tubo.

A veces basta un espectáculo insólito para revelar un drama. Los marineros vinieron hasta mí en procesión con caras largas y las palmas de las manos mirando al cielo. Un largo silencio. Luego, de los labios del más viejo, salieron reptando unas palabras:

—¡La peste!

El año del ojo augusto
919 de la hégira

(9 de marzo de 1513-25 de febrero de 1514)

La epidemia se había declarado a principios de aquel año, inmediatamente después de una violenta tormenta y de torrenciales lluvias, signos evidentes para todos los cairotas de la cólera del Cielo y de la inminencia de un castigo. Los primeros afectados fueron los niños, y los notables evacuaban apresuradamente a sus familias, unos hacia Tor, al sur del Sinaí, donde el aire es saludable, otros hacia los oasis, otros hacia el alto Egipto, cuando poseían allí una residencia. Pronto se cruzaron con nosotros innumerables embarcaciones, lamentables racimos de fugitivos.

Habría sido imprudente seguir antes de conocer la extensión del mal. Atracamos, pues, en la orilla oriental, en un lugar desierto, decididos a quedarnos allí el tiempo que fuera menester, alimentándonos con las mercancías que transportábamos y cambiando cada noche de sitio para desorientar a eventuales salteadores. Cinco o seis veces al día íbamos a buscar noticias, remando hasta llegar cerca de los que iban Nilo arriba para interrogarlos. La epidemia hacía estragos en la capital. Cada día se contaban cincuenta, sesenta, cien defunciones en los registros; y se sabía por experiencia que había que contabilizar un número de muertos no declarados diez veces mayor. Cada embarcación traía una nueva cifra, siempre concreta, acompañada con frecuencia de explicaciones que no admitían discusión alguna. Por ejemplo, el lunes de la Pascua cristiana, la tierra había temblado tres veces; y al día siguiente, sin más tardar, se registraban doscientas setenta y cuatro defunciones. Al viernes siguiente cayó una granizada insólita para la estación; se contaron ese mismo día trescientas sesenta y cinco muertes. Por consejo de su médico, el sultán de Egipto, un anciano mameluco circasiano llamado Kansoh, decidió, para protegerse de la peste, llevar en los dedos dos anillos de rubíes; prohibió también el vino y el hachís, así como el comercio de las prostitutas. En todos los barrios de la ciudad se acondicionaron nuevos aljibes para los baños mortuorios.

Como es lógico, las víctimas no eran ya todas niños y sirvientes. Soldados y oficiales empezaban a sucumbir a cientos. Y el sultán se apresuró a anunciar que él en persona pensaba heredar sus equipos. Ordenó que se arrestara a las viudas de todos los militares fallecidos hasta que hubiesen entregado en el arsenal una espada con incrustaciones de plata, una cota de mallas, un casco, un carcaj, así como dos caballos o su contravalor. Además, estimando que la población de El Cairo había disminuido sensiblemente por mor de la epidemia y que iba a reducirse aún más, Kansoh decidió tomar, de la reciente cosecha, una importante cantidad de trigo que envió inmediatamente a Damasco y a Alepo, donde podría venderla tres veces más cara. De la noche a la mañana, el precio del pan y de la harina subió de forma desmesurada.

Cuando, poco después de anunciar tales decisiones, salió el sultán de su ciudadela y cruzó la ciudad para ir a inspeccionar la onerosa reconstrucción del colegio que había de llevar su nombre, que había diseñado él mismo y cuya cúpula acababa de agrietarse por tercera vez, la población de la capital lo abucheó. Hasta sus oídos llegaron gritos: «¡Dios haga perecer a los que matan de hambre a los musulmanes!». A la vuelta, el soberano evitó cruzar el barrio popular de Bab Zuwaila, prefirió volver a la ciudadela por calles menos bulliciosas.

Estas noticias nos las contó un joven comerciante, rico y culto, que, huyendo de la capital con su familia en su barca personal, atracó unas cuantas horas junto a nosotros antes de proseguir su camino. Trabó inmediatamente amistad conmigo, me preguntó por mi país y mis recientes viajes, y sus preguntas estaban más preñadas de sabiduría que mis respuestas. Cuando hice que la conversación versara de nuevo sobre Egipto, me confió con voz serena:

—Los monarcas, afortunadamente, se exceden a veces; si no fuera por eso, no caerían nunca.

Y luego añadió, chispeándole los ojos:

—La locura de los príncipes es la sabiduría del Destino.

Yo creía haberlo entendido:

—Pronto habrá una insurrección, ¿no es cierto?

—Esa palabra no va con nosotros. Es cierto que en tiempo de epidemia la gente de la calle se porta valientemente, pues el poderío del sultán parece muy frágil frente al del Altísimo que siega regimientos enteros de militares. Pero en las casas no hay ni un arma, apenas algún cuchillo para cortar el queso. Cuando llega la hora de los grandes cambios, siempre viene un mameluco circasiano en lugar del anterior.

Antes de seguir su camino, el mercader me hizo una propuesta inesperada que acepté agradecido, aunque, en el momento, no calibré cuán generosa era.

—Voy a instalarme durante unos meses en Asiut, mi ciudad natal, y no querría que mi casa de El Cairo permaneciera tanto tiempo abandonada. Me sentiría muy honrado si pudieras vivir en ella durante mi ausencia.

Al esbozar un doble gesto de agradecimiento y rechazo, me cogió la muñeca:

—No te hago un favor, noble viajero, pues, si mi casa permaneciera sin dueño, sería presa de los saqueadores, sobre todo en estos tiempos difíciles. Si aceptaras, yo te quedaría muy agradecido y resolverías un problema que me preocupa.

En semejantes condiciones, no podía por menos de aceptar. Siguió hablando con el tono confiado de un hombre que ha madurado mucho tiempo su decisión:

—Voy a redactarte un documento que certifique que puedes disfrutar de mi propiedad hasta mi regreso.

Fue a coger en su barca papel, cálamo y tintero, luego, volvió a sentarse en el suelo a mi lado. Mientras escribía, me iba preguntando mi nombre, mis sobrenombres, mi rango; pareció satisfacerlo todo ello y me entregó, al tiempo que el documento, un manojo de llaves cuya distribución me indicó. Me explicó, por fin, con palabras muy precisas, dónde hallar la casa y cómo reconocerla.

—Es un edificio blanco, rodeado de palmeras y sicómoros. Está en una pequeña elevación, en el extremo norte de la ciudad antigua, y da directamente al Nilo. He dejado allí a un jardinero que estará a tu servicio.

Esto aumentaba mi impaciencia por llegar a mi destino. Pregunté a mi interlocutor cuándo podría esperarse que acabara la peste.

—Las epidemias precedentes acabaron todas antes del comienzo de *mesore*.

Le rogué que repitiera la última palabra, pues creía haberla oído mal. Sonrió bondadosamente.

—*Mesore* es, en el año copto, el mes en que llega a su punto más alto la crecida de las aguas.

Murmuré:

—Gran mérito tiene Egipto en ser musulmán cuando el Nilo y la peste se ajustan aún al calendario de los faraones.

Por su forma de bajar la mirada, por su sonrisa violenta, comprendí que él no era musulmán. Acto seguido, desplegó gran actividad:

—Se hace tarde. Creo que deberíamos izar las velas.

Dirigiéndose a uno de sus hijos que daba vueltas sin cansarse alrededor de una palmera, gritó:

—¡Sesostris, sube a la barca, nos vamos!

Me estrechó la mano por última vez, no sin añadir con aire apurado:

—En la casa hay una cruz y un icono. Si te ofenden, puedes descolgarlos y meterlos en un arca hasta que yo regrese.

Le prometí que nada cambiaría de sitio, antes bien, y le di las gracias por su extremada fineza.

Mientras conversaba con este copto, los marineros se habían apartado, gesticulando con animación. En cuanto mi bienhechor se hubo alejado, vinieron a anunciarme, con tono solemne, su decisión de salir al día siguiente sin más demora para la capital. No ignoraban, aunque fuesen todos musulmanes, que la peste no desaparecería antes de *mesore*. Pero los impulsaban otras razones.

—El hombre ha dicho que el precio de las mercancías ha subido de repente. Es el momento de ir al puerto viejo, de vender nuestra carga y de volver por fin a casa.

No se me ocurrió protestar. En lo que a mí se refería, estaba como un amante cansado de dormir noche tras noche a pocas brazadas del objeto de mis deseos.

¡El Cairo al fin!

En ninguna otra ciudad se olvida tan deprisa que se es extranjero. El viajero queda, nada más llegar, atrapado en el torbellino de los rumores, de las anécdotas, de las muecas expresivas. Cien desconocidos se acercan a él, le cuchichean al oído, lo ponen de testigo, lo empujan por el hombro para incitarlo con más facilidad a jurar o a reír, tal y como ellos esperan. A partir de ese momento, es partícipe del secreto, está al tanto de una fabulosa historia, no puede por menos de enterarse de lo que va a pasar después, aunque tenga que esperar a la caravana siguiente, hasta la siguiente fiesta, hasta la estación de la crecida. Pero ya ha empezado otra historia.

Aquel año, cuando desembarqué agotado y aturdido a una milla de mi nueva morada, toda la ciudad, maltratada sin embargo por la peste, se reía descaradamente del «ojo augusto», del monarca, se entiende. El primer vendedor de refrescos, adivinando mi ignorancia con fruición, se sintió en la obligación de ponerme al día, con prioridad sobre cualquier otra ocupación, alejando con gesto desdeñoso a sus sedientos clientes. Lo que más adelante me contaron notables y mercaderes no se diferenciaba en nada del relato de este hombre.

—Todo empezó —me dijo— con una turbulenta entrevista entre el sultán Kansoh y el califa.

Aquel califa era un anciano irreprochable que vivía apaciblemente en su harén. El sultán lo había tratado con rudeza y le había exigido la dimisión, so pretexto de que estaba perdiendo vista, de que estaba ya casi ciego del ojo izquierdo y de que su firma parecía emborronada en los decretos. Kansoh quería, aparentemente, atemorizar al príncipe de los creyentes para sacarle unas cuantas decenas de miles de dinares a cambio de que lo mantuviera en sus funciones. Pero el anciano no se había prestado al juego. Había tomado una satinada hoja de papel y había redactado con buen pulso su acta de abdicación a favor de su hijo.

El asunto no habría ido más allá, una injusticia más, pronto olvidada, si algún tiempo después el propio sultán no hubiera notado una mañana un dolor en el ojo izquierdo. Esto sucedía dos meses antes de mi llegada, en el momento de mayor mortandad de la peste. Pero al soberano ya no le interesaba la epidemia. El párpado se le caía. Pronto se cerró tanto que tenía que levantárselo con el dedo para echar la menor ojeada. Su médico le diagnosticó ptosis y prescribió una incisión.

Mi interlocutor acababa de ofrecerme una taza de refresco de rosa y me propuso que me sentara en un cajón de madera, lo que hice. A nuestro alrededor no había ya aglomeración alguna. La historia se reanudó:

—Como el monarca se negaba categóricamente, su médico trajo a su presencia a un oficial superior, comandante de mil, que padecía el mismo mal y lo operó en el acto. El hombre volvió una semana después mostrando un ojo totalmente curado.

En vano. El sultán, decía mi narrador, prefirió consultar a una curandera turca que prometió curarlo sin recurrir a la cirugía, limitándose a aplicarle una pomada a base de acero en polvo. Pasados tres días de tratamiento, la enfermedad se había extendido al ojo derecho. El viejo sultán no salía ya, no se ocupaba de ningún asunto, no estaba ya ni para llevar en la cabeza su *noria,* el pesado tocado de largos cuernos que habían adoptado los últimos soberanos mamelucos de Egipto. Hasta tal punto que sus propios oficiales, convencidos de que pronto perdería la vista, se habían puesto a buscarle un sucesor.

La misma víspera de mi llegada a El Cairo, la ciudad rebosaba de rumores de conspiración. Los cuales, como es lógico, habían llegado a oídos del sultán, que había decretado un toque de queda desde el crepúsculo hasta el amanecer.

«Así que —concluyó el vendedor de refrescos, señalándome el sol en el horizonte—, si vives lejos, deberías darte prisa porque dentro de siete grados se azotará en público hasta hacerla sangrar a toda persona a quien se encuentre por la calle».

Siete grados era menos de media hora. Miré a mi alrededor. Ya no quedaban más que soldados en todas las esquinas echando nerviosas ojeadas hacia poniente. No atreviéndome a correr ni a preguntar el camino por miedo a parecer sospechoso, me limité a seguir el río, apretando el paso y esperando a que la casa fuera fácilmente reconocible.

Dos soldados venían a mi encuentro con paso y mirada inquisitivos, cuando vi un sendero a mi derecha. Me metí por él sin pensarlo ni un instante con la curiosa impresión de haberlo recorrido cada día de mi vida.

Estaba en mi casa. El jardinero estaba sentado en el suelo, ante la puerta, con rostro inexpresivo. Lo saludé con un gesto y saqué ostensiblemente las llaves. Sin decir palabra, se apartó para dejarme pasar y no pareció sorprendido en absoluto de ver a un desconocido penetrar así en casa de su amo. Mi seguridad lo había tranquilizado. Sintiéndome de todas formas obligado a explicarle la razón de mi presencia, saqué del bolsillo, para enseñárselo, el documento firmado por el copto. El hombre no lo miró. Como no sabía leer, se fió de mí, regresó a su sitio y no volvió a moverse.

A la mañana siguiente, cuando salí, seguía en el mismo sitio, sin que pudiera saber si había pasado allí la noche o si había reanudado la guardia al amanecer. Di unos pasos por mi calle, que me pareció muy animada. Pero todos los transeúntes me miraban. Aunque estaba acostumbrado a tal molestia que le es propia a todos los viajeros, notaba sin embargo una insistencia desusada que atribuí a mi indumentaria magrebí. Pero no se debía a ella. Un frutero salió de su puesto para venir a darme sabios consejos:

—La gente se asombra al ver a un hombre de tu categoría andar humildemente a pie entre el polvo.

Sin esperar respuesta, llamó a un burrero que me ofreció un animal majestuoso provisto de una hermosa manta y puso a mi disposición a un muchacho para que hiciera las veces de lacayo.

En semejante montura, recorrí la ciudad vieja haciendo alto sobre todo en la célebre mezquita de Amr y en el zoco de las telas, antes de hacer una incursión por El Cairo nuevo de donde volví con la cabeza llena de cuchicheos. A partir de ese día, este paseo se convirtió en cotidiano, más o menos largo según mi humor y mis ocupaciones, pero siempre fructuoso. Pues me encontraba con notables, oficiales, funcionarios de palacio, hacía negocios. Ya desde el primer mes, me las ingenié para colocar en una caravana de camellos fletada por comerciantes magrebíes un cargamento de crespón indio y de especias dirigido a un mercader judío de Tremecén. A petición mía, me envió un cofrecillo de ámbar de Mesa.

Entre negocio y negocio, recogía algunas confidencias. De esta forma me enteré, una semana después de mi llegada, de que el sultán estaba ya en mejor disposición. Convencido de que su enfermedad era un castigo del Altísimo, había convocado a los cuatro grandes cadíes de Egipto, representantes de los cuatro ritos de la Fe, para reprocharles que le hubieran dejado cometer tantos crímenes sin haberlo recriminado por ello. Se decía que había prorrumpido en llanto ante los magistrados, que se habían quedado pasmados: pues el sultán era un hombre imponente, muy alto y corpulento, con una majestuosa barba redondeada. Jurando que lamentaba amargamente su comportamiento con el anciano califa, había prometido reparar sin tardanza el daño que había causado. Y acto seguido había dictado un mensaje para el pontífice destituido y había ordenado al comandante de la ciudadela que se lo llevara inmediatamente. La nota decía así: «Te traigo los saludos del sultán, que solicita tus plegarias. Salva su responsabilidad de la conducta que tuvo contigo y desearía no merecer tus reproches. No supo resistir un mal impulso».

Ese mismo día, el preboste de los mercaderes había bajado de la ciudadela precedido de portadores de antorchas que se dispersaron por la ciudad para anunciar: «Por decreto de Su Real Majestad el sultán, quedan abolidas las tasas mensuales y semanales y todos los impuestos indirectos sin excepción, incluidos los derechos sobre los molinos de El Cairo».

El sultán estaba decidido a atraer a toda costa la misericordia del Altísimo sobre su ojo. Ordenó que reunieran en el hipódromo a todos los hombres y mujeres sin trabajo de la capital y les dio de limosna dos monedas de medio fado a cada uno, o sea un gasto total de cuatrocientos dinares. Mandó igualmente repartir tres mil dinares a los pobres, sobre todo a los que vivían en la mezquita de Al-Azhar, así como en los monumentos mortuorios de la Karafa.

Una vez tomadas estas medidas, Kansoh convocó de nuevo a los cadíes y les pidió que mandaran decir en todas las mezquitas del país fervorosas plegarias por la curación del ojo augusto. Sólo tres magistrados pudieron acudir a la llamada: el cuarto, el cadí malequita, estaba enterrando aquel día a dos de sus hijos pequeños víctimas de la peste.

Si el sultán daba tanta importancia a aquellas plegarias era porque había acabado por acceder a la operación, que se realizó, a petición suya, un viernes nada más acabar la oración de mediodía. Estuvo recluido en sus habitaciones hasta el viernes siguiente. Fue entonces a las tribunas de Acrafiah, mandó venir a los prisioneros arrestados en las cuatro cárceles, en el torreón de la ciudadela, así como en la Arkana, prisión del palacio real, y firmó gran cantidad de excarcelaciones, sobre todo de allegados suyos caídos en desgracia. El más célebre beneficiario de la augusta clemencia fue el maestro barbero Kamaledín, cuyo nombre recorrió rápidamente El Cairo, suscitando no pocos comentarios irónicos.

Kamaledín, que era un apuesto mozo, había sido durante mucho tiempo el favorito del sultán. Por las tardes, le daba masajes en la planta de los pies para que durmiera. Hasta el día en que el soberano padeció una inflamación de las bolsas y hubo de ser sangrado; el barbero divulgó la noticia por la ciudad con gran lujo de detalles, haciéndose acreedor a la ira de su señor.

Ahora estaba perdonado. No sólo estaba perdonado, sino que, incluso, el sultán se excusaba por haberlo maltratado y le pedía, puesto que tal era su vicio, que fuera a contar por toda la ciudad que el ojo augusto había sanado. En realidad, tenía aún los párpados vendados, pero el soberano se sentía suficientemente vigoroso para reanudar sus audiencias. Tanto más cuanto que estaban sucediendo acontecimientos de excepcional gravedad. Acababa de recibir, en efecto, uno tras otro, a un enviado del jerife de La Meca y a un embajador hindú, que habían llegado unos días antes a la capital para hablarle del mismo problema: los portugueses acababan de ocupar la isla de Kamarán, controlaban férreamente la entrada del mar Rojo y habían desembarcado tropas en las costas del Yemen. El jerife temía que atacaran a los convoyes de peregrinos de Egipto que tenían por costumbre pasar por los puertos de Yanbu y Yida, directamente amenazados ahora. El emisario hindú había venido, por su parte, con gran pompa, acompañado de dos enormes elefantes cubiertos de gualdrapas de terciopelo rojo; le preocupaba ante todo el comercio entre las Indias y el imperio mameluco, súbitamente interrumpido por la invasión portuguesa.

El sultán declaró que se sentía muy afectado e hizo la observación de que los astros debían de ser particularmente desfavorables para los musulmanes aquel año, puesto que al mismo tiempo se presentaban la peste, la amenaza de los Santos Lugares y su propia enfermedad. Ordenó al inspector de los graneros, el emir Jushkadam, que acompañase al emisario hindú y a su comitiva hasta Yida y que se afincara luego allí para organizar su servicio de información acerca de las intenciones de los portugueses; prometió igualmente armar una flota y mandarla él mismo si Dios le daba salud.

Hasta el mes de *shabán* no se vio a Kansoh lucir de nuevo su pesada *noria*. Todo el mundo comprendió entonces que estaba definitivamente curado y la ciudad recibió órdenes de adornar las calles con colgaduras. Se organizó una procesión que abrían los cuatro médicos reales vestidos con pellizas de terciopelo rojo adornadas con martas cebellinas, regalo del agradecido soberano. Los altos funcionarios llevaban todos ellos bandas de seda amarilla y en las ventanas de las calles por las que pasaba el cortejo había colgaduras del mismo color, en señal de regocijo. Los grandes cadíes habían adornado sus puertas con muselinas bordadas y salpicadas de granos de ámbar, los timbales resonaban en la ciudadela. Se había levantado el toque de queda y la música y los cantos retumbaron al ponerse el sol por todos los rincones de la ciudad. Luego, bien entrada la noche, brotaron a la orilla del agua fuegos artificiales recibidos por frenéticas aclamaciones.

En aquella ocasión en medio del regocijo general, sentí repentinamente el irresistible deseo de vestirme a la egipcia. Dejé, pues, mis ropas de fesí, que guardé cuidadosamente para el día en que me marchara, y luego me puse una estrecha túnica de rayas verdes cosida en el pecho y acampanada que llegaba al suelo. Me calcé con sandalias a la antigua usanza. Me enrollé a la cabeza un ancho turbante de crespón indio. Así ataviado mandé venir un burro sobre el cual me entronicé en medio de mi calle, rodeado de mil vecinos, para unirme a los festejos.

Sentía que aquella ciudad era mi ciudad y ello me proporcionaba un inmenso bienestar. En pocos meses me había convertido en un verdadero notable cairota. Tenía mi burrero, mi frutero, mi perfumista, mi orfebre, mi papelero, prósperos negocios, relaciones en palacio y una casa que daba al Nilo.

Creía haber alcanzado el oasis de los frescos manantiales.

El año de la circasiana
920 de la hégira

(26 de febrero de 1514-14 de febrero de 1515)

Me habría adormecido para siempre en los placeres y los horrores de El Cairo si una mujer no hubiera elegido aquel año para compartir conmigo su secreto, el más peligroso del mundo, puesto que podía privarme a la vez de esta vida y de la otra.

El día en que la conocí había empezado de modo espantoso. El muchacho que conducía el burro me había desviado de nuestro habitual camino poco antes de entrar en la ciudad nueva. Creyendo que quería evitar alguna aglomeración, se lo permití. Pero me condujo hasta un tumulto y luego, poniéndome las riendas en la mano, masculló una excusa y se eclipsó sin que hubiera podido hacerle ni una pregunta. Nunca se había portado así y me prometí hablar de ello con su amo.

No tardé en comprender el porqué de tanta excitación. Un destacamento de soldados estaba llegando, en efecto, por la calle Saliba, precedido de tambores y portadores de antorchas. En medio de la tropa, se arrastraba un individuo con el torso desnudo y las manos estiradas hacia delante, atadas por una cuerda de la que tiraba un jinete. E iban leyendo una proclama que decía que al hombre, un criado acusado de robar turbantes en los zocos durante la noche, se le condenaba a que lo cortaran por la mitad. Yo sabía que aquel suplicio se reservaba generalmente para los asesinos, pero había habido en los días anteriores una serie de robos y los comerciantes reclamaban un castigo ejemplar.

El desdichado no gritaba, se limitaba a gemir sordamente sacudiendo la cabeza cuando, de repente, dos soldados se abalanzaron hacia él haciéndole perder el equilibrio. Incluso antes de llegar al suelo, uno lo cogió con fuerza por debajo de los brazos mientras que el otro, al mismo tiempo, le sujetaba los pies. Se acercó el verdugo con una pesada espada entre las manos y de un solo tajo cortó al hombre en dos por la cintura. Aparté la vista, sintiendo en el vientre una contracción tan violenta que mi cuerpo paralizado estuvo a punto de caer inerte. Una mano caritativa se alzó hacia mí para sostenerme, así como la voz de un anciano:

—No hay que contemplar la muerte subido en una montura.

En vez de poner pie a tierra, cosa de la que me sentía incapaz, me aferré a mi burro, di media vuelta y me alejé, mientras se alzaban a mi alrededor las protestas de aquellos a quienes mi maniobra impedía ver la continuación del espectáculo: acababan de colocar sobre un montón de cal viva la parte superior del ajusticiado que, erguido de cara a la muchedumbre, iba a delirar durante largos minutos antes de extinguirse.

Para tratar de olvidar, decidí acudir a mis ocupaciones, ir a informarme de las salidas y llegadas de las caravanas y escuchar algunas habladurías. Pero, a medida que iba avanzando, me pesaba más y más la cabeza. Estaba como deslumbrado; iba bogando a la deriva de calle en calle, de zoco en zoco, medio inconsciente, aspirando el olor del azafrán y del queso frito, oyendo, como en una lejana batahola, los gritos de los vendedores que me llamaban. Privado del lacayo, que se había quedado a presenciar el macabro espectáculo, mi burro iba errante siguiendo su humor y sus costumbres. Esto duró hasta que un mercader, dándose cuenta de mi indisposición, cogió las riendas y me tendió una copa de agua azucarada perfumada con jazmín que al instante me quitó la opresión de las entrañas. Estaba en Jan el-Jalili y mi bienhechor era uno de los más ricos negociantes persas de la plaza, un tal Akbar, ¡Dios lo colme de venturas! Me hizo tomar asiento, jurando que no me dejaría salir hasta que no estuviera totalmente restablecido.

Llevaba allí seguramente una hora y mi mente iba emergiendo lentamente de las brumas cuando entró la circasiana. No sé qué fue lo primero que me llamó la atención. ¿Era su rostro tan hermoso y sin embargo tan descubierto, pues sólo una banda de seda negra sujetaba la rubia cabellera? ¿Era su cintura, tan fina, en aquella ciudad donde sólo se valoran las mujeres bien alimentadas? O quizá la manera ambigua, deferente pero no solícita, en que Akbar había dicho: «¡Alteza!».

Su séquito no se diferenciaba en nada del de la burguesa más humilde: una sola sirvienta, una campesina de gestos torpes y cara siempre sonriente, que llevaba un objeto plano mal envuelto en una sábana vieja y pasada.

Mi mirada debió de ser demasiado insistente, pues la circasiana volvió ostensiblemente el rostro, en vista de lo cual Akbar vino a confiarme, en tono deliberadamente ceremonioso:

—Es Su Alteza Real la princesa Nur, viuda del emir Aladino, sobrino del Gran Turco.

Me esforcé por mirar a otra parte, pero ello atizaba mi curiosidad. En El Cairo nadie ignoraba el drama de aquel Aladino. Había participado en la guerra fratricida que había enfrentado a los herederos del sultán Bayaceto. En un momento dado, incluso había parecido triunfar, al apoderarse de la ciudad de Bursa y amenazar con tomar Constantinopla. Pero su tío Selim había acabado por alzarse con la victoria. Sin compasión, el nuevo sultán otomano había mandado estrangular a sus propios hermanos y diezmar a sus familias. Aladino había conseguido huir, sin embargo, y refugiarse en El Cairo, donde se le había recibido con todos los honores. Se le había adjudicado un palacio y sirvientes y se decía que se estaba preparando a la sazón para provocar un levantamiento contra su tío con el apoyo del imperio mameluco, del sofí de Persia y de poderosas tribus turcas en el mismo corazón de Anatolia.

¿Hubiera podido aquella coalición con el temible Selim? Nunca se podrá saber: cuatro meses después de su llegada, Aladino había muerto de la peste. No había cumplido aún los veinticinco años y acababa de casarse con una hermosa circasiana de la que se había prendado, la hija de un oficial de su guardia. El sultán de Egipto, apenado, según se contaba, por la muerte del príncipe, presidió en persona la oración del ausente. Los funerales fueron grandiosos, tanto más notables cuanto que se desarrollaban siguiendo las costumbres otomanas mal conocidas entonces en El Cairo: los caballos de Aladino iban delante con la cola cortada y la silla al revés: sobre las parihuelas, encima del cuerpo, iban su turbante y sus arcos quebrados.

Sin embargo, dos meses después, el señor de El Cairo volvía a tomar posesión del palacio de Aladino, decisión que censuró la población. A la viuda del otomano se le concedían una modesta casa y una renta tan irrisoria que se veía en la obligación de poner a la venta los pocos objetos de valor que le había dejado su marido.

Todos estos hechos me los habían contado en su momento, pero no habían adquirido para mí ningún significado especial. Mientras los estaba repasando en mi memoria, me llegó la voz de Nur, desgarradora pero digna:

—El príncipe hace proyectos en su palacio sin saber que en el mismo instante, en una choza, los dedos de un artesano están tejiendo ya su sudario.

Había pronunciado estas palabras en árabe, pero con ese acento circasiano que todos los cairotas reconocen sin esfuerzo, puesto que es el de los sultanes y los oficiales mamelucos. Antes de que yo pudiera responder, había vuelto el mercader ofreciendo un precio:

—Setenta y cinco dinares.

Ella palideció:

—¡Es una pieza única en el mundo!

Se trataba de un tapiz bordado con rara precisión y rodeado de un marco de madera tallada. Representaba unos lobos que corrían en manada hacia la cumbre de una montaña nevada.

Akbar me tomó por testigo:

—Lo que dice Su Alteza es la pura verdad, pero mi tienda está llena de objetos de valor que no me queda más remedio que malvender. Los compradores escasean.

Asentí imperceptiblemente con la cabeza por cortesía. Tomando confianza, insistió:

—Este año es el peor desde que empecé a trabajar, hace treinta años. La gente no se atreve ya a enseñar sus dinares ni de lejos, por temor a que se la acuse de esconder algunas riquezas y a que vengan a quitárselas. La semana pasada, detuvieron a una cantante por una simple denuncia.

El sultán en persona le dio tormento mientras los guardias le apretaban los pies. Todo lo que le sacaron fueron ciento cincuenta monedas de oro.

Se volvió atrás:

—Cierto es que me hago cargo de por qué nuestro soberano que Dios guarde se ve obligado a portarse así. Le faltan los ingresos de los puertos. En Yida no ha entrado un barco desde hace un año por culpa de los corsarios portugueses. La situación es igual de mala en Damieta. En cuanto a Alejandría, la han abandonado los negociantes italianos que no encuentran ya negocio alguno allí. ¡Y decir que era una ciudad que tenía en el pasado seiscientos mil habitantes, doce mil mercaderes de especias que abrían hasta la noche y cuarenta mil judíos que pagaban la *yizia* legal! Hoy en día, es un hecho que Alejandría ingresa al Tesoro menos de lo que cuesta. El resultado lo estamos viendo a diario: hace siete meses que el ejército no come carne, los regimientos andan revueltos y el sultán busca el oro donde cree que lo va a encontrar.

La entrada de un cliente interrumpió su discurso. Al ver que el recién llegado no llevaba nada en las manos, Akbar se dijo sin duda que se trataba de un comprador y nos rogó que lo perdonáramos un momento. La princesa estaba a punto de irse, pero la retuve:

—¿Cuánto esperabas conseguir?

—Trescientos dinares, ni uno menos.

Le pedí que me enseñara el tapiz. Había tomado ya una decisión pero no podía comprarlo sin mirarlo, por temor a que la compra pareciese una limosna. Tampoco quería mirarlo demasiado, por miedo a que se pudiera creer que quería hacer negocio. Le lancé, pues, una mirada furtiva antes de declarar en tono neutro:

—Trescientos me parece un precio razonable. Lo compro.

Ella no se dejó engañar:

—Una mujer no acepta un regalo de un hombre al que no puede demostrar su agradecimiento.

Las palabras eran firmes, pero el tono lo era menos. Respondí con acento falsamente ofendido:

—No es ningún regalo. ¡Compro este objeto porque le tengo aprecio!

—¿Y por qué ibas a tenérselo?

—Es un recuerdo.

—Pero ¡si es la primera vez que lo ves!

—Basta a veces con vislumbrarlo para que un objeto se convierta en insustituible.

Se ruborizó. Nuestras miradas se cruzaron. Nuestros labios se entreabrieron. Ya éramos amigos. La sirvienta, más jovial que nunca, circulaba entre nosotros, atenta a recoger nuestros cuchicheos. Nos citamos: el viernes a las doce en la plaza de Ezbekieh, delante del exhibidor de burros.

Desde mi llegada a Egipto, nunca había faltado a la solemne oración del viernes. Pero aquel día falté sin demasiados remordimientos; bien pensado, era el Creador quien había hecho a aquella mujer tan hermosa y la había puesto en mi camino.

La plaza de Ezbekieh se iba llenando lentamente según se iban vaciando las mezquitas, pues todos los cairotas tenían costumbre de reunirse allí tras la ceremonia para jugar a los dados, escuchar los camelos de los narradores, perderse, a veces, al final de la tarde, por las callejuelas vecinas donde algunas tabernas ofrecían un atajo hacia el Edén.

No divisaba aún a mi circasiana, pero allí estaba el exhibidor de burros, rodeado ya de un racimo creciente de mirones. Me uní a ellos, sin dejar de echar frecuentes ojeadas a los rostros que merodeaban y al sol con la esperanza de que se hubiera movido unos grados.

El saltimbanqui bailaba con su animal sin que se supiera quién imitaba los pasos de quién. Luego se puso a hablarle al burro. Le anunció que el sultán había decidido empezar un gran edificio y que iba a requisar todos los burros de El Cairo para transportar la cal y las piedras. En el acto, el animal se dejó caer al suelo, se puso patas arriba, hinchó la tripa y cerró los ojos. El hombre se lamentó entonces ante los asistentes diciendo que se le había muerto el burro e hizo una colecta para comprarse otro. Cuando hubo recogido unas cuantas docenas de monedas, dijo:

—No creáis que mi burro ha expirado. Es un glotón que, reconociendo mi pobreza, finge para que gane algo de dinero y le compre comida.

Tomando una tranca, le dio al animal una buena tunda.

—¡Venga, levanta ya!

Pero el burro no se movió. El saltimbanqui siguió diciendo:

—Habitantes de El Cairo, el sultán acaba de promulgar un edicto: toda la población deberá salir a la calle mañana para asistir a su entrada triunfal en la ciudad. Se requisan los burros para llevar a las damas de la alta sociedad.

Al oír esto, el animal se puso de pie y empezó a pavonearse, dando la impresión de estar muy alegre. Su amo reía a carcajadas, igual que la muchedumbre.

—¡Así que te gustan las mujeres bonitas! —dijo— . ¡Pues aquí hay varias! ¿A cuál te gustaría llevar?

El animal dio la vuelta a la concurrencia, pareció vacilar y luego se dirigió derecho a una espectadora muy alta que estaba a unos pasos de mí. Llevaba velos tan tupidos que su rostro resultaba invisible. Pero reconocí en el acto su porte. Asustada por las risas y las miradas, se me acercó y se aferró a mi brazo. Me apresuré a gritarle al burro en tono de broma: «¡No llevarás a mi mujer!», antes de alejarnos ambos con dignidad.

—No esperaba verte cubierta con un velo. A no ser por el burro, no te habría reconocido.

—Para eso me pongo velos, para que no me reconozcan. Estamos juntos, en la calle, en medio de una muchedumbre curiosa y charlatana y nadie se da cuenta de que no soy tu mujer.

Y añadió con picardía:

—Me quito el velo si quiero gustar a todos los hombres; lo llevo si quiero gustarle a uno solo.

—A partir de ahora, odiaré que lleves el rostro descubierto.

—¿Querrías no contemplarlo nunca?

Era cierto que no podíamos estar solos en una casa, ni en la suya ni en la mía, y que teníamos que conformarnos con recorrer la ciudad, uno al lado del otro. El día de la primera cita, Nur insistió para que fuéramos a visitar el jardín prohibido.

—Lo llaman así —me explicó—, porque está rodeado de altas murallas y porque el sultán ha prohibido la entrada para proteger una maravilla de la naturaleza: el único árbol del mundo que da el bálsamo verdadero.

Una moneda de plata en la mano del guardia nos permitió entrar. Inclinada sobre el bálsamo, Nur se apartó el velo y permaneció mucho rato inmóvil, fascinada, soñadora. Repitió, como para sí misma:

—En todo el mundo sólo existe este pie. ¡Es tan menudo, tan frágil y, sin embargo, tan valioso!

A mí el árbol me parecía muy corriente. Las hojas se parecían a las de la vid, pero más pequeñas. Estaba plantado en el centro de un manantial.

—Dicen que si lo regaran con otra agua, se secaría enseguida.

Me pareció que esta visita la conmovía pero no comprendí la razón. Pero ya al día siguiente estábamos juntos de nuevo y me pareció alegre y llena de atenciones. A partir de aquel día, nuestros paseos fueron cotidianos o casi, pues, a mediados de semana, el lunes y el martes, nunca estaba libre. Cuando se lo hice notar, al cabo de un mes, reaccionó airada:

—Habrías podido no verme nunca o sólo una vez al mes. Ahora que estoy contigo dos, tres, cinco días a la semana, me reprochas mis ausencias.

—No cuento los días que te veo. Son los otros los que me parecen interminables.

Era un domingo y nos hallábamos cerca de la mezquita de Ibn Tulún, ante el *hammam* de las mujeres donde iba a entrar Nur. Parecía dudar.

—¿Estarías dispuesto a acompañarme sin hacer ninguna pregunta?

—¡Hasta la China si fuera preciso!

—Entonces reúnete mañana conmigo, con dos camellos y unos odres llenos, delante de la Mezquita Mayor de Gizeh.

Decidido a cumplir mi promesa, no la interrogué acerca de nuestro destino, de forma tal que, al cabo de dos horas de camino, sólo habíamos cruzado algunas palabras. No juzgué sin embargo contrario a nuestro acuerdo hacer la siguiente observación:

—Las pirámides no deben de estar lejos de aquí.

—¡Justo!

Animado por esta indicación, seguí:

—¿Es ahí donde vamos?

—Justo.

—¿Y vienes aquí todas las semanas para ver esas construcciones redondas?

Le entró una risa franca y devastadora que no pudo por menos de molestarme. Para acentuar mi desaprobación, puse pie a tierra y trabé el camello. No tardó en volver a mi encuentro.

—Perdóname por haberme reído. Es porque has dicho que eran redondas.

—No me lo he inventado, Ibn-Batuta, el gran viajero, dice textualmente que las pirámides tienen forma circular.

—No las habrá visto nunca. O a mucha distancia, de noche, ¡Dios lo perdone! Pero no se lo censures. Cuando un viajero narra sus hazañas, se vuelve prisionero de los cacareos admirados de los que lo escuchan. No se atreve ya a decir «no lo sé» o «no lo he visto», por temor a quedar mal. Hay mentiras de las que tienen más culpa los oídos que la boca.

Habíamos reanudado el camino. Siguió diciendo:

—¿Y qué más dice ese Ibn-Batuta de las pirámides?

—Que las construyó un sabio muy impuesto en los movimientos de los astros y que había previsto el Diluvio; por eso construyó esas pirámides en las que representó todas las artes y todas las ciencias, para preservarlas de la destrucción y el olvido.

Temiendo más sarcasmos, me apresuré a añadir:

—De todas formas, Ibn-Batuta precisa que se trata únicamente de suposiciones y que nadie sabe en verdad a qué se destinaban esas curiosas construcciones.

—Para mí, las pirámides se construyeron sólo para ser hermosas y majestuosas, para ser la primera maravilla del mundo. Sin duda les habían asignado alguna otra función, pero era sólo un pretexto dado por el príncipe de entonces.

Acabábamos de llegar a la cima de una colina y las pirámides se perfilaban con claridad en el horizonte. Sujetó su montura y extendió la mano hacia Oriente con un gesto tan emocionado que resultaba solemne.

—Mucho después de que nuestras casas, nuestros palacios y nosotros mismos hayamos desaparecido, estas pirámides seguirán ahí. ¿Acaso no significa eso que ante los ojos del Altísimo ellas son las más útiles?

Puse mi mano sobre la suya.

—De momento, estamos vivos. Y juntos. Y los dos solos. Paseó la mirada por el entorno y adoptó de repente una entonación traviesa:

—¡Pues es verdad que estamos solos!

Pegó su montura a la mía y, apartando el velo, puso un beso en mis labios. ¡Dios, me habría quedado así hasta el día del Juicio!

No fui yo quien dejó sus labios; tampoco ella se separó de mí. La culpa la tuvieron nuestros camellos que se alejaron demasiado pronto uno de otro, amenazando con hacernos perder el equilibrio.

—Se hace tarde. ¿Y si fuéramos a descansar?

—¿En las pirámides?

—No, un poco más allá. Hay, a unas millas de aquí, una pequeña aldea donde vive el aya que me crió. Me espera todos los lunes por la noche.

Un poco en las afueras de la aldea había una casucha de felah, rodeada de barro, al final de un caminito en cuesta que Nur tomó conjurándome a que no la siguiera. Desapareció en la casa. La esperé con la espalda apoyada en una palmera. Era casi de noche cuando volvió acompañada de una vieja campesina, gruesa y bondadosa.

—Jadra, ¡te presento a mi nuevo marido!

Me sobresalté. Mis ojos abiertos como platos toparon con el ceño fruncido de Nur, mientras que el aya imploraba al Cielo:

—¡Viuda a los dieciocho años! Espero que mi princesa tenga más suerte esta vez.

—¡Yo también lo espero! —grité espontáneamente.

Nur sonrió y Jadra balbuceó una invocación antes de conducirnos a una edificación de tierra, próxima a la suya, y aún más exigua.

—No es que sea un palacio, pero estaréis en seco y nadie os despertará. Si me necesitáis, llamadme por la ventana.

No había más que una habitación rectangular, iluminada por una vacilante vela. Un leve olor a incienso flotaba a nuestro alrededor. Por la ventana sin postigos nos llegaba un prolongado mugido de búfalo. Mi circasiana echó la falleba de la puerta y apoyó la espalda en ésta.

Primero cayeron sus cabellos sueltos, luego el vestido. Alrededor del cuello desnudo lucía un collar de rubíes cuya piedra central se balanceaba como un péndulo, ufano, entre los pechos; alrededor de la cintura desnuda, un fino cinturón de hilos de oro trenzados. Nunca habían contemplado mis ojos en mujer alguna tan opulenta desnudez. Vino a susurrarme al oído:

—Otras mujeres habrían malvendido en primer lugar las alhajas íntimas. Yo las conservo. Las casas y los muebles se venden; no así el cuerpo y sus adornos.

La estreché en mis brazos.

—Estoy resignado desde esta mañana a ir de sorpresa en sorpresa. Las pirámides, tu beso, esta aldea, la noticia de nuestra boda, y luego esta habitación, esta noche, tus alhajas, tu cuerpo, tus labios...

La besé apasionadamente. Cosa que la dispensó de confesarme que, en lo tocante a sorpresas, sólo había oído aún «Bismillah...» y que faltaba el resto de la oración.

Pero no llegó antes del fin de la noche, que fue deliciosamente interminable. Estábamos echados uno junto a otro, tan cerca que mis labios se estremecían con sus susurros. Con las piernas dobladas formaba una pirámide cuyo vértice eran las rodillas, pegadas una a otra. Las toqué y se separaron como si acabaran de reñir.

¡Mi circasiana! Mis manos esculpen aún a veces las formas de su cuerpo. Y mis labios no han olvidado nada.

Cuando desperté, Nur estaba de pie, con la espalda apoyada en la puerta como al comienzo de la noche. Pero llevaba un peso en los brazos y la risa de sus ojos era fingida.

—¡Éste es mi hijo Bayaceto que oculto como si fuera un hijo de la vergüenza!

Se adelantó y vino a depositarlo, como una ofrenda, en mis palmas resignadas.

El año de los rebeldes
921 de la hégira

(15 de febrero de 1515-4 de febrero de 1516)

Este hijo no era de mi sangre, pero había surgido para bendecir o castigar la obra de mi carne. Era, pues, mío y hubiera necesitado el valor de Abraham para inmolarlo en nombre de la fe. ¿No es acaso en la hoja del cuchillo enarbolado por el Amigo de Dios por encima de la hoguera donde coinciden todas las religiones reveladas? No me atreví a cometer ese crimen sagrado que glorifico cada año en la fiesta del *Adha*. Sin embargo, aquel año el deber me ordenaba sin rodeos que lo cometiese ya que ante mis ojos estaba naciendo un imperio musulmán y aquel niño era una amenaza para él.

—Un día, Bayaceto, hijo de Aladino, hará temblar el trono de los otomanos. Sólo él, último superviviente de los príncipes de su linaje, podrá alzar a las tribus de Anatolia. Sólo él podrá reunir a su alrededor a los mamelucos circasianos y a los safawis de Persia para derribar al Gran Turco. Sólo él. A menos que los agentes del sultán Selim lo estrangulen.

Nur estaba inclinada sobre la cuna de su hijo, sin saber qué tortura me infligían sus palabras. Aquel imperio cuya destrucción predecía de esta forma era el que invocaba en mis oraciones antes incluso de saber rezar, puesto que de él esperaba desde siempre la liberación de Granada.

Y estaba allí, forjándose ante mi vista. Había conquistado ya Constantinopla, Servia y Anatolia; se disponía a invadir Siria, Irak, la Arabia Desierta, la Arabia Feliz, la Arabia Pétrea y también Egipto. Mañana sería dueño de Berbería, de Andalucía y de Sicilia tal vez. Todos los musulmanes se hallarían de nuevo reunidos, como en tiempos de los Omeyas, en el seno del mismo califato floreciente y temible que impondría su ley a las naciones infieles. ¿Iba acaso a ponerme al servicio de aquel imperio, sueño de mis sueños, esperanza de mis esperanzas? ¿Iba a contribuir a su despuntar? En modo alguno. Estaba condenado a combatirlo o a huir de él. Frente a Selim el Conquistador, que acababa de inmolar, sin que lo retuviese la mano de Dios, a su padre, a sus hermanos con toda su descendencia, y que pronto iba a sacrificar a tres de sus propios hijos, frente a esa espada de la cólera divina, había un niño que yo estaba decidido a proteger, a alimentar en mi seno, hasta que fuera hombre, emir, sepulturero de imperios, hasta que matase a su vez siguiendo la ley de su raza. No había escogido nada de esto; la vida y mi carácter lo habían escogido por mí.

Ahora tenía que irme de Egipto, donde Bayaceto y su madre estaban en peligro. Nur había mantenido su embarazo en secreto, salvo para Jadra, que la había ayudado en el parto y se había ocupado del niño desde el primer día. Si el aya, ya vieja, moría, habría que llevar al niño a El Cairo donde pronto adivinarían su identidad. Estaría entonces a merced de los agentes de Selim, que abundaban en Egipto; el propio sultán Kansoh que, aunque desconfiaba en grado sumo de los otomanos, los temía demasiado para negarles la cabeza de un niño, podría entregarlo.

Tenía clara la solución: casarme con Nur e ir con el niño a Fez donde podría presentarlo como mío, para volver a Egipto cuando fuera mayor y su edad no revelara ya sus orígenes.

La boda fue sencilla puesto que Nur era viuda. Acudieron a mi casa unos cuantos amigos y vecinos para comer y, entre ellos, un notario de origen andaluz. En el momento de redactar el contrato, éste se fijó en el icono y en la cruz que había en la pared. Me rogó que los descolgara.

—No puedo —le dije—. Le he prometido al dueño de esta casa que no los tocaré hasta que él vuelva.

El hombre de ley parecía molesto y también los invitados. Hasta que intervino Nur:

—Si no se pueden quitar estos objetos, nada impide que los tapemos.

Y, sin esperar respuesta, acercó a la pared un biombo damasquinado. Satisfecho, el notario ofició.

No pasamos más de dos noches en la casa, que abandoné a mi pesar. El azar me la había brindado y me había permitido disfrutarla durante cerca de dos años pues el copto no había vuelto a aparecer ni dado señales de vida. Yo sólo había sabido que una epidemia de peste había asolado Asiut y su región, diezmando gran parte de la población, y me había imaginado por tanto que mi bienhechor había sido sin duda víctima de ésta. Quiera Dios que me equivoque, pero no hallo otra explicación a su ausencia ni, sobre todo, a su silencio. Antes de partir, confié sin embargo las llaves a mi orfebre, Daud el alepino. Siendo, como era, el mismísimo hermano de Yaacub, el gerente de la Casa de la Moneda, familiar del sultán, podía impedir mejor que otro que cualquier mameluco se apoderase de la casa vacía.

Comenzó nuestro viaje en el mes de *safar*, en vísperas de la Pascua cristiana. La primera parada la hicimos en la casucha de Jadra, cerca de Gizeh, donde pasamos una noche antes de volver con Bayaceto, que a la sazón contaba dieciséis meses, a Bulaq, el gran puerto fluvial de El Cairo. Gracias a un prudente alboroque, pudimos embarcar sin demora en el cherme que llevaba a Alejandría una carga de azúcar refinada procedente de la azucarera personal del sultán. Abundaban las embarcaciones en Bulaq y algunas eran muy cómodas, pero yo tenía mucho empeño en llegar al puerto de Alejandría bajo el guión del soberano, pues algunos amigos me habían advertido de las dificultades con las que se topaba en las aduanas. A algunos viajeros los registraban hasta el calzón, tanto a la salida como a la llegada, unos escrupulosos funcionarios que tasaban no sólo la mercancía, sino también los dinares.

Evitar este percance no podía por menos de permitirme apreciar mejor la grandeza de esta antigua ciudad, fundada por Alejandro Magno, un soberano del que el Corán habla con palabras elogiosas y cuya tumba no es ya más que sombra de lo que fue. Los habitantes recuerdan aún la época en que centenares de navíos atracaban constantemente en su puerto, procedentes de Flandes, de Inglaterra, de Vizcaya, de Portugal, de Apulia, de Sicilia y, sobre todo, de Venecia, de Génova, de Ragusa y de la Grecia turca. Aquel año, lo único que se amontonaba en la rada eran recuerdos.

En el centro de la ciudad, de cara al puerto, se halla una colina que no existía, cuentan, en tiempos de los antiguos y que se ha formado por acumulación de ruinas. Si se excava en aquel lugar, se encuentran con frecuencia jarrones y otros objetos de valor. Sobre esa elevación se ha construido una torrecilla donde reside día y noche un vigía cuya misión es vigilar los navíos que pasan. Cada vez que avisa de la llegada de uno a los funcionarios de la aduana, cobra una prima. En cambio, si se duerme o abandona su puesto y llega un barco sin previo aviso, tiene que pagar una multa igual al doble de la prima.

En las afueras de la ciudad pueden verse igualmente ruinas importantes en medio de las cuales se eleva una columna muy gruesa y muy alta que construyó, a lo que cuentan los libros antiguos, un sabio llamado Tolomeo. Había colocado en todo lo alto un gran espejo de acero que incendiaba, según se dice, todo barco enemigo que intentaba acercarse a la ciudad.

Había en verdad otras muchas cosas que visitar, pero todos teníamos prisa por partir y nos prometimos volver un día a Alejandría con mente sosegada. Nos embarcamos, pues, en un navío egipcio que iba a Tremecén, donde descansamos una semana entera antes de emprender el camino.

Me había puesto mis ropas magrebíes y, al cruzar las murallas de Fez, me había cubierto el rostro con un *taylasán*. No quería que se supiera mi llegada antes de haber visto a los míos. Los míos, es decir mi padre, mi madre, Warda, Sarwat, mi hija de seis años, así como Harún y Mariam a los que no esperaba ver pero de los que pensaba que recibiría noticias.

No pude por menos, sin embargo, de empezar por pararme ante las obras de mi palacio. Estaban tal y como las había dejado, salvo que había crecido la hierba cubriendo los muros a medio edificar. Aparté rápidamente los ojos y también la mirada, menos húmeda, de mi mula, a la que encaminé hacia la casa de Jali, que distaba unos pasos. Llamé. Desde dentro me respondió una voz de mujer que no reconocí. Llamé a mi madre por su nombre.

—¡Ya no vive aquí! —dijo la voz.

La mía estaba demasiado ahogada por la emoción para hacer más preguntas. Me dirigí a casa de mi padre.

Salma estaba ante la puerta y me abrazó cumplidamente así como a Nur y a Bayaceto, al que cubrió de besos, no sin asombrarse de que le hubiera dado a mi hijo un nombre tan poco corriente y una piel tan clara. No dijo nada. Sólo sus ojos hablaban y en ellos vi que mi padre había muerto. Me lo confirmó con una lágrima. Pero no era por ahí por donde quería empezar:

—Tenemos poco tiempo. Tienes que escuchar lo que tengo que decirte antes de que vuelvas a marcharte.

—Pero ¡si no tengo intención de volver a marcharme!

—Escúchame y lo entenderás.

Me habló de esta forma durante más de una hora, dos quizá, sin vacilar y sin interrumpirse, como si le hubiera dado ya mil vueltas a lo que iba a decirme el día que volviera.

—No quiero maldecir a Harún, pero sus acciones han traído una maldición sobre todos nosotros. Nadie en Fez lo censuró por la muerte del Zeruali. Pero desgraciadamente no se paró ahí.

Me explicó que, poco después de mi destierro, el soberano había enviado doscientos soldados a prender al Hurón, pero los montañeses se habían puesto de su parte. Dieciséis militares habían muerto en una emboscada. Cuando se supo la noticia, se puso por las paredes y se leyó por las calles de Fez una proclama anunciando que se ponía precio a la cabeza de Harún. Nuestras casas quedaron custodiadas por la policía. Había guardias día y noche que hacían preguntas a cada visitante, hasta tal punto que los amigos más íntimos se lo pensaban antes de presentarse en público con los parientes del proscrito. Desde aquel día, se leía cada semana una nueva proclama que acusaba a Harún y a su banda de haber atacado un convoy, desvalijado una caravana y asesinado a los viajeros.

—¡No es cierto! —exclamé—. Conozco a Harún. ¡Ha podido matar para vengarse o para defenderse, pero no para robar!

—Lo cierto sólo le importa a Dios; para nosotros, lo esencial es lo que cree la gente. Tu padre estaba pensando en emigrar de nuevo hacia Túnez o cualquier otra ciudad, cuando su corazón calló, de repente, en *ramadán* del año pasado.

Salma respiró hondamente antes de seguir:

—Había invitado a algunas personas a que vinieran a romper el ayuno en su compañía, pero nadie se había atrevido a cruzar esta puerta. La vida se había vuelto una pesada carga para él. Al día siguiente a la hora de la siesta me despertó el ruido de una caída. Estaba en el suelo, en el patio por el que había estado paseando nerviosamente desde por la mañana. Se había dado en la cabeza con el filo de la piscina. Ya no respiraba.

Me invadió el pecho un calor atroz. Escondí el rostro. Mi madre prosiguió, sin mirarme:

—Ante la adversidad, las mujeres doblan y los hombres quiebran. Tu padre era esclavo de su amor propio. A mí me enseñaron a someterme.

—¿Y Warda?

—Nos dejó tras la muerte de Mohamed. Sin su marido, sin su hija, ya no tenía a nadie en este país. Creo que ha vuelto a su aldea, a Castilla, para acabar la vida entre los suyos.

Luego añadió a media voz:

—Nunca debimos salir de Granada.

—Quizá volvamos allí.

No se dignó responder. Barrió el aire con la mano ante los ojos, como para espantar una mosca pertinaz.

—Más vale que me preguntes por tu hija.

—Estaba esperando que la mencionaras. No me atrevía a preguntarte. ¡La dejé tan niña!

—Es gordita y descarada. Está en este momento en casa de Sara, que se la lleva a veces a jugar con sus nietos.

Llegaron ambas una hora después. Al contrario de lo que yo me esperaba, fue la Vistosa la que se me echó en los brazos, mientras mi hija se mantenía a respetable distancia. Hubo, pues, que echar mano de las presentaciones. Como mi madre estaba demasiado emocionada, Sara se encargó de ello.

—Sarwat, es tu padre.

La niña dio un paso hacia mí y luego se paró.

—Estabas en Tomb...

—No, no estaba en Tombuctú, estaba en Egipto y te he traído un hermanito.

Me la senté en las rodillas, la cubrí de besos, aspiré hondamente el olor de su cabello negro y liso, acariciándole como en sueños la nuca. Parecía que estaba repitiendo de forma casi idéntica una escena que había visto cien veces: mi padre sentado en su almohadón, con mi hermana.

—¿Hay noticias de Mariam?

Contestó Sara:

—Cuentan que la han visto espada en mano al lado de su hombre. Pero corren tantas leyendas acerca de ellos...

—¿Y tú crees que Harún puede ser un bandido?

—En cada comunidad hay algunos rebeldes. Se los maldice en público y se reza por ellos a solas. Incluso entre los judíos. En este país hay quienes no pagan el tributo, suben a caballo y van armados. Los llamamos Carayim. Seguramente, lo sabes.

Asentí:

—Hay cientos de ellos, organizados como un ejército, que viven en los montes de Demensera y de Hintata, cerca de Marrakech.

Pero deseaba volver a mi preocupación primera.

—¿De verdad crees que hay gente en Fez que reza en secreto por Harún y Mariam?

Fue Salma la que estalló:

—Si Harún fuera sólo un bandido, no se habrían ensañado tanto con él, proclama tras proclama. Cuando fue contra el Zeruali, estuvo a punto de convertirse en héroe. Quisieron presentarlo como ladrón. En opinión del vulgo, el oro mancha más que la sangre.

Luego, con voz más lenta, como si otra persona hablase por su boca:

—De nada sirve justificar a tu cuñado. Si intentas defenderlo, te tratarán otra vez como a su cómplice.

Mi madre temía que mi deseo de ayudar a Harún y a Mariam me hiciera cometer nuevas imprudencias. Tenía razón, sin duda, pero yo no podía por menos de intentarlo. La forma misma en que se había decidido mi destierro me hacía pensar que el sultán de Fez me escucharía esta vez.

El soberano estaba en aquel momento en campaña contra los portugueses por la zona de Baluán. Recorrí el país durante meses siguiendo al ejército real, armado a veces y participando en algunas escaramuzas. Estaba dispuesto a todo con tal de conseguir un perdón. Entre combate y combate, charlaba con el monarca, con sus hermanos y con muchos de sus consejeros. Pero ¿para qué entrar en detalles cuando el resultado es tan decepcionante? Un familiar del sultán había acabado por confesarme que de muchos de los crímenes se había culpado injustamente a Harún. Y luego había añadido con un acento de sinceridad que desarmaba:

—Aunque pudiéramos perdonarle a tu cuñado lo que ha hecho, ¿cómo podríamos perdonarle las cosas de las que lo acusamos?

Un día, decidí de repente abandonar mis gestiones. Cierto es que no había conseguido lo que esperaba, pero al azar de las conversaciones había recogido una información que quería comprobar. Volví a Fez, cogí a Salma, a Nur, a Sarwat y a Bayaceto y, sin revelarles en absoluto mis intenciones, me puse en camino, decidido a no volver a mirar hacia atrás. Sólo poseía ya en Fez un solar, unas ruinas pobladas de añoranzas y vacías de recuerdos.

Nuestro viaje duró semanas sin que yo desvelase su destino, que no era un lugar sino un hombre: Aruy el corsario, llamado Barbarroja. Me había enterado, en efecto, de que Harún estaba con él. Fui, pues, directamente a Tremecén, luego seguí el camino de la costa hacia el este, evitando las ciudades ocupadas por los castellanos, como Orán y Mazalquivir, parándome en los lugares en que podía encontrar granadinos. Argel por ejemplo, y sobre todo Cherchell, cuya población estaba compuesta en su totalidad o casi por refugiados andaluces.

Barbarroja había adoptado como base la pequeña ciudad portuaria de Yiyeli que había arrebatado a los genoveses el año anterior. Antes de llegar allí, sin embargo, me enteré de que estaba sitiando a la guarnición castellana de Bugía. Como aquella ciudad me pillaba de camino, decidí dirigirme a ella, aunque dejando a los míos a unas millas de allí, con el imán de la pequeña mezquita de una aldea, prometiéndome volver a recogerlos tras haber inspeccionado el campo de batalla.

En Bugía fue donde encontré a Barbarroja, como lo cuento en mi *Descripción de África*. Tenía, efectivamente, la barba muy roja por naturaleza, pero también gracias a la alheña, ya que tenía cincuenta años cumplidos, parecía aún mayor y daba la impresión de que sólo lo mantenía en pie el empeño de vencer. Tenía una cojera muy acentuada y la mano derecha de plata. Había perdido el brazo en esa misma ciudad de Bugía, durante un asedio anterior que había concluido con un desastre. Esta vez el combate parecía llevar mejores trazas. Había ocupado ya la ciudadela vieja de la ciudad y estaba empezando el cerco de otra fortaleza, cercana a la playa, donde los castellanos resistían.

El día de mi llegada, había una tregua en el combate. Delante de la tienda de mando había guardias, uno de los cuales era oriundo de Málaga. Fue él quien corrió a llamar a Harún, con una deferencia tal que me hizo comprender que el Hurón era un lugarteniente de Barbarroja. De hecho, acudió rodeado de dos turcos que despidió con gesto firme antes de abalanzarse hacia mí. Permanecimos largo tiempo abrazados, intercambiando vigorosas palmadas con las que expresábamos por completo la amistad, la sorpresa y el dolor de la separación. Harún empezó por hacerme entrar en la tienda y me presentó a Aruy como poeta y reputado diplomático, por razones que comprendí más adelante. El corsario hablaba como un rey, con frases cortas y tajantes, cuyo sentido aparente era trivial y el oculto difícil de captar. Evocó, por ejemplo, las victorias de Selim el Otomano y la creciente arrogancia de los castellanos, observando con tristeza que el sol del islam sale por Oriente y se pone por Occidente.

Después de despedirnos, Harún me condujo a su propia tienda, menos amplia y con menos adornos pero que podía, no obstante, dar cabida a unas diez personas y estaba muy bien surtida de bebidas y fruta. No necesité hacer preguntas para que el Hurón comenzara a contestarlas.

—Sólo he matado a asesinos, sólo he expoliado a ladrones. He vivido continuamente en el temor de Dios. A los únicos a los que he dejado de temer es a los ricos y a los poderosos. Aquí lucho contra los infieles a los que cortejan nuestros príncipes, defiendo las ciudades que ellos abandonan. Tengo por compañeros a desterrados, a proscritos, a malhechores de todas las comarcas. Pero ¿no sale acaso el ámbar gris de las entrañas del cachalote?

Había pronunciado estas palabras una tras otra como si recitase la *Fatiha*. Luego, en diferente tono:

—Tu hermana se ha portado admirablemente. Una leona del Atlas. Está en mi casa de Yiyeli, a sesenta millas de aquí, con nuestros tres hijos. El pequeño se llama Hasan.

No intenté disimular mi emoción.

—No he dudado de ti ni un instante.

Desde la infancia, había capitulado siempre muy deprisa en las discusiones con Harún. Pero esta vez no podía por menos de explicarle qué consecuencias habían tenido sus actos en nuestra familia. Se le ensombreció el rostro.

—En Fez, he sido un suplicio para ellos. Aquí, seré su protector.

Una semana después, estábamos todos en Yiyeli. Lo que quedaba de mi familia estaba reunido, diez fugitivos bajo el techo de un corsario. Recuerdo, sin embargo, aquella época como un breve periodo de felicidad poco frecuente que me hubiera gustado prolongar.

El año del Gran Turco
922 de la hégira

(5 de febrero de 1516-23 de enero de 1517)

Yo que andaba errante por el mundo para poner a salvo a Bayaceto de la venganza de los otomanos, me encontré aquel año con mujer y niño, en el mismísimo corazón de Constantinopla y en la postura más increíble: inclinado hacia la mano tendida del terrible Selim que me dedicaba una protectora inclinación de cabeza y la sombra de una sonrisa. Se dice que a la presa la atraen con frecuencia los colmillos que se disponen a devorarla. Quizá sea ésta la explicación de mi loca temeridad. Pero en aquel momento no lo vi desde ese punto de vista. Me había limitado a seguir, lo mejor que supe, el desarrollo de los acontecimientos, esforzándome por rehacer mi vida en la pequeña extensión de tierra de la que no me sentía aún desterrado. Pero es menester que cuente cómo.

Barbarroja prosperaba a ojos vista, así como, a su sombra, Harún. El ataque contra Bugía había fracasado al fin, pero el corsario había conseguido en los primeros días del año tomar el poder en Argel, tras haber matado con sus propias manos al anciano señor de la ciudad, mientras a aquel desdichado le daban masajes en su *hammam*.

Cierto es que Argel no era tan grande como Orán o Bugía; la ciudad no llegaba a la extensión de un solo barrio de Tremecén, pero tenía sin embargo aspecto de ciudad, con sus cuatro mil hogares, sus zocos bien instalados, agrupados por oficios, sus avenidas flanqueadas de hermosas casas, sus estufas, sus hospederías y, sobre todo, sus espléndidas murallas construidas con gruesas piedras que se extendían por la parte de la playa en una vasta explanada. Barbarroja la convirtió en su capital, había adoptado un título regio y tenía la intención de conseguir que lo reconocieran todos los príncipes del islam.

Por mi parte, tras el encuentro de Yiyeli, había reanudado la marcha. Cansado de vagar y frustrado por mi experiencia cairota, interrumpida de forma demasiado brusca, abrigaba la esperanza de echar el ancla en Túnez, al menos durante unos años. Me había vestido, de entrada, a la moda del país y llevaba un turbante cubierto por un velo, me alimentaba de *baziin* e incluso a veces de *bessis* y hasta iba incluso a echarme al coleto una perniciosa preparación llamada *el-haschish*, mezcla de droga y azúcar, que prodiga embriaguez, alegría y apetito. Es también un temible afrodisiaco, muy apreciado por Abu-Abdallah, el soberano de Túnez.

Gracias a Harún, que poseía sólidas amistades en la ciudad, entre ellas las del *mizwar*, comandante en jefe del ejército, había podido encontrar fácilmente una casa en el arrabal de Bab-el-Bahr, y comencé a entrar en contacto con algunos fabricantes de telas con la intención de fundar una pequeña sucursal mercantil.

No me dio tiempo. Menos de un mes después de mi llegada, Harún llamó una noche a mi puerta, acompañado de otros tres lugartenientes de Barbarroja, entre ellos un turco al que había saludado en Bugía en la tienda del corsario. El Hurón estaba más serio que un cadí.

—Te traemos un mensaje de parte de Su Grandeza Victoriosa al-Qaim bi-amrillah.

Era un título que había merecido Barbarroja por degollar al emir de Argel. Me pedía que fuera a Constantinopla para llevarle al sultán un mensaje que le anunciara la creación del reino argelino, le diera testimonio de sumisión y fidelidad y le implorara su apoyo en la lucha contra los castellanos que seguían ocupando una ciudadela marítima a la entrada del puerto de Argel.

—Tanta confianza me honra. Pero ya sois cuatro. ¿Para qué me necesitáis?

—El sultán Selim no consiente en recibir a ningún embajador que no sea poeta, que no le dirija versos de alabanza y agradecimiento.

—Puedo escribir un poema y se lo lees tú mismo.

—No. Somos todos guerreros, mientras que tú ya has llevado a cabo misiones de embajador. Causará mejor impresión y eso es importante: nuestro señor tiene que aparecer como un rey, no como un corsario.

Callé buscando algún pretexto para escapar a tan peligroso y poco grato trabajo, pero Harún me acosaba sin tregua. Parecía que su voz viniera en derechura de mi conciencia.

—No tienes derecho a vacilar. Está naciendo en Oriente un gran imperio musulmán y nosotros, en Occidente, tenemos que tenderle la mano. Hasta ahora hemos soportado la ley de los infieles. Tomaron Granada y Málaga, luego Tánger, Melilla, Orán, Trípoli y Bugía; mañana, se apoderarán de Tremecén, de Argel, de Túnez. Para hacerles frente necesitamos al Gran Turco. Te pedimos que nos ayudes en esta tarea, no puedes negarte a ello. Ninguna ocupación que tengas aquí puede ser más importante. Y tu familia está segura. Además, tendrías todos los gastos cubiertos y se te pagaría espléndidamente.

No dejó de añadir, esbozando una sonrisa de pirata:

—Y está claro que ni yo ni mis compañeros nos atreveríamos a decirle a Barbarroja que te has negado.

Tenía tanto margen como un pajarillo perseguido por un halcón. Como no podía revelar la verdadera causa de mi vacilación sin traicionar el secreto de Nur, no encontraba argumentos.

—¿Cuándo habría que embarcarse?

—Esta misma noche. La flota nos espera en La Goleta. Hemos dado un rodeo para recogerte.

Como si formulase la última voluntad de un condenado, pedí que me dejaran hablar con Nur.

Tuvo una reacción admirable, no la de la mujer del burgués en la que se había convertido al casarse conmigo, sino la de la hija de soldado que siempre había sido. Y de la madre de sultán que esperaba llegar a ser. Estaba de pie en nuestro cuarto, con el rostro y el cabello descubierto, la cabeza alta, mirándome a los ojos.

—¿Tienes que ir?

Era una frase a medio camino entre la pregunta y la evidencia. Me limité a decir:

—Sí.
—¿Crees que hay alguna trampa?
—Ninguna. ¡Apostaría la cabeza!
—Eso es precisamente lo que hay que evitar. Pero si tanta confianza tienes en Harún, vamos todos.

No estaba seguro de haber entendido bien. Me explicó con voz decidida:

—Es menester que los ojos de Bayaceto tengan una oportunidad de contemplar su ciudad y su palacio. Quizá no tenga otra ocasión durante su juventud. El viaje por mar ofrece peligros, es cierto, pero mi hijo debe acostumbrarse a ellos. Dios debe protegerlo o hacerlo perecer.

Estaba tan segura de sí misma que no me atreví a discutir sus razones y preferí dar un rodeo:

—Harún no accederá nunca a que me lleve mujer y niño.

—Si accedes a su petición, no puede negarse a la tuya. Háblale, sabrás dar con las palabras oportunas.

Al alba, habíamos pasado ya Gamarth. Tenía la impresión, acrecentada por el mareo, de navegar en medio de una pesadilla.

Extraña ciudad Constantinopla. Tan cargada de historia y sin embargo, tan nueva, por sus piedras y por sus hombres. En menos de setenta años de ocupación turca, ha cambiado totalmente de cara. Cierto es que sigue existiendo Santa Sofía, la catedral convertida en mezquita donde suele acudir el sultán, con su séquito, todos los viernes. Pero la mayor parte de los edificios los han construido los nuevos conquistadores y no paran de surgir otros nuevos, palacios, mezquitas y madrasas, o incluso simples barracas de madera donde acuden a hacinarse miles de turcos recién llegados de las estepas donde llevan una vida nómada.

A pesar de este éxodo, el pueblo vencedor sigue siendo, en su capital, una minoría entre otras y no la más opulenta, exceptuando la familia reinante. En las más hermosas villas, en las tiendas mejor surtidas del bazar, se ven sobre todo armenios, griegos, italianos y judíos, estos últimos procedentes a veces de Andalucía tras la caída de Granada. No son menos de cuarenta mil y coinciden a la hora de alabar la equidad del Gran Turco. En los zocos, los turbantes de los turcos y los casquetes de los cristianos y judíos pasan unos junto a otros sin odio ni resentimiento. Salvo algunas excepciones, las calles de la ciudad son estrechas y están llenas de barro, de forma tal que las personas de categoría no pueden circular a no ser que los lleve a cuestas algún hombre. Miles de personas se dedican a este penoso oficio; la mayoría son recién llegados que no han encontrado aún mejor ocupación.

El día en que desembarcamos, estábamos todos demasiado agotados para ir más allá de la zona del puerto. Habíamos hecho la travesía en mala estación, pues había que llegar a Constantinopla antes de que la abandonara el sultán para su campaña de primavera. Pasamos, pues, la primera noche en la hospedería de un griego de Candía, primo lejano de Barbarroja. Y a la mañana siguiente, sin más dilación, nos presentamos en el serrallo donde moraba el sultán. Nur permaneció fuera de la verja, hablándole al oído a media voz a Bayaceto, sin importarle su edad, sus ocasionales gruñidos ni sus risas inoportunas. Sospecho que aquel día le contó documentadamente toda la sangrienta y gloriosa historia de su dinastía hasta su nacimiento dos años antes.

En cuanto a mí, estaba unos pasos más allá, al otro lado de la sublime puerta, ataviado con una larga túnica de seda con adornos de oro, paseando una y otra vez la vista por el poema que tenía que recitar ante el sultán y que había tenido que componer en alta mar, entre mareo y mareo. A mi alrededor, miles de soldados, de funcionarios, pero también ciudadanos de toda condición, guardando todos silencio por respeto a la persona del sultán. Esperé durante más de dos horas convencido de que me mandarían volver más adelante.

Pero eso era no estimar en lo que valía la importancia de Barbarroja y el interés que por él sentía el otomano. Pronto vino un paje a recogerme, junto con Harún y sus acompañantes, para guiarnos, cruzando la puerta de En Medio, hasta el patio del *diwan*, amplio parque florido por donde vi correr avestruces. Delante de mí, a pocos pasos, divisé una hilera de espahís inmóviles en sus enjaezadas monturas. Cuando de repente se me nubló la vista, me empezaron a zumbar los oídos, noté una opresión tal en la garganta que me sentía incapaz de pronunciar palabra. ¿Se trataba del miedo? ¿Se trataba del cansancio del viaje? ¿O era sólo la proximidad del sultán? Al cruzar la hilera, sólo percibí destellos. Me esforzaba por caminar con normalidad, imitando al paje que me precedía, pero me sentía a punto de tropezar y derrumbarme; temía más que nada quedarme sin habla a los pies del terrible Selim.

Allí estaba, sentado ante mí, pirámide de seda sobre unos almohadones de brocado, aparición esperada pero súbita sin embargo, que con una fría mirada disipó la bruma de mis ojos sin calmar mi temor. No era ya más que un autómata, pero un autómata que funcionaba con gestos exactos que parecía dictarme el impasible sultán. Y el poema me brotó entonces de la memoria, sin elocuencia pero sin balbuceos, acompañado al llegar a los últimos versos de algunos gestos tímidos que me costaron esfuerzos y sudores. El sultán movía la cabeza cruzando a veces alguna concisa palabra con su séquito. No llevaba barba, sino un ancho bigote que se retorcía sin cesar; me pareció que tenía la tez cenicienta y los ojos demasiado grandes para la cara y ligeramente achinados. Sobre el turbante, pequeño y ceñido, lucía un rubí incrustado en una flor de oro. De la oreja derecha le pendía una perla en forma de pera.

Acabado el poema, me incliné sobre la augusta mano y la besé. Selim llevaba en un dedo un anillo de plata muy basto, regalo, a lo que me dijeron, de su astrólogo. Cuando me hube incorporado, un paje me vistió con una larga túnica de pelo de camello y me invitó a seguirlo. La audiencia había terminado. Podía comenzar la discusión, en otra sala, con los consejeros. Apenas participé en ella. Mi papel era representar y no negociar, tanto más cuanto que las conversaciones comenzaron en árabe pero continuaron en turco, lengua que conocía muy poco antes de mi estancia en Roma.

Pude, sin embargo, recoger una información muy grave gracias al error de un consejero. «Nada le es más nefasto al hombre que una lengua que patine», decía el califa Alí, ¡Dios honre su faz! Ahora bien, la lengua de ese dignatario no hacía más que patinar. Mientras se estaba hablando de la ciudadela de Argel, ocupada por los infieles, aquel hombre decía continuamente «la ciudadela de El Cairo» y hasta hablaba de circasianos en lugar de castellanos, hasta que otro consejero, aunque mucho más joven, le lanzó una mirada tan furibunda que lo hizo palidecer, sintiendo cómo se le tambaleaba la cabeza sobre los hombros. Fueron esa mirada y esa palidez más que los lapsus las que me hicieron comprender que acababa de desvelarse algo muy grave. Aquel año, efectivamente, el sultán Selim quería hacer creer que sus preparativos de guerra se dirigían contra el sofí de Persia; incluso había invitado al sultán de El Cairo a unirse a él para luchar contra los herejes. Siendo así que en realidad el otomano había decidido ir contra el imperio mameluco.

Nada más acabar las conversaciones, me faltó tiempo para ir a contárselo a Nur, cosa que, por mi parte, era peor que un patinazo de la lengua. Como hubiera debido preverlo, mi circasiana se enardeció no en apariencia, sino en lo más hondo. Quería advertir a toda costa a sus hermanos de raza del peligro que los amenazaba.

—El sultán Kansoh es un anciano enfermo e irresoluto que seguirá escuchando tan tranquilo las promesas de amistad de Selim hasta que el sable otomano le rebane el cuello a él y a todos los circasianos. Fue, sin duda, un valiente soldado en su juventud, pero ahora lo único que le preocupa es cuidarse los párpados y sacarles oro a sus súbditos. Hay que avisarlo de las intenciones de Constantinopla; sólo nosotros podemos hacerlo, puesto que somos los únicos que las conocemos.

—¿Sabes lo que me estás proponiendo? Que haga de espía, que salga de la antecámara de Selim para ir a contarle a Kansoh lo que allí se ha dicho. ¿Sabes que lo que nos estamos diciendo tú y yo en esta habitación bastaría para que nos cortaran la cabeza?

—No intentes asustarme. Estoy a solas contigo y hablo en voz baja.

—¡Por ti salí de Egipto y eres tú quien me propone volver!

—Teníamos que irnos para salvaguardar la vida de Bayaceto; hoy, es menester volver para salvar a mis hermanos y también el porvenir de mi hijo. Van a matar a todos los circasianos, el sultán Selim los cogerá por sorpresa, se apoderará de sus tierras, construirá un imperio tan poderoso y extenso que mi hijo no podrá aspirar nunca más a él. Si hay algo que se pueda intentar, tengo que hacerlo con peligro de mi vida. Podemos ir a Galata y tomar el primer barco para Alejandría. Después de todo, los dos imperios no están en guerra aún e incluso se supone que son aliados.

—¿Y si te dijera que no?

—Dime: «No, no intentarás salvar de la matanza a los de tu raza», «No, no lucharás para que tu hijo sea un día señor de Constantinopla», dime esas palabras y obedeceré. Pero habré perdido el gusto por la vida y por el amor.

No dije nada. Ella insistió:

—¿De qué pasta estás hecho para aceptar perder una ciudad tras otra, una patria tras otra, una mujer tras otra sin luchar nunca, sin sentirlo nunca, sin mirar nunca hacia atrás?

—Entre la Andalucía que dejé y el Paraíso que me está esperando, la vida es sólo una travesía. No voy a ninguna parte, no codicio nada, no me ato a nada, me fío de mi pasión por la vida, de mi instinto de la felicidad, y también de la Providencia. ¿No fue eso lo que nos unió? Dejé sin vacilar una ciudad, una casa, una vida, para seguir tu camino, para halagar tu saña.

—Y ahora, ¿por qué has dejado de seguirme?

—Me canso de las obsesiones. Desde luego que no te abandonaré aquí, rodeada de enemigos. Te volveré a llevar entre los tuyos para que puedas avisarlos; pero allí se separarán nuestros caminos.

No estaba seguro de haber llegado a un buen acuerdo ni de tener el valor de cumplirlo. Pensaba que, por lo menos, me había marcado a mí mismo los límites de la aventura a la que me había dejado arrastrar. En cuanto a Nur, me pareció que estaba radiante. Le importaban poco mis reticencias mientras no se interpusieran en su camino. De mis circunspectas palabras sólo oyó el «sí» que yo ni siquiera había pronunciado. Y en el acto, sin esperar, mientras yo hilvanaba en mi cabeza la mentira que le iba a contar a Harún para poder dejarlo plantado, se puso a hablar de barcos, de muelles y de equipajes.

Cuando, al regresar al país del Nilo, el aduanero del puerto de Alejandría me preguntó, entre registro y registro, si era cierto que los otomanos se disponían a invadir Siria y Egipto, contesté con una maldición contra todas las mujeres de la tierra y, en particular, las circasianas rubias, cosa a la que mi interlocutor, con gran asombro por mi parte, asintió muy animado, como si fuera la explicación evidente de las venideras desgracias.

Durante todo el trayecto hasta El Cairo, Nur tuvo que soportar reproches y sarcasmos. Pero, en cuanto estuvimos tres días en la capital, tuve que reconocer que no había andado del todo errada al emprender su peligrosa acción. Los rumores que circulaban eran tan contradictorios que reinaba en las mentes la confusión más total, no sólo entre el pueblo llano, sino también en la Ciudadela. El sultán había decidido salir para Siria al encuentro de las tropas otomanas; luego, fiándose de informaciones tranquilizadoras, había anulado la expedición. A los regimientos que habían recibido órdenes de ponerse en camino se les había dicho que volviesen a los cuarteles. Al califa y a los cuatro grandes cadíes se les había pedido dos veces que se dispusiesen a acompañar al soberano a Alepo; por dos veces se habían dirigido sus comitivas a la Ciudadela en previsión de la gran salida; por dos veces se les había comunicado que se volvieran a casa.

Para mayor confusión, un plenipotenciario otomano había venido con gran pompa a renovar las promesas de paz y amistad, sugiriendo una vez más una alianza contra los herejes y los infieles. Semejante espera y semejante incertidumbre embotaban la combatividad del ejército y eso era sin duda lo que pretendía conseguir el Gran Turco con sus engaños. Era, pues, importante que un testimonio venido de Constantinopla les abriese los ojos a los responsables. Pero había que encontrar el medio de transmitirlo de forma que pudiera inspirar confianza sin que se divulgaran las fuentes.

A Nur se le ocurrió escribir una carta e ir a depositarla, sellada, en el domicilio del secretario de Estado, Tumanbay, el segundo personaje en importancia del sultanato, el más popular dirigente de Egipto. Pensó que el mensaje de una mujer circasiana se le transmitiría sin demora al gran mameluco.

Esa misma noche, llamaron a mi puerta. Tumanbay había venido solo, cosa increíble en esa ciudad, donde al menor comandante de diez no se le ocurría nunca desplazarse sin una nutrida y ruidosa escolta. Era un hombre de unos cuarenta años, alto, elegante, de tez clara, bigote alargado a la moda circasiana, barba corta y cuidadosamente recortada. En cuanto oyó mis primeras palabras de bienvenida, se puso serio. Mi acento lo había inquietado, pues la comunidad magrebí de El Cairo era conocida por sus simpatías hacia los otomanos. Me apresuré a llamar a Nur. Ésta se presentó con el rostro descubierto. Tumanbay la reconoció. Como hermana de raza y viuda de un oponente de Selim, sólo podía inspirarle plena confianza.

El secretario de Estado se sentó, pues, sin cumplidos para escuchar mi historia. Le repetí lo que había oído sin añadir ninguna floritura, sin omitir detalle. Cuando callé, empezó por tranquilizarme:

—Es éste un testimonio que no pienso hacer público. Lo que cuenta es la íntima convicción de los dirigentes. He quedado convencido y tras lo que acabo de oír pelearé con mayor fuerza aún para que el sultán lo esté también.

Pareció reflexionar intensamente. Apareció una mueca en sus labios. Luego dijo, como si continuara una conversación interior:

—Pero con un sultán, nada es nunca sencillo. Si le insisto mucho, pensará que intento alejarlo de El Cairo y no querrá irse.

Su confidencia me dio valor:

—¿Por qué no te vas tú con el ejército? ¿No tienes acaso treinta años menos que él?

—Si consiguiera una victoria, temería mi vuelta al frente de las tropas.

Paseando la mirada a su alrededor, el secretario de Estado se fijó en el icono y en la cruz copta de la pared. Sonrió, rascándose ostensiblemente la cabeza. Tenía buenas razones para estar intrigado: ¡un magrebí vestido a la egipcia, casado con una circasiana viuda de un emir otomano, que adornaba su casa a la usanza cristiana! Iba a contarle cómo había caído aquella casa en mis manos, pero me interrumpió.

—No me ofusca ver esos objetos. Es cierto que soy musulmán por la gracia de Dios, pero nací cristiano y me bautizaron, igual que al sultán y a todos los mamelucos.

Dicho esto, se puso en pie y se despidió reiterando su agradecimiento.

Sentada en un oscuro rincón del cuarto, Nur no había participado en la conversación. Pero ésta la satisfizo.

—Aunque no fuera más que por este encuentro, no siento haber venido de tan lejos.

Los acontecimientos no tardaron en parecer darle la razón. Se supo, en efecto, que el sultán había acabado por decidirse a partir. Vimos a su batallón salir del hipódromo, cruzar la plaza Rumaila, antes de pasar por la cuesta de los Bueyes y la calle Saliba, donde, aquel día, había acudido yo para contemplar el espectáculo. Cuando pasó el sultán, entre ovaciones, a unos pasos de mí, me fijé en que, en lo alto de la sombrilla, en vez del calado pájaro de oro, insignia de los mamelucos, había una media luna de oro; se murmuraba a mi alrededor que se había ordenado el cambio tras haber recibido una carta del otomano que ponía en duda el fervor religioso de Kansoh.

A la cabeza del interminable cortejo del sultán iban quince filas de camellos enjaezados con pompones brochados de oro, otros quince enjaezados con pompones de terciopelo multicolor; venía luego la caballería, y abrían la marcha cien corceles cubiertos por caparazones de acero con incrustaciones de oro. Más allá, podían verse palanquines colocados sobre mulos con gualdrapas de seda amarilla, destinados al transporte de la familia real.

La víspera, se había nombrado teniente general de Egipto a Tumanbay, con plenos poderes; pero corría el rumor de que el sultán se había llevado consigo todo el oro del Tesoro, varios millones de dinares, así como los objetos de valor de los reales almacenes.

Le había pedido a Nur que me acompañara para asistir al acontecimiento en pro del cual había trabajado. Me había rogado que fuera solo, asegurando que no se encontraba bien. Creí que quería evitar mostrarse en público; no tardé en descubrir que estaba encinta. No me atrevía a alegrarme demasiado, pues, por una parte, al acercarme a los treinta, deseaba ardientemente un hijo de mi sangre, pero, por otra, no ignoraba que el estado de Nur me impedía a partir de aquel momento dejarla e incluso huir de El Cairo con ella, que era lo que la prudencia me aconsejaba.

Transcurrieron tres meses durante los cuales nos llegaban con regularidad noticias acerca del avance del soberano: Gaza, Tiberíades, luego Damasco, donde ocurrió un incidente. El gerente de la Casa de la Moneda, un judío llamado Sadaka, había arrojado, siguiendo la costumbre, monedas de plata nuevas a los pies del sultán durante su entrada triunfal en la ciudad. Los guardias de Kansoh se habían abalanzado para recoger las monedas de forma que el sultán había recibido tales empellones que había estado a punto de caer del camello.

Se supo que, después de Damasco, el sultán había ido a Hama, a Alepo. Luego, el silencio. Durante más de tres semanas. Un silencio que al principio no turbó el menor rumor. Hasta el sábado, decimosexto día de *shabán,* el 14 de septiembre de 1517, no llegó a la ciudadela un mensajero, jadeante y cubierto de polvo. Se había celebrado un combate en Marj Dabek, no lejos de Alepo. El sultán participaba en él, tocado con un pequeño birrete, envuelto en su manto blanco y con el hacha al hombro, rodeado por el califa, los cadíes y cuarenta portadores del Corán. Al principio, el ejército egipcio había llevado ventaja y le había arrebatado al enemigo seis banderas y pesadas piezas de artillería colocadas en carros. Pero al sultán lo habían traicionado, principalmente Jairbak, gobernador de Alepo, que estaba compinchado con los otomanos. Estando al mando del ala izquierda, había dado media vuelta, motivo por el cual había cundido al punto el desaliento en todo el ejército. Al darse cuenta de lo que estaba pasando, a Kansoh le había dado un ataque de hemiplejía. Había caído del caballo y había muerto en el acto. En la confusión, ni siquiera habían encontrado su cadáver.

Los habitantes de El Cairo estaban aterrados, tanto más cuanto que pronto se fueron sucediendo otros rumores acerca del avance de los otomanos, que recorrían en sentido inverso la ruta del ejército egipcio: Alepo había caído en sus manos por tanto; luego, Hama. En Jan el-Jalili, saquearon algunas tiendas que pertenecían a turcos de Asia Menor y a magrebíes, pero Tumanbay restableció enérgicamente el orden y, para atenuar los efectos de estas desastrosas noticias, anunció la abolición de todas las tasas y rebajó el precio de los productos de primera necesidad.

Aunque el secretario de Estado tuviera la situación en sus manos, esperó un mes antes de proclamarse sultán. Aquel día acababa de caer Damasco, a su vez, en manos de Selim; pronto seguiría Gaza. Como carecía de soldados, Tumanbay ordenó que se crearan milicias populares para la defensa de la capital; mandó vaciar las cárceles y anunció que se les perdonarían todos los delitos, incluidos los de sangre, a quienes se alistasen. Cuando, en los últimos días del año, el ejército otomano se acercó a El Cairo, el sultán mameluco reunió sus tropas en el campo de Raidanieh, al este de la ciudad; les añadió varios elefantes y cañones recién fundidos; mandó cavar una trinchera larga y profunda con la esperanza de sostener un largo asedio.

No era ésta, sin embargo, la intención del otomano. Tras haber concedido a su ejército tres días para descansar del largo paso del Sinaí, Selim ordenó un asalto general con tal profusión de cañones y una ventaja numérica tan aplastante que el ejército egipcio sufrió una desbandada en pocas horas.

Y de este modo, en el último día del año, el Gran Turco hizo su solemne entrada en El Cairo, precedido de pregoneros que prometían a todos los habitantes que salvarían la vida, recomendándoles que volvieran al día siguiente, sin demora, a sus ocupaciones. Era un viernes y el califa, a quien habían capturado en Siria y traído en el séquito del conquistador, ordenó ese día que se dijera el sermón en todas las mezquitas de la capital en nombre del «sultán hijo de sultán, soberano de los dos continentes y de los dos mares, destructor de los dos ejércitos, señor de los dos Iraks, servidor de los santuarios sagrados, el victorioso rey Selim shah».

Nur tenía los ojos inyectados en sangre. Estaba tan afectada por el triunfo del Gran Turco que temí por la vida del hijo que llevaba. Como le faltaban pocos días para salir de cuentas, tuve que hacerle jurar que se quedaría quieta en la cama. Yo me consolaba prometiéndome a mí mismo irnos de este país en cuanto se restableciese. En mi calle, todos los notables habían escondido en las sepulturas familiares los objetos de valor y las sábanas por temor al saqueo.

Aquel día, sin embargo, mi lacayo y el burro se presentaron ante mi puerta como solían para llevarme a la ciudad. El muchacho me contó, riendo, que según venía había tropezado con la cabeza cortada de un oficial mameluco. Como a mí no me hacía ninguna gracia, se atrevió a opinar que me tomaba las cosas demasiado en serio. Lo que le valió un revés:

—¿Así que —lo regañé paternalmente— acaban de ocupar la ciudad, tu país está invadido, todos los dirigentes asesinados o huidos, los sustituyen otros que vienen de la otra punta del mundo y me reprochas que me tome las cosas en serio?

No tuvo más respuesta que encogerse de hombros y decir la siguiente frase de secular resignación:

—El que toma a mi madre se convierte en mi padrastro.

Luego se volvió a echar a reír.

Había un hombre, sin embargo, que no estaba en absoluto resignado. Se trataba de Tumanbay. Se estaba disponiendo a escribir las páginas más heroicas de la historia de El Cairo.

El año de Tumanbay
923 de la hégira

(24 de enero de 1517-12 de enero de 1518)

Dueño de El Cairo, el Gran Turco no cesaba de exhibirse como si quisiera barrer con su sombra indeleble cada lugar sagrado, cada barrio, cada puerta, cada aterrorizada mirada. Caminando ante él, los heraldos no se cansaban de clamar que la población no tenía ya nada que temer por su vida ni por sus bienes mientras que, en ese mismo momento, proseguían las matanzas y los saqueos, a veces a pocos pasos de la comitiva del sultán.

Los circasianos eran las primeras víctimas. Se perseguía sin tregua a los mamelucos o a sus descendientes. Cuando cogían a algún alto dignatario del antiguo régimen, lo subían a un burro, de cara a la cola, con el turbante azul en la cabeza y unas campanillas alrededor del cuello. Lo paseaban por las calles con tal atavío antes de decapitarlo. Luego se exhibía su cabeza en lo alto de una pértiga y se les echaba el cuerpo a los perros. En cada campamento del ejército otomano había centenares de esas pértigas hincadas en el suelo, unas junto a otras, macabros bosques que a Selim le agradaba recorrer.

Los circasianos, naturalmente, engañados al principio por las promesas otomanas, no tardaron en quitarse sus habituales tocados, casquetes o ligeros turbantes, para lucir voluminosos turbantes y confundirse, de este modo, con la población. En vista de lo cual, los soldados otomanos empezaron a detener a todos los transeúntes por igual, acusándolos de ser circasianos disfrazados y exigiendo el pago de un rescate para dejarlos marchar. Cuando las calles se hallaban vacías, los militares forzaban las puertas de las casas y so pretexto de estar buscando mamelucos huidos, violaban y saqueaban.

El cuarto día de aquel año, el sultán Selim se encontraba en el arrabal de Bulak, donde su ejército había instalado el mayor campamento. Había asistido a algunas ejecuciones de oficiales y ordenado luego que arrojasen de inmediato al Nilo los centenares de cadáveres decapitados que se amontonaban en el campamento. Luego fue al *hammam* para purificarse antes de dirigirse a una mezquita cercana al desembarcadero para la oración de la tarde. Ya anochecido, había vuelto al campamento y había llamado a algunos de sus ayudantes para que acudieran a su lado.

Acababa de empezar la reunión cuando se produjo un tumulto inusual: centenares de camellos cargados de estopa en llamas corrían hacia las posiciones otomanas incendiando las tiendas. Reinaba ya la oscuridad y, aprovechando el desconcierto así provocado, miles de hombres armados rodearon el campamento. Al frente de éstos, Tumanbay. En su tropa había soldados, desde luego, pero sobre todo gente del pueblo, marineros, aguadores, antiguos condenados que se habían unido a las milicias populares. Algunos iban armados con puñales, otros tenían sólo hondas o incluso garrotes. Sin embargo, con ayuda de la oscuridad y de la sorpresa, sembraron la muerte en las filas de los otomanos. En lo más encarnizado de la batalla, el propio Selim quedó cercado y sólo el ensañamiento de sus guardias le permitió abrirse camino hacia el exterior. El campamento estaba en manos de Tumanbay que, sin perder un instante, ordenó a sus partidarios que se lanzaran en pos de las tropas de ocupación por todos los barrios de El Cairo y que no hicieran prisioneros.

Calle tras calle, reconquistaron la capital. Los circasianos se habían puesto a perseguir a los soldados otomanos con la ayuda activa de la población. Las víctimas, convertidas en verdugos, se comportaban de forma despiadada. Fui testigo, no lejos de mi casa, del suplicio de siete turcos que se habían refugiado en una mezquita. Perseguidos por una veintena de cairotas, habían buscado refugio en lo alto del minarete y se habían puesto a disparar con fusiles sobre la muchedumbre. Pero los alcanzaron, los degollaron y los arrojaron cubiertos de sangre desde lo alto del edificio.

La batalla había empezado al caer la tarde del martes. El jueves, Tumanbay vino a instalarse en la mezquita de Sheiju de la calle Saliba, que convirtió en su cuartel general. Parecía tan dueño de la ciudad que, al día siguiente, se pronunció de nuevo el sermón en su nombre desde los púlpitos.

No por ello era menos precaria la situación. Pasada la sorpresa del ataque inicial, los otomanos habían reaccionado. Habían tomado de nuevo Bulak, se habían infiltrado en la parte vieja de El Cairo, hasta las proximidades de mi calle, y estaban recuperando a su vez, paso a paso, el terreno perdido. Tumanbay controlaba sobre todo los barrios populares del centro, cuyo acceso había cortado con zanjas cavadas a toda prisa o con barricadas.

Entre todos los días que ha creado Alá, fue ese viernes y ningún otro el que eligió Nur para sentir los dolores de parto. Tuve que salir, arrastrándome, escabulléndome por el jardín, para avisar a una comadrona de la vecindad que sólo accedió a salir de su casa tras una hora de ruegos y a precio de oro: dos dinares si era una niña, cuatro si era un niño.

Cuando tuvo el tenue surco sonrosado entre los hinchados muslos de la criatura, me gritó despechada:

—¡Dos dinares!

A lo que respondí:

—¡Si todo acaba bien, te daré cuatro a pesar de todo!

Abrumada por tanta generosidad, prometió volver unos días después para realizar gratis la extirpación. Le pedí que no lo hiciera, explicándole que esa costumbre no existía en mi país, cosa que la sorprendió y contrarió.

Mi hija me pareció tan hermosa como su madre e igual de blanca. La llamé Hayat, «Vida», y no deseé nada mejor para ella, como para toda mi familia, que el que saliera indemne de la orgía asesina de El Cairo, donde se estaban enfrentando dos imperios, uno embriagado por su triunfo, el otro empeñado en no perecer.

Por las calles seguía la lucha en todo su apogeo. Los otomanos habían vuelto a apoderarse de la mayoría de los arrabales e intentaban avanzar hacia el centro, pero lo hacían con lentitud y sufriendo muy duras pérdidas. Sin embargo, como el resultado del combate no era ya dudoso, soldados y milicianos fueron desertando poco a poco del campo de Tumanbay mientras que el sultán mameluco combatió un día entero a la cabeza de un puñado de leales, de algunos fusileros negros y de los circasianos de su escolta personal. En la noche del sábado, se resolvió a abandonar la ciudad, sin perder, sin embargo, nada de su arrojo. Mandó decir que volvería pronto con fuerzas más numerosas para echar a los invasores.

¿Cómo describir lo que hicieron los otomanos cuando pudieron penetrar de nuevo en los barrios de El Cairo? Para ellos, no se trataba ya, como en el momento de su primera victoria, de dejar fuera de combate a las tropas circasianas que habían ofrecido resistencia; ahora tenían que castigar a toda la población de El Cairo: los soldados del Gran Turco invadieron las calles con orden de matar a todo ser vivo. Nadie podía salir de la ciudad maldita ya que todos los caminos estaban cortados; nadie podía buscar un refugio, puesto que incluso los cementerios y las mezquitas se habían convertido en campos de batalla. No quedaba más remedio que encerrarse a cal y canto en casa con la esperanza de que pasara el huracán. Dicen que aquel día, desde el amanecer hasta el último cuarto de la noche, murieron más de ocho mil personas.

Las calles estaban totalmente cubiertas de cadáveres de hombres, de mujeres, de niños, de caballos y de asnos, mezclados unos con otros en un interminable y sangriento cortejo.

Al día siguiente, Selim mandó izar por encima de su campamento dos estandartes, uno blanco y otro rojo, para indicar a sus hombres que ya estaba cumplida la venganza y que la carnicería debía terminar. Oportunamente, pues de haber seguido las represalias unos días más con la misma furia, el Gran Turco no habría conquistado en aquel país más que un gigantesco osario.

Durante todos estos sangrientos días, Nur no había dejado de rezar por la victoria de Tumanbay. Mis propios sentimientos no eran muy diferentes. El haber acogido una noche bajo mi techo al sultán mameluco me hacía más sensible a su valor. Y ante todo, estaba Bayaceto. Tarde o temprano, una sospecha, una denuncia, una habladuría lo pondrían en manos de los otomanos, así como a toda su familia. Por la seguridad del niño proscrito, por la nuestra, era menester que Tumanbay triunfara. Cuando el domingo me di cuenta de que había perdido definitivamente la partida, tuve contra él un arrebato de decepción, de miedo y de rabia contenida, y declaré que nunca habría debido acometer empresa tan aventurada ni arrastrar tras de sí a la población trayendo sobre ella la ira de Selim.

Aunque estaba aún muy débil, Nur se incorporó sobresaltada como si la despertara una pesadilla. En su rostro lívido, sólo se veían los ojos de mirada perdida.

—¡Acuérdate de las pirámides! ¡Cuántos hombres murieron para construirlas, hombres que hubieran podido pasar aún muchos años labrando la tierra, comiendo, emparejándose! Y luego habrían muerto de la peste sin dejar rastro. Por la voluntad del faraón, levantaron un monumento cuya silueta perpetuará para siempre el recuerdo de su trabajo, de sus sufrimientos, de sus más nobles aspiraciones. Eso es lo que ha hecho Tumanbay. ¿No valen más cuatro días de valor, cuatro días de dignidad, de desafío, que cuatro siglos de sumisión, de resignación, de mezquindad? Tumanbay ha dado a El Cairo y a su pueblo el mejor regalo que existe: un fuego sagrado que iluminará e infundirá calor a la larga noche que está empezando.

Las palabras de Nur sólo me convencieron a medias, pero no intenté llevarle la contraria. Me limité a rodearla suavemente con los brazos para hacer que se echara de nuevo. Hablaba el lenguaje de su raza; yo no tenía más ambición que sobrevivir con los míos, que alejarme para contar un día en una satinada hoja de papel la caída de El Cairo, de su imperio, de su último héroe.

No podía salir de la ciudad hasta pasadas unas semanas para que Nur estuviera en condiciones de ponerse en camino. Mientras tanto, la vida en El Cairo se tornaba cada vez más difícil. Escaseaban los alimentos. No se encontraban quesos, mantequilla ni fruta, el precio de los cereales subía. Se decía que Tumanbay había decidido matar de hambre a la guarnición otomana impidiendo el abastecimiento de la ciudad desde las provincias que aún controlaba; se había puesto de acuerdo, además, con las tribus nómadas árabes que nunca se habían sometido a ningún poder egipcio para que acudieran y devastaran los alrededores de la capital. Se afirmaba que, al mismo tiempo, Tumanbay había traído de Alejandría material de guerra, flechas, arcos y pólvora, que había reunido tropas de refresco y que estaba dispuesto a lanzar una nueva ofensiva. De hecho, se multiplicaban los enfrentamientos, sobre todo por la zona de Gizeh, volviendo impracticable el camino de las pirámides que teníamos que tomar para recoger a Bayaceto.

¿Había que intentar huir a pesar de todo, corriendo el riesgo de que nos cortara el camino una patrulla otomana, desertores mamelucos o alguna partida de salteadores? No me resolvía a ello hasta que me enteré de que el sultán Selim había decidido deportar a Constantinopla a varios miles de habitantes. Se habló primero del califa, de los dignatarios mamelucos y de sus familias. Pero la lista no dejaba de aumentar: albañiles, carpinteros, marmolistas, soladores, herreros, operarios de todas las especialidades. No tardé en enterarme de que los funcionarios otomanos estaban haciendo listas nominales de todos los magrebíes y de todos los judíos de la ciudad para deportarlos.

Yo había tomado ya una decisión. Prometiéndome salir antes de tres días, estaba dando una vuelta por la ciudad para poner en orden algunos asuntos cuando me llegó un rumor: se decía que habían capturado a Tumanbay, traicionado por el jefe de una tribu beduina.

Hasta el mediodía, sonaron gritos que se confundían con las llamadas a oración. Cerca de mí, pronunciaron un nombre: Bab Zuwaila. Y era cierto que miles de ciudadanos, hombres y mujeres, jóvenes y viejos, se apresuraban a dirigirse hacia aquella puerta. Los imité. Había allí una muchedumbre que crecía sin cesar y que resultaba tanto más impresionante cuanto que permanecía casi en silencio. Súbitamente, se abrió para dejar pasar a una columna otomana formada por unos cien soldados de caballería y el doble de infantería.

Dando la espalda a la muchedumbre, formaron tres círculos concéntricos en cuyo centro se hallaba un hombre a caballo. No resultaba fácil reconocer en aquella silueta a Tumanbay. Con la cabeza descubierta y la barba hirsuta, no llevaba más ropa que unos harapos de paño rojo que apenas ocultaba su manto blanco. En los pies sólo llevaba unas toscas vendas de tela azul.

A petición de un oficial otomano, el sultán derrocado echó pie a tierra. Le desataron la manos, pero en el acto lo rodearon doce soldados con los sables desenvainados. Sin embargo, no parecía estar pensando en escapar. Con las manos libres saludó a la muchedumbre que, valientemente, lo aclamó. Todas las miradas, incluida la suya, se dirigieron entonces hacia la célebre puerta por encima de la cual estaba lanzando una cuerda el verdugo.

Tumanbay pareció sorprenderse, pero no dejó de sonreír. Sólo su mirada perdió algo de su agudeza. Se limitó a gritarle a la muchedumbre:

—¡Rezad tres veces la *Fatiha* por mí!

Se alzaron miles de murmullos, como un zumbido cada vez más vibrante:

—Loor a Dios, Señor del universo, el Clemente, el Misericordioso, Dueño del día del Juicio...

El último *Amín* fue un grito prolongado, rabioso, sublevado. Luego, nada, el silencio. Incluso los otomanos parecían desconcertados y fue Tumanbay el que los azuzó:

—¡Verdugo, cumple con tu obligación!

Le anudaron la cuerda al cuello al condenado. Tiraron de la otra punta. El sultán se elevó a un pie del suelo y luego volvió a caer. Se había roto la cuerda. La anudaron de nuevo, de nuevo tiraron de ella el verdugo y sus ayudantes y de nuevo se rompió. La tensión se hacía insoportable. Tumanbay era el único que parecía divertirse, como si se sintiese ya en otra parte, en un mundo en el que el valor recibe muy otra recompensa. El verdugo volvió a anudar la cuerda por tercera vez. No se rompió. Se elevó un clamor mezcla de sollozos, gemidos, rezos. El último emperador de Egipto, el hombre más valiente que hubiera gobernado nunca el valle del Nilo acababa de expirar, ahorcado en la puerta Zuwaila como un vulgar ladrón de caballos.

En toda la noche no se apartó de mi vista la imagen del ajusticiado. Pero al llegar la mañana, envalentonado por la amargura y el insomnio, insensible a los peligros, tomé el camino de las pirámides.

Sin saberlo, había escogido el mejor momento para huir: los otomanos, tranquilizados por la ejecución de su enemigo, habían aflojado la vigilancia mientras que los amigos de Tumanbay, aturdidos por su derrota, se habían alejado. Cierto es que tuvimos que pararnos cinco o seis veces para contestar a algunas preguntas suspicaces. Pero ni se nos importunó ni nos robaron y al caer la noche estábamos tranquilamente acostados en casa de Jadra, en la casucha de nuestros primeros amores.

Allí transcurrieron unos meses de sencilla e inesperada felicidad. La aldea del aya era demasiado pequeña y pobre para provocar la codicia y vivía al margen de las guerras y las conmociones. Pero aquella existencia tranquila y monótona no podía ser para mí más que la de un umbrío oasis entre dos largas etapas. Me llamaban los ruidos lejanos, estaba escrito que no permanecería sordo a sus tentaciones.

El año del rapto
924 de la hégira

(13 de enero de 1518-2 de enero de 1519)

Salí de mi prolongado retiro campesino, salpicado no obstante de contemplaciones y silenciosos paseos, sin certidumbre alguna. Todas las ciudades eran perecederas; todos los imperios, carniceros; la Providencia era insondable. Únicamente me reconfortaban la crecida del Nilo, la ronda de los astros y los nacimientos, llegada la estación, de las crías de búfalo.

Cuando llegó la hora de partir, volví los ojos hacia La Meca. Se imponía una peregrinación en mi vida. Como a Nur la asustaba el viaje con dos niños, una de un año y otro de cuatro, le pedí a Jadra que nos acompañara, cosa que la llenó de regocijo y la hizo jurar que no esperaba más pago que el privilegio de morir en los Santos Lugares.

Subimos a bordo de un velero en la orilla africana del río, a media jornada de Gizeh, hacia el sur. Pertenecía a un rico fabricante de aceite de sésamo que transportaba su mercancía hacia el alto Egipto, parándose un día o dos en toda ciudad de cierta importancia. De este modo, visitamos sucesivamente Bani Suwaif, Al-Minya y Manfalut, donde se unió a nosotros un hombre de edad. Esa misma noche, aprovechando el silencio y el sueño de los niños, me había puesto a escribir a la luz de una vela, cuando ese nuevo pasajero me interpeló:

—¡Eh, tú! ¡Despierta a un marinero! Estoy viendo en el agua un trozo enorme de madera que vendrá muy bien para guisar mañana.

No me gustaron ni su tono de jenízaro, ni su voz ronca, ni su sugerencia en plena noche. Sin embargo, por consideración a su edad, le contesté sin faltarle al respeto:

—Es medianoche, sería mejor no despertar a nadie. Pero seguramente podré ayudarte yo.

Dejé de mala gana el cálamo y di unos cuantos pasos hacia aquel hombre. Pero me espetó muy nervioso:

—No necesito a nadie. ¡Me sobro y me basto yo solo!

Se había inclinado por la borda y con una cuerda que llevaba en la mano estaba intentando enganchar el tablón flotante cuando súbitamente brotó del agua una larga cola que se enroscó a su alrededor y lo hizo caer al Nilo. Me puse a gritar, sacando brutalmente del sueño a los pasajeros y a los hombres de la tripulación. Arriaron la vela para detener la barca que estuvo una hora entera amarrada a la orilla mientras que intrépidos marineros se arrojaban al agua. Pero sin fruto. Todos coincidieron en decir que al infortunado lo había devorado un cocodrilo.

Durante el resto del viaje, me contaron las historias más extravagantes acerca de estos gigantescos lagartos que son el terror del alto Egipto. Parece ser que en tiempos de los faraones y, luego, de los romanos, e incluso en los comienzos de la conquista musulmana, los cocodrilos hacían pocos estragos. Pero en el siglo tercero de la hégira aconteció un hecho de lo más extraño: en una gruta próxima a Manfalut hallaron una estatua de plomo que representaba a uno de esos animales de tamaño natural, cubierta de inscripciones faraónicas. Considerando que se trataba de un ídolo impío, el gobernador de Egipto de aquella época, un tal Ibn-Tulún, ordenó que lo destruyeran. De la noche a la mañana, los cocodrilos se enfurecieron y comenzaron a atacar de forma odiosa a los hombres, sembrando el terror y la muerte. Entonces se comprendió que la estatua se había construido bajo determinadas conjunciones astrales para domar a aquellos animales. Afortunadamente, la maldición sólo había afectado al alto Egipto. Río abajo desde El Cairo, los cocodrilos no se alimentaban nunca de carne humana, sin duda porque no se ha encontrado nunca la estatua que los inhibe.

Después de Manfalut, pasamos ante Asiut pero sin pararnos, ya que se había manifestado una nueva epidemia de peste. Nuestra siguiente escala fue Al-Manshiyya donde fui a ver al señor beréber que la gobernaba. Luego llegamos a Al-Jiam, una ciudad pequeña cuya población es toda ella cristiana salvo el comisario de policía. Dos días después estábamos en Kina, un poblachón rodeado de una muralla de adobes de la que pendían triunfalmente trescientas cabezas de cocodrilos. Desde allí seguimos por tierra para ir al puerto de Qushair, en el mar Rojo, provistos de odres bien llenos, pues desde el Nilo hasta la costa no se encuentra ni una aguada. No necesitamos más de una semana para llegar a Yanbu, puerto de la Arabia Desierta, donde atracamos coincidiendo con el cuarto creciente de *rabí al-taní*, cuando tocaba a su fin la estación anual de peregrinación; seis días después estábamos en Yida.

Pocas cosas merecen una visita en este puerto que la prosperidad ha dejado de lado. La mayor parte de las casas son cabañas de madera, salvo dos antiguas mezquitas y algunas hospederías. Hay que mencionar también una modesta cúpula donde, a lo que se dice, Nuestra Señora Eva, madre de los hombres, pasó algunas noches. Aquel año, la ciudad la administraba de manera provisional un almirante otomano que se había librado del antiguo gobernador, fiel a los mamelucos, arrojándolo desde un navío en una zona infestada de tiburones. La población, pobre en conjunto, esperaba del nuevo poder que arremetiera contra los infieles que perturbaban el comercio del mar Rojo.

Sólo permanecimos dos días en Yida, el tiempo justo para entrar en contacto con una caravana que se dirigía a La Meca. A medio camino entre ambas ciudades, me despojé de mis ropas para vestir el *ihram* de los penitentes, dos largas bandas de tela blanca sin costura, una atada a la cintura y la otra por los hombros. Mis labios repetían sin cesar el grito de los peregrinos: «*¡Labaika Allahuma! ¡Labaika Allahuma!* ¡Señor, heme aquí!». Buscaba con la mirada La Meca en el horizonte, pero no divisé la ciudad santa hasta que hubo transcurrido otro día de camino, y sólo al llegar ante sus muros. Pues la ciudad natal del Profeta, ¡paz y salvación para él!, está situada en el fondo de un valle, rodeada de montes que la preservan de las miradas.

Entré en ella por Bab-el-Omrah, la más frecuentada de sus tres puertas. Las calles me parecieron muy estrechas y las casas muy juntas pero mejor construidas y más acomodadas que las de Yida. Los zocos rebosaban fruta fresca a pesar de lo árido de los alrededores.

Según avanzaba, me sentía transportado a un universo de ensueño: aquella ciudad, construida sobre aquellas tierras yermas, parecía no haber tenido nunca más destino que el recogimiento; en el centro, la Noble Mezquita, morada de Abraham. Y, en el corazón de la mezquita, la Kaaba, imponente edificio alrededor del cual sentía deseos de dar vueltas hasta caer rendido, y cada una de cuyas esquinas tiene un nombre: Ángulo de Irak, Ángulo de Siria, Ángulo del Yemen, Ángulo Negro, el más venerado, que mira al este. En éste está empotrada la Piedra Negra. Me habían enseñado que al tocarla tocaba la mano derecha del Creador. Normalmente se amontona tanta gente en torno a ella que es imposible contemplarla mucho rato. Pero ya habían pasado las grandes oleadas de peregrinos y pude acercarme cuanto quise a la Piedra y cubrirla de besos y lágrimas.

Cuando tuve que dejarle el sitio a Nur, que me seguía a distancia, fui a beber, bajo una bóveda próxima a la Kaaba, el agua bendita de Zam-Zam. Luego, al fijarme en que la puerta de la Kaaba acababa de abrirse para algún visitante ilustre, me apresuré a entrar para rezar una oración. Estaba enlosada de mármol blanco con vetas rojas y azules y los muros cubiertos cuan largos eran de cortinajes de seda negra.

Al día siguiente, volví a los mismos lugares y repetí con fervor los mismos ritos; luego, me senté durante horas con la espalda apoyada en la pared que rodeaba la mezquita, insensible a cuanto tenía a mi alrededor. No intentaba pensar. Mi mente estaba abierta, con toda sencillez, al pensamiento de Dios como una flor al rocío de la mañana y me embargaba tal bienestar que cualquier palabra, cualquier gesto, cualquier mirada se tornaban baladíes. Me levantaba de mala gana al caer cada tarde y volvía con alegría cada mañana.

Con frecuencia, durante mi meditación, volvían a mi memoria algunos versículos, sobre todo los del sura de la vaca, que evocan profusamente la Kaaba: «Hemos fundado la Santa Morada para que sirva de retiro y asilo a los hombres y hemos dicho: tomad el lugar de Abraham como oratorio». Mis labios murmuraban las palabras del Altísimo, como en tiempos de la Gran Recitación, sin balbuceos ni alteraciones: «Decid: Creemos en Dios y en lo que se nos ha enviado desde el Cielo a nosotros, a Abraham y a Ismael, a Isaac, a Jacob, a las doce tribus; en los Libros dados a Moisés y a Jesús, en los libros otorgados por el Señor a los profetas; no hacemos diferencia entre ellos y somos musulmanes, sumisos a la voluntad de Dios».

Salimos de La Meca al cabo de un mes que transcurrió más deprisa que una noche de amor. Mi mirada estaba aún colmada de silencio y Nur alejaba de mí el escándalo de los niños. Nos habíamos dirigido hacia el norte para visitar en Medina la tumba del Mensajero de Dios antes de ir a Tabuk, a Agaba y, por fin, a Gaza, donde un mercader de El Sus nos ofreció llevarnos en su barco, una carabela atracada en una ensenada al oeste de la ciudad. Había coincidido con aquel hombre durante la última etapa del viaje y con frecuencia cabalgábamos juntos. Se llamaba Abbad. Era de mi edad, de mi estatura, tenía la misma afición que yo a los negocios y a los viajes, pero lo que en mí era angustia, en él sólo eran orondas curvas. Cierto es que había leído pocos libros y conservaba intactas determinadas ignorancias que yo había perdido demasiado pronto.

Estábamos ya en alta mar cuando Nur me preguntó por primera vez:

—¿Dónde vamos?

La respuesta hubiera debido ser evidente tanto para ella como para mí. ¿Acaso no tenía yo en Túnez un hogar donde me esperaban mi madre y mi hija mayor? Permanecí, sin embargo, silencioso, mostrando una enigmática sonrisa. Mi circasiana insistió:

—¿Qué le has dicho a tu amigo?

—Su barco va a cruzar todo el Mediterráneo antes de seguir, pasado Tánger, la costa atlántica. Podemos desembarcar donde queramos.

En vez de desvelar su preocupación, Nur puso voz cantarina:

—Ni en Egipto, ni en Siria, ni en Candía...

Me hizo gracia el juego y seguí:

—Ni en el reino de Fez, ni en El Sus...
—Ni en Bursa, ni en Constantinopla...
—Ni en Argel..
—Ni en Circasia...
—Ni en Andalucía...

Soltamos ambos una larga y fingida carcajada, espiándonos con el rabillo del ojo para ver cuál de los dos cedería antes a sus inconfesables nostalgias de desterrados. Tuve que esperar otros diez días antes de ver cómo unas lágrimas, negras de polvo y de galena, traicionaban los temores de Nur.

Habíamos hecho escala en Alejandría para reponer provisiones y, en el momento en que nos disponíamos a zarpar, un oficial de la guarnición otomana subió a bordo para una última inspección, cosa que, en sí, no tenía nada de particular. El hombre no alimentaba, sin duda, más sospechas que las exigidas por su cargo, pero tenía una forma de mirar fijamente los rostros que provocaban en todo el mundo la impresión de haber cometido una falta, de ser un fugitivo al que han reconocido.

De repente, el hijo de Nur escapó de las manos de Jadra que lo sujetaba y corrió derecho hacia el soldado.

—¡Bayaceto! —gritó el aya.

Al oír ese nombre, el otomano se inclinó hacia el niño, lo alzó en sus brazos y se puso a darle vueltas, examinando de forma insistente su cabello, sus manos, su cuello.

—¿Cómo te llamas? —le preguntó.

—Bayaceto.

—¿De quién eres hijo?

—¡Desdichada, qué te había dicho yo! —grité en mi fuero interno. Dos veces había sorprendido a Nur enseñándole a su hijo que era Bayaceto, hijo de Aladino el Otomano, y se lo había reprochado con vehemencia, explicándole que un niño de su edad podía venderse. Sin quitarme la razón, había contestado que el niño tenía que conocer su identidad y prepararse para asumir su destino, que temía desaparecer un día sin haberle transmitido su secreto. En aquel instante, temblaba y tenía sudores, y yo también.

—Hijo de Aladino —contestó Bayaceto.

Al mismo tiempo, señalaba con dedo vacilante hacia el lugar en que estaba sentado yo. Me levanté ante aquel gesto y me dirigí hacia el oficial con amplia sonrisa y la mano tendida.

—Me llamo Aladino Hasan Ibn-al-Wazzan, negociante de Fez y oriundo de Granada, quiera Dios que la espada de los otomanos nos la devuelva.

Vergonzoso, Bayaceto se echó en mis brazos y escondió la cara en mi hombro. El oficial lo soltó diciendo:

—¡Guapo niño! ¡Se llama como el mío mayor! Siete meses hace que no lo veo.

Le tembló el bigote. Su mirada ya no era en absoluto terrorífica. Se volvió y empezó a bajar por la pasarela indicándole a Abbad con una seña que podía partir.

En cuanto nos separamos media milla del muelle, Nur se metió en nuestra cabina para derramar todas las lágrimas que había contenido hasta aquel momento.

Fue en Gelves, un mes después, donde tuvo Nur su segundo susto. Pero esa vez no la vi llorar.

Nos habíamos parado a pasar la noche y no me había disgustado dejar un rato la cabeceante cubierta para caminar con Abbad por tierra firme. Tenía además curiosidad por conocer esta isla cuya vida placentera me habían alabado con frecuencia. Perteneció muchos años a los reyes de Túnez pero sus habitantes decidieron a fines del siglo pasado proclamar su independencia y destruir el puente que los unía al continente. Tenían suficiente para cubrir sus necesidades exportando aceite, lana y pasas, pero pronto estalló una guerra civil entre los diferentes clanes y una serie de crímenes ensangrentó la isla. Poco a poco, toda autoridad se había perdido en ella.

Lo que no impedía ni poco ni mucho a Abbad hacer escala allí con la mayor frecuencia posible.

—¡El caos casa tan bien con la alegría de vivir! —comentaba.

Conocía una taberna de marineros muy agradable.

—Sirven los pescados más gordos de la costa y los mejores vinos.

Yo no tenía intención alguna de hartarme y menos aún de emborracharme volviendo de una peregrinación. Pero, tras largas semanas en el mar, se imponía una fiestecita.

Acabábamos de entrar y aún estábamos buscando con la vista la esquina vacía de una mesa cuando un retazo de frase me hizo sobresaltarme. Presté oído. Un marinero estaba contando que había visto expuesta en una plaza pública de Orán la cabeza cortada de Aruy Barbarroja, muerto por los castellanos, que paseaban su macabro trofeo de puerto a puerto.

Cuando nos hubimos instalado, me puse a contarle a Abbad mis recuerdos del corsario, la visita que hice a su campamento, la embajada que realicé en su nombre en Constantinopla. De repente, mi compañero me hizo señas de que bajara la voz.

—Hay detrás de ti dos marineros sicilianos —me cuchicheó—, uno joven y otro viejo, que te están escuchando con interés algo excesivo.

Me volví con disimulo. La pinta de nuestros vecinos no resultaba nada tranquilizadora. Cambiamos, pues, de conversación y nos sentimos aliviados al ver cómo se iban.

Una hora después nos fuimos también nosotros, contentos y ahítos, alegrándonos de poder caminar por la playa, por la arena mojada, bajo una resplandeciente luna.

Acabábamos de pasar delante de unas cabañas de pescadores cuando, de repente, unas cuantas sombras sospechosas se alargaron ante nosotros. En un abrir y cerrar de ojos, nos rodearon unos diez hombres armados con espadas y puñales entre los que no me costó reconocer a nuestros dos vecinos de mesa. Uno de ellos profirió algunas interjecciones en mal árabe; entendí sin embargo que no debíamos hablar ni movernos si no queríamos que nos atravesaran con las armas. Al momento siguiente, nos arrojaron al suelo.

La última imagen que recuerdo es la del puño que cayó, ante mi vista, sobre la nuca de Abbad. Luego me sumí en una prolongada oscuridad atormentada, asfixiante, semejante a un naufragio.

¿Habría podido acaso adivinar que así estaba empezando el más extraordinario de mis viajes?

IV
El libro de Roma

No veía ya ni tierra ni mar ni sol ni el fin del viaje. Tenía la lengua salobre, la cabeza llena de náuseas, brumas y dolores. La cala a la que me habían arrojado olía a rata muerta, a vagras enmohecidas, a los cuerpos de los cautivos que, antes que yo, habían permanecido en ella.

Así que era esclavo, hijo mío, y mi sangre se avergonzaba. A mí, cuyos antepasados habían hollado como conquistadores el suelo de Europa, iban a venderme a algún príncipe, a algún rico mercader de Palermo, de Nápoles, de Ragusa o, peor aún, a algún castellano que me haría apurar continuamente toda la humillación de Granada.

Junto a mí, cargado con las mismas cadenas, con las mismas bolas de hierro, estaba echado Abbad el Susí, en el polvo, como el más vil de los servidores. Lo contemplé, espejo de mi propia caída. Ayer aún, hablaba con voz de trueno en el puente de su carabela, repartiendo risas y patadas, y el mar todo no era lo bastante ancho para él ni las olas lo bastante encrespadas.

Suspiré ruidosamente. Mi compañero de infortunio, al que yo creía dormido, contestó, sin abrir siquiera los ojos:

—*¡Alhamdulillah! ¡Alhamdulillah!* ¡Demos gracias a Dios por todos Sus favores!

No pensaba yo que fuera momento de blasfemar. Me limité, pues, a decir:

—Démosle gracias a todas horas. Pero ¿por qué querrías darle gracias en esta concreta circunstancia?

—Por haberme dispensado de remar como esos desdichados galeotes cuya gemebunda respiración estoy oyendo. Le doy gracias también por haberme conservado la vida y haberme puesto en buena compañía. ¿No son éstas tres razones evidentes para decir *Alhamdulillah*?

Se incorporó.

—Nunca le pido a Dios que me libre de las calamidades, sólo que me libre de la desesperación. Ten confianza: cuando el Altísimo te suelta con una mano, te recoge con la otra.

Abbad tenía razón, hijo mío, más razón de la que pensaba. ¿No había dejado en La Meca la mano derecha de Dios? ¡En Roma iba a vivir en la palma de su mano izquierda!

El año de Sant'Angelo
925 de la hégira

(3 de enero de 1519-22 de diciembre de 1519)

Mi raptor gozaba de fama y de piadosos temores. Pietro Bovadiglia, venerable pirata siciliano, sexagenario ya, múltiples veces asesino y temeroso de entregar el alma en estado de rapiña, había sentido la necesidad de reparar sus crímenes con una ofrenda a Dios. O más bien con un regalo a Su representante en esta orilla del Mediterráneo. El décimo León, soberano y pontífice de Roma, comendador de la cristiandad.

El regalo del papa era yo, pomposamente presentado el domingo 14 de febrero, con ocasión de la festividad de san Valentín. Me habían avisado de ello la víspera y había permanecido hasta el alba, con la espalda apoyada en el muro de mi celda, incapaz de conciliar el sueño, escuchando los ruidos habituales de la ciudad, la risa de un guardia, la caída de un objeto cualquiera en el Tíber, el llanto de un recién nacido, agigantados en el oscuro silencio. Padecía con frecuencia insomnios desde mi llegada a Roma y había acabado por averiguar qué era lo que hacía las horas tan agobiantes: más que la privación de libertad, más que la ausencia de mi mujer, era la ausencia del almuecín. Nunca había vivido antes de esta forma, semana tras semana, en una ciudad en la que no se eleva la llamada a la oración que marca el paso del tiempo, llena el espacio, tranquiliza a hombres y muros.

Debía de hacer un mes largo que estaba encerrado en el castillo. Tras la penosa travesía e innumerables paradas, me habían desembarcado sin Abbad, en un muelle de Nápoles, la más populosa de las ciudades italianas. Luego me habían conducido a mí solo hasta Roma, por tierra. No volví a ver a mi compañero hasta transcurridos tres años, en curiosas circunstancias.

Seguía encadenado, pero, con gran sorpresa por mi parte, Bovadiglia tuvo a bien pedirme perdón por ello.

—Estamos en territorio español. Si los soldados vieran a un moro sin cadenas, arremeterían contra él.

El tono respetuoso me hizo esperar que, en lo sucesivo, se me trataría con menos rudeza. Impresión confirmada desde el momento de mi llegada al castillo de Sant'Angelo, imponente fortaleza cilíndrica a la que me hicieron llegar por una rampa de caracol. Me instalaron en una habitación amueblada con una cama, una silla y un arcón de madera, como si se tratara más de una modesta hospedería que de una cárcel, si exceptuamos la pesada puerta con los oportunos candados por la parte de fuera.

Diez días después vino a verme un visitante. Al ver la obsequiosidad con que lo recibían los guardias, comprendí que se trataba de un familiar del papa. Me saludó respetuosamente y se presentó. Era un florentino llamado Francesco Guicciardini, gobernador de Módena y diplomático al servicio de Su Santidad. A mi vez, le expuse mi nombre y apellidos, mis títulos y mis actividades de mayor realce, no omitiendo embajada alguna por comprometida que resultara, desde Tombuctú hasta Constantinopla. Todo lo cual pareció complacerlo en gran manera. Nuestra conversación se desarrolló en castellano, lengua que yo entendía bastante bien pero en la que me expresaba no sin dificultad. Fue, pues, menester hablar despacio y, al lamentarme yo cortésmente de lo inoportuno de mi ignorancia, me respondió muy atento:

—Yo tampoco sé el árabe, que se habla, sin embargo, en toda la costa mediterránea. Yo también debería presentaros mis excusas.

Animado por su actitud, pronuncié lo mejor que pude unas cuantas palabras en italiano vulgar, es decir en toscano, y reímos juntos. Luego, le prometí con tono de amistoso desafío:

—Antes de que acabe el año, hablaré tu lengua. No tan bien como tú, pero lo bastante para hacerme entender.

Se dio por enterado asintiendo con la cabeza, mientras yo seguía diciendo:

—Existen sin embargo costumbres que tardaré más en adquirir. Sobre todo la que tienen los europeos de dirigirse a su interlocutor diciendo «vos» como si se tratara de varias personas o en femenino como si fuera una mujer ausente. En árabe se le habla de tú a todo el mundo, sea príncipe o servidor.

El diplomático hizo una pausa, no tanto, me pareció, para reflexionar como para dar solemnidad a las palabras que iba a pronunciar a continuación. Estaba sentado en la única silla de la habitación, con un gorro rojo que se le ceñía a la cabeza y le daba el aspecto de un conspirador. Yo estaba sentado en el arcón, a un paso de él. Se inclinó hacia mí, apuntándome con una nariz predadora.

—Mi señor Hasan, vuestra venida es importante, extremadamente importante. No puedo deciros más, pues es secreto del Santo Padre y sólo él podrá desveláróslo cuando lo estime oportuno. Pero no creáis que vuestra aventura se debe únicamente al azar o al simple capricho de un corsario.

Reflexionó:

—No quiero decir con ello que el bueno de Bovadiglia haya surcado los mares en vuestra búsqueda. Nada menos cierto. Pero sabía qué clase de moro había que presentarle al Santo Padre: un viajero, un letrado. Ha dado, por añadidura, con un diplomático. No esperábamos tanto.

¿Debía acaso sentirme halagado por ser tan buena presa? Sea como fuere, no manifesté ni alegría ni desagrado. Me sentía, ante todo, terriblemente intrigado y decidido a enterarme de más. Pero Guicciardini estaba ya poniéndose en pie.

Apenas acababa de salir cuando vino a mi celda un oficial de la guardia para preguntarme si necesitaba algo. Pedí, haciendo gala de atrevimiento, ropa limpia, una mesita, una lámpara, recado de escribir, cosas todas que obtuve en el día. Esa misma noche habían cambiado las comidas: en lugar de habas y lentejas, me dieron carne y lasaña, con vino tinto de Trebbiato del que bebí sin abusar.

No tardó el florentino en hacerme llegar la noticia que esperaba: el papa iba a recibirme de manos de Pietro Bovadiglia.

El pirata y el diplomático se presentaron juntos a la puerta de mi celda el día de san Valentín. El papa nos esperaba en ese mismo castillo, en la biblioteca. Rebosante de fervor,

Bovadiglia se arrojó a sus plantas; Guicciardini lo ayudó a incorporarse y se limitó, por su parte, a besarle la mano con deferencia, pero con brevedad. Me acerqué, a mi vez. León X permanecía inmóvil en su sillón, con su rostro lampiño, tan redondo y agradable, su hoyuelo en la barbilla, sus labios carnosos, sobre todo el inferior, sus ojos tranquilizadores e interrogantes a un tiempo, sus dedos tersos, propios de quien no ha trabajado nunca con las manos. Detrás de él, de pie, estaba un sacerdote que resultó ser trujimán.

El papa puso ambas manos abiertas en mi doblada espalda, señal de afecto o de toma de posesión, lo ignoro, antes de dirigirle al pirata unas cuantas palabras de agradecimiento. Yo seguía de rodillas, postura en la que me mantenía intencionadamente mi nuevo señor, que no me autorizó a incorporarme hasta que el florentino hubo arrastrado fuera a mi raptor. Para ellos había concluido la audiencia. Para mí, acababa de empezar. En un árabe plagado de giros castellanos, el intérprete me transmitió:

—Un hombre de arte y sabiduría es siempre bienvenido a Nuestro lado, no como servidor sino como protegido. Cierto es que vuestra llegada a esta morada ha sido ajena a vuestra voluntad y por medios que Nos no podemos aprobar. Pero el mundo está hecho de tal forma que con frecuencia el vicio es el brazo de la virtud, que con frecuencia los mejores actos se realizan por las peores razones, y los peores actos por las mejores razones. Así fue como Nuestro predecesor, el papa Julio, recurrió a la conquista para dotar a nuestra Santa Iglesia de un territorio donde se sintiese segura...

Se interrumpió al darse cuenta de que iba a referirse a un debate del que yo no sabía ni palabra. Aproveché para atreverme a expresar una tímida opinión:

—Para mí, nada tiene esto de escandaloso. Los califas, sucesores del Profeta, siempre mandaron ejércitos y dirigieron Estados.

Escuchó la traducción con inesperado interés. Y se apresuró a preguntarme:

—¿Siempre fue así?

—Hasta el momento en que los suplantaron los sultanes. Entonces quedaron los califas confinados en sus palacios.

—¿Resultaba ello beneficioso?

El papa parecía concederle gran importancia a mi opinión. Reflexioné laboriosamente antes de hablar.

—No creo que lo fuera. Mientras los califas fueron soberanos, el islam irradiaba cultura. La religión reinaba apaciblemente sobre los asuntos de este mundo. A partir de entonces, la fuerza es la que reina y, frecuentemente, la fe no es más que una espada en manos del sultán.

Mi interlocutor estaba tan satisfecho que puso por testigo a su traductor:

—Siempre he pensado que mi glorioso predecesor estaba en lo cierto. Sin ejército propio, el papa no sería más que el capellán del rey más poderoso. Nos vemos obligados a veces a utilizar las mismas armas que nuestros adversarios, a aceptar los mismos compromisos.

Me apuntó con el índice.

—Eso que decís Nos reconforta. Bovadiglia tuvo buena mano. ¿Estáis dispuesto a servirnos?

Balbuceé una fórmula de asentimiento. Se dio por enterado no sin una mueca algo irónica:

—¡Aceptemos con resignación los designios de la Providencia!

Antes de proseguir, hablando cada vez más deprisa, mientras el intérprete lo seguía a duras penas:

—Nuestro consejero, el señor Guicciardini, os ha dicho algo acerca de la importancia de lo que esperamos de vos. Os volveremos a hablar de ello cuando llegue el momento. Sabed, por ahora, que habéis llegado a esta ciudad bendita en el momento más difícil de toda su historia. La destrucción amenaza Roma. Mañana, cuando recorráis esta ciudad, notaréis de qué manera crece y se vuelve más hermosa, como si en la rama de un árbol viejo y majestuoso, pero seco, volvieran a brotar algunos capullos, algunas hojas verdes, algunas flores resplandecientes de luz. Doquier, los mejores pintores, los mejores escultores, escritores, músicos, artesanos, ejecutan las obras maestras más hermosas bajo Nuestra protección. Apenas si acaba de comenzar la primavera, pero ya se aproxima el invierno. Ya acecha la muerte. Nos acecha desde todos los puntos. ¿Por qué flanco nos alcanzará? ¿Con qué espada nos golpeará? Sólo Dios lo sabe, a menos que tenga a bien apartar de Nuestros labios tan amargo cáliz.

—¡Dios es grande! —dije espontáneamente.

—¡Dios nos proteja de todos los sultanes! —apostilló el papa, con rostro súbitamente alegre.

Aquel día no continuó la entrevista. León X prometió volver a convocarme. Al volver a mi celda, descubrí que habían dado nuevas directrices en lo que a mí se refería: ya no se cerraría mi puerta con candado antes de la noche y podría circular a mi antojo por el recinto del castillo.

Cuando volví a ver al papa, una semana después, me había preparado un voluminoso programa: a partir de ese momento, mi tiempo se distribuiría entre el estudio y la enseñanza. Un obispo iba a enseñarme el latín, otro, el catecismo, un tercero, el evangelio así como la lengua hebrea; un sacerdote armenio me daría cada mañana una clase de turco. Por mi parte, tenía que enseñar el árabe a siete alumnos. Por este trabajo había de recibir un salario de un ducado al mes. Antes de que yo formulara la más leve protesta, mi benefactor admitió, entre risas, que se trataba de una forma refinada de trabajos forzados, pero añadió que aquel programa reflejaba su entusiasmo por mí. Le di las gracias y le prometí hacer cuanto pudiera para no desmerecer.

A partir de entonces, me convocó una vez al mes, solo o con mis profesores, para comprobar el estado de mis conocimientos, sobre todo en catecismo. Pues en su mente ya estaba decidida la fecha de mi bautismo así como el nombre que había de llevar.

Mi año de cautividad transcurrió, pues, sin daño para el cuerpo y con gran provecho para la mente. Notaba cómo, de día en día, iban aumentando mis conocimientos no sólo en las materias que estudiaba, sino también por el contacto con mis profesores, así como con mis alumnos, dos sacerdotes aragoneses, dos franceses, dos venecianos, un alemán de Sajonia. Éste fue el primero que mencionó en mi presencia la querella cada día más virulenta que enfrentaba a León X con el fraile Lutero, un acontecimiento que estaba amenazando ya con poner a toda Europa a sangre y fuego y que iba a atraer sobre Roma la más odiosa de las calamidades.

El año de los herejes
926 de la hégira

(23 de diciembre de 1519-12 de diciembre de 1520)

—¿Para qué sirve el papa? ¿Para qué sirven los cardenales? ¿Qué Dios adoran en esta ciudad de Roma, tan volcada en el lujo y los placeres?

Esto decía mi alumno alemán, Hans, cuyo nombre religioso era hermano Agustín, que me perseguía hasta la antesala de León X para convencerme de las doctrinas del fraile Lutero, mientras yo lo conjuraba para que se callara si no quería acabar sus días en la hoguera.

Rubio anguloso, brillante y obstinado, Hans, tras cada lección, sacaba de su bolsa un panfleto o un folleto cuya traducción y comentario emprendía, acosándome sin tregua para saber qué me parecía. Yo contestaba invariablemente lo mismo:

—Me parezca lo que me parezca, no puedo traicionar a mi protector.

Hans mostraba su desconsuelo, pero no se desanimaba y en la clase siguiente volvía a la carga.

Pues se había dado cuenta de que yo escuchaba sus palabras sin desagrado. Al menos algunas que me traían a veces a la memoria algún *hadiz* del profeta Mahoma, Dios lo bendiga y lo salve. ¿Acaso no recomienda Lutero retirar de los lugares de culto todas las imágenes por estimar que son objetos de idolatría? «Los ángeles no penetran en una casa donde haya un perro o una representación fingida», dijo el Mensajero de Dios en un *hadiz* auténtico. ¿No afirma Lutero que la cristiandad no es otra cosa que la comunidad de los creyentes y no debe reducirse a una jerarquía de Iglesia? ¿No asegura que la Santa Escritura es el único fundamento de la Fe? ¿No ridiculiza el celibato de los sacerdotes? ¿No enseña que ningún hombre puede escapar a aquello a lo que lo ha predestinado su Creador? Nada diferente ha dicho el Profeta a los musulmanes.

A pesar de tales coincidencias, me resultaba imposible seguir en esto las inclinaciones de mi razón. Entre Lutero y León X había comenzado un duelo feroz y yo no podía dar mi aprobación a un desconocido en contra del hombre que me había amparado bajo su ala y que me trataba ya como si fuera mi progenitor.

No era yo ciertamente el único a quien el papa decía «hijo mío», pero a mí me lo decía de otro modo. Me había dado sus dos nombres, Juan y León, y también el apellido de su prestigiosa familia, los Médicis, y todo ello con pompa y solemnidad el 6 de enero de 1520, un viernes, en la nueva basílica de San Pedro que aún no estaba acabada. Rebosaba aquel día de cardenales, obispos, embajadores, así como de numerosos protegidos de León X, poetas, pintores, escultores, rutilantes de brocados, de perlas y de pedrerías. Incluso Rafael de Urbino, el divino Rafael, como lo llamaban los admiradores de su arte, estaba presente y no parecía en absoluto debilitado por la enfermedad que iba a llevárselo tres meses después.

El papa estaba triunfante, tocado con la tiara:

—En este día de la Epifanía en el que celebramos el bautismo de Cristo por Juan el Bautista y en el que celebramos también, siguiendo la Tradición, a los tres magos venidos de Arabia para adorar a Nuestro Señor, ¿qué mayor felicidad puede cabernos que acoger en el seno de Nuestra Santa Iglesia a un nuevo Rey Mago, que viene desde los confines de Berbería para hacer su ofrenda en la Casa de Pedro?

De hinojos frente al altar, envuelto en un largo manto de lana blanca, me sentía aturdido por el olor del incienso y agobiado por tantos honores inmerecidos. Ninguna de las personas allí reunidas ignoraba que a aquel «Rey Mago» lo había capturado, una noche de verano, un pirata en una playa de Gelves y lo había traído a Roma como esclavo. ¡Cuanto estaba diciendo de mí así como cuanto me estaba sucediendo era tan insensato, tan desmesurado, tan grotesco! ¿Estaría siendo víctima de algún mal sueño, de algún espejismo? ¿No estaría, como todos los viernes, en una mezquita de Fez, de El Cairo, de Tombuctú, con la mente ofuscada por una larga noche de vela? Súbitamente, en el corazón de mi duda, volvió a alzarse la voz del pontífice que me apostrofaba:

—Y tú, Nuestro hijo bienamado, tú, Juan León, a quien la Providencia ha designado entre todos los hombres...

¡Juan León! ¡Yohannes Leo! ¡Nunca me había llamado así nadie de mi familia! La ceremonia había acabado hacía mucho y yo seguía dándole vueltas y más vueltas en la cabeza, en la boca, a las letras y las sílabas, tan pronto en latín como en italiano. Leo. Leone. Curiosa costumbre la que tienen los hombres de darse de este modo los nombres de las fieras que los asustan, pocas veces los de los animales que les son fieles. A nadie le importa llamarse lobo, pero sí perro. ¿Llegaría un día a olvidar a Hasan y a mirarme en el espejo diciéndome a mí mismo: «León, tienes ojeras»? Para domesticar mi nuevo nombre, no tardé en arabizarlo: Yohannes Leo se convirtió en Yuhanna al-Asad. Tal es la firma que puede leerse al pie de las obras que escribí en Roma y en Bolonia. Pero los habituales de la corte pontificia, algo sorprendidos por el tardío nacimiento de un Médicis de piel oscura y pelo crespo, me adjudicaron en el acto el sobrenombre de Africano, para diferenciarme de mi santo padre adoptivo. Quizá también para evitar que me nombrara cardenal como a la mayor parte de sus primos, a algunos de ellos desde los catorce años.

La noche del bautismo, el papa me mandó llamar. Comenzó por anunciarme que era libre a partir de entonces, pero que podía seguir viviendo en el castillo en tanto no encontrara alojamiento fuera de él, añadiendo que tenía empeño en que perseverara, con la misma asiduidad, en los estudios y en la enseñanza. Luego tomó de una mesa un libro minúsculo que me depositó como una hostia en la palma de la mano. Al abrirlo, descubrí que estaba escrito en árabe.

—¡Leed en voz alta, hijo mío!

Obedecí, pasando las hojas con infinitas precauciones:

—¡Libro de los rezos de las horas... acabado de imprimir el 12 de septiembre de 1514... en la ciudad de Fano bajo la égida de Su Santidad el papa León...

Mi protector me interrumpió con voz trémula y poco firme:

—Este libro es el primero en lengua árabe que jamás haya salido de una imprenta. Cuando volváis con los vuestros, llevadlo con vos como una joya.

En sus ojos vi que sabía que un día me iría. Parecía tan emocionado que no pude evitar el llanto. Se puso en pie. Me incliné para besarle la mano. Me estrechó entre sus brazos con fuerza como un verdadero padre. Por Dios, que en aquel momento sentí afecto por él a pesar de la ceremonia que acababa de imponerme. Que un hombre tan poderoso, tan venerado por la cristiandad en Europa y en otros lugares pudiera emocionarse de tal forma al contemplar un minúsculo libro en árabe salido de los talleres de un impresor judío cualquiera era algo que me parecía digno de los califas anteriores a la decadencia, como al-Maamún, hijo de Harún al-Rashid, ¡que el Altísimo les conceda su misericordia a ambos!

Cuando al día siguiente de esta entrevista salí por vez primera libre, con los brazos sueltos, del recinto de mi cárcel y crucé el puente de Sant'Angelo hacia el barrio del Ponte, no guardaba ya de mi cautiverio ni amargura ni resentimiento. Algunas semanas de pesadas cadenas, algunos meses de mitigada servidumbre y de nuevo había vuelto a ser un viajero, una criatura migratoria, igual que en todos los países donde había vivido y conseguido durante un tiempo placeres y honores. ¡Cuántas calles, cuántos monumentos, cuántos hombres y mujeres estaba sediento por descubrir, yo que durante un año no había conocido de Roma más que la silueta cilíndrica del castillo de Sant'Angelo y el interminable corredor que lo une al Vaticano!

Fue sin duda un error que el inefable Hans me acompañara en mi primera visita. Fui primero derecho hacia la calle de los Antiguos Bancos antes de meterme, a la izquierda, en la célebre calle del Pellegrino, para admirar allí los escaparates de los orfebres y los puestos de los mercaderes de seda. Me habría quedado allí horas, pero mi alemán se impacientaba. Acabó por tirarme de la manga como un niño hambriento. Violenté mis impulsos e incluso pedí disculpas por mi frivolidad. ¿No había acaso tantas iglesias, tantos palacios, tantos monumentos que admirar a nuestro alrededor? ¿O quizá quería conducirme hacia la plaza Navona, muy próxima, donde, a lo que decían, el espectáculo era continuo en cualquier estación, cuando menos el de los saltimbanquis?

Hans no pensaba en nada de eso. Me arrastró por estrechas callejuelas por las que era imposible transitar sin pasar por encima de montones de inmundicias. Luego, en el lugar más oscuro, en el más hediondo, se paró en seco. Nos rodeaban unos mirones mugrientos y esqueléticos. Desde una ventana, nos llamó una mujer para que nos reuniéramos con ella a cambio de unos cuantos *quattrini*. Me encontraba muy incómodo pero Hans no se movía. Le lancé una mirada furibunda y tuvo a bien explicarse:

—Quería que tuvieras continuamente presente este espectáculo de miseria cuando vieras vivir a los príncipes de la Iglesia, a todos esos cardenales que poseen tres palacios cada uno en los que rivalizan en suntuosidad y desenfreno, en los que organizan festín tras festín, con doce platos de pescado, ocho ensaladas, cinco clases de dulces. ¿Y el mismo papa? ¿Has visto con qué orgullo exhibe el elefante que le regaló el rey de Portugal? ¿Lo has visto arrojarles monedas de oro a sus bufones? ¿Lo has visto de cacería, en su finca de la Magliana, con las botas altas de cuero, persiguiendo a caballo un oso o un jabalí, rodeado de sus sesenta y ocho perros? ¿Has visto sus halcones y arreos importados a precio de oro de Candía y de Armenia?

Comprendía su emoción, pero sus procedimientos me exasperaban.

—¡Más vale que me enseñes los monumentos de la antigua Roma de los que hablan Cicerón y Tito Livio!

Mi joven amigo puso expresión de triunfo. Sin decir nada, echó de nuevo a andar con paso tan firme que apenas podía seguirlo. Cuando se decidió a pararse, media hora después, habíamos dejado a nuestras espaldas, a gran distancia, las últimas calles habitadas. Estábamos en medio de un gran páramo.

—Aquí estaba el Foro romano, el corazón de la antigua ciudad, rodeado por populosos barrios; ¡hoy lo llaman el Campo de las Vacas! ¿Ves ante nosotros el monte Palatino y allá, hacia el este, el monte Esquilino, detrás del Coliseo? ¡Hace siglos que están vacíos! ¡Roma no es ya más que un poblachón plantado en el sitio de una majestuosa ciudad! ¿Sabes qué población tiene hoy en día? Ocho mil hogares, nueve mil como mucho.

Era mucho menos que en Fez, Túnez o Tremecén.

Al volver hacia el castillo, noté que el sol estaba aún alto en el cielo, y me pareció, por tanto, oportuno sugerirle a mi acompañante que fuéramos a dar una vuelta hacia San Pedro, pasando por el hermoso barrio del Borgo. Acabábamos de llegar ante la basílica cuando Hans se lanzó de nuevo a una enloquecida diatriba:

—¿Sabes cómo quiere acabar el papa la construcción de esta iglesia? Quitándoles el dinero a los alemanes.

Ya se estaban arremolinando a nuestro alrededor algunos transeúntes.

—¡Ya he visitado bastantes monumentos por hoy! —le supliqué—. Volveremos otro día.

Y sin esperar ni un instante corrí a refugiarme en la paz de mi antigua cárcel, jurándome no volver nunca más a pasearme por Roma con un guía luterano.

En mi siguiente visita, tuve la suerte de tener por acompañante a Guicciardini que acababa de regresar de una prolongada estancia en Módena. Lo hice partícipe de mi honda decepción, sobre todo tras mi visita al Campo de las Vacas. No se mostró muy impresionado.

—Roma es una ciudad eterna, pero con ausencias —reconoció con sabia resignación.

Antes de proseguir:

—Es una ciudad santa, pero con impiedades; una ciudad ociosa, pero que cada día le da al mundo una obra de arte.

Era un goce para la mente caminar al lado de Guicciardini, escuchar sus impresiones, sus comentarios, sus confidencias. Existían, sin embargo, algunos desagradables inconvenientes: por ejemplo, para ir del castillo de Sant'Angelo al nuevo palacio del cardenal Farnesio, situado a menos de una milla, tardamos cerca de dos horas, tanta era la notoriedad de mi acompañante. Si algunos personajes le saludaban al pasar, otros ponían pie a tierra para iniciar con él un largo aparte. Una vez libre, el florentino venía hacia mí con unas palabras de disculpa: «Es un compatriota que acaba de instalarse en Roma», o «Es un datario muy influyente», «Es el maestre de postas del rey de Francia», e incluso, por dos veces, «Es el bastardo del cardenal Zutano».

Yo no había manifestado sorpresa alguna. Hans me había explicado ya que en la capital de los papas, rebosante sin embargo de frailes, de monjas, de peregrinos de todos los países, las amantes de los príncipes de la Iglesia poseían palacios y servidores, que su progenitura estaba destinada a los más altos cargos, que los sacerdotes de menor rango tenían sus concubinas o sus cortesanas, con las que se exhibían sin vergüenza por la calle.

—El escándalo está menos en la lujuria que en el lujo —dijo Guicciardini, como si hubiera ido siguiendo paso a paso el hilo de mis pensamientos.

Seguía diciendo:

—¡El tren de vida de los prelados de Roma cuesta sumas considerables y en esta ciudad de clérigos no se produce nada! Todo se compra en Florencia, en Venecia, en Milán y en otras ciudades. Para financiar las locuras de esta ciudad, los papas se han puesto a vender las dignidades eclesiásticas: a diez mil, a veinte mil, a treinta mil ducados el cardenal. ¡Aquí todo se vende, hasta el cargo de camarlengo! ¡Y como seguía sin alcanzar, se han puesto a venderles indulgencias a los desdichados de los alemanes! ¡Si pagáis, se os perdonan los pecados! En resumen, lo que el Santo Padre intenta vender es el Paraíso. Así ha empezado la disputa con Lutero.

—Así que ese fraile tenía razón.

—En un sentido, sí. Sólo que no puedo dejar de pensar que el dinero recogido por tan dudoso procedimiento debe servir para concluir la basílica de San Pedro y que una parte de él se dedica no a comilonas, sino a las más nobles creaciones humanas. Cientos de escritores, de artistas, están ejecutando en Roma obras maestras ante las cuales palidecerían de envidia los antiguos. Está renaciendo un mundo con una mirada nueva, una ambición nueva, una belleza nueva. Está renaciendo aquí, ahora, en esta Roma corrompida, venal e impía, con el dinero de los alemanes. ¿No es éste acaso un despilfarro de gran utilidad?

Yo no sabía ya qué pensar. ¡Se me enredaban de tal forma en la mente Bien y Mal, verdad y mentira, belleza y podredumbre! Pero quizá consistía en esto la Roma de León X, la Roma de León el Africano. Repetí en voz alta las fórmulas de Guicciardini, para grabármelas en la memoria:

—Ciudad ociosa... ciudad santa... ciudad eterna...

Me interrumpió con voz súbitamente agobiada:

—Ciudad maldita también.

Mientras lo miraba, esperando una explicación, se sacó un papel arrugado del bolsillo.

—Acabo de copiar estas líneas que ha escrito Lutero a nuestro papa.

Leyó a media voz:

—«Oh, tú, León, el más infortunado de todos, estás sentado en el más peligroso de los tronos. Roma fue antaño una puerta del Cielo, ahora es la boca abierta del Infierno».

El año de la conversa
927 de la hégira

(13 de diciembre de 1520-30 de noviembre de 1521)

¡El 6 de abril de aquel año fue un sábado dichoso! El papa, sin embargo, estaba encolerizado. Gritaba tanto que permanecí mucho rato inmóvil en la antecámara, protegido de sus voces por las pesadas hojas cinceladas de la puerta. Pero el suizo que me acompañaba tenía órdenes. Abrió, sin llamar, la puerta del despacho, me hizo entrar casi a empujones y la cerró de golpe a mis espaldas.

Al verme, el papa dejó de gritar. Pero siguió con el ceño fruncido y el labio inferior le temblaba aún. Con los tersos dedos, con los que estaba tamborileando encima de la mesa, me indicó que me acercara. Me incliné sobre su mano, y luego sobre la del personaje que estaba de pie a su derecha.

—León, ¿conocéis a Nuestro primo, el cardenal Julio?

—¿Cómo habría podido vivir en Roma sin conocerlo? No era la respuesta más adecuada en aquellas circunstancias. Julio de Médicis era sin lugar a dudas el más esplendoroso príncipe de la Iglesia y el hombre de confianza del papa. Pero éste le reprochaba desde hacía algún tiempo sus escándalos, su gusto por la ostentación, sus turbulentos amores que lo habían convertido en el blanco favorito de los luteranos. Guicciardini, en cambio, me había hablado bien de él: «Julio posee todas las cualidades del perfecto gentilhombre, mecenas, tolerante y agradable compañero. ¿Por qué demonios estarán empeñados en convertirlo en hombre de iglesia?».

Con capa y birrete rojos y un flequillo moreno cayéndole sobre la frente, el primo del papa parecía sumido en penosa meditación.

—El cardenal tiene que hablaros, hijo mío. Acomodaos los dos en aquellos asientos de allí. Yo tengo correspondencia que leer.

No creo equivocarme al afirmar que, aquel día, el papa no perdió ni palabra de nuestra conversación, pues no pasó ni una hoja del texto que tenía entre las manos.

Julio pareció violento y buscaba en mi mirada algún destello de complicidad. Carraspeó discretamente.

—Acaba de entrar a mi servicio una joven. Virtuosa y bella. E inteligente. El Santo Padre desea que os la presente y que la toméis por esposa. Se llama Maddalena.

Tras pronunciar estas palabras que era evidente que le resultaban penosas, pasó a otros temas, me hizo preguntas acerca de mi pasado, de mis viajes, de mi vida en Roma. Descubrí en él el mismo anhelo por conocer cosas que en su primo, el mismo deleite al escuchar los nombres de Tombuctú, de Fez y de El Cairo, el mismo respeto por las cosas del espíritu. Me hizo jurar que un día pondría por escrito el relato de mis viajes, prometiéndome ser mi más ferviente lector.

El extremo agrado de tal conversación no disminuyó, sin embargo, en nada mi profunda suspicacia hacia la propuesta que se me había hecho. Si he de decir las cosas tal y como las pensé, no sentía deseo alguno de verme de esposo tardío de alguna adolescente cuya avanzada preñez daría que hablar a toda la ciudad de Roma. Me resultaba difícil, sin embargo, decir que no sin más al papa y a su primo. Formulé, pues, mi respuesta con palabras lo bastante tortuosas para que mis sentimientos se traslucieran.

—Me remito a Su Santidad y a Su Eminencia, que saben mejor que yo lo que conviene a mi cuerpo y a mi alma.

La risa del papa me hizo sobresaltarme. Dejando de lado su correspondencia, se había vuelto por completo hacia nosotros.

—León irá a ver a esa muchacha hoy mismo, después de la misa de réquiem.

Aquel día, en efecto, iba a conmemorarse en la Capilla Sixtina el primer aniversario de la muerte de Rafael de Urbino, más querido para León que ningún otro de sus protegidos. Lo recordaba a menudo, con emoción no fingida, haciéndome lamentar el haberlo conocido tan poco.

Debido a mi larga reclusión, no había visto a Rafael más que dos veces: la primera, rápida, en un pasillo del Vaticano. La segunda en mi bautizo. Tras la ceremonia, había acudido, como tantos otros, a presentarle sus parabienes al papa, que lo había instalado a mi lado. Ardía en deseos de hacerme una pregunta:

—¿Es cierto que en vuestro país no existen pintores ni escultores?

—Hay a veces personas que pintan o esculpen, pero se condena toda representación figurativa. Se la considera como un desafio al Creador.

—Pensar de nuestro arte que puede rivalizar con la Creación es honrarlo en demasía.

Había hecho una mueca asombrada y algo condescendiente. Yo me había sentido en la obligación de replicar:

—¿Acaso no es cierto que Miguel Ángel, tras haber esculpido a Moisés, le ordenó que anduviera o que hablara?

Rafael sonrió, malicioso.

—Eso han dicho.

—Eso es lo que intenta evitar la gente de mi país. Que un hombre ambicione ponerse en el lugar del Creador.

—¿Acaso el príncipe que decide la vida y la muerte no se pone en el lugar de Dios de forma mucho más impía que el pintor? ¿Y el amo que posee esclavos, que los vende y los compra?

El pintor había elevado el tono. Me esforcé por calmarlo:

—Me gustaría visitar un día vuestro taller.

—Si decidiera hacer vuestro retrato, ¿sería algo impío?

—En modo alguno. Para mí sería como si el más elocuente de los poetas me elogiara al escribir.

No se me había ocurrido mejor comparación. La dio por buena.

—Perfectamente. Venid a verme cuando queráis.

Me había prometido hacerlo, pero la muerte había sido más rápida. De Rafael sólo me quedaron algunas palabras, una mueca, una sonrisa, una promesa. Era deber mío evocarlas en aquel día dedicado al recuerdo. Pero muy pronto, antes ya del final de la ceremonia, mis pensamientos se orientaron hacia Maddalena.

Intentaba imaginarla, su cabello, su voz, su estatura; me preguntaba en qué lengua iba a hablarle, con qué palabras empezaría. Intentaba también adivinar lo que León X y su primo podían haberse dicho antes de convocarme. El papa se había enterado sin duda de que el cardenal acababa de añadir a su numeroso séquito una mujer joven y bella y, temiendo un nuevo escándalo, le había ordenado que se deshiciera de ella rápida y dignamente: de este modo, nadie podría afirmar que el cardenal Julio tenía miras culpables respecto a esa muchacha; ¡su único cuidado era dar con una mujer para su primo León el Africano!

Un sacerdote que conocía y al que vi al salir de la capilla me proporcionó otros elementos que vinieron a confirmar mis suposiciones: Maddalena había vivido durante mucho tiempo en un convento. Durante una visita, el cardenal se había fijado en ella y, en el momento de marchar, al final del día, se la había traído, sencillamente, en el equipaje. El procedimiento había escandalizado y la queja había llegado a oídos de León X, que había reaccionado en el acto como jefe de la Iglesia y como jefe de los Médicis.

Creía yo conocer de este modo lo esencial de la verdad, pero sólo estaba en posesión de una delgada cáscara de la misma.

—¿Es cierto que eres de Granada como yo? ¿Y un converso, como yo?

Había confiado demasiado en mis fuerzas y en mi serenidad. Cuando penetró con paso lento en el saloncito recoleto donde me había hecho sentar el cardenal, perdí en el acto todo deseo de hacerle preguntas, por temor a que una palabra suya me obligara a alejarme. Para mí, a partir de aquel momento, la verdad acerca de Maddalena era Maddalena. No tenía ya más que un solo deseo, el de estar ya siempre contemplando sus gestos y sus colores. Les sacaba a todas las mujeres de Roma la ventaja de la languidez. Languidez en el andar, en la voz, en la mirada también, a un tiempo conquistadora y resignada al sufrimiento. Su cabello era de ese negro profundo que sólo Andalucía sabe destilar con una alquimia de sombra fresca y tierra tostada. En tanto se convertía en mi mujer, era ya mi hermana, su respiración me resultaba familiar.

Incluso antes de sentarse, empezó a contarme su historia, toda su historia. Las preguntas que yo había renunciado a hacerle había decidido contestarlas ella. Su abuelo perteneció a la rama arruinada y olvidada de una gran familia judía, los Abrabanel. Modesto herrero en el arrabal de Nayd, al sur de mi ciudad natal, no había caído en la cuenta del peligro que amenazaba a los suyos hasta que se promulgó el edicto de expulsión. Emigró entonces hacia Tetuán con sus seis hijos y vivió al filo de la miseria, sin más alegría en la vida que ver cómo iban adquiriendo sus hijos algún saber y cómo crecían en belleza sus hijas. Una de ellas se convertiría en la madre de la conversa.

—Mis padres habían decidido venir a instalarse en Ferrara —me explicó—, donde les había ido bien a unos primos. Pero en el navío en que embarcamos se declaró la peste, diezmando a la tripulación y a los pasajeros. Al atracar en Pisa, me encontré sola. Mi padre, mi madre y mi hermano el pequeño habían perecido. Tenía ocho años. Me recogió una monja anciana. Me llevó consigo a un convento del que era abadesa y se apresuró a disponer que me bautizaran dándome el nombre de Maddalena; mi padre me había llamado Judith. A pesar de la tristeza por haber perdido a mis seres más queridos, me guardaba muy mucho de maldecir mi suerte, puesto que no pasaba hambre, estaba aprendiendo a leer y no recibía ningún latigazo que no tuviera su razón de ser. Hasta el día en que murió mi bienhechora. La sustituyó la hija natural de un grande de España que habían encerrado allí para que expiara los pecados de los suyos y para quien aquel hermoso convento no era más que un purgatorio para sí y para las demás. Reinaba en él, sin embargo, como dueña y señora, repartiendo favores y desgracias. Reservó para mí lo peor de su corazón. Yo había sido durante siete años una cristiana cada vez más ferviente. Para ella, sin embargo, sólo era una conversa de sangre impura cuya sola presencia iba a hacer caer sobre el convento las peores maldiciones. Y, bajo el chaparrón de vejaciones que, injustamente, caía sobre mí me sentí volver a mi fe primitiva. La carne de cerdo que comía empezó a darme náuseas y de noche me angustiaba. Empecé a tramar planes para escaparme. Pero la única tentativa que hice acabó de forma lamentable. Nunca he corrido mucho y menos con hábitos de monja. El jardinero me alcanzó y me llevó de nuevo al convento retorciéndome el brazo como a una ladrona de gallinas. Me arrojaron entonces a un calabozo donde me azotaron hasta hacerme sangrar.

Había conservado algunas huellas de ese trato que, sin embargo, no mermaba en nada su belleza ni la suave perfección de su cuerpo.

—Cuando me dejaron salir, al cabo de dos semanas, había decidido cambiar de actitud. Hice gala de un profundo remordimiento y me mostré devota, obediente, insensible a la humillación. Esperaba mi hora. Ésta llegó con la visita del cardenal Julio. La superiora no tenía más remedio que recibirlo con todos los honores, aunque de haber estado en su mano, lo hubiera enviado a la hoguera. Nos hacía rezar a veces por el arrepentimiento de los príncipes de la Iglesia y no ahorraba críticas contra «la vida disoluta de los Médicis», no en público sino delante de ciertas monjas allegadas suyas que no tardaban en contarlo. Fueron sin duda los vicios de los que lo acusaban los que me hicieron poner mis esperanzas en este cardenal.

Le di la razón:

—La virtud se vuelve morbosa si no la atemperan algunas infracciones y la fe se vuelve fácilmente cruel cuando no la mitigan algunas dudas.

Maddalena me tocó levemente el hombro para mostrarme su confianza antes de continuar con su relato:

—Cuando llegó el prelado, acudimos todas en fila para besarle la mano. Esperé con impaciencia que me llegara la vez. Tenía listo mi plan. Los dedos del cardenal, adornados con dos anillos, se tendían de forma principesca hacia mí. Los tomé, los oprimí con algo más de fuerza de lo necesario y tardé dos segundos más de lo preciso para soltarlos. Era bastante para que se fijara en mí. Alcé la cabeza para que pudiera contemplarme el rostro. «Preciso confesarme con vos». Lo dije en voz alta para que la petición fuera oficial y la oyera todo el séquito del cardenal así como la superiora. Ésta adoptó un tono dulzón: «Apartaos, hija mía, estáis importunando a Su Eminencia y vuestras hermanas esperan». Hubo un instante de vacilación. ¿Iba a encontrarme para siempre en el calabozo de la venganza? ¿Iba a poder aferrarme a las manos de un salvador? Dejé de respirar, mis ojos suplicaban. Luego vino la sentencia: «¡Esperadme aquí! ¡Voy a confesaros!». Me corrieron las lágrimas desvelando mi felicidad. Pero cuando me arrodillé en el confesonario, tenía de nuevo la voz firme para pronunciar sin equivocarme las palabras que había ensayado mil veces. El cardenal escuchó en silencio mi largo grito de desesperación, limitándose a mover la cabeza para animarme a continuar. «Hija mía —me dijo cuando callé—, no creo que la vida del convento esté hecha para vos». Era libre.

Al recordarlo, le corrían otra vez las lágrimas. Puse mi mano sobre la suya, la apreté con afecto y luego la retiré cuando volvió a tomar el hilo de su historia.

—El cardenal me trajo consigo a Roma. Esto fue hace un mes. La abadesa no quería dejarme marchar, pero mi protector no hizo caso alguno de sus objeciones. Para vengarse, organizó una cábala contra él, habló con los cardenales españoles que, a su vez, se dirigieron al papa. Se han proferido las peores acusaciones contra Su Eminencia y contra mí...

Se interrumpió, pues yo me había puesto en pie de un brinco.

No quería oír ni una palabra de tales calumnias ni siquiera de la boca exquisita de Maddalena. ¿De qué huía así: de la verdad o de la mentira? No lo sé. Lo único que tenía importancia ya era el amor que acababa de nacer en mi corazón y en el de la conversa. Cuando se levantó para despedirse de mí, había inquietud en sus ojos. Mi precipitada marcha la había ofuscado un poco. Tuvo que sobreponerse a su timidez para decirme:

—¿Volveremos a vernos alguna vez?

—Hasta el fin de mi vida.

Rocé sus labios con los míos. Su mirada estaba de nuevo ofuscada, pero por la felicidad y el vértigo de la esperanza.

El año de Adriano
928 de la hégira

(1 de diciembre de 1521-19 de noviembre de 1522)

El papa León murió de una úlcera el primer día de aquel año y, por un tiempo, creí que también tendría que abandonar sin más tardar Roma, que se había vuelto súbitamente inhóspita sin aquel atento padrino, aquel generoso protector, ¡que los Cielos lo colmen de riquezas sin cuento, tal y como él hizo siempre!

No fui yo el único que pensó en irse: el cardenal Julio se exilió en Florencia, Guicciardini se refugió en Módena y, a mi alrededor, cientos de escritores, de pintores, de escultores, de mercaderes de entre los más nombrados, empezaron a desertar de la ciudad como si se hubiera declarado la peste. Hubo, de hecho, una breve epidemia pero otra era la verdadera peste. Se citaba su nombre en voz alta desde el Borgo hasta la plaza Navona, acompañado de un calificativo invariable: Adriano el bárbaro.

Los cardenales lo habían elegido como si quisieran hacer penitencia. El papado había sido objeto de demasiadas acusaciones durante el último pontificado, los alemanes se estaban sumando, por provincias enteras, a las tesis de Lutero y se echaba la culpa de ello a León X. Existía, por tanto, el deseo de cambiar el rostro de la Iglesia: pusieron en el lugar del florentino, del Médicis que se había convertido en papa a los treinta y ocho años y le había transmitido a Roma su gusto por el lujo y la belleza, a un austero holandés de sesenta y tres años, «hombre santo y virtuoso, aburrido, calvo y tacaño». Esta descripción era de Maddalena que no tuvo en ningún momento indulgencia alguna para el nuevo jefe de la cristiandad.

—Me recuerda demasiado a la abadesa que me persiguió. Tiene la misma forma de mirar poniendo los ojos pequeños, la misma voluntad de convertir la vida, la suya y la de los demás, en una perpetua cuaresma.

Mi opinión, al principio, había sido menos tajante. Si siempre le fui fiel a mi bienhechor, algunos aspectos de la vida romana se contradecían sin embargo con mis íntimas creencias. No me desagradaba que un papa afirmase, como lo hacía Adriano: «¡Me gusta la pobreza!», y la historia que desencadenaba la hilaridad de los cortesanos, ya desde la primera semana de su pontificado, no me había provocado carcajada alguna. Al entrar en la Capilla Sixtina, el nuevo pontífice, a lo que contaban, exclamó, ante el espectáculo de la bóveda pintada por Miguel Ángel: «¡Esto no es una iglesia, es una estufa atiborrada de desnudeces!», y añadió que estaba decidido a mandar encalar aquellas representaciones impías. ¡Pongo a Dios por testigo de que yo hubiera podido proferir la misma exclamación! El trato con los romanos me había quitado algunas prevenciones referidas a la pintura, al desnudo y a la escultura. Pero no en los lugares de culto. Tales eran mis sentimientos cuando se proclamó papa a Adriano VI. Cierto es que ignoraba entonces que aquel antiguo preceptor del emperador Carlos V había sido, antes de su llegada a Roma, inquisidor de Aragón y de Navarra. En pocas semanas me convertí en un Médicis de pies a cabeza, si no por la nobleza de la cuna, por la de las aspiraciones cuando menos.

Aquel papa empezó por suprimir todas las pensiones concedidas por León X, incluida la mía. Dejó también en suspenso todos los encargos de cuadros, esculturas, libros, así como edificios. En cada sermón echaba pestes del arte, del de los antiguos y del de los contemporáneos, de las fiestas, de los placeres, de los gastos. De la noche a la mañana, Roma se convirtió en una ciudad muerta, donde no se creaba nada, no se construía nada, no se vendía nada. El nuevo papa invocaba, para justificar su decisión, las deudas que había acumulado su predecesor y opinaba que se había despilfarrado el dinero. «Con las sumas que se ha tragado la reconstrucción de San Pedro —decían los familiares de Adriano— se habría podido armar una cruzada contra los turcos; con las sumas pagadas a Rafael, se hubiera podido equipar un regimiento de caballería».

Desde que llegué a Roma, había oído hablar con frecuencia de cruzadas, incluso al propio León X. Pero era evidente que se trataba de una especie de ritual sin porvenir, muy semejante al de ciertos príncipes musulmanes que hablan de *Yihad* para que se sienta violento algún adversario o para calmar a algún santurrón. Pero las cosas eran muy diferentes con Adriano. ¡Dios lo maldiga, así como a todos aquellos de extremado celo! Creía firmemente que movilizando a la cristiandad contra el islam iba a acabar con el cisma de Lutero y a reconciliar al emperador Carlos con el rey de Francia.

Me suprimía la pensión y hacía un llamamiento al universal degüello: eran, en verdad, motivos suficientes para quitarme todo deseo de aclamar a aquel papa. Y para incitarme a abandonar Roma lo antes posible e irme a Florencia, adonde me animaba a seguirlo el cardenal Julio.

Me hubiera reunido con él sin duda de no haber estado encinta Maddalena. Había alquilado en el barrio del Ponte una casa de tres pisos. Una cocina en el último; en el segundo, un cuarto de estar con mi mesa de trabajo; en el primero, una gran habitación que daba a un huerto. En este cuarto nació un atardecer de julio mi primer hijo al que di el nombre de Giuseppe, es decir Yusef, como el padre del Mesías, como el hijo de Jacob, como el sultán Saladino. Mi maravillado asombro no conocía límites, Maddalena se reía un poco de mí, pero su abotargado rostro irradiaba felicidad. Yo permanecía durante horas acariciando al niño y a su madre, contemplando sus gestos cotidianos, sobre todo al mamar, y me emocionaba siempre. No tenía, pues, deseo alguno de arrastrarlos por los penosos caminos del exilio. Ni hacia Florencia ni siquiera hacia Túnez, como me sugirieron aquel año en curiosas circunstancias.

Estaba un día en casa del cardenal Julio, poco antes de que éste partiera para Toscana, cuando se presentó un joven pintor. Se llamaba Manolo, creo, y venía de Nápoles, donde había adquirido cierta notoriedad. Tenía la esperanza de vender sus cuadros antes de volver a su ciudad. No era extraño que un artista viniese de lejos para ver al Médicis, pues toda persona que llamara a su puerta tenía la seguridad de no volverse con las manos vacías. Aquel napolitano fue desenrollando, pues, unos cuantos lienzos de desigual calidad, a lo que me pareció. Yo los estaba mirando sin fijarme mucho, cuando, de repente, me sobresalté. Acababa de pasarme por delante un retrato que Manolo recogió rápidamente con gesto de fastidio.

—¿Puedo volver a ver ese retrato? —dije.

—Desde luego, pero no está en venta. Lo cogí por equivocación. Se trata de un encargo que me ha hecho un mercader y es menester que se lo entregue.

Aquellas orondas curvas, aquella piel mate, aquella barba, aquella sonrisa de eterna satisfacción... ¡No cabía error! Pero tenía que preguntar a pesar de todo:

—¿Cómo se llama este hombre?

—Es el señor Abbado. Uno de los armadores más ricos de Nápoles.

—¡Abbad el Susí! —mascullé una benévola imprecación—. ¿Vas a verlo pronto?

—Viaja con frecuencia entre mayo y septiembre, pero pasa el invierno en su villa de Santa Lucía.

Tomando una hoja, garabateé con mano febril un mensaje para mi compañero. Y, dos meses después, llegaba Abbad a mi casa, en calesa, seguido de tres servidores. ¡No habría sentido más alegría al abrazarlo si hubiera sido mi propio hermano!

—Te dejé cargado de cadenas en el fondo de una cala, te encuentro próspero y rutilante.

—¡*Alhamdulillah*!¡*Alhamdulillah*! ¡Dios ha sido generoso conmigo!

—¡No más de lo que te mereces! Soy testigo de que ni siquiera en los peores momentos pronunciaste nunca una palabra en contra de la Providencia.

Era sincero. Pero no por ello dejaba mi curiosidad de estar intacta.

—¿Cómo conseguiste salir a flote tan deprisa?

—Gracias a mi madre, ¡Dios bendiga la tierra que la cubra! Me repetía continuamente esta frase que acabó por quedárseme grabada: un hombre no es nunca pobre del todo mientras tiene lengua en la boca. Cierto es que me vendieron como esclavo, pero en la lengua no tenía cadenas. Me compró un negociante al que serví con lealtad, prodigándole consejo tras consejo, haciendo que aprovechara mi experiencia del Mediterráneo. Ganó tanto dinero de esta forma que al cabo del primer año me dio la libertad y me asoció a su comercio.

Como yo parecía asombrado de que las cosas hubieran sido tan sencillas, se encogió de hombros.

—Cuando ha podido uno hacerse rico en un país, le resulta fácil volver a ser rico en cualquier otra parte. Nuestro negocio es hoy uno de los más florecientes de Nápoles. ¡*Alhamdulillah!* Tenemos un encargado en cada puerto y alrededor de diez sucursales en el extranjero que visito con regularidad.

—¿Vas alguna vez por Túnez?

—Voy en verano. Pasaré a ver a los tuyos. ¿Debo decirles que te encuentras a gusto aquí?

Tuve que admitir que no había hecho fortuna, pero que no había sufrido ninguno de los rigores de la cautividad. Y que Roma me había proporcionado dos auténticas dichas: la de una ciudad antigua que vuelve a nacer ebria de belleza; la de un hijo que dormía en las rodillas de la mujer que amaba.

Mi amigo manifestó la satisfacción que ello le producía. Sin embargo, añadió:

—Si algún día deja esta ciudad de proporcionarte la dicha, debes saber que tienes mi casa a tu disposición y a la de tu familia y que mis barcos te llevarán todo lo lejos que desees.

Negué que quisiera abandonar Roma y le prometí a Abbad que allí lo recibiría cuando volviera de Túnez para obsequiarlo con un suntuoso festín.

No quería lamentarme delante de mi amigo, pero las cosas empezaban a irme mal. Adriano había decidido hacer una campaña contra las barbas. Había decretado: «Sólo es propia de soldados», y había ordenado a todos los religiosos que se afeitaran. A mí no me afectaba esa orden directamente, pero, debido a la asiduidad con que iba al Vaticano, mi obstinación por conservar aquel adorno aparecía como una insolente afirmación de mis orígenes moros, como un desafío al papa e incluso como una manifestación de impiedad. No abundaban las barbas entre los italianos que yo frecuentaba, se trataba más bien de un toque original reservado a los artistas, originalidad elegante en unos, desbordante en otros. Algunos estaban muy apegados a aquel atributo, otros estaban dispuestos a prescindir de él antes de verse proscritos de la corte. Para mí, la cosa sólo podía adquirir un significado diferente. En mi país, la barba es la norma. No llevarla es algo que se tolera, sobre todo a los extranjeros. Afeitársela cuando se ha llevado durante muchos años es señal de rebajamiento y humillación. Yo no tenía intención alguna de sufrir tal afrenta.

¿Se me creería si dijera que aquel año estaba dispuesto a morir por mi barba? Y no sólo por mi barba, pues todos los combates se mezclaban en mi mente tanto como en la del papa: la barba de los clérigos, los desnudos senos de la bóveda de la Capilla Sixtina, la estatua de Moisés, su fulminante mirada y estremecidos labios.

Sin habérmelo propuesto, me convertí en eje y símbolo de la resistencia obstinada a Adriano. Al verme pasar, acariciándome con orgullo el espeso pelo de la barbilla, los romanos más lampiños mascullaban palabras de admiración. Todos los panfletos que se redactaban contra el papa llegaban a mis manos antes de que los echaran por debajo de las puertas de los notables de la ciudad. Algunos textos no eran más que un cúmulo de insultos, «bárbaro, tacaño, cerdo» y cosas peores. Otros hablaban del orgullo de los romanos: «¡Nunca más vendrá nadie que no sea romano a sentarse en la silla de Pedro!». Yo había dejado de enseñar y de estudiar y consagraba mi tiempo a aquel combate. Cierto es que se me retribuía con generosidad. El cardenal Julio me hacía llegar importantes sumas acompañadas de cartas alentadoras; prometía demostrarme cuán grande era su agradecimiento en cuanto cambiara la fortuna.

Yo esperaba esa hora con impaciencia, pues mi situación en Roma empezaba a ser precaria. Habían encerrado en Sant'Angelo, dos horas después de venir a verme, a un sacerdote amigo mío, autor de un panfleto incendiario.

Unos frailes españoles habían importunado a otro. Yo mismo notaba que me espiaban continuamente. No salía ya de casa más que para hacer algunas compras rápidas por el barrio. Cada noche tenía la impresión de estar durmiendo por última vez al lado de Maddalena. Y ello me hacía estrecharla con más fuerza entre los brazos.

El año de Solimán
929 de la hégira

(20 de noviembre de 1522-9 de noviembre de 1523)

Aquel año volvió a caerme en gracia el Gran Turco. Claro está que él nunca lo supo, pero ¿qué más da? En mi fuero interno se había desarrollado la pugna, en mi fuero interno tenía que resolverse.

Había tenido que huir del poderoso imperio del islam para sustraer a un niño a la venganza de un monarca sanguinario y había hallado en la Roma cristiana al califa a cuya sombra habría querido vivir en Bagdad o en Córdoba. Mi mente se complacía en aquella paradoja pero no tenía la conciencia tranquila. ¿Había concluido el tiempo en que podía enorgullecerme de los míos sin que fuera por despreciable jactancia?

Luego vino Adriano. Luego Solimán. Y, más que nada, aquella visita de Abbad. Cuando volvió de Túnez, vino a verme, fiel a su promesa, e incluso antes de abrir la boca ya me estaban compadeciendo sus ojos. Al ver que vacilaba en herirme con las noticias que traía, me sentí en la obligación de infundirle confianza:

—No se le puede reprochar al mensajero aquello de lo que es responsable la Providencia.

Y añadí, con sonrisa forzada:

—Cuando lleva uno años separado de la familia no se puede esperar ninguna buena noticia. Aun cuando me dijeras que Nur acababa de tener un hijo sería una desgracia.

Pensando que su misión sería aún más penosa si me dejaba seguir bromeando, mi amigo se decidió a hablar.

—Tu mujer no te ha esperado. No vivió más que unos meses en tu casa de Túnez.

Yo tenía húmedas las palmas de las manos.

—Se fue y te dejó esto.

Me tendió una carta y la abrí. La caligrafía era muy cuidada, la de un memorialista sin duda, pero las palabras eran de Nur:

> Si se tratara únicamente de mi felicidad, te hubiera esperado años, aunque hubiera visto cómo encanecía mi cabello en la soledad de mis noches. Pero sólo vivo para mi hijo, para su destino, que se cumplirá algún día si es voluntad de Dios. Te llamaremos entonces a nuestro lado para que compartas los honores como compartiste los peligros. Hasta que llegue ese momento, estaré en Persia donde, si no tiene amigos, Bayaceto tendrá al menos de su parte a los enemigos de aquellos que lo persiguen.
>
> Te dejo a Hayat. Llevé a tu hija como tú llevaste mi secreto y hora es ya de que cada uno recupere lo que le pertenece. Habrá quien diga que soy una madre indigna, pero tú sabes que la abandono por su bien, para ahorrarle los peligros que siguen mis pasos y los de su hermano. Te la dejo como regalo para cuando vuelvas; cuando crezca, se parecerá a mí y traerá a tu memoria en cada momento el recuerdo de una princesa rubia a la que amaste y que te amó. Y que te seguirá amando desde su nuevo destierro.
>
> ¡Ya me espere la muerte o la gloria, no dejes que mi imagen se empañe en tu corazón!

Al ver correr la primera lágrima, Abbad se había puesto de codos en la ventana, fingiendo que lo absorbía algún espectáculo del jardín. Olvidando los asientos vacíos que me rodeaban, me dejé caer al suelo con la mirada nublada. Como si tuviera a Nur delante, le dirigí un rabioso murmullo:

—¡Para qué soñar con un palacio cuando se puede hallar la felicidad en una choza al pie de las pirámides!

Transcurridos unos minutos, Abbad vino a sentarse a mi lado.

—Tu madre y tus hijas están bien. Harún les manda todos los meses dinero y víveres.

Suspiré otras dos veces y le tendí la carta. Hizo un gesto para rechazarla pero insistí. Sin haberlo pensado mucho, quería que la leyera. Quizá deseaba que no condenara a Nur. Quizá deseaba, por amor propio, evitar que me mirara como a un vulgar marido abandonado por una esposa harta de esperarlo. Necesitaba también, sin duda, compartir con un amigo un secreto que en lo sucesivo tendría que llevar solo.

Y de este modo me oí a mí mismo contar con lujo de detalles la historia de mi circasiana, empezando por el encuentro casual en casa de un mercader de Jan el-Jalili.

—Ahora comprendo tu susto cuando el oficial turco cogió en brazos a Bayaceto en el puerto de Alejandría.

Me eché a reír. Contento de haber conseguido distraerme, Abbad siguió diciendo:

—No me explicaba que un granadino pudiera temer hasta tal punto a los otomanos, los únicos que prometen devolverle un día su ciudad.

—Tampoco Maddalena logra entenderlo. Querría que todos los andaluces, judíos o musulmanes, se entusiasmaran como ella cada vez que llega la noticia de una victoria otomana. Y se asombra de que yo me quede tan frío.

—¿Vas a aclarárselo ahora?

Abbad había hablado a media voz. Yo contesté en el mismo tono:

—Se lo iré diciendo todo poquito a poco. Antes no podía revelarle la existencia de Nur.

Me volví hacia mi amigo. Mi voz se tornó aún más débil y pensativa:

—¿Te das cuenta de hasta qué punto hemos cambiado desde que llegamos a este país? En Fez, no habría hablado así de mis mujeres ni al amigo más querido. Si lo hubiera hecho, hasta la punta del turbante se le habría ruborizado.

Abbad me dio la razón entre risas.

—Yo utilizaba mil y una fórmulas de disculpa para preguntarle a mi vecino cómo estaba su mujer y él, antes de contestarme, se cercioraba de que no nos oía nadie por temor a que ello dañara su honor.

Tras una larga carcajada y unos instantes de silencio, mi compañero empezó una frase y luego se interrumpió, vacilante y turbado.

—¿Qué ibas a decir?

—Sin duda no ha llegado aún el momento.

—¡Te he contado demasiados secretos para que me escondas de esta forma la mitad de lo que estás pensando!

Se resignó.

—Iba a decir que en lo sucesivo puedes tenerle simpatía a los otomanos puesto que Bayaceto ya no es tu hijo, puesto que tu mujer ya no es una circasiana, puesto que en Roma ocupa el puesto de tu protector un inquisidor, puesto que en Constantinopla, Selim el Cruel murió hace dos años y lo ha sustituido Solimán.

En un sentido, Abbad tenía razón. En adelante tendría libertad para mis sentimientos, para mi entusiasmo, libertad para unirme a las efusiones espontáneas de Maddalena. ¡Qué felicidad, qué serenidad poder trazar entre los acontecimientos del mundo una línea que separa los motivos de alegría y los de pena! Sabía sin embargo que aquella felicidad me la prohibía mi propia naturaleza.

—Pero te conozco —siguió diciendo Abbad sin mirarme—. No sabes apurar una alegría.

Reflexionó un instante.

—Creo sencillamente que no te gustan los príncipes y menos los sultanes. Cuando uno de ellos triunfa, te encuentras inmediatamente en el campo de sus enemigos y que algún necio los venere es ya para ti razón suficiente para aborrecerlos.

También esta vez debía Abbad de tener razón. Al ver que no intentaba defenderme, me acosó:

—¿Por qué ibas a estar en contra de Solimán?

Me hablaba con tan conmovedora ingenuidad que no pude evitar sonreír. En ese mismo momento, Maddalena entró en la habitación. Oyó la frase de mi amigo, que se apresuró a traducírsela al italiano, sabiendo que se pondría en el acto de su parte. Lo hizo, en efecto, con vehemencia:

—¿Por qué demonios estás en contra de Solimán?

Avanzó despacio hacia nosotros, que seguíamos pegados a la pared como colegiales que se estuvieran recitando el largo sura de las mujeres. Abbad se incorporó con una palabra confusa en los labios. Yo me quedé en mi sitio, pensativo y perplejo. Como si quisiera acompañar mi pensamiento, Maddalena comenzó un apasionado elogio del Gran Turco:

—Desde que está en el poder, Solimán ha puesto fin a las sangrientas costumbres de su padre. ¡No ha mandado degollar ni a sus hermanos, ni a sus hijos, ni a sus primos! Los notables deportados a Egipto han vuelto a sus casas. Las cárceles están vacías. Constantinopla entona loas al joven soberano, comparando su acción con la de un rocío benéfico; El Cairo no vive ya entre el miedo y el luto.

—¡Un sultán otomano que no mata!

Por mi tono se notaba que lo dudaba mucho. Abbad rectificó:

—Todo príncipe debe matar. Lo importante es que no le guste, como pasaba con el antiguo sultán. Solimán no desmerece de la raza de los otomanos y en la conquista no es inferior en nada a su padre. Desde hace dos meses tiene sitiados a los caballeros de la isla de Rodas con la mayor flota que nunca haya conocido el islam. Entre los oficiales que lo rodean se halla Harún, tu cuñado, y con él, su hijo mayor, que debería casarse un día con tu hija Sarwat, su prima. Lo quieras o no, los tuyos están implicados en la batalla. Aun cuando no sintieras deseos de unirte a ellos, ¿no deberías al menos desear su victoria?

Me volví hacia Maddalena, que parecía encantada de las palabras de mi amigo. Le pregunté con cierta solemnidad:

—Si decidiese que nos había llegado la hora de emprender el camino de Túnez con nuestro hijo, ¿qué pensarías?

—¡Basta con que digas una palabra y partiré con alegría lejos de este papa inquisidor que no está esperando más que una oportunidad para detenerte!

Abbad era el más entusiasmado de los tres:

—Nada os retiene aquí. ¡Venid ahora mismo conmigo!

Lo calmé:

—Sólo estamos en diciembre. Si tuviéramos que hacernos a la mar, no podría ser antes de tres meses.

—Venid a mi casa, a Nápoles, y allí os embarcaréis rumbo a Túnez en los primeros días de la primavera.

—Me parece posible —dije pensativo.

Pero me apresuré a añadir:

—¡Voy a pensarlo!

Abbad no oyó la última parte de mi frase. Para celebrar mi timorato asentimiento y evitar verme cambiar de opinión, llamó por la ventana a dos de sus servidores. Ordenó a uno de ellos que fuera a comprar dos botellas del mejor vino griego; al otro le mandó preparar una pipa de tabaco.

—¿Has probado ya ese nuevo veneno del Nuevo Mundo?

—Una vez, hace dos años, en casa de un cardenal florentino.

—¿No se vende en Roma?

—Sólo en algunas tabernas. Pero los *tabacchini* que las regentan son las personas de peor fama de la ciudad.

—Pronto estará cubierto el mundo entero de *tabacchini* y su reputación no será peor que la de los especieros o los perfumistas. Yo mismo importo de Sevilla cargamentos enteros de tabaco, que vendo en Bursa y en Constantinopla.

Aspiré una bocanada, Maddalena lo olió pero se negó a probarlo.

—¡Me daría demasiado miedo asfixiarme con el humo!

El Susí le aconsejó que calentara agua para beber el tabaco en infusión con un poco de azúcar.

Cuando nos dejó Abbad aquel día, Maddalena se me echó al cuello enseguida.

—Cuánto me alegro de marcharme. ¡No nos demoremos más aquí!

—¡Prepárate! Cuando vuelva mi amigo, nos iremos todos juntos.

Abbad había ido a Ancona para unos negocios y había prometido volver antes de diez días. Cumplió lo prometido, pero lo recibió una Maddalena hecha un mar de lágrimas.

Me habían detenido la víspera, 21 de diciembre, un domingo, cuando llevaba con gran imprudencia un panfleto que me había metido un fraile francés en el bolsillo al salir de la iglesia San Giovanni dei Fiorentini.

Por casualidad, o para vejarme deliberadamente, cuando me llevaron a Sant'Angelo, me encerraron en la misma celda que había ocupado durante casi dos años. Pero en aquella época sólo corría el riesgo de la cautividad, mientras que esta vez podían juzgarme y condenarme a cumplir mi condena en una lejana prisión e incluso en una galera.

No me habría afectado tanto si no hubiera tenido el propósito de irme. Sin embargo, en los primeros tiempos, la detención fue menos rigurosa de lo que me temía. Pude incluso recibir, en febrero, un regalo de Abbad que me pareció suntuoso en tales circunstancias: un gabán de lana y un pan de dátiles, acompañados de una carta en la que se me anunciaba con palabras apenas disimuladas la toma de Rodas por Solimán: «El mar ha llevado a los nuestros a la cima de la roca, la tierra ha temblado con nuestros gritos de victoria».

Visto desde mi celda, el acontecimiento se me apareció como una revancha personal contra Adriano y sus sueños de cruzada. Y cuando, durante los meses siguientes, mi encarcelamiento se fue haciendo más severo cuando no tuve ya nada que leer, nada para escribir, ni cálamo, ni tintero, ni papel, ni siquiera la menor lámpara para disipar la oscuridad que se instalaba en cuanto llegaba la tarde, cuando no tuve ya contacto alguno con el exterior, cuando mi guardián fingía no entender más lengua que un impreciso dialecto germánico, empecé a considerar la carta de Abbad como una reliquia y a repetir como la fórmula de un hechizo las palabras que se referían a la toma de Rodas.

Una noche, tuve un sueño. Vi a Solimán con rostro de niño bajo el turbante, el de Bayaceto. Bajaba corriendo una montaña para venir a liberarme, pero antes de que pudiera alcanzarme, me desperté y seguía en mi celda, incapaz de volver a dormirme para enhebrar el sueño.

La oscuridad, el frío, el insomnio, la desesperación, el silencio... Para no volverme loco, recuperé el hábito de rezar cinco veces al día al Dios de mi infancia.

Esperaba de Constantinopla la mano que iba a liberarme. Pero mi liberador estaba mucho más cerca, ¡que el Altísimo le preste su ayuda en la tormenta que está viviendo hoy!

[illegible]

[illegible] 20 de noviembre [illegible]

[illegible] ante una puerta [illegible]

[illegible] con el [illegible]

[illegible]

El año de Clemente
930 de la hégira

(10 de noviembre de 1523-28 de octubre de 1524)

Un tumulto de pasos, múltiples voces, luego los cien ruidos secos y fríos de una llave que gira y de una puerta que se despereza lentamente sobre los mohosos goznes. De pie, cerca de mi cama, me frotaba los ojos acechando las siluetas que iban a recortarse sobre la luz de fuera.

Entró un hombre. Cuando reconocí a Guicciardini di un paso hacia él, dispuesto a arrojarme en sus brazos, pero me paró en seco. Retrocedí incluso como si una fuerza invisible me echara para atrás. Quizá a causa de su rostro de mármol o de su silencio, que se prolongó unos segundos de más, o de la poco habitual rigidez de su porte. En la penumbra, creí ver en sus labios un esbozo de sonrisa, pero cuando habló fue con voz distante y, a lo que me pareció, exageradamente contrita:

—Su Santidad desea veros.

¿Debía lamentarme o regocijarme? ¿Por qué quería verme Adriano? ¿Por qué me enviaba a Guicciardini en persona? El inexpresivo rostro del florentino me impidió interrogarlo. Miré hacia el cielo. Debían de ser las seis o las siete de la mañana, pero ¿de qué día? ¿Y de qué mes? Se lo pregunté a un guardia según cruzábamos el corredor en dirección al Vaticano. Me contestó Guicciardini de la forma más seca posible:

—Estamos a viernes 20 de noviembre de 1523.

Acababa de llegar ante una puertecilla. Llamó y entró indicándome con el gesto que lo siguiera. No había más muebles que tres sillones rojos vacíos. Se sentó sin invitarme a que lo imitara.

No me explicaba su actitud. Él, que había sido un amigo tan íntimo, un confidente, él que, como yo sabía, apreciaba tanto mi compañía, que había intercambiado conmigo ingeniosas frases y malhumoradas palabras...

Se levantó de repente.

—¡Santo Padre, aquí está el prisionero!

El papa había entrado sin hacer ruido por la puertecilla que había detrás de mí. Me volví para verlo.

—¡Cielo santo! ¡Cielo santo! ¡Cielo santo!

Me sentía incapaz de articular otras palabras. Caí de hinojos y en vez de besar la mano del soberano pontífice, me la acerqué, me la apreté contra la frente, contra el rostro bañado en lágrimas, contra los temblorosos labios.

Se soltó sin brusquedad.

—Debo ir a decir misa. Volveré dentro de una hora.

Salió dejándome en el suelo. Guicciardini rompió a reír. Me levanté y fui hacia él con aire amenazador.

—¿Qué hago? ¿Te doy un abrazo o una tunda?

Rió con más fuerza. Me desplomé en un sillón sin que me hubiera invitado a ello.

—Dime, Francesco, ¿lo he soñado? ¿Es el cardenal Julio el que acaba de pasar por esta habitación todo vestido de blanco? ¿Es su mano la que acabo de besar?

—El cardenal Julio de Médicis ya no existe. Lo han elegido ayer para ocupar el trono de San Pedro y ha escogido llamarse Clemente, el séptimo de ese nombre.

—¡Cielo santo! ¡Cielo santo!

Me corrían las lágrimas sin que hiciera nada por impedirlo. Pude, sin embargo, balbucear entre dos sollozos:

—¿Y Adriano?

—Nunca hubiera pensado que su desaparición te afectara tanto.

Le di en el hombro un puñetazo que ni siquiera intentó esquivar, hasta tal punto sabía que se lo tenía merecido.

—El papa Adriano nos dejó hace ya dos meses. Se dice que lo envenenaron. Cuando se difundió la noticia de su muerte, unos desconocidos colgaron unas guirnaldas sobre la puerta de su médico para agradecerle que hubiera salvado a Roma.

Murmuró una indispensable fórmula de reprobación antes de proseguir.

—Y entonces empezó una batalla en el cónclave entre el cardenal Farnesio y el cardenal Julio. El primero parecía tener más sufragios, pero, tras la prueba por la que acababan de pasar, los príncipes de la Iglesia estaban deseando volver a encontrar al frente de esta ciudad la generosidad de un Médicis. Tras numerosas votaciones, eligieron a nuestro amigo. Y en el acto cundió el regocijo por las calles. Uno de los primeros pensamientos del soberano pontífice fue para ti, doy fe. Quería liberarte sin tardanza, pero le pedí permiso para montar esta comedia. ¿Podrás perdonarme?

—Me costará.

Lo estreché en un cálido abrazo.

—A Maddalena y a Giuseppe no les ha faltado de nada. Te habría propuesto que fueras a verlos, pero hay que esperar al papa.

Nada más acabar el florentino de ponerme al día de cuanto había sucedido desde el momento de mi encierro, volvió Clemente VII. Dijo que no lo molestaran y vino a sentarse con toda sencillez en el sillón que le habíamos reservado.

—Creía que las mejores bromas de Roma eran las del llorado cardenal Bibbiena. Pero las cosas que se le ocurren al señor Guicciardini no están nada mal.

Se incorporó algo en el asiento y puso de repente cara de preocupación. Me miró con intensidad.

—La noche pasada hemos estado hablando mucho rato Francesco y yo. No puede darme muchos consejos en materia religiosa, pero la Providencia ha añadido a mi carga la de regir un Estado y preservar el trono de Pedro de las invasiones de las potencias temporales. En este terreno, los consejos de Francesco me resultan muy valiosos, y también los vuestros, León.

Con una mirada, le pasó la palabra al diplomático.

—¿Te habrás preguntado a menudo, León, cuál era la verdadera razón de tu abducción a Roma, por qué decidimos un buen día que Pietro Bovadiglia raptara a un letrado moro en las costas de Berbería? Existía una intención que el difunto papa León no encontró nunca ocasión de revelarte. Hoy ha llegado ese momento.

Guicciardini calló y Clemente prosiguió como si recitasen el mismo texto:

—Observemos este mundo en que vivimos. Al este, un temible imperio animado por una fe que no es la nuestra, un imperio basado en el orden y la disciplina ciega, hábil en fundir cañones y armar flotas. Sus tropas están avanzando hacia el centro de Europa. Amenazan a Buda y a Pest y pronto amenazarán a Viena. Al oeste, otro imperio, cristiano pero no menos temible, puesto que ya se extiende desde el Nuevo Mundo hasta Nápoles y sueña con un dominio universal. Sueña sobre todo con someter a Roma a su voluntad. En sus tierras españolas florece la Inquisición, en sus tierras alemanas florece la herejía de Lutero.

El diplomático precisó, animado por el papa, que asentía con la cabeza:

—Por un lado, Solimán, sultán y califa del islam, joven, ambicioso, con poder ilimitado, pero que desea hacer olvidar los crímenes de su padre y aparecer como hombre de bien. Por el otro, Carlos, rey de España, aún más joven y no menos ambicioso, que ha subido al trono del Santo Imperio a fuerza de oro. Frente a estos dos hombres, los más poderosos del mundo, el Estado pontificio, con una cruz gigante y un sable enano.

Hizo una corta pausa.

Cierto es que la Santa Sede no es la única que teme tal conjunción. Está el rey Francisco que se afana para evitar que su reino de Francia quede despedazado. Está también Enrique de Inglaterra, muy devoto de Su Santidad, pero demasiado alejado para poder prestar ayuda alguna.

Yo seguía sin ver en qué podía ser útil mi humilde persona en aquel concierto de testas coronadas. Pero no interrumpí al florentino.

—Esta delicada situación a la que aludió el Santo Padre León en tu presencia, la discutía a menudo con el cardenal Julio y conmigo. Hoy como ayer, estamos convencidos de que hay que actuar en muchas direcciones para evitar los peligros. Ante todo, hay que reconciliarse con Francisco, lo cual no es fácil. Los reyes de Francia llevan treinta años intentando conquistar Italia. Se los considera, con razón, responsables de las desgracias que afligen a la península, se acusa a sus tropas de llevar consigo epidemias y devastación. Hay que convencer también a Venecia, Milán y

Florencia para que olviden sus querellas y se unan contra los Imperiales.

Apagó más la voz y se inclinó hacia delante como cada vez que quería hacer una confidencia.

—También nos pareció que había que entablar conversaciones con los otomanos. ¿De qué forma? Lo ignoramos. No sabemos tampoco lo que podríamos conseguir. ¿Frenar el despliegue de jenízaros por las tierras cristianas de Europa central? No parece probable. ¿Restablecer la paz en el Mediterráneo? ¿Terminar con las depredaciones de los piratas?

Contestó a sus propias preguntas con un gesto de duda. Lo relevó Clemente:

—Lo cierto es que ha llegado el momento de tender un puente entre Roma y Constantinopla. Pero no soy sultán. Si se me ocurriera correr demasiado, desde España y desde Alemania se me echarían encima mis propios colegas.

Sonrió de su lapsus.

—Quiero decir los cardenales. Hay que actuar con gran prudencia, esperar las ocasiones, ver lo que hacen los franceses, los venecianos y las demás potencias cristianas. Formaréis un equipo. León sabe ya el turco además del árabe; y sobre todo conoce a los otomanos y su forma de pensar y de actuar; incluso ha sido embajador en Constantinopla; Francesco lo sabe todo acerca de Nuestra política y puede negociar en Nuestro nombre.

Añadió, como si hablara consigo mismo:

—Aunque me hubiera gustado que uno de los emisarios fuera sacerdote...

Luego, más alto, con tono algo zumbón:

—El señor Guicciardini se ha negado siempre a tomar las órdenes. En cuanto a vos, León, me asombra que Nuestro querido primo y glorioso predecesor no os haya sugerido nunca que consagrarais vuestra vida a la religión.

Yo estaba perplejo: ¿por qué me hacía tal pregunta el hombre que me había presentado a Maddalena? Miré de reojo a Guicciardini: me pareció preocupado. Deduje de ello que el papa intentaba comprobar mis convicciones religiosas antes de confiarme una misión entre musulmanes. Al ver que tardaba en contestar, insistió:

—¿No habría sido la religión el mejor camino para un hombre sabio y erudito como vos?

Contesté evasivamente:

—Hablar de religión en presencia de Su Santidad es como hablar de una novia en presencia de su padre.

Clemente sonrió. Pero no por ello me dejó.

—¿Y qué diríais de la novia si no estuviera el padre delante?

Decidí no andarme con más rodeos:

—Si no me estuviera escuchando el jefe de la Iglesia, diría que la religión les predica a los hombres la humildad, pero que ella no la posee en absoluto. Diría que todas las religiones han dado santos y asesinos, con la misma tranquilidad de conciencia. Y que en la vida de esta ciudad se dan años Clementes y años Adrianos y que la religión no permite quedarse con unos o con otros.

—¿Lo permite el islamismo en mayor grado?

Estuve a punto de hablar en primera persona del plural, pero me contuve a tiempo:

—Los musulmanes aprenden que «el hombre mejor es el que les es más útil a los demás hombres», pero, a pesar de tales palabras, honran a veces a los santurrones en vez de a los auténticos bienhechores.

—¿Y dónde está la verdad en todo esto?

—Es una pregunta que he dejado de hacerme: entre la verdad y la vida, ya he elegido.

—¡Tiene que existir forzosamente una Fe verdadera!

—Lo que une a los creyentes no es tanto la fe común como los gestos que repiten en común.

—¿Es realmente así?

El tono del papa era insondable. ¿Estaría pensando en plantearse de nuevo la misión que acababa de confiarme? Guicciardini lo temía y se apresuró a intervenir, sonriendo de oreja a oreja:

—León quiere decir que la verdad sólo es de Dios y que los hombres sólo pueden desfigurarla, envilecerla, someterla.

Como para darle la razón, murmuré lo bastante alto para que me oyeran:

—¡Que los que poseen la verdad la dejen en libertad!

Clemente rió con risa confusa. Luego siguió diciendo:

—Recapitulemos. El hermano León no entrará en religión: nada más entrará en diplomacia como el hermano Francesco.

Este último, tranquilizado, juntó las manos, puso cara devota y dijo en tono de broma:

—Si el hermano León le tiene horror a la verdad, que no tema nada: en nuestra cofradía no la encontrará con frecuencia.

—*Amén* —dije con el mismo tono, a modo de conclusión.

Se habían reunido en mi casa numerosos amigos para festejar mi liberación, cuya nueva se había extendido desde el alba. Vecinos, alumnos, amigos, todos coincidian en que había cambiado poco en un año de cárcel. Todos menos Giuseppe, que se negó obstinadamente a reconocerme y que estuvo tres días enteros enfurruñado conmigo antes de decirme por primera vez en su vida: «¡Padre!».

Pronto llegó Abbad desde Nápoles para saludar mi regreso pero también para exhortarme a que dejara Roma sin tardanza. Pero yo ya ni siquiera tenía en cuenta tal posibilidad.

—¿Estás seguro de que la próxima vez que quieras irte no te volverán a encerrar en Sant'Angelo?

—Dios escogerá entre dejarme aquí o hacerme marchar.

La voz de Abbad se tornó súbitamente severa:

—¡Dios ya ha escogido! ¿No dices acaso que no hay que permanecer de grado en país infiel?

Le lancé una mirada cargada de reproches. Se apresuró a excusarse:

—Ya sé que no puedo echarte nada en cara pues vivo en Nápoles, hago regalos dos veces al año a la iglesia de San Jenaro, me trato con vizcaínos y castellanos. Pero, ¡por el Libro, que temo por ti! Me doy cuenta de que andas metido en querellas que no son para nosotros. Te lanzas a la lucha contra un papa, sólo su muerte te salva.

—Esta ciudad es hoy mi ciudad y el hecho de haber estado encarcelado en ella me une más a su suerte y a la de los hombres que la dirigen. Me consideran como amigo, no puedo tratarlos como si sólo fueran unos *rum*.

—Pero los tuyos están en otra parte y los ignoras como si treinta años de tu vida y de la suya no hubieran existido nunca.

Se concedió una pausa antes de asestarme la siguiente noticia:

—Tu madre murió este verano.

Maddalena, que era patente que estaba enterada, vino a entibiar mi mano con un beso de consuelo. Abbad siguió diciendo:

—Me encontraba en Túnez durante su última enfermedad. Reclamó tu presencia.

—¿Le dijiste que estaba en la cárcel?

—¡Sí! Preferí que te reservara su última angustia antes que su último reproche.

Para que lo perdonara por haber sido una vez más mensajero de la desgracia, Abbad me había traído de Túnez un cofrecillo con mis voluminosas notas de viaje, merced a las cuales iba a poder poner manos a la obra que con frecuencia me habían solicitado desde mi llegada a Roma: una descripción de África y de las notables cosas que en ella se encuentran.

Pero aún no había escrito la primera línea cuando otro proyecto vino a acaparar mis horas de escritura, un proyecto insensato pero fascinante que me propuso mi discípulo Hans durante una visita que me hizo un mes después de mi salida de la cárcel. Había decidido volver a Sajonia y venía a despedirse, a renovarme la gratitud por las enseñanzas que le había prodigado y a presentarme, de paso, a un amigo suyo, impresor, sajón como él, pero instalado en Roma desde hacía más de quince años.

Al contrario que Hans, aquel hombre no era luterano. Se decía discípulo de un pensador holandés del cual ya me había hablado Guicciardini: Erasmo. Este último era quien le había sugerido la loca idea que había hecho suya:

Se trataba de preparar un gigantesco léxico donde cada palabra figurara en multitud de lenguas, entre las cuales se contarían el latín, el árabe, el hebreo, el griego, el alemán de Sajonia, el italiano, el francés, el castellano, el turco y otras muchas. Por mi parte, me comprometí a proporcionar las partes árabe y hebrea a partir de una larga lista de palabras latinas.

El impresor hablaba con un fervor que enternecía:

—Este proyecto, sin duda, no verá nunca la luz, al menos no en vida mía y bajo la forma que ambiciono. Pero, sin embargo, estoy dispuesto a dedicarle mi existencia y mi fortuna. ¿No es acaso el más noble de los ideales hacer que todos los hombres puedan comprenderse algún día?

A este sueño grandioso, a esta maravillosa locura, el impresor sajón le había dado un nombre: la *Antibabel.*

El año del rey de Francia
931 de la hégira

(29 de octubre de 1524-17 de octubre de 1525)

Fría mensajera de muerte y derrota, la nieve cayó en mi camino, aquel año, por tercera vez. Como en Granada, cierto invierno de mi infancia, como en el Atlas en el otoño de mi fortuna, volvió en forma de tempestad, soplo devastador, nefasto cuchicheo del Destino.

Volvía de Pavía, en compañía de Guicciardini, de cumplir la más extraordinaria de las embajadas, y también la más secreta, puesto que entre todos los príncipes de la cristiandad sólo el papa debía conocer su contenido y sólo el rey de Francia había recibido cumplido aviso.

En apariencia, Clemente VII enviaba al florentino a una misión de buena voluntad. Los últimos meses habían sido sangrientos. Las tropas del emperador habían intentado tomar Marsella, lanzando sobre la ciudad centenares de balas de cañón. Sin éxito alguno. El rey Francisco había contestado viniendo a apoderarse de Milán y sitiando Pavía luego. Ambos ejércitos amenazaban con enfrentarse en Lombardía y era deber del papa evitar una mortífera lucha. Era deber suyo, me explicó Guicciardini, pero no interés suyo, puesto que sólo la rivalidad entre las dos potencias cristianas le dejaba a la Santa Sede cierto margen de independencia. «Para estar seguros de que no haya paz, debemos convertirnos en sus mediadores».

De mayor importancia era la otra misión, la que a mí me incumbía. El papa se había enterado de que un embajador del Gran Turco estaba en camino hacia el campamento del rey de Francia. ¿No era ésta la tan esperada ocasión de entablar conversaciones con los otomanos? Era menester que Guicciardini y yo nos halláramos ante los muros de Pavía al tiempo que aquel emisario, que nos acercáramos a él y le transmitiéramos un mensaje oral de Clemente VII.

A pesar del frío, alcanzamos las líneas francesas en menos de una semana. Nos recibió primero un anciano gentilhombre de elevado rango, el mariscal de Chabannes, señor de La Palice, que conocía muy bien a Guicciardini. Pareció asombrarle nuestra visita ya que otro enviado del papa, el datario Matteo Giberti, había llegado una semana antes. Sin desconcertarse, mi compañero contestó con tono entre insinuante y guasón que era lógico «que Juan el Bautista precediera a Cristo».

Baladronada aparentemente útil puesto que el rey recibió ese mismo día al florentino. No se me admitió en la entrevista, pero pude besarle la mano al monarca, para lo cual apenas precisé inclinarme, pues me sacaba un palmo largo. Su mirada resbaló por mi persona como la sombra de un junco, antes de desperdigarse en mil destellos inaprensibles, mientras la mía se clavaba fascinada en un punto concreto de su rostro, allí donde la inmensa nariz viene a proteger el bigote fino en exceso, abalanzándose osadamente por encima de los labios. Era sin duda tal complexión la que hacía parecer irónica la sonrisa de Francisco, incluso cuando pretendía ser bondadosa.

Guicciardini salió entusiasmado de la tienda redonda en la que se había celebrado la reunión. El rey le había confirmado que el otomano llegaba al día siguiente y se había mostrado encantado ante la idea de un encuentro entre Roma y Constantinopla.

—¿Puede aspirar a algo mejor que a una bendición del Santo Padre en el momento de sellar la alianza con los infieles? —comentó el florentino.

Antes de añadir, ostensiblemente encantado de cogerme desprevenido:

—Le he notificado tu presencia a mi lado, así como tus conocimientos del turco. Su Majestad me ha preguntado si podías hacer de trujimán.

Sin embargo, cuando entró el emisario otomano y empezó a hablar, permanecí mudo, incapaz de despegar los labios, incapaz incluso de carraspear. El rey me lanzó una mirada asesina. Guicciardini estaba rojo de ira y de confusión. Afortunadamente, el visitante tenía su propio traductor, que conocía, además, la lengua de Francisco.

De todos los presentes, sólo un hombre comprendía mi emoción y la compartía, aunque su función lo obligara a no permitir que nada trasluciera, al menos hasta que hubiera concluido con el grave ritual de la embajada. Sólo cuando hubo leído en voz alta la carta del sultán e intercambiado con el rey algunas risueñas palabras, se acercó a mí el embajador, me estrechó calurosamente entre sus brazos y dijo en voz alta:

—Sabía que en este campamento encontraría amigos y aliados, pero no contaba con encontrar a un hermano que había perdido hacía muchos años.

Cuando el traductor otomano hubo traducido estas palabras, la asamblea no tuvo ya ojos sino para mí. Guicciardini volvía a respirar. En cuanto a mí, sólo tenía en los labios una palabra pasmada e incrédula:

—¡Harún!

Cierto es que me habían dicho la víspera que el embajador del Gran Turco se llamaba Harún Bajá. Pero en ningún momento había vislumbrado relación alguna entre éste y mi mejor amigo, mi pariente más próximo, mi casi hermano.

Tuvimos que esperar a la tarde para vernos a solas en la suntuosa tienda que su escolta le había preparado. Su Excelencia el Hurón llevaba un turbante alto y pesado de seda blanca, adornado con un grueso rubí y una pluma de pavo real. Pero no tardó en quitárselo todo con gesto de alivio, descubriendo una cabeza donde el cabello gris iba escaseando.

Sin rodeos, se puso a satisfacer mi evidente curiosidad:

—Después del viaje que hicimos juntos a Constantinopla, he cruzado con frecuencia la puerta sublime como emisario de Aruy Barbarroja, ¡Dios lo tenga en su misericordia!, y luego de su hermano Jayr al-Din. Aprendí el turco y la lengua de los cortesanos, hice amistades con el *diwan* y negocié la unión de Argel con el sultanato de los otomanos. De esto me sentiré orgulloso hasta el día del Juicio.

Barrió el aire con un amplio gesto de la mano.

—Ahora, desde los confines de Persia hasta las costas del Magreb, desde Belgrado hasta el Yemen Feliz, hay un solo imperio musulmán, cuyo señor me honra con su confianza y su benevolencia.

Prosiguió, con acento de reproche no velado:

—Y tú ¿qué has hecho todos estos años? ¿Es cierto que ahora eres un alto personaje en la corte del papa?

Repetí a intención su propia fórmula:

—Su Santidad me honra con su confianza y su benevolencia.

Me pareció oportuno añadir, recalcando las palabras una a una:

—Y para reunirme contigo me ha enviado aquí. Querría establecer un contacto entre Roma y Constantinopla.

Si estaba esperando alguna emoción, alguna alegría, alguna sorpresa ante este anuncio muy oficial, quedé profundamente chasqueado. A Harún pareció preocuparlo de repente una mancha de barro en la vuelta de la fruncida manga. Tras frotarla y soplar para hacer desaparecer cualquier rastro, se dignó pronunciar, con tono de piadosa frivolidad:

—¿Entre Roma y Constantinopla, dices? ¿Y con qué finalidad?

—Por la paz. ¿No sería algo maravilloso que cristianos y musulmanes pudiesen vivir y comerciar juntos alrededor de todo el Mediterráneo sin guerra ni piraterías, que yo pudiera ir con mi familia de Alejandría a Túnez sin que me raptara ningún siciliano?

De nuevo aquella tenaz mancha de la manga. La frotó a más y mejor, la sacudió con energía, antes de lanzarme una mirada poco amable:

—¡Oye, Hasan! Si quieres recordar nuestra amistad, los años de escuela, nuestra familia, la próxima boda de mi hijo con tu hija, hablemos tranquilamente de ello en torno a una mesa cargada de manjares y ¡por Dios! que disfrutaré de ese rato como el que más. Pero ¡si eres el enviado del papa y yo el del sultán, discutamos de otra forma!

Intenté defenderme:

—¿Qué me reprochas? Sólo he hablado de paz. ¿No es normal que las religiones del Libro dejen de matarse entre sí?

Me interrumpió:

—Debes saber que entre Constantinopla y Roma, entre Constantinopla y París, la Fe divide y el interés, noble o villano, une. No me hables ni de paz ni de Libro, pues no se trata de eso y no es en eso en lo que piensan nuestros señores.

Desde niños, no había podido nunca discutir con el Hurón. Mi respuesta tenía tono de capitulación:

—Veo a pesar de todo un interés común entre tu señor y el mío; ¡ninguno de los dos querría ver el imperio de Carlos V extenderse por toda Europa ni por Berbería!

Harún sonrió:

—Ahora que hablamos la misma lengua, puedo decirte lo que he venido a hacer aquí. Le traigo al rey regalos, promesas e, incluso, un centenar de valerosos jinetes que combatirán a su lado. Nuestro combate es el mismo: ¿sabes que las tropas de Francisco acaban de capturar a Hugo de Moncada, al hombre a quien yo en persona derroté delante de Argel, tras la muerte de Aruy? ¿Sabes que nuestra flota ha recibido orden de intervenir si los Imperiales intentaban tomar Marsella de nuevo? Mi señor está decidido a sellar la alianza con el rey Francisco y, para esto, va a prodigar los gestos amistosos.

—¿Podrás prometerle al rey que la ofensiva otomana en Europa no seguirá adelante?

Harún pareció irritado por mi ingenuidad.

—Si atacáramos a los magiares, cuyo soberano no es otro que el cuñado del emperador Carlos, al rey de Francia no se le ocurriría reprochárnoslo. Y lo mismo pasaría si sitiáramos Viena, donde gobierna el propio hermano del emperador.

—¿No criticarían al rey de Francia sus pares si dejara conquistar de esta forma territorios cristianos?

—Sin duda, pero mi señor está dispuesto a concederle a cambio derecho de fiscalización sobre el destino de las iglesias de Jerusalén y de los cristianos de Levante.

Callamos un instante, sumidos ambos en nuestros pensamientos. Harún apoyó la espalda en un arcón cincelado y sonrió.

—Cuando le dije al rey Francisco que le había traído alrededor de cien combatientes, pareció desconcertado. Creí por un momento que iba a negarse a que pelearan a su lado, pero acabó por darme efusivas gracias. Y ha mandado decir por el campamento que esos jinetes eran vasallos cristianos del sultán.

Y, sin transición, dijo:

—¿Cuándo volverás con los tuyos?

—Algún día seguramente —dije vacilante—. Cuando Roma haya perdido para mí sus atractivos.

—Abbad el Susí me dijo cuando lo vi en Túnez que el papa te había tenido encerrado un año en una ciudadela.

—Lo había criticado sin ninguna consideración.

A Harún le dio de repente un ataque de risa.

—¡Tú, Hasan, hijo de Mohamed el Granadino, te has permitido criticar al papa en plena ciudad de Roma! Abbad llegó a decirme que reprochabas a ese papa que fuese extranjero.

—No es así exactamente. Pero es cierto que mis preferencias iban por un italiano, un Médicis de Florencia a ser posible.

Mi amigo estaba pasmado al ver que le contestaba con toda seriedad.

—¿Un Médicis, dices? Pues yo, cuando vuelva a Constantinopla, voy a reclamar que se les retire la dignidad de califa a los otomanos y que se le devuelva a un descendiente de Abas.

Se acarició con cuidado el cuello y la nuca, repitiendo como un estribillo:

—¿Así que dices que prefieres a un Médicis?

Mientras yo conversaba de esta forma con Harún, Guicciardini hacía los planes más extravagantes, convencido de que mis lazos con el emisario del Gran Turco representaban una suerte inaudita para la diplomacia papal. Yo estaba en la obligación de moderar su ardor, de hacerle notar, en particular, toda la indiferencia que había manifestado mi cuñado. Pero el florentino desechó mis objeciones con un gesto de la mano:

—En su calidad de embajador, Harún Bajá no dejará de poner al Gran Turco al tanto de nuestras insinuaciones. Hemos dado un paso y no tardaremos mucho en recibir en Roma a un emisario otomano. Quizá hasta salgamos tú y yo para Constantinopla.

Pero antes de seguir adelante, había que dar cuenta al papa de nuestra misión.

Nos dirigíamos a Roma a toda prisa cuando nos sorprendió la tempestad de nieve de la que he hablado, unas millas al sur de Bolonia. Desde las primeras ráfagas, el drama del Atlas se apoderó de mi memoria. Me parecía que había vuelto a aquellos terroríficos instantes en los que me había sentido acosado por la muerte como por una manada de lobos hambrientos, unido a la vida sólo por la mano de mi Hiba que sujetaba con rabia. Murmuraba sin cesar el nombre de mi hermosa esclava númida, como si ninguna mujer hubiera ocupado su sitio en mi corazón.

La violencia del viento redoblaba y los soldados de nuestra escolta tuvieron que echar pie a tierra para intentar buscar abrigo. Yo hice lo mismo y también Guicciardini, al que no tardé en perder de vista. Me parecía oír gritos, llamadas, alaridos. Distinguía de vez en cuando alguna silueta fugaz que intentaba seguir pero que siempre se desvanecía entre la niebla. Pronto se me escapó mi montura. Corriendo a ciegas, tropecé con un árbol al que me aferré, encogido y tiritando. Cuando la tempestad se hubo calmado y me encontraron al fin, yacía inanimado, hundido en la nieve, con la pierna derecha fracturada por algún caballo desmandado. Al parecer, no había permanecido mucho tiempo enterrado, lo que me evitó una amputación. Pero no podía caminar y me ardía el pecho.

Volvimos, pues, hacia Bolonia, donde Guicciardini me instaló en una pequeña hospedería próxima al colegio de los españoles. Él se fue al día siguiente no sin haber pronosticado que estaría curado diez días después y que entonces podría reunirme con él en la corte papal. Pero sólo era para tranquilizarme, ya que, en cuanto llegó a Roma, le aconsejó a Maddalena que viniera a reunirse conmigo lo antes posible, junto con Giuseppe, y que me trajera mis papeles y mis notas para que pudiera distraer el aburrimiento escribiendo. De hecho, no conseguía acostumbrarme a la inmovilidad y en los primeros tiempos estaba siempre malhumorado y maldecía todo el santo día la nieve, el destino y al pobre hospedero, que me servía, sin embargo, con paciencia.

No salí de mi cuarto hasta finales de aquel año. Primero estuve a punto de que me llevara por delante una pulmonía y, apenas restablecido, fue la pierna la que me dio motivo de preocupación. La tenía tan entumecida y tan hinchada que volvía a temerme que tuvieran que amputármela. De rabia, de desesperación, trabajaba sin tregua, día y noche. De esta forma pude acabar las traducciones árabes y hebreas que le había prometido al impresor sajón. También pude escribir aquel año los seis primeros libros de mi *Descripción de África.* Al cabo de unos meses, había terminado por hacerme a los placeres de mi condición de escriba sedentario, de viajero arrepentido y por disfrutar de las alegrías cotidianas de los míos. Sin apartar por ello la mirada inquieta de los acontecimientos que me asediaban.

Me hallaba aún entre dos fiebres cuando Maddalena me dio a principios de marzo la noticia que ya estaba conmoviendo a Italia: las tropas imperiales habían aplastado al ejército del rey de Francia ante Pavía. Primero había cundido el rumor de que Francisco había muerto; pronto me enteré de que nada más lo habían capturado. Mas no por ello la situación era menos desastrosa: fuera cual fuera la suerte del monarca, estaba claro que los franceses tardarían mucho en poder volver a oponerse a las ambiciones del emperador.

Yo pensaba en Clemente VII. Se había mostrado demasiado favorable a Francisco para no tener que compartir esta derrota.

¿Cómo iba a salir de este mal paso? ¿Iba a reconciliarse con Carlos V para evitar su ira? ¿Iba, por el contrario, a aprovechar su autoridad para unir a los príncipes de la cristiandad en contra de un emperador que se había vuelto demasiado poderoso, demasiado peligroso para todos? Hubiera dado cualquier cosa por poder conversar con el papa. Y más aún con Guicciardini, sobre todo desde que me había llegado una carta suya, a principios del verano, con esta frase enigmática y aterradora en su ironía: «¡Sólo un milagro puede aún salvar a Roma y el papa querría que lo hiciera yo!».

El año de las Bandas Negras
932 de la hégira

(18 de octubre de 1525-7 de octubre de 1526)

Estaba ante mí, estatua de carne y hierro, de poderosas risas y de inmensos estallidos de cólera.

—¡Soy el brazo armado de la Iglesia!

Lo llamaban, sin embargo, «el gran diablo» y gustaba así, indómito, intrépido, fogoso, tomando por asalto mujeres y fortalezas; era temido y se temía por él, y se rezaba a Dios para que lo protegiera y lo mantuviera a distancia.

—Mi incorregible primo Giovanni —decía Clemente VII con ternura y resignación.

Condotiero y Médicis, Italia entera se resumía en él. Las tropas a cuyo mando estaba eran a su imagen, venales y generosas, tiránicas y justicieras, indiferentes a la muerte. Aquel año, se habían puesto al servicio del papa. Las llamaban las Bandas Negras y pronto se conoció a su jefe no ya como Juan de Médicis, sino como Juan de las Bandas Negras.

Lo conocí en Bolonia. Yo había puesto mucho empeño, con ocasión de mi primera salida, en ir al palacio del señor Jacopo Salviati, venerable gentilhombre de la ciudad que me había arropado con su benevolencia durante toda mi enfermedad, enviándome sin cesar dinero, libros, ropa y regalos. Guicciardini le había rogado que me tomara bajo su protección y había cumplido esa tarea con paternal diligencia, no dejando pasar nunca semana en que no enviara a uno de sus pajes a informarse de mi estado de salud. Aquel Salviati era la persona más conocida de Bolonia y vivía con un lujo digno de los Médicis más opulentos. Cierto es que su mujer no era ni más ni menos que la hermana del papa León y que su hija María se había casado con Juan de las Bandas Negras. Para desgracia suya, hay que reconocerlo, pues lo veía de tarde en tarde entre dos campañas, entre dos idilios, entre dos noches de desenfreno.

Aquel día, sin embargo, había venido menos por su mujer que por el hijo de ambos que contaba seis años. Estaba yo llegando al palacio Salviati apoyándome en el hombro de Maddalena cuando oímos la comitiva. El condotiero iba rodeado de más de cuarenta fieles compañeros a caballo. Algunos transeúntes susurraban su nombre, otros lo aclamaban y otros apresuraban el paso. En cuanto a mí, preferí apartarme para dejarlo pasar, pues caminaba aún despacio y con dificultad. Gritó desde lejos:

—¡Cosimo!

En el marco de una ventana del primer piso apareció un niño. Juan salió al galope y, cuando estuvo debajo del muchacho, desenvainó la espada, la apuntó hacia éste y gritó:

—¡Salta!

Maddalena estuvo a punto de desmayarse. Se tapó los ojos. En cuanto a mí, estaba petrificado. Sin embargo, el señor Jacopo, que había salido a recibir a su yerno, no dijo nada. Cierto es que parecía muy contrariado, pero como se suele estar ante un fastidio cotidiano, no ante un drama. El pequeño Cosimo no parecía ni más sorprendido ni más impresionado. Puso un pie en el friso y saltó al vacío. En el último momento, su padre soltó la espada, lo cogió por debajo de los brazos, estirando los suyos, y lo levantó por encima de su cabeza.

—¿Cómo está mi príncipe?

El niño y el padre reían, así como los soldados de la escolta. Jacopo Salviati hacía esfuerzos por sonreír. Al verme llegar, aprovechó para aliviar la tensión presentándome ceremoniosamente a su yerno:

—El señor Juan León, geógrafo, poeta, diplomático de la corte pontificia.

El condotiero saltó a tierra. Uno de sus hombres le trajo la espada, que volvió a la funda mientras me decía con jovialidad excesiva:

—¡Soy el brazo armado de la Iglesia!

Llevaba el pelo corto, un espeso bigote moreno recortado por los lados y tenía una mirada que me atravesó con más precisión que una lanza. De entrada, aquel hombre parecía muy desagradable. Pero no tardé en cambiar de opinión, seducido, como tantos otros, por su asombrosa facultad para dejar de lado su alma de gladiador y ser de nuevo, nada más cruzar el umbral de un salón, un florentino, un Médicis de agudeza y perspicacia asombrosas.

—Me han dicho que estabais en Pavía.

—Sólo estuve allí unos días en compañía del señor Francesco Guicciardini.

—Yo no andaba muy lejos. Estaba pasando revista a mis tropas en el camino de Milán. Cuando volví, el emisario otomano se había ido. Y vos también, creo.

Sonrió como quien está al tanto. Para no traicionar el secreto de mi misión, decidí callar y apartar mis ojos de los suyos. Siguió diciendo:

—Me he enterado de que ha salido recientemente un mensaje de París para Constantinopla pidiéndoles a los turcos que ataquen Hungría para obligar a Carlos V a apartar la atención de Italia.

—¿No está el rey de Francia prisionero en España?

—Ello no le impide negociar con el papa y con el sultán y enviarle sus instrucciones a su madre, regente del reino.

—¿No se ha dicho que estaba a las puertas de la muerte?

—Ya no lo está. La muerte ha cambiado de opinión.

Al obstinarme yo en no expresar ninguna opinión personal, limitándome a hacer preguntas, Juan inquirió directamente:

—¿No os parece que se trata de una coalición harto extraña: el papa aliado de Francisco, aliado al Gran Turco?

¿Intentaba averiguar mis sentimientos hacia los otomanos? ¿O saber qué había podido ocurrir con Harún Bajá?

—Creo que el Gran Turco, por muy poderoso que sea, no puede decidir los resultados de una guerra en Italia. Cien hombres presentes en el campo de batalla son más importantes que cien mil situados en la otra punta del continente.

—¿Quién creéis que tiene más fuerza en Italia?

—Ha habido una batalla en Pavía y no queda más remedio que sacar las oportunas consecuencias.

Mi respuesta le agradó visiblemente. Su entonación se volvió amistosa e incluso admirativa.

—Me alegra oír tales palabras, pues en Roma el papa vacila y vuestro amigo Guicciardini lo incita a combatir contra Carlos y a aliarse con Francisco, incluso ahora que el rey de Francia está prisionero del emperador. En la posición en que me hallo, no puedo expresar mis reservas sin dar la impresión de que temo enfrentarme con los Imperiales, pero no tardaréis en daros cuenta de que este loco de Juan no carece de sensatez y de que ese Guicciardini, tan sensato, está cometiendo una locura y haciéndosela cometer al papa.

Juzgando que había hablado demasiado en serio, se puso a narrar, con gran lujo de anécdotas, su última cacería de jabalíes. Antes de volver súbitamente a la carga:

—Deberíais decirle al papa lo que pensáis. ¿Por qué no venís conmigo a Roma?

Entraba, efectivamente, en mis intenciones poner fin a mi estancia en Bolonia, que se había prolongado en exceso. Me apresuré a aceptar aquella proposición diciéndome que un viaje junto a Juan resultaría muy agradable y nada peligroso, ya que ningún bandido se atrevería a acercarse a semejante comitiva. Al día siguiente, pues, me encontré en camino junto con Maddalena y Giuseppe, rodeados de los temibles guerreros de las Bandas Negras que se habían convertido, en esta ocasión, en compañeros particularmente solícitos.

Transcurridos tres días de camino, llegamos a la residencia de Juan, un magnífico castillo llamado Il Trebbio, donde pasamos una noche. Al día siguiente muy temprano, cruzábamos Florencia.

—¡Debéis de ser el único Médicis que no conoce esta ciudad! —exclamó el condotiero.

—De camino a Pavía con Guicciardini estuvimos a punto de pararnos aquí, pero no teníamos tiempo.

—¡Bien bárbaro es ese tiempo que os impide ver Florencia!

Y añadió acto seguido:

—También en esta ocasión andamos mal de tiempo, pero no me perdonaría si no os llevara a dar una vuelta.

Nunca hasta entonces había visitado una ciudad con un ejército de guía. Aquello fue una auténtica parada matutina,

Via Larga adelante hasta el palacio Médicis, en cuyo patio de columnas hicimos una entrada intempestiva. Acudió un servidor que nos invitó a entrar, pero Juan se negó secamente:

—¿Está el señor Alessandro?

—Creo que duerme.

—¿Y el señor Ippolito?

—Duerme también. ¿Debo ir a despertarlos?

Juan se encogió desdeñosamente de hombros y dio media vuelta. Al salir del patio dio unos cuantos pasos hacia la derecha para enseñarme un edificio en construcción:

—La iglesia de San Lorenzo. Aquí es donde trabaja ahora Miguel Ángel Buonarroti, pero no me atrevo a entrar contigo porque podría echarnos. No le gustan los Médicis y además tiene muy mal genio. Por eso ha vuelto a Florencia, por cierto. La mayor parte de nuestros grandes artistas se han instalado en Roma. Pero León X, que llamaba a su lado a tanta gente de talento, prefirió alejar a Miguel Ángel y confiarle un trabajo aquí.

Siguió andando hacia la catedral. A ambos lados del camino, las casas me parecieron bien dispuestas y adornadas con gusto, pero pocas eran tan lujosas como las de Roma.

—La Ciudad Eterna está llena de obras de arte —reconoció mi guía— pero toda Florencia es una obra de arte; las mejores realizaciones en cualesquiera disciplinas se deben a los florentinos.

¡Me parecía estar oyendo hablar a un fesí!

Cuando llegamos a la piazza della Signoria, y en el momento en que un importante caballero de cierta edad con una larga vestimenta se acercaba a Juan para intercambiar con él unas palabras, un grupo de personas se puso a gritar rítmicamente: «¡Palle! ¡Palle!», el grito de contraseña de los Médicis al que mi compañero contestó con un saludo, mientras me decía:

—Ante todo, no creas que aclamarían así a todos los miembros de mi familia. Soy el único que goza aún de algún favor entre los florentinos. Si, por ejemplo, a mi primo Julio, quiero decir al papa Clemente, se le ocurriera hoy venir por aquí, lo abuchearían y le darían empellones. Cosa que él sabe muy bien.

—¿No es acaso vuestra patria?

—¡Ay, amigo mío! Florencia es una amante muy peculiar para los Médicis. Cuando estamos lejos, nos llama a voces; cuando volvemos, nos maldice.

—¿Y hoy qué quiere?

Pareció preocupado. Detuvo el caballo en medio de la calzada, a la entrada misma del Ponte Vecchio, por el que, sin embargo, se apartaba la muchedumbre para dejarlo pasar y del que venían algunas aclamaciones.

—Florencia está dispuesta a que la gobierne un príncipe, siempre que sea en república. Cada vez que nuestros antepasados se olvidaron de ello lo lamentaron amargamente. Hoy en día, los Médicis están representados en su ciudad natal por ese joven fatuo de Alessandro. Tiene apenas quince años y se imagina que porque es Médicis e hijo de papa le pertenecen todas las mujeres y todas las riquezas de Florencia.

—¿Hijo de papa?

Mi sorpresa no era fingida, Juan se echó a reír.

—¡No me digas que has vivido siete años en Roma y no te has enterado de que Alessandro es el bastardo de Clemente!

Confesé mi ignorancia. Me informó gustoso:

—En los tiempos en que no era aún papa ni cardenal, mi primo conoció en Nápoles a una esclava mora que le dio este hijo.

Subíamos entonces hacia el palacio Pitti. Pronto cruzamos la porta Romana, ante la cual aclamaron de nuevo a Juan. Pero, absorto en sus preocupaciones, no se molestó en responder a la muchedumbre. Me apresuré a hacerlo en su lugar, cosa que divirtió tanto a mi hijo Giuseppe que, durante todo el camino, me estuvo rogando que repitiese sin tregua los mismos gestos, riendo continuamente a carcajadas.

El mismo día de nuestra llegada a Roma, Juan de las Bandas Negras insistió en que fuéramos juntos a ver al papa. Lo hallamos en conciliábulo con Guicciardini, a quien no pareció hacerle mucha gracia nuestra llegada. Acababa sin duda de convencer al Santo Padre de que adoptara alguna decisión penosa y temía que Juan lo hiciera cambiar de opinión. Para ocultar su preocupación y sondear nuestras intenciones, escogió, como solía, un tono de chanza:

—¡Ya no podemos reunirnos los florentinos sin tener un moro por medio!

El papa sonrió apurado. Juan no sonrió siquiera. Yo respondí con el mismo tono y marcado gesto de molestia:

—¡Ya no podemos reunirnos los Médicis sin que el pueblo se meta por medio!

Esta vez la risa de Juan restalló como un látigo y me dejó caer la mano en la espalda, dándome una temible palmada amistosa. Riendo también, Guicciardini empezó en el acto a hablar de los acontecimientos del momento:

—Acabamos de recibir un correo de la mayor importancia. El rey Francisco saldrá de España antes del miércoles de Ceniza.

A continuación, surgió una discusión durante la cual Juan y yo presentamos, con bastante timidez, algunos argumentos favorables a un arreglo con Carlos V. Pero en vano. El papa se hallaba por completo bajo la influencia de mi amigo Guicciardini, que lo había convencido de «enfrentarse a César» y de ser el alma de la coalición antiimperial.

El 22 de mayo de 1526 nació una «Santa Liga» en la ciudad francesa de Cognac: reunía, además de a Francisco y al papa, al duque de Milán y a los venecianos. Suponía la guerra, una de las más terribles que Roma hubiera conocido nunca. Pues, si bien había transigido algo después de Pavía, el emperador estaba decidido esta vez a llegar hasta el final contra Francisco, que había recobrado la libertad a cambio de un compromiso escrito, pero a quien le faltó tiempo para declararlo nulo nada más cruzar los Pirineos; y también contra el papa, aliado del «perjuro». Los ejércitos imperiales habían empezado a reagruparse en Italia, por la parte de Milán, de Trento y de Nápoles. Para hacerles frente, Clemente sólo podía contar con la valentía de las Bandas Negras y de su comandante. Estimando que el principal peligro venía del norte, éste salió para Mantua decidido a impedir al enemigo que cruzase el Po.

Desgraciadamente, Carlos V también tenía aliados en el interior del propio Estado pontificio, un clan que recibía el nombre de «imperialista» y a cuya cabeza se encontraba el poderoso cardenal Pompeo Colonna. En septiembre, aprovechándose del alejamiento de las Bandas Negras, aquel cardenal irrumpió en los barrios del Borgo y del Trastevere al frente de una tropa de saqueadores que incendiaron algunas casas y proclamaron en las plazas públicas que iban a «librar a Roma de la tiranía del papa». Clemente VII corrió a refugiarse al castillo de Sant'Angelo, donde se encerró a cal y canto mientras los hombres de Colonna saqueaban el palacio de San Pedro. Yo estuve a punto de llevar a Maddalena y a Giuseppe al castillo, pero al final renuncié a la idea por parecerme muy imprudente cruzar el puente Sant'Angelo en semejantes circunstancias. Me encerré, pues, en mi casa dejando que los acontecimientos siguieran su curso durante aquellas horas difíciles.

De hecho, el papa se vio obligado a aceptar todas las exigencias de Colonna. Firmó un compromiso en el que prometía retirarse de la Liga contra el emperador y renunciar a toda sanción contra el cardenal culpable. Y, por supuesto, en cuanto los atacantes se hubieron alejado, dio a entender a todo el mundo que no pensaba ni por asomo respetar un tratado impuesto por la fuerza, el terror y el sacrilegio.

Inmediatamente después de aquella agresión, mientras Clemente VII no dejaba de despotricar contra el emperador y sus aliados, llegó a Roma la noticia de la victoria del sultán Solimán en Mohacs y la de la muerte del rey de los magiares, cuñado del emperador. El papa me convocó para preguntarme si yo pensaba que los turcos iban a asaltar Viena, si iban a penetrar pronto en Alemania o si iban a dirigirse más bien hacia Venecia. Tuve que confesar que no tenía ni la más remota idea. El Santo Padre parecía muy preocupado. Guicciardini pensaba que la responsabilidad de esta derrota de la cristiandad recaía por completo en el emperador que combatía en Italia y atacaba al rey de Francia en vez de defender los territorios cristianos contra los turcos, en vez de luchar contra la herejía que hacía estragos en Alemania. Añadió:

—¿Por qué iban a acudir los alemanes a ayudar a Hungría si Lutero está todo el día diciéndoles: «Los turcos son el castigo que Dios nos envía. ¡Oponerse a ellos es oponerse a la voluntad del Creador!»?

Clemente VII asintió con la cabeza. Guicciardini esperó a que hubiéramos salido para hacerme partícipe de su gran alborozo:

—La victoria del otomano va a cambiar el curso del destino. Quizá sea el milagro que estábamos esperando.

Aquel año di los últimos toques a mi *Descripción de África.* Luego, sin tomarme ni un solo día de descanso, decidí comenzar la crónica de mi vida y de los hechos que me fue dado presenciar. Al verme trabajar con tal frenesí, Maddalena vio en ello un mal augurio.

—Es como si tuviéramos el tiempo contado —decía.

Y yo habría querido tranquilizarla, pero mi mente se veía asaltada por las mismas aprensiones obsesivas: Roma se apaga, mi existencia italiana está acabando y no sé cuándo volverán para mí los tiempos de escribir.

El año de los lansquenetes
933 de la hégira

(8 de octubre de 1526-26 de septiembre de 1527)

Llegó entonces mi cuadragésimo año, el de mi última esperanza, el de mi última deserción.

Juan de las Bandas Negras enviaba desde el frente las noticias más tranquilizadoras, reconfortando al papa, a la curia y a toda Roma con la engañosa impresión de que la guerra estaba muy lejos y así seguiría estando. «Los Imperiales están al norte del Po y nunca lo cruzarán», prometía el condotiero. Y desde el Trastevere hasta el barrio de Trevi, todo el mundo se complacía en alabar la valentía del Médicis y de sus hombres. Tanto los romanos de pura cepa como los de paso rivalizaban en desprecio hacia «esos bárbaros de germanos» que, como todo el mundo sabe, han contemplado siempre a la Ciudad Eterna con envidia, avidez y una tenaz incomprensión.

Yo me sentía incapaz de unirme a esta loca euforia, tan hondos estaban grabados en mi mente los relatos de los últimos días de Granada, cuando mi padre, mi madre, Sara y toda la muchedumbre de futuros exiliados estaban convencidos de que la liberación era cosa segura, cuando alimentaban un desprecio unánime por Castilla triunfadora, cuando colmaban de sospechas a cualquiera que osara poner en duda la inminente llegada de socorros. Puesto sobre aviso por el infortunio de los míos, había aprendido a desconfiar de las evidencias. Cuando todo el mundo se aglutina en torno a idéntica opinión, pongo pies en polvorosa: seguro que la verdad se halla en otra parte.

Guicciardini reaccionaba lo mismo que yo. Lo habían nombrado lugarteniente general de las tropas pontificias y se encontraba en el norte de Italia, en compañía de Juan, al que observaba con una mezcla de admiración y rabia:

«Posee gran coraje, pero arriesga la vida en la menor escaramuza. Y, si le pasara algo, nos sería imposible contener las oleadas de tropas imperiales». Estas quejas, incluidas en una carta al papa, sólo se conocieron en Roma cuando ya no tenían razón de ser: al jefe de las Bandas Negras lo alcanzó una bala de falconete que le destrozó la pierna derecha. Era menester amputársela. Estaba oscuro y Juan exigió ser él quien sostuviese la antorcha mientras el médico le cortaba el miembro con una sierra. Tortura inútil ya que el herido había de entregar el alma poco después de la operación.

De todos los hombres que he conocido, Tumanbay el circasiano y Juan de las Bandas Negras fueron, a buen seguro, los más valientes. Al primero lo mató el sultán de Oriente, al segundo, el emperador de Occidente. El primero no pudo salvar El Cairo; el segundo no supo evitarle a Roma el suplicio que le estaba reservado.

En la ciudad cundió el pánico en cuanto se conoció esta muerte. El enemigo sólo había avanzado unas millas pero daba la impresión de que estaba ya a las puertas de la ciudad, como si la desaparición de Juan hubiera arrasado las plazas fuertes, secado los ríos y allanado las montañas.

De hecho, no parecía que existiera nada que pudiera atajar la marea. En el momento de su muerte, el jefe de las Bandas Negras estaba intentando, desesperadamente, impedir que se juntaran, en el norte de Italia, dos poderosos ejércitos imperiales: uno, compuesto ante todo por castellanos, que se encontraba en el Milanesado; el otro, el más peligroso con mucho, formado por lansquenetes; alemanes, casi todos luteranos de Baviera, de Sajonia y de Franconia. Habían cruzado los Alpes e invadido el Trentino con el convencimiento de haber recibido una misión divina: castigar al papa, culpable de haber corrompido a la cristiandad. Diez mil herejes frenéticos, avanzando contra el papa bajo la bandera de un emperador católico: tal fue el azote que cayó sobre Italia aquel año.

La muerte de Juan, tras la que vino la presurosa retirada de sus Bandas Negras, había permitido a todos los Imperiales reagruparse y cruzar el Po, decididos a llegar hasta el palacio de San Pedro. Debían de ser cerca de treinta mil soldados, mal vestidos, mal alimentados, mal pagados y que contaban con vivir y servirse sobre el terreno. Primero, se acercaron a Bolonia, que ofreció un importante rescate para salvarse; luego, le tocó el turno a Florencia, donde acababa de declararse la peste y que pagó también un oneroso tributo para evitar el saqueo. Guicciardini, que había intervenido en aquellos arreglos, le aconsejó vehementemente al papa que negociara un acuerdo similar.

De nuevo se propagó la euforia: aseguraban que la paz estaba al alcance de la mano. El 25 de marzo de 1527, el virrey de Nápoles, Charles de Lannoy, llegó a Roma como enviado extraordinario del emperador, para pactar un acuerdo. Yo me hallaba entre la muchedumbre, en la plaza de San Pedro, para asistir a aquel momento liberador. Hacía bueno, un espléndido día de primavera, cuando apareció el dignatario, rodeado de su guardia. Pero en el momento en que cruzaba la puerta del Vaticano brilló un relámpago, seguido de una lluvia torrencial que cayó sobre nosotros con un estruendo como el del fin del mundo. Pasada la sorpresa, corrí a refugiarme en un soportal y pronto me vi sitiado por un mar de barro.

A mi lado, una mujer se lamentaba a grandes voces, deplorando el mal presagio. Y yo, al oírla, me acordé del diluvio de Granada que había vivido con los ojos mi madre, ¡Dios la acoja en su misericordia! ¿Era acaso, otra vez, un signo del cielo que anunciaba un desastre? Sin embargo, aquel día ni se desbordó el Tíber, ni las aguas causaron estragos, ni hubo ninguna hecatombe. E incluso, al caer la tarde, se firmó el acuerdo de paz. Estipulaba que, para salvar la ciudad, el papa pagaría una importante suma.

Se pagó, efectivamente, este dinero, sesenta mil ducados según me dijeron, y, para probar sus buenas intenciones, Clemente VII tomó la decisión de despedir a los mercenarios que había contratado. Pero no por ello detuvo su avance el ejército imperial. A los oficiales que se atrevieron a hablar de retirarse, los amenazaron de muerte sus propias tropas; en lo más arduo de la disputa, el jefe supremo de los lansquenetes alemanes cayó fulminado por un ataque de apoplejía y el mando pasó al condestable de Borbón, primo y enemigo jurado del rey de Francia. Era un hombre sin gran autoridad, que más que dirigir al ejército imperial lo iba siguiendo. Ya nadie tenía poder sobre aquella horda, ni siquiera el emperador que, por otra parte, estaba en España. Sin control, inexorable, asolándolo todo a su paso, avanzaba, por tanto, hacia Roma, donde un pánico enloquecido había ocupado el lugar de las esperanzas de paz. Los cardenales, en particular, sólo pensaban ya en esconderse o en huir con sus tesoros.

En cuanto al papa, se obstinaba en creer que su acuerdo con el virrey acabaría por respetarse, aunque sólo fuera en el último momento. Hasta finales de abril, cuando las tropas imperiales hubieron llegado al Tíber, algunas millas río arriba de la ciudad, no se decidió el Santo Padre a organizar la defensa. Como las arcas pontificias estaban vacías, elevó a la dignidad cardenalicia a seis ricos comerciantes que desembolsaron, para obtener tal privilegio, doscientos mil ducados. Con ese dinero, pudo reclutarse un ejército de ocho mil hombres, dos mil guardias suizos, dos mil soldados de las Bandas Negras y cuatro mil voluntarios escogidos entre los habitantes de Roma.

A mis cuarenta años, no me sentía capaz de combatir. Propuse sin embargo mis servicios para dirigir el depósito de armas y municiones del castillo de Sant'Angelo. Para desempeñar lo mejor posible aquella tarea que exigía una presencia atenta día y noche, decidí quedarme a vivir en la fortaleza y me las arreglé para instalar allí también a Maddalena y a Giuseppe. Pues se trataba del lugar mejor defendido de toda la ciudad y pronto empezaron a acudir los refugiados. Yo había ocupado mi antiguo cuarto, lo que me incluyó entre los afortunados, pues los que iban llegando se veían ya en la obligación de amontonarse por familias enteras en los pasillos.

En los primeros días de mayo, reinaba un extraño ambiente en aquel improvisado acantonamiento, que se prestaba a los más enloquecidos ataques de nervios. Nunca olvidaré el momento en que un pífano de la orquesta pontificia llegó jadeante y gritando a más y mejor:

—¡He matado al Borbón! ¡He matado al Borbón!

Se trataba de un tal Benvenuto Cellini, de Florencia. Uno de sus hermanos había combatido en las filas de las

Bandas Negras; pero él, grabador de medallas de profesión, no había pertenecido nunca a un ejército. Había ido de patrulla, contaba, con dos amigos, por los alrededores de la puerta Trittone.

—Había una niebla espesa —declaró— pero pude distinguir la silueta del condestable a caballo. Disparé un arcabuzazo. Unos momentos después levantó la niebla en aquella zona y vi al Borbón caído, visiblemente muerto.

Al oírlo, me limité a encogerme de hombros. Otros le echaron severas reprimendas. La batalla era encarnizada en las murallas de la ciudad, sobre todo por la zona del Borgo, y nunca habían sido tan nutridos los disparos; un clamor de guerra, de sufrimiento y de miedo se elevaba en la ciudad; no era momento de vanas baladronadas.

Sin embargo, antes de que acabara el día y, debo reconocerlo, para mayor sorpresa mía, se confirmaba la noticia: era cierto que habían matado al Borbón en las proximidades de la puerta Trittone. Cuando nos lo anunció un cardenal, con el rostro iluminado por una amplia sonrisa, brotaron algunos gritos de victoria. A mi lado se hallaba un hombre que no demostró alegría alguna. Era un veterano de las Bandas Negras y estaba furioso.

—¡Así que ésta es la guerra de hoy en día! ¡Con esos malditos arcabuces, un pífano puede matar de lejos al caballero más valiente! ¡Esto es el fin de la caballería! ¡El fin de las guerras honrosas!

Sin embargo, para la multitud, el pífano florentino se convirtió en héroe. Lo invitaron a beber, le rogaron que contase de nuevo su hazaña, lo llevaron en triunfo. Celebración injustificada, puesto que la muerte del Borbón no había demorado ni un segundo el asalto de los Imperiales. Antes bien, parecía que la desaparición del jefe del ejército había acrecentado el desenfreno de sus hombres. Aprovechando la niebla que hacía inútil la artillería instalada en Sant'Angelo, los lansquenetes escalaron la muralla por varios puntos y se dispersaron por las calles. Algunas personas pudieron escapar aún y llegar al castillo, llevando en la mirada el relato de los primeros horrores. Luego fueron llegando otros testimonios.

¡Por el Dios que me ha hecho recorrer el ancho mundo, por el Dios que me ha hecho vivir el tormento de El Cairo y el de Granada, nunca he visto de cerca tanta bestialidad, tanto odio, tanto sanguinario encarnizamiento, tanto placer en la matanza, la destrucción, el sacrilegio!

¿Me creería alguien si dijera que regocijados lansquenetes violaron a las monjas sobre los altares antes de estrangularlas? ¿Me creería alguien si dijera que saquearon los monasterios, que despojaron a los monjes de sus vestiduras y los forzaron, bajo la amenaza del látigo, a pisotear el crucifijo y a proclamar que adoraban a Satán el Maldito; que los antiguos manuscritos de las bibliotecas sirvieron de pasto a gigantescas fogatas a cuyo alrededor bailaban los soldados borrachos; que ni un santuario, ni un palacio, ni una casa se libraron del saqueo; que ocho mil ciudadanos perecieron, sobre todo los pobres, mientras los ricos permanecían rehenes hasta que se pagara un rescate?

Al contemplar desde la muralla del castillo las espesas columnas de humo que se elevaban desde la ciudad, cada vez en mayor número, no podía quitarme de la memoria la imagen del papa León que, en nuestra primera entrevista, me había predicho este desastre. ¡Roma acaba de renacer pero ya la acecha la muerte! Allí estaba la muerte, ante mis ojos, propagándose por el cuerpo de la Ciudad Eterna.

A veces, algunos milicianos, algunos restos de las Bandas Negras, intentaban impedir el acceso a las encrucijadas, pero pronto quedaban desbordados por las oleadas de asaltantes. En el barrio del Borgo, y sobre todo en las proximidades del palacio del Vaticano, los guardias suizos resistieron con admirable valor, sacrificándose por decenas, por cientos, para defender cada calle, cada edificio, retrasando así algunas horas el avance de los Imperiales. Pero acabaron por sucumbir ante el número y los lansquenetes invadieron la plaza de San Pedro al grito de:

—¡Lutero papa! ¡Lutero papa!

Clemente VII estaba aún en su oratorio, ignorante del peligro. Un obispo vino a tirarle, sin contemplaciones, de la manga:

—¡Santidad! ¡Santidad! ¡Ya llegan! ¡Os matarán!

El papa estaba de rodillas. Se levantó y se apresuró hacia el corredor que conduce a Sant'Angelo, mientras el obispo le llevaba el bajo de la sotana para que no tropezara. Pasó corriendo delante de una ventana y un soldado imperial le disparó una salva, pero sin alcanzarlo.

—¡Santidad, vuestra sotana blanca se ve demasiado! —le dijo su acompañante, apresurándose a taparlo con su propio manto malva, menos llamativo.

El Santo Padre llegó al castillo sano y salvo pero agotado, cubierto de polvo, desencajado, con el rostro descompuesto. Ordenó que bajaran los rastrillos para impedir el acceso a la fortaleza y se encerró a continuación solo en sus habitaciones para rezar, quizá también para llorar.

En la ciudad, abandonada a los lansquenetes, el saco prosiguió durante largos días. Pero se hostigó poco al castillo de Sant'Angelo. Los Imperiales lo rodearon por todas partes sin atreverse a atacarlo. Tenía una sólida muralla y piezas de artillería abundantes y variadas: sacres, falconetes y culebrinas; sus defensores estaban decididos a morir todos antes que sufrir la suerte de los infortunados habitantes de la ciudad.

Los primeros días aún esperábamos refuerzos. Sabíamos que los italianos que pertenecían a la Santa Liga, a las órdenes de Francesco della Rovere, duque de Urbino, no estaban lejos de Roma. Un obispo francés vino a susurrarme al oído que el Gran Turco había cruzado los Alpes con sesenta mil hombres y que iba a coger a los Imperiales por la espalda. La noticia no se confirmó y el ejército de la Liga no se atrevió a intervenir, siendo así que habría podido liberar Roma sin dificultad alguna y diezmar a los lansquenetes, entregados por completo al saqueo, a las orgías y a las borracheras. Desmoralizado por la cobardía y la indecisión de sus aliados, el papa se resignó a negociar. Ese mismo 21 de mayo recibió a un enviado de los Imperiales.

Lo siguió otro emisario, dos días después, para una breve visita. Mientras subía la rampa del castillo, oí pronunciar su nombre acompañado de algunos adjetivos bastante poco halagüeños. Cierto es que se trataba de uno de los jefes de la familia Colonna, primo del cardenal Pompeo. Un sacerdote florentino comenzó a lanzarle invectivas, pero los presentes le impusieron silencio. Muchos sabían, en efecto, y yo también, que aquel hombre, muy recto de carácter, no podía alegrarse del desastre que había caído sobre su ciudad, que lamentaba con toda seguridad la felonía de la que era culpable su familia y que haría cuanto pudiera por reparar aquella falta intentando salvar lo que de Roma y de la dignidad pontificia pudiera aún salvarse.

No me sorprendía, pues, la llegada de aquel Colonna. No sospechaba, en cambio, ni poco ni mucho, que durante su conversación con el papa, el emisario iba a hablar de mí. Nunca había coincidido con él antes de ahora y cuando un miliciano vino a llamarme para que acudiera urgentemente a las habitaciones pontificias, no tenía ni la más remota idea de lo que se pretendía de mí.

Ambos hombres estaban sentados en la biblioteca, en sillones próximos. El papa Clemente no se había afeitado desde hacía quince días, señal de duelo y de protesta contra la suerte que se le infligía. Me pidió que me sentara y me dijo que su visitante era «un hijo muy querido, un amigo valioso y abnegado». Colonna tenía un mensaje para mí que me transmitió con cierta condescendencia.

—El capellán de los lansquenetes de Sajonia me ha pedido que os haga partícipe de su inquebrantable amistad y de su agradecido recuerdo.

No había más que un sajón que pudiera conocer a León el Africano. Su nombre se me escapó como un grito de victoria un poco indecente en aquellas circunstancias:

—¡Hans!

—Uno de vuestros antiguos alumnos, si he comprendido bien. Quiere agradeceros cuanto le enseñasteis con tanta paciencia y demostraros su gratitud ayudándoos a salir de aquí con vuestra mujer y vuestro hijo.

Antes de que yo hubiera podido reaccionar, el papa intervino:

—No me opondré, por supuesto, en modo alguno a vuestra decisión, sea cual sea. Pero no puedo por menos de avisaros de que vuestra partida no será posible sin graves riesgos para vos y para los vuestros.

Colonna me explicó:

—Entre las tropas que rodean el castillo, hay muchos fanáticos que quieren apurar la humillación de la sede apostólica. Se trata ante todo de alemanes fanatizados por Lutero. ¡Dios lo persiga con su cólera hasta el fin de los tiempos! Otros, en cambio, querrían concluir el asedio y hallar una solución que ponga fin a la humillación de la cristiandad. Si Su Santidad intentase salir hoy, sé que hay regimientos que no vacilarían en apoderarse de su persona y en hacerle sufrir el peor de los suplicios.

Clemente se puso lívido mientras su visitante proseguía:

—Esto ni yo ni el emperador Carlos podríamos evitarlo. Habrá que negociar mucho aún, recurrir a la persuasión, a la astucia, no descartar ningún medio. Sería particularmente útil un ejemplo. Tenemos hoy la inesperada suerte de poder hacer salir a uno de los sitiados por petición expresa de un predicador luterano. Os está esperando con un destacamento de sajones, todos ellos herejes como él, y dice estar dispuesto a escoltaros personalmente muy lejos de aquí. Si todo sale bien, si todo el ejército se entera mañana de que el capellán de los lansquenetes de Sajonia ha liberado a uno de los sitiados de Sant'Angelo, nos resultará más fácil proponer, dentro de unos días o de unas semanas, la liberación de otras personas, quizá incluso de Su Santidad, en condiciones dignas y seguras.

Clemente VII intervino de nuevo:

—Repito que no hay que ignorar los peligros. Su Eminencia me dice que algunos soldados fanatizados podrían haceros pedazos y también a vuestra familia y a vuestra escolta, sin que se salvara ni siquiera el capellán. La decisión que se os pide no es fácil. No tenéis, además, tiempo de pensarlo. El cardenal está ya a punto de partir y deberíais acompañarlo.

Dado mi temperamento, prefería correr un riesgo inmediato pero de corta duración antes que eternizarme en una cárcel sitiada donde, a cada instante, podían entrar a sangre y fuego. Sólo vacilaba al pensar en Maddalena y en Giuseppe. No me resultaba fácil conducirlos por propia voluntad entre hordas de asesinos y saqueadores. Dicho esto, si se quedaban en Sant'Angelo, conmigo o sin mí, no quedaba su seguridad garantizada en absoluto.

Colonna me apremió:

—¿Qué habéis decidido?

—Me pongo en manos de Dios. Voy a decirle a mi mujer que recoja las pocas cosas que tenemos aquí.

—No os llevaréis nada. El menor hatillo, el menor capacho, podría excitar a los lansquenetes como el olor de la sangre a las fieras. Partiréis como estáis, con ropa ligera y sin nada en las manos.

No intenté discutir. Estaba escrito que pasaría de una patria a otra como se pasa de la vida a la muerte, sin oro, sin adornos, sin más fortuna que mi resignación ante la voluntad del Altísimo.

Cuando le hube explicado, en pocas palabras, de qué se trataba, Maddalena se puso de pie. Despacio, como solía, pero sin la menor vacilación, como si supiera desde siempre que vendría a llamarla para tomar el camino del destierro. Cogió a Giuseppe de la mano y me siguió para ir a los aposentos del papa, que nos bendijo, alabó nuestro valor y nos encomendó a la protección de Dios.

Le besé la mano y le confié todos mis escritos, salvo esta crónica, inacabada entonces, que había enrollado y me había metido en el cinturón.

Hans nos esperaba con los brazos abiertos a la entrada del barrio de Regola por el que habíamos deambulado juntos en el pasado y que no era ya más que una sucesión de ruinas calcinadas. Llevaba una túnica corta, sandalias descoloridas y, en la cabeza, un casco que se quitó apresuradamente antes de abrazarme. La guerra lo había encanecido prematuramente y tenía el rostro más anguloso que nunca. Lo rodeaban una docena de lansquenetes con casacas de frunces y penachos ajados que me presentó como sus hermanos.

Apenas habíamos dado unos pasos cuando un oficial castellano y sus hombres nos cortaron el camino. Haciéndome señas de que no me moviera, Hans le dirigió la palabra al militar con tono firme pero no provocador. Luego se sacó del bolsillo una carta cuya vista despejó en el acto la calzada. ¿Cuántas veces nos pararon de esta forma antes de llegar a nuestro destino? Veinte, sin duda, quizá hasta treinta. Pero en ningún momento le faltaron a Hans recursos. Había organizado de forma admirable aquella expedición y obtenido todo un fajo de salvoconductos firmados por el virrey de Nápoles, por el cardenal Colonna, así como por diversos jefes militares. Lo rodeaban además sus «hermanos» sajones, unos mocetones dispuestos a apuntar con sus armas a los numerosos soldados borrachos que merodeaban por los caminos al acecho de alguna rapiña.

Cuando hubo comprobado la eficacia de sus disposiciones, Hans se puso a hablarme de la guerra. Curiosamente, sus palabras no casaban con el recuerdo que había guardado de él. Se lamentaba del giro que habían tomado los acontecimientos, recordaba con emoción los años que había pasado en Roma y condenaba el saco de la ciudad. Al principio, hablaba con rodeos, pero, al tercer día, cuando nos estábamos acercando a Nápoles, se puso a cabalgar a mi lado tan cerca que nuestros pies se rozaban.

—Es la segunda vez que hemos desencadenado unas fuerzas que no hemos podido contener. Primero, la rebelión de los campesinos de Sajonia, que nació de las enseñanzas de Lutero y que hubo que condenar y reprimir. Y ahora la destrucción de Roma.

Había pronunciado las primeras palabras en árabe y luego había seguido en hebreo, lengua que hablaba con más soltura. Una cosa era cierta: no quería que los soldados que lo acompañaban se dieran cuenta de sus dudas y de sus remordimientos. Me parecía, incluso, tan a disgusto en su papel de predicador luterano que, cuando hubimos llegado a Nápoles, me sentí en la obligación de proponerle que me acompañara a Túnez. Sonrió con amargura.

—Esta guerra es mi guerra. La deseé, arrastré a ella a mis hermanos, a mis primos, a los jóvenes de mi obispado. No puedo huir de ella, aunque hubiera de conducirme a la condenación eterna. En lo que a ti se refiere, sólo te has visto mezclado en ella por un capricho de la Providencia.

En Nápoles, un chiquillo nos condujo a la villa de Abbad y hasta que no vino éste a abrirnos la verja no se separó Hans de nosotros. Estuve a punto de manifestarle mi deseo de volver a verlo algún día, en algún lugar del ancho mundo, pero no quería estropear con falaces fórmulas el sincero agradecimiento que sentía hacia aquel hombre. Me contenté, pues, con estrecharlo con fuerza contra mi pecho y con mirarlo luego marchar, no sin paternal afecto.

Le tocó al Susí entonces darme un vehemente abrazo. Desde hacía meses, esperaba todos los días que llegáramos.

Había anulado todos sus viajes, aquel año, jurando que no marcharía sin nosotros. Ya no lo detenía nada. En cuanto hubimos tomado un baño, participado en un festín y echado un sueño, nos encontramos todos en el puerto, perfumados y vestidos con ropas nuevas. La más hermosa de las galeras de Abbad nos esperaba, lista para poner rumbo a Túnez.

Trazo la última palabra en la última página y ya se divisa la costa africana.

Blancos minaretes de Gamarth, nobles ruinas de Cartago, a su sombra me espera el olvido, hacia ellos deriva mi vida tras tantos naufragios. El saco de Roma tras el castigo de El Cairo, el fuego de Tombuctú tras la caída de Granada: ¿me atrae la desgracia o la atraigo yo a ella?

Una vez más, hijo mío, me lleva este mar, testigo de mis erráticos pasos y que, ahora, te conduce hacia tu primer exilio. En Roma, eras «el hijo del Africano»; en África, serás «el hijo del *Rumí*». Estés donde estés, querrán hurgar en tu piel y en tus plegarias. ¡Guárdate de halagar sus instintos, hijo mío, y guárdate de doblegarte a la muchedumbre! Musulmán, judío o cristiano, que te tomen como eres o que prescindan de ti. Cuando la mente de los hombres te parezca estrecha, piensa que la tierra de Dios es ancha y anchos Sus manos y Su corazón. No vaciles nunca en alejarte allende todos los mares, allende todas las fronteras, todas las patrias, todas las creencias.

En cuanto a mí, he llegado al final de mi periplo. Cuarenta años de aventuras me han vuelto torpes el paso y el aliento. No tengo ya más deseo que vivir, entre los míos, luengos días apacibles y ser, de entre todos los que amo, el primero en marchar. Hacia ese Lugar postrero donde nadie es extraño ante los ojos del Creador.